Brandon Sanderson

布蘭登・山德森

Brandon Sanderson

布蘭登・山德森

B
E
S 嚴
T 選

奇幻基地出版

審判者傳奇

鋼鐵心

Steelheart

布蘭登・山德森 著
王寶翔 譯

Brandon
Sanderson

BEST嚴選

緣起

在繁花似錦的奇幻文學花園裡，你或許還在門外徘徊，不知該如何抉擇進入的途徑；也或許你已經置身其中，卻因種類繁多，或曾經讀過不合口味的作品，而卻步、遲疑。

BEST嚴選，正如其名，我們期許能透過奇幻基地對奇幻文學的瞭解，以及對讀者的理解，站在出版者與讀者的雙重角度，為您精選好作家與好作品。

他們是名家，您不可不讀：幻想文學裡的巨擘，領域裡的耀眼新星。

它們最暢銷，您怎可錯過：銷售量驚人的大作，排行榜上的常勝軍。

這些是經典，您務必一讀：百聞不如一見的作品，極具代表的佳作。

奇幻嚴選，嚴選奇幻。請相信我們的眼光，跟隨我們的腳步，文學的盛宴、幻想世界的冒險，就要展開。

excellent bestseller classic

獻給戴爾林·山德森。每一天，他都在用微笑對抗邪惡。

序幕

我見過鋼鐵心流血。

那是十年前的往事了。我當時八歲，和父親正在芝加哥亞當斯街的第一聯合銀行。我們在「大併呑」發生之前仍會使用舊街名。

銀行非常大。大廳採開放式，白色的梁柱圍繞馬賽克磁磚地板，房間後面有扇通往建物深處的寬敞大門，以及兩扇通往街上的大旋轉門，旋轉門兩邊傳統的出入口，男男女女魚貫進出，好像大廳是某種特大號怪物的心臟，把人與金錢構成的維生血液輸送出去。

我反跪在一張對我而言有些過大的椅子上，靠著椅背看著人群熙來攘往。我喜歡觀察人們，看他們不同的臉龐、髮型、服飾與表情。那個年代人人差異好大，變化多得讓人好興奮。

「大衛，拜託轉回來坐好。」我父親說。他的嗓音很柔，我從來沒聽過他拉高嗓門說話，只有在我母親葬禮上那天除外。每次我想起他那天的悲痛，仍會忍不住打哆嗦。

我悶悶不樂地轉過身。我們在銀行大廳側面其中一個小隔間裡，那裡是貸款行員的辦公室，中間以玻璃作爲隔間，雖然不像普通隔間那樣讓人窒息，只是感覺還是不太眞實。牆上掛著擺在木質相框裡的家庭合照，辦公桌上放了杯廉價糖果，用玻璃蓋罩著，檔案櫃上放著插了褪色假花的花瓶。

這些裝飾想模仿舒適家居的感受，就像坐在我們面前的男人，一臉虛僞假笑。

「很抱歉，要是能有更多擔保品……」貸款行員露出牙齒說。

「我的財產全在這裡了。」我父親懇求說，比著放在我們面前桌上的文件。他的手長滿粗糙的繭，皮膚因長期在太陽下工作而黝黑。我母親要是看見他出席這種正式場合，居然穿著牛仔褲跟漫畫人物的舊T恤，一定會不贊同地皺起眉頭吧。

至少他梳過日益稀疏的頭髮了，爸似乎不像其他男性那麼在意禿頭。「頭髮少只代表不用那麼常理髮，大衛。」他曾經這麼說過，笑著用手指梳理自己稀少的頭髮。我沒指出他說錯了。他還是得理同樣次數的髮，起碼得到頭髮掉光為止。

「我真的愛莫能助，」貸款行員說。「我們已經告知過您了。」

「另一個行員說這些夠啊。」父親的大手在面前交握，一臉擔憂地回答。他真的很不安。

貸款行員只是繼續微笑，敲敲桌上那疊文件。「世界現在變得更危險了，查爾斯頓先生。銀行決定要規避風險。」

「危險？」我父親問。

「嗯，您知道的，那些異能者……」

「可是他們又不危險，」父親一下子激動起來。「異能者是來幫忙的。」

天哪，別再吵這件事了。我心想。

貸款行員臉上的假笑終於消失，好像被我父親的語氣嚇到。

「你難道不懂嗎？」我父親熱衷地往前傾身。「現在不是危險時期。這是最美妙的年代！」

貸款行員側著頭說：「您之前的家不就是被一個異能者毀掉的嗎？」

「惡人肆虐，英雄必起，」我父親說。「你等著瞧吧。英雄會現身的。」

那時的我相信他。以前很多人的想法跟他一樣，那時禍星在天上出現才過了兩年，一年前才有普通人變成異能者，他們幾乎像是故事裡的超級英雄。

當時我們依然心懷希望，而且也好無知啊。

「好吧，」貸款行員的雙手在桌上一握，旁邊的相框裡有一群各個種族的孩童，臉上掛著微笑。「很不幸，我們的貸款審核員不同意您的估價。您得……」

他們繼續講下去，不過我已經沒注意聽，而是重新盯著人群，然後轉身跪在椅子上。我父親談得正起勁，沒空罵我。

所以當那位異能者大步走進銀行的時候，我正好在看他。雖然其他人沒什麼留意，但我立刻就注意到他的存在。多數人會說，除非異能者使用超能力，不然你分不出來他們跟普通人的差別。可是他們錯了。異能者的儀態不同，他們有股自信和隱約的自滿，我一直很擅長從人群裡辨識出異能者。

即使我那時還小，我也看得出來這個人異於常人。他穿著一襲寬鬆的黑西裝，底下是一件淡褐色襯衫，沒打領帶。他的身材修長，卻跟多數異能者一樣強壯，就算隔著寬鬆衣物也看得出來底下肌肉發達、體格結實。

男人走到房間中央，微笑著取出掛在胸前口袋裡的墨鏡戴上，接著他舉起手，動作隨興地輕戳一位經過的女人。

那女人的衣服被燒光，皮肉化成灰燼，只剩骨架往前倒在地面上，四處崩散。可是她的耳環和婚戒沒有消失，它們掉在地板上，發出響亮的叮一聲，即使越過房間的吵鬧也聽得見。房間頓時陷入一片死寂。人們嚇得僵在原地，對話戛然而止，唯獨貸款行員仍在喋喋不休地向我父親說教。

等到有人放聲尖叫，貸款行員才終於住嘴。

我不記得我當時的感受了。這不是很奇怪嗎？我記得燈光，頭上華麗的枝形吊燈將折射光芒灑滿房間；我記得剛拖過的地板的檸檬氨水味；我記得人們驚恐地尖叫，爭先恐後逃往門口時發出的可怕喧鬧聲。這些細節我記得一清二楚。

我記得最清楚的是異能者臉上的大大微笑，幾乎像是在譏笑。他指著經過他的人，只用一個手勢就把他們抹成灰燼跟骨骸。

我呆住了，也許是嚇傻了。我緊抓著自己椅子的椅背，瞪大眼睛看著這場屠殺。

靠近門邊的一些人成功逃出去，可是在異能者附近的人都慘死在他手下，其餘的幾位銀行行員和顧客縮在地上，不然就躲在桌子後面。很奇怪，房間變安靜了，異能者彷彿四下無人般獨自站在那兒，碎紙片從空中落下，他身邊的地上灑滿骨頭與灰燼。

「我叫作『奪命手指』，」他說。「我承認這名字取得不夠好，不過我認爲很好記。」他的嗓音詭異地像在閒話家常，就像邊喝酒邊跟朋友聊天。

然後他開始緩緩在銀行裡踱步。「我今早有個念頭，」偌大的房間讓他的聲音發出回音。「我正在淋浴時靈光一閃：奪命手指啊，你今天何必要去搶銀行呢？」

他懶洋洋指著一對保全，他們剛從貸款辦公隔間旁邊的小走廊冒出來。下一秒保全就被燒成了灰，接著警徽、腰帶釦、槍與骨頭掉到地上，我能聽見骨骼落地時的撞擊聲。人體內有很多骨頭，比我以為的還多，人骨四散時弄得滿地髒亂。在這種恐怖場景裡，我居然記得這種細節實在很怪，可是我就是忘不了那一幕。

這時有隻手拍我的背，我父親蹲在他的椅子前面，想把我拉到地上，免得異能者看見我。可是我嚇得動彈不得，我父親又沒辦法在不引起異能者注意之下把我拉開。

「你們知道，我已經策劃搶劫幾個星期了，」異能者說。「可是我今天早上腦中冒出這個念頭。為什麼？何必搶銀行呢？我想要的哪有不手到擒來的？太可笑了！」他繞過一個櫃檯旁邊，躲在那邊的出納員忍不住尖叫，我只能勉強看見女人縮在地板上。

「你們瞧，金錢對我一無是處，完全沒用。」他的手一指，女人當場變成灰燼跟骨頭。接著異能者轉身，指著房間各處殺掉嘗試逃命的人們，最後他直接把手比著我。

我心裡終於有了感覺：劇烈的驚恐。

一顆骷髏頭撞上我們背後的辦公桌，喀啦落地後灑出灰燼。原來異能者剛才指著的不是我，是貸款行員，男人躲在我背後的桌子後面。那人是想逃才遇害的嗎？

異能者轉回去靠近櫃檯後面的出納員。我父親的手仍緊抓住我的肩膀，我感覺得到他的擔憂，好像憂慮化成了實體，從他手臂竄到我手上。

我感受到恐慌。純粹、令人無法動彈的恐慌。我嗚咽著縮在椅子上發抖，試著從腦海抹去剛才目睹的恐怖死亡景象。

我父親抽開手。「別動。」他用嘴形說。

我點頭，嚇得不敢違抗。父親繞過自己那張椅子的邊緣窺看，奪命手指正在跟其中一位出納員講話，我雖然看不見他們，卻聽得到骨頭的落地聲。奪命手指正在把銀行裡的人們一個個處決。

我父親的臉色沉下來，然後朝那條比較狹窄的走廊看了一眼。他想從那邊逃走嗎？不對，他在看保全倒地的地方。我越過隔間的玻璃看見有把手槍躺在地上，槍管埋在灰燼裡，半個槍柄靠在一根肋骨上。我父親瞄著槍。他年輕時曾在國民軍服役。

不要！我驚慌地心想。爸，不要！可是我說不出話，即使試圖開口下巴也不停顫抖，彷彿冷到牙齒打顫。要是異能者聽見我的聲音會怎麼樣？

我不能讓我父親做這麼愚蠢的事！他是我僅剩的親人了。我沒有家，沒有家人，也沒有媽媽。當我父親準備行動時，我逼自己伸手抓住他的手臂，對他搖頭或是試圖說些什麼阻止他的話。「拜託，」我勉強小聲說。「你說英雄會來。讓他們去阻止他呀！」

「兒子，」我父親冷靜地說，一邊扯開我的手指。「有時你就是得挺身幫忙英雄。」

他看了一眼奪命手指就迅速衝進隔壁隔間。我屏住呼吸，小心越過椅子側邊偷看。雖然我嚇得不停瑟縮發抖，還是得親眼瞧瞧。

奪命手指跳過櫃檯落在另一邊。我們這邊。「所以囉，原因根本不重要，」他繼續用聊天的口氣說話，漫步走過地板。「搶銀行能讓我變有錢，可是我用不著買東西。」他舉起一根殺意十足的手指。「眞矛盾啊。幸好我淋浴時領悟到一件事：每次你想要一件東西，然後爲了它去殺人，實在太麻煩了。我需要的是嚇壞所有人，讓他們見識我的本領。這樣一來，以後再也沒人會拒絕我拿走想要的東西。」

他繞過銀行另一邊的柱子，把一位抱著孩子的女人嚇了一跳。「沒錯，」他繼續說。「爲了錢搶銀行完全沒意義，可是展示我的能耐嘛……還是很重要。所以我決定繼續執行計畫。」他手一比就殺了那個孩子，讓驚恐的母親抱著一堆白骨和灰燼。「你們難道不高興嗎？」

我瞠目結舌地瞪視眼前的景象，嚇壞的女人試圖抱緊嬰兒毯子，但是小嬰兒的骨頭滑了出來。在那一瞬間，這一切在我心中突然變得眞實許多，眞實得可怕。我突然覺得一陣噁心。

奪命手指正背對著我們。

我父親衝出隔間抓起地上的槍。有兩個人本來躲在附近一根柱子後面，此時起身逃往最近的門口，匆忙中與我父親擦身，差點把他撞倒。

奪命手指轉身。我父親仍跪在那邊，試著舉起手槍，手指在覆著灰的金屬上滑動。

異能者舉起手。

「你在這裡做什麼？」一個嗓音轟然響起。

異能者聽到聲音轉過身。我也是。我想，大家一定都轉過去看那個深沉、有力的聲音了吧。

通往街道的門口站著一個人，他的身後透進明亮的陽光，背光使他形成一道黑色輪廓。一個力大無窮、令人敬畏不已的身影。

你或許曾看過鋼鐵心的照片，不過讓我告訴你，這些照片遠遠不如本人。從來沒有任何照片、影片或繪畫能夠捕捉他眞正的風采。他身穿緊身的黑上衣，包覆著壯碩、龐大得不像凡人該有的胸膛，褲子寬鬆但不至於下墜。他像一些早期異能者那樣不戴面具，但身後飄蕩著一條華麗的披風。

他不需要面具。這個男人沒什麼好遮掩的。他的手臂自兩側舉起，風將他身邊的門全部吹開，灰燼掃過地板、紙張亂飄。鋼鐵心往空中浮起幾吋，披風隨風擺盪，然後他開始往房間裡滑行。他的手臂像是鋼柱、雙腿宛如兩座山、脖子好似樹幹，可是他的外表卻不笨拙。他渾身散發著威嚴，生著一頭烏黑的頭髮，方正的下巴孔武有力，身軀將近七呎高。

此外還有那雙眼睛：強烈、咄咄逼人、毫不寬容的雙眼。

鋼鐵心優雅地飛進房間時，奪命手指趕緊舉起手指指著他。鋼鐵心有一小塊上衣嘶嘶作響，就像把香菸壓在布料上，而他本人卻毫無反應。他飄下階梯，輕輕落在奪命手指面前一段距離外的地面上，龐大披風垂在身子周圍。

奪命手指一臉慌張，用手指再次比著對方，又一個微弱嘶嘶聲。鋼鐵心走到個子較小的異能者面前，後者彷彿被巨山罩頂。

我當時就曉得這正是我父親在等待的時機，人人盼望的英雄終於現身，能對抗其他異能者跟他們的惡行。這個人是來拯救我們的。

鋼鐵心伸手，一把抓住試圖逃走的奪命手指。

奪命手指顫抖著停下來，墨鏡喀啦落地，因爲疼痛而倒抽口氣。

「我在問你問題，」鋼鐵心用雷霆般的嗓音說。他把奪命手指轉過身，直盯著對方雙眼。

「你在這裡做什麼？」

奪命手指掙扎，滿臉驚慌。「我……我……」

鋼鐵心舉起另一隻手，揚起一根指頭。「我已經占領了這座城市，小不點異能者。這座城是我的。」他停頓一會兒續道：「統治這兒人民的權利屬於我，不是你。」

奪命手指狐疑歪頭。

我心想：什麼？

「你似乎也有點實力，小異能者，」鋼鐵心環顧房間四處的骨骸。「我可以接受你的歸順。宣誓效忠我，或者受死。」

我實在不敢相信鋼鐵心說的話。這些話就跟奪命手指的謀殺行為一樣，讓我驚駭不已。這個概念——效忠我，或者受死——將來便是鋼鐵心的統治原則。鋼鐵心環顧房間四周，用轟然嗓音開口。「我現在是這座城的皇帝，你們要服從我。這些地是我的，建築是我的。你們繳的稅要送到我手上。不服從者就受死。」

不可能，我心想。不會連他也是吧！我沒辦法接受這麼驚人的異能者居然跟其他人一樣壞。

我不是唯一難以接受的人。

「事情不應該是這樣的。」我父親開口。

鋼鐵心轉身，顯然很訝異聽到房間裡畏縮、嗚咽的低賤子民會出聲講話。

我父親走過去，槍垂在身旁。「不，我看得出來你跟其他人不一樣。你比他們更好。」他走上前，停在離兩位異能者只有幾呎遠的地方。「你是來救我們的英雄。」

房間裡鴉雀無聲，只有那個女人在抽噎，仍抱著死去孩子的遺骸。她瘋狂、枉然地想把所有骨頭撈起來，別留半根脊椎骨躺在地上，身上的衣服沾滿灰燼。

兩位異能者還沒機會回應，側門就砰一聲被撞開。身穿黑色護甲、手持突擊步槍的士兵湧進房間開槍。

當時政府還沒有放棄，他們仍試著打擊異能者，逼他們遵從凡人的法律。事情從一開始就很明顯，凡是遇到異能者，你絕不能猶豫也不能談判。你得舉槍全力開火，希望你面對的異能者能用普通子彈殺死。

我父親拔腿跑開，昔日的戰鬥本能使他把背靠到銀行前面不遠的一根柱子上。鋼鐵心轉身，一臉困惑地看著一波子彈掃過他，子彈從他皮膚上彈開、扯破他的衣服，而他毫髮無傷。

正是鋼鐵心這樣的異能者迫使美利堅合眾國通過投降法案，讓所有異能者完全不受法律管轄。槍砲傷不了鋼鐵心，火箭、戰車、人類所打造那些最先進的武器都動不了他的汗毛。就算人們能俘虜他，監獄也關不住他。

到了最後，政府宣布鋼鐵心這種人屬於自然力量，與颶風和地震同一類。想禁止鋼鐵心隨心所欲搶劫，就像是試圖通過禁止風吹的法案一樣。

那天我在銀行親眼見證爲什麼這麼多人不願反抗異能者。鋼鐵心舉起一隻手，周圍開始發出暗色黃光，奪命手指則是鑽到鋼鐵心背後躲子彈。他跟鋼鐵心不一樣，似乎很怕中槍。不是所有異能者都對槍砲無敵，只有最強大的才行。

鋼鐵心從手上射出一道黃白色能量光轟掉一群士兵，接下來銀行內陷入一陣混亂。士兵們躲到任何找得到的掩蔽物後面，空中盡是煙塵跟大理石碎片。一位士兵用槍射出某種火箭砲，掠過仍在用能量光掃射敵人的鋼鐵心身邊，擊中銀行後方，炸開了金庫。

著火的鈔票四射，銅板紛紛飛進空中、灑到地上。

四周全是吼叫和尖叫聲，人群陷入瘋狂。

士兵很快就被殺光。我仍縮在椅子上，手壓著耳朵，所有聲音都好吵。

奪命手指依舊站在鋼鐵心背後，不過這時我看見奪命手指微笑，舉起手貼近鋼鐵心的脖子。我不知道他想做什麼，說不定奪命手指有第二異能，多數跟他一樣強的異能者不只有一種能力。

說不定那種能力強得能殺死鋼鐵心。我很懷疑，反正我們是無緣得知了。

空氣中響起砰的一聲。稍早的爆炸聲已經大到我快要聽不見任何聲響，所以幾乎沒認出來那是槍響，等到爆炸的煙霧散去，我才看見我父親。他站在鋼鐵心前面的一段距離外，背貼著柱子舉起手，一臉堅決地舉槍瞄準鋼鐵心。

不對，不是瞄準鋼鐵心，是奪命手指，那人就站在鋼鐵心背後。

奪命手指額頭出現彈孔，倒下死了。鋼鐵心猛地轉身看較弱的異能者，接著回頭看我父親，舉手摸自己的臉。就在鋼鐵心眼睛下面的臉頰上，居然出現一條血痕。

我起先以爲一定是奪命手指的血。可是鋼鐵心抹掉血時，傷口仍在滲血。

我父親朝奪命手指開了槍，然而子彈先擦過鋼鐵心，順帶劃傷了他。

士兵們的子彈都從他身上彈開，那顆子彈卻弄傷了鋼鐵心。

「對不起，」我父親聲音焦急地說。「他想攻擊你，所以……」

鋼鐵心睜大眼，把手舉到面前看著自己流的血，似乎非常震驚。然後他朝自己背後的金庫看了一眼，又看了看我父親。在逐漸落定的煙霧與塵埃中，兩個人影面對面站立。一位是龐大、氣宇不凡的異能者，另一個是矮小的無家可歸者，穿著可笑T恤和磨破的牛仔褲。

鋼鐵心以閃電般的速度往前一跳，手搥上我父親的胸膛、把他打到白石柱子上，血從我爸嘴裡噴出來。

「不要！」我尖叫。我的聲音在自己耳裡聽來好怪，好像整個人浸在水裡。我眞想衝到父親身邊，卻嚇得魂不附體。我仍然記得我那天有多沒種，想了就難受。

鋼鐵心走到一旁撿起我父親弄掉的手槍，眼裡燃著怒火，手中的槍直指著我父親的胸膛，對已經倒地的男人又開一槍。

鋼鐵心喜歡這樣。他喜歡拿人們的槍殺死他們，這日後成了他的招牌舉動。鋼鐵心力大無窮，能用雙手發射能量光，但是他想殺特別的人時偏好用受害者自己的武器。

鋼鐵心讓我父親靠著柱子滑下去，把手槍扔到他腳邊，接著他開始往四面八方發射能量，使椅子、牆壁、櫃檯跟所有東西都著火。一發能量光擊中離我不遠處，害我從椅子上震飛、滾到地板上。

爆炸的威力把木頭跟玻璃震飛到空中、撼動整個房間，才幾下心跳的時間，鋼鐵心造成的破壞就令奪命手指的隨意謀殺顯得好無害。鋼鐵心開始蹂躪大廳、打斷柱子、殺掉他看見的任何人。我在玻璃和木頭碎片中拚命爬，塵埃持續灑在四周，我也不確定自己是怎麼逃過一劫。

鋼鐵心發出怒吼，我雖然幾乎聽不見，卻能感覺到叫聲震碎剩餘的玻璃，還有牆壁傳來的震動。鋼鐵心身上發出了某種能量波，周圍的地板便開始變色，轉變爲金屬。

這股轉變往外擴散，以驚人速度掃過整個房間，我身下的地板、身旁牆壁，還有地上的碎玻璃全部變成鋼。如今我們曉得，鋼鐵心盛怒之下會把身邊的無生命物體變成鋼鐵，雖然活的生物與靠近生物的東西則不受影響。

等到鋼鐵心的叫聲消失，銀行裡的多數地方已經完全變成鋼，只剩一大塊天花板跟一段牆壁仍是木頭和灰泥。接著鋼鐵心突然往上竄，鑽破天花板跟好幾層樓飛到天上。

我跌跌撞撞趕到父親身邊，希望他能做點什麼阻止這件瘋狂的事，但等我來到他面前時，卻發現他身子痙攣、滿臉是血，胸膛上的彈孔不停湧出鮮血。我慌張得抓著他的手臂。

令人驚訝的是，父親此刻居然還嘗試開口說話，只是我聽不見。我已經耳鳴到聾了。我父親伸出顫抖的手，摸著我的下巴。他還說了些別的話，可是我仍然聽不見。

我用袖子擦去眼淚，然後試圖拉他的手，讓他站起來跟我走。整棟建築一陣搖晃。

我父親抓住我的肩膀，我淚眼模糊地看著他，他說了一個字，一個我能從他唇形認出來的字。

「走。」

我懂了。剛才發生了一件非常重要的事，那件事暴露了鋼鐵心的弱點，讓對方嚇壞了。當時鋼鐵心還是比較新的異能者，在芝加哥沒那麼有名，不過我聽說過他，他應該刀槍不入才是。但那發子彈劃傷了他，這裡每個人都看見他受傷，他不可能讓我們活下來。他得保護自己的祕密。

我轉身逃跑，眼淚汩汩流下臉頰，覺得自己像個大孬種，就這樣拋下父親。建築繼續在爆炸中搖晃，牆壁斷裂，幾處天花板塌下來。鋼鐵心打算夷平建築。

有些人衝出前門，鋼鐵心卻從天上殺了他們。有人跑出側門，可是那些門只通往銀行更深處，這些人在大部分建築塌下來時就被壓死了。

我則躲進了金庫。

我真希望我能宣稱我當時是因爲聰明才做出正確抉擇，但我其實只是誤打誤撞罷了。我隱約記得其餘建築在瓦解時，我爬進某個黑暗角落，整個人縮在那邊啜泣。既然大廳已經被鋼鐵心變成鋼，金庫一開始也已經是鋼做的，所以這區域沒有崩塌得像建築其他地方那麼厲害。

幾小時後，我被一位救援人員拉出建築殘骸，頭暈目眩得差點昏過去，我被挖出來時被燈光照得睜不開眼睛，原先躲藏的房間已經半陷進地下且歪向一邊，不過很奇怪地大致保持完好，牆壁跟大部分天花板都變成了鋼，其餘建築則成了瓦礫堆。

救援人員在我耳邊小聲說：「假裝你死了。」然後她便把我扛到一排屍體那邊，在我身上蓋條毯子。她也猜到了鋼鐵心可能會殺害生還者。

等她回去搜尋其他倖存者時，我驚慌地從毯子底下起身爬開。天色很黑，雖然當時應該還只是傍晚。名叫夜影的異能者讓黑夜籠罩大地，鋼鐵心的統治王朝開始了。

我蹣跚著鑽進一條巷子，這舉動救了我第二次。鋼鐵心在我逃走不久後就回到現場，飛過一排救援探照燈降落在廢墟旁邊，扛著一位瘦小、頭髮包成髮髻的女人，我後來得知她是叫作斷層的異能者，有能力移動泥土。她雖然將來會挑戰鋼鐵心的統治，但那時仍是他的手下。

她揮動雙手，大地開始撼動。

我不停地逃，內心困惑、驚嚇又痛苦。我身後的大地裂開，把銀行的殘餘部分吞進去，連同死者的屍體、正在接受治療的生還者跟救援人員都無一倖免。鋼鐵心不想留下證據。他要斷層把所有人事物埋在幾百呎深的地底下，殺死所有可能洩漏銀行事件的人。

我是唯一的倖存者。

那天稍晚，鋼鐵心施展了「大轉變」，這次驚人的力量展示把芝加哥大部分區域的建築、車輛與街道變成鋼鐵，甚至包括一大塊密西根湖。變成鋼鐵的湖泊宛如一大片玻璃般的黑金屬，鋼鐵心就在湖上造了他的皇宮。

現在我比任何人更清楚，不會有英雄來拯救我們，世上沒有善良的異能者，他們不會保護我們。因為力量使人腐化，絕對的力量更是帶來徹底的腐敗。

我們活在異能者身邊，試圖不依靠他們自力更生。投降法案一通過後，多數人就放棄抵抗了。在我們如今稱為「破碎合眾國」的國度裡，舊政府在某些地區仍具有掌控權，他們放任異能者恣意妄為，一邊延續這個殘破社會，而多數地方則陷入動亂，毫無法紀。

在少數像新芝加哥的地方，則會有一位天神般的異能者。鋼鐵心在這邊沒有對手，人人都曉得他無敵，沒有東西傷得了他，子彈、爆炸、電力皆然。最早那幾年，有其他異能者嘗試打倒他，和他爭奪王位，斷層就是其中之一。

那些異能者都死了，剩下的幾乎沒人會嘗試了。

不過假如要說我們能確定哪樣事實，這個事實就是：所有異能者都有弱點。某件事會使他們的異能失效，讓他們變回普通人，哪怕時間非常短暫。鋼鐵心當然不例外。銀行那天的事證實了這點。

我心裡藏著或許能殺死鋼鐵心的線索。銀行裡的某件事、當時的情境、那把槍或者我父親本人解除了鋼鐵心的無敵狀態。你們許多人可能知道鋼鐵心臉頰上的疤，嗯，就我目前所知，我是唯一一個曉得他怎麼得到那條疤痕的活人。

我見過鋼鐵心流血。

我也準備看著他再次流血。

第一部

第一章

我滑下樓梯井，嘎嘰踩在底部的鋼屑上，深吸一大口氣之後衝過新芝加哥其中一條黑暗地下街道。我父親死去已經過了十年，對多數人們而言，如今那個重大日子被稱爲「大併吞」。

我穿著寬鬆的皮夾克跟牛仔褲，步槍掛在肩上。街道很暗，雖然這已經是最淺的一條地下街道了，頂上的柵欄和洞口開往天空。

新芝加哥天上永遠是黑夜。夜影是第一批對鋼鐵心宣誓效忠的異能者之一，也是鋼鐵心的親信。拜夜影之賜，這兒見不到日出、看不見月亮，只有占據天空上的一片漆黑。你唯一能在天上看見的東西是禍星，看起來有點像鮮紅色的星星或彗星。人們開始變身成異能者的一年前，禍星就來到天邊，沒人知道它爲什麼能在黑暗裡發光，或者爲什麼要這樣。當然，也沒人曉得異能者出現的緣由，或者異能者跟禍星有何關聯。

我繼續跑，責怪自己沒早點出發。地下街道天花板的泛藍燈光閃動，這裡充斥著典型的社會敗類——街角的毒蟲，小巷中的毒販，甚至是更糟糕的人物。有些鬼鬼祟祟的工人正要準備上工或下班，他們身穿厚外套，把領子翻起來遮住臉，弓起身走路，眼睛盯著地面。

我過去十年來都在這種人身邊生活，在一個我們簡稱「工廠」的地方工作，那裡一部分算孤兒院，一部分是學校，但最主要是剝削孩子們當免費勞工。不過起碼「工廠」給了我房間住，十年來大多數時間也有東西吃，比當遊民好多了，我也不介意以勞力換取食物。法律規範童工是舊時代的遺物，源自人們仍關心這種事情的年代。

我鑽過一群工人，其中一個咒罵了我幾句，聽起來有點像西班牙文。我抬頭看自己身在何處，大部分的十字路口都有人拿噴漆在發亮的金屬牆上寫街名。

「大轉變」把半座舊芝加哥變成了堅實鋼鐵，泥土和岩石也不例外，地底下數十呎、甚至數百呎處都成了鋼。鋼鐵心在統治初期假裝是個慈愛——實際上鐵腕作風——的獨裁者，他的挖掘工挖出好幾層的地下街道和地下建築，人們於是湧進新芝加哥找工作。

這裡生活很苦，但美國其他地方都陷入了混亂，異能者們為了爭地盤大打出手，各種邊緣性的政府或州軍事組織試著搶奪領地。新芝加哥不一樣。你在這裡確實有可能因為瞄一眼異能者，對方不喜歡你的眼神就把你殺了，可是這座城市起碼有電力、水跟食物。人們適應了。我們一直都能適應。

除了那些拒絕適應的人。

快點！我心想，一邊確認手機上的時間，我把手機放在夾克的臂套上。該死的火車停駛。

我抄另一條捷徑跑進小巷，巷子很暗，但當你在恆久的幽暗裡生活了十年，眼睛早就習慣了。

我經過一些縮在地上睡覺的乞丐，跳過一個橫躺在巷尾的人進入西格爾街，這條幹道的照明比多數地方好。挖掘工在地下一層挖出空間，被人們拿來開店，不過店現在都打烊了，只有少數店舖前面有人拿著獵槍在看守。鋼鐵心的警察理論上會巡邏地下街道，但他們只願應付最壞的狀況。

一開始，鋼鐵心宣布要打造一個宏偉的地下城市，會往下延伸十幾層。那時挖掘工還沒發瘋，鋼鐵心也尚未放棄關心地下街道居民的假象。不過接近地表的這幾層依舊不壞，至少這裡具有組織，也挖了很多能當住家的洞。

我所在的天花板散發微弱的綠色和黃色光芒，雙色交錯，你若是記得不同街道的燈光模式，就差不多能順利穿梭地下街道了，至少是最上面幾層。即使城內的老手也通常會避開下方的樓層，他們說那邊是鋼鐵陵墓，因為太容易迷路了。

離舒斯特街還有兩條街區。我如此心想，越過天花板的開口看著閃閃發亮的摩天大樓。我小跑過兩段街區，然後鑽進通往地表的樓梯井，腳踩在映著燈光有些黯淡、故障的鋼梯上。

我爬升到一條金屬街道上，接著立刻躲進巷子。很多人說地面街道沒有地下街道那麼危險，只是我待在地上從來不覺得安全。老實說，我其實在哪裡都不覺得安心，就連在「工廠」跟其他學生待在一起也是。然而在這上頭……這裡有異能者。

在地下街道攜帶步槍是司空見慣的事，但是在地面上會引來鋼鐵心的部隊或路過的異能者側目，最好還是繼續躲好。我蹲在巷子裡的幾個箱子旁邊喘氣，看一眼手機並叫出這一帶的基本地圖後抬起頭來。

大街正對面是一棟掛著紅色霓虹燈招牌的建築：李維劇場。我看著建築的時候，人們正好湧出大門，我不禁放心地鬆口氣。我剛好趕上戲劇散場。

這些人全是住在地上街道的人，各個穿著深色西裝跟鮮豔的禮服，其中有些是異能者，但多數不是。他們不知何故讓自己爬上了枝頭，也許鋼鐵心看上了他們的專長，或者只是單純因為他們的父母有錢。鋼鐵心想要什麼都不成問題，但他需要人手來幫忙他統治整個王國——官僚、部隊裡的軍官、會計師、投資專家、外交官。就像老式獨裁政體的上層結構，這些人靠著鋼鐵心吃剩的麵包屑過活。

這表示他們幾乎跟異能者一樣有罪，迫害我們其他人，不過我對他們沒什麼恨意。世界如今就是如此，你會爲了生存做你得做的事。

這些人的打扮很復古，這是當今的流行風格，男人戴著帽子，女人的禮服就像我看過一九三〇年代禁酒時期照片裡的模樣。他們的打扮跟現代化的鋼鐵建築，以及遠方一架執法隊先進直升機的隆隆飛行聲形成鮮明對比。

富裕人士突然退開，讓路給一位身穿鮮紅直條紋西裝、頭戴紅色軟呢帽、身後拖著黑紅披風的男人。

我稍微伏低身子。這人叫奇運，是個有預知能力的異能者。比方說，他能預料到骰子滾到哪一點，也能預報天氣，甚至可以察覺危險，而這點使他躋身高等異能者之列。你不能直接用步槍宰掉他；他曉得子彈從哪邊來，你還沒扣扳機，他就會先閃人。他的異能協調得非常好，優異到甚至能躲開機槍掃射。他也能曉得食物有無被下毒，或者建築是否被裝了炸彈。

高等異能者超級難殺。

奇運是鋼鐵心政府裡面頗具地位的成員，雖然他不像夜影、熾焰跟匯流那樣屬於鋼鐵心的親信，但能力仍強大到城內大多數低等異能者會懼怕。生著一張長臉和鷹勾鼻的奇運走到劇院前面的人行道邊緣點菸，其他客人則在他背後走出門，兩名穿絲質禮服的女人挽著他的手肘走在兩旁。

我真想取下步槍賞他一顆子彈。奇運是個殘酷成性的怪物，他宣稱自己的異能在祭品占卜下發揮得最好，也就是藉由解讀死去生物的內臟以預言未來。奇運喜歡用人類內臟，而且偏好新鮮的。

我攔住自己。我若準備射他，他的異能就會被觸發。奇運根本不怕單獨一位狙擊手，他說不定自認爲天不怕地不怕。假如我的情報無誤，下個小時就會目睹他大錯特錯。

你們動作快啊，我心想。這是對付他的最好時機。我是對的。我非得猜對不可。

奇運抽了一口菸，對路過的幾個人點頭。他沒帶保鑣，他幹嘛需要呢？儘管財富對於他猶如糞土，他手指上仍舊戴著閃亮亮的戒指。奇運就算不依靠鋼鐵心的統治任由自己予取予求，隨便哪一天走進任何一間賭場都照樣能大贏一筆。

什麼事也沒發生。我搞錯了嗎？我本來很篤定的，畢爾科給的情報通常很新。地下街頭的風聲說「審判者」重返芝加哥了，我很確定奇運正是他們鎖定的異能者。我已經習慣研究審判者，甚至把這種事當成使命——

一個女人走過奇運身邊。她的身材高䠷，生著一頭金髮，年約二十歲左右，穿著一襲輕薄、開了深V領口的紅色禮服。奇運雖然兩手挽著美女，也轉過去盯著她。女人猶豫著回頭看向奇運，然後笑著扭腰擺臀走過去。

我聽不見他們在談什麼，不過新來的女人取代了原本的兩個女伴。她拉著奇運走開，在他耳邊說了些什麼接著放聲大笑，原本那兩個女人叉著手在後面等待，不敢出言抱怨。奇運不喜歡女人表達意見。

我在等的一定就是這個了。我想趕到他們前面，卻又不能走在大街上，只得往後面穿過幾條小巷。我很熟這一帶，我就是爲了研究劇院區的地圖才差點趕不上。

我匆忙繞過一棟建築後方，穿過陰影抵達另一條巷子。我能從這邊看見同一條大路，但是換了另一個角度。奇運從容地走過巷子外面的鋼質人行道。

這個區域用掛在街燈上的燈籠來照明。街燈本身在大轉變時變成鋼，電子零件跟燈泡早就不能用了，不過街燈拿來掛燈籠掛是滿方便的。

燈籠投下一道道光圈，這對男女不斷在光線裡鑽進鑽出，我屏氣凝神地注視著兩人。奇運顯然身上有武器，那件西裝被設計成能掩飾手臂底下的鼓起，不過仍能看出槍套的位置。

奇運沒有能直接攻擊人的能力，但這其實沒有差別。他的預知能力代表他在使用手槍時絕不會失手，無論乍看偏得多遠也一樣。他若決定殺你，你只有幾秒鐘時間能做出反應，不然就死定了。

女人看似沒有武裝，不過我不確定。那件禮服隱藏了很多曲線，或許她大腿上綁了一把槍？她踏進下一道光圈時，我更仔細打量她，結果我發現自己在盯著她看，但不是在找武器。那女人很迷人，眼眸亮麗，生著鮮紅的豐唇跟金髮，還有那道深V領口……

我喚回自己的注意力，心想：笨蛋，你來這邊是有目的的。女人只會變成妨礙。

可是連九十歲的瞎眼神父都會停下來盯著這女人瞧，前提是那個神父沒瞎眼的話。我心想：比喻眞爛，我得再加把勁。我一直很不擅長比喻。

專心。我舉起步槍，讓保險保持開啓，用瞄準鏡放大景象。他們會在哪邊對他下手呢？這裡有幾塊街區黑暗一片，只有少許被燈籠照亮，然後才會跟伯恩利街交會，那兒是本地的舞廳大本營。女人很可能是慫恿奇運陪她去夜店吧，從這兒去那邊的最短路徑就是穿過這條漆黑、人煙罕至的街道。

空無一人的街道是很好的跡象，審判者極少在旁觀者太多的地方攻擊異能者，他們不喜歡波及無辜民眾。我抬高步槍，用瞄準鏡掃視大樓窗戶，有些變成鋼的玻璃窗後來重新裝上了玻璃。上面有人在注視著街道嗎？

我尋覓審判者的蹤影已經好多年了，他們是唯一仍會反擊的人，一群躲在檯面下跟蹤、圍困和暗殺強大異能者的團體。這些人才是眞英雄，不是我父親想像的英雄——審判者不具超能力，沒有炫目的服裝，他們的存在不是爲了捍衛眞理、守護美國人的理想之類的胡說八道。他們只是開殺戒，一個一個地宰，目標是消滅所有自認爲比法律優越的異能者。既然這差不多囊括了所有異能者，他們就有得忙了。

我繼續察看大樓窗戶。他們會怎麼嘗試殺掉奇運呢？辦法應該只有幾種。他們大概會試著把他困在不可能逃掉的情境。預知異能者的能力會讓他選擇能夠活命的最安全途徑，但若你製造一種情境，每條路都是死路一條，你就能殺掉他。

我們稱之爲「將死」，像下西洋棋那樣沒有退路，只是想建立這種情況太困難了。審判者很可能曉得奇運的弱點，每個異能者都有至少一個弱點，可能是某樣物品、心境或行爲可以讓你躲過他們的異能。

我用瞄準鏡看見有個黑暗人影躲在街對面建築的三樓窗戶內，不禁心頭一陣雀躍。在那裡。我看不出細節，但對方可能也在用自己的步槍跟瞄準鏡追蹤奇運。

就是這個。我不禁笑了。花了那麼多時間練習與追尋，我真的找到他們了。我找到審判者了！

我更興奮地繼續看著。狙擊手只會是獵殺異能者計畫的一部分，想必還有別的。我的手開始冒汗。觀看運動賽事或動作片可以讓人感到熱血沸騰，只是我向來沒辦法享受這種預錄的刺激。不過這件事……能親眼目睹審判者出擊，看他們設下天羅地網？好吧，這真的實現了我人生最大的夢想。雖然這僅僅是我計畫的第一步。我來這邊不只想看異能者被刺殺，今晚結束前，我打算找個辦法讓審判者歡迎我加入。

「奇運！」附近有個聲音喊。

我趕緊壓低步槍，縮回巷子側面。一會兒後一個人影跑過巷口，是個穿吸菸夾克跟寬鬆長褲的矮胖男人。

「奇運！」那人又喊。「等一下！」我舉起武器用瞄準鏡觀察新來者。這是審判者陷阱的一環嗎？

不對，這人是「曲球」唐尼．哈里森，一個只有單一能力的低等異能者，能用手槍發射無限子彈，他是鋼鐵心組織裡的保鑣兼打手，不可能跟審判者的計畫有關。審判者從來不和異能者合作，審判者痛恨異能者，他們只會殺掉最糟糕的敵人，但絕不會讓異能者加入。

我無聲咒罵，看曲球靠近奇運跟那女人。女人一臉擔憂地抿著豐滿的嘴唇，瞇起漂亮的眼睛。沒錯，她很擔心，她肯定是審判者的成員。

曲球開始講話，解釋某件事，奇運聽了皺眉。這是怎麼回事？

我把注意力轉回女人身上，心想：她有種說不出的特質……我不禁讓眼神逗留在她身上。她比我起初想的還年輕，大概十八或十九歲，可是那雙眼睛似乎使她蒼老許多。

她臉上的憂慮很快就褪去，轉身對奇運露出新表情，我認出是裝出來的無聊，然後她指往前方。無論陷阱是什麼，她都得讓他沿著街走遠一點。這很合理。想困住預知異能者超難。他的危險預感若嗅到一絲陷阱的氣味，就會當場逃跑。這女人肯定知道他的弱點，不過大概想等附近人更少的時候再施展吧。

即使是這樣，計畫也不見得會奏效。奇運身上仍有武器，何況許多異能者的弱點是出了名地難以利用。

我繼續觀察。無論曲球遇到什麼問題，看起來都跟那女人無關。曲球不停指背後的劇院，要是他成功說服奇運回去……那麼陷阱就無用武之地了。審判者會撤退、消失、再重新選個新目標，我可能得再花好幾年才能碰到這種機會。

我不能放任這種事發生。我深吸口氣，放下步槍掛回肩膀後面，然後踏到街上往奇運的方向走去。

準備向審判者遞上我的履歷吧。

第二章

我匆匆走過黑暗的鋼質人行道，穿過一道道光暈。

我說不定剛才決定做了件非常、非常笨的事，就像在地下街道吃了可疑攤販賣的肉一樣笨。可能更笨吧。審判者過去在暗殺行動上向來非常小心，我本來沒打算插手，只是想在旁邊看，試著說服他們讓我成爲一份子，但我一踏出巷子便改變了局勢——我在干預計畫，不管計畫到底是什麼。事情還是有可能朝正常的走向發展，曲球的現身也被考量在內。

但或許不會。天下沒有完美無缺的計畫，就連審判者也曾失敗過。他們有時候會撤退，留著目標沒殺死，寧願退出也不要冒險被捉。

我不曉得這次狀況是怎樣，但我起碼得試著幫忙。如果錯失機會，我會自責好幾年的。

那三個人——奇運、曲球與散發危險氣息的美人——在我跑過去時轉身。「唐尼！」我說。「李維劇場那邊要你過去！」

曲球皺眉看我，然後瞄了我的步槍一眼，伸手到自己外套裡摸槍，但是沒掏出來。穿紅西裝跟紅披風的奇運對我揚起一邊眉毛，假如我是危險因素，他的超能力應該會警告他；但是我接下來幾分鐘沒打算對他怎樣，所以他沒收到警示。

「你是什麼人？」曲球質問。

我停下腳步。「我是誰？星火的，唐尼！我替史賓澤工作三年了欸。你偶爾記一下別人的名字會死嗎？」

我的心臟狂跳，但試著假裝若無其事。史賓澤是李維劇場的老闆，不是異能者，卻靠著鋼鐵心的錢過活，城裡有影響力的人差不多都是這樣。

曲球多疑地打量我，不過我知道他平常不太注意身邊的低層混混。事實上，他若知道我對他了解有多深，大概還會很訝異。我對新芝加哥多數異能者都有深入研究。

「怎樣？」我追問。「你要不要走？」

「你沒有資格對我發號施令，小子。你是誰，看門的警衛嗎？」

「我去年夏天參與過伊德林搜捕行動，」我裝出不高興的模樣，雙手交叉。「我升職了，唐尼。」

「你要喊我先生，笨蛋！」曲球怒罵，放下伸進外套裡的手。「要是你有『升職』，你就不會當傳話小弟。劇場那邊是在搞什麼鬼？老史說他要奇運幫他算些機率啊。」

我聳肩。「他沒有跟我說爲什麼，只是叫我帶你回去，說他搞錯了，你不用麻煩奇運。」我看了奇運一眼。「我覺得……呃……史賓澤不曉得您另有行程吧，先生。」我對女人點頭。

經過一段漫長、難熬的停頓，我緊張死了，顫抖的指關節都可以拿來刮彩券了，最後奇運抽了抽鼻子。「跟老史說我這回原諒他。他應該要搞清楚，我不是他的私人計算機。」他轉身把手肘伸向女人準備離開，顯然認定她會乖乖聽話。

女人跟過去時看了我一眼，眨著深藍眼眸上面的長睫毛。我發現自己在傻笑。

然後我才意識到，要是我唬過了奇運，大概也騙倒了她。這表示她——還有審判者——現在八成會認爲我是鋼鐵心的小嘍囉。審判者向來很小心別殃及民眾，但他們一點都不反對宰掉幾個打手跟混混。

唉，星火啊，我心想。我應該對她眨個眼！我爲什麼沒對她眨眼？

眨眼看起來會很蠢嗎？我也沒有眞的練習過眨眼。可是眨眼很簡單，有可能做錯嗎？

「你眼睛有毛病啊？」曲球問。

「呃，有眼睫毛跑進去了，」我說。「先生。抱歉。噢，我們應該回去了。」一想到審判者有可能剛好發動陷阱解決曲球，連帶把我一併拖下水，就讓我突然非常、非常緊張。

我快步走過人行道，濺起幾灘積水。雨水在黑暗中蒸發得很慢，鋼質地面又讓水變得不易排除，儘管挖掘工嘗試挖掘某種排水系統，還有讓空氣在地下街道流通的管線，可惜他們最後瘋了，打亂這些規畫，工程也就此停擺。

曲球用一般速度跟著我，我配合他的腳步慢下來，擔心他會想出別的理由回去找奇運。

「你在急什麼，小子？」曲球怒聲說。

遠處的女人跟奇運停在一盞街燈底下，正在熱烈舌吻。

「別看了，」曲球走過我身邊。「他甚至不用看就能開槍射死我們，而且沒人會在乎。」

這話說得沒錯。奇運是個非常強大的異能者，他只要別插手鋼鐵心的計畫，就可以橫行無阻。曲球本人沒有這種豁免權，這種等級的異能者仍得小心，事實上，曲球這種低等異能者就算被人從背後捅一刀，鋼鐵心也不會在意。

我撇開眼神跟上曲球，他邊走邊點菸，黑暗中火光一閃，接著嘴前的空氣便嘶嘶作響，菸頭亮得像紅炭。

「星火啊，」他說。「老史一開始派你們這種傢伙出來找奇運不就好了，我眞討厭被人當成愣仔。」

「你也知道史賓澤就是這樣，」我心不在焉地說。「他覺得派你來比較不會冒犯奇運，因爲你是個異能者。」

「我想也是。」曲球抽口菸。「你在誰的隊上？」

「艾迪．馬加諾的。」我端出史賓澤組織裡的一個手下姓名後回頭看，他們還在熱吻。「就是他叫我來找你的，他自己不想來，忙著釣奇運留下的其中一個女人。話說『愣仔』究竟是什麼意思啊？」

「艾迪．馬加諾？」曲球轉身看我，他的香菸頭把困惑的臉照成紅橘色。「他兩天前跟賤民發生衝突時身亡，當時我也在場……」

我僵住。糟了。

曲球伸手掏槍。

第三章

手槍跟步槍比起來有一項明顯優勢——手槍用起來很快。所以我根本沒嘗試早對方一步舉槍就往旁邊一撲，用最快的速度衝向一條巷子。

不遠處有人放聲呼喊。是奇運。我心想。他看見我逃跑了嗎？可是我根本沒站在燈光下，他也沒有在看。是別的原因，陷阱一定啓動了。

曲球對我開火。

手槍的問題在於它們超級難瞄準，就算訓練有素的專家開槍也會失誤多於命中，而且你必須把面前的手槍歪向一邊，好像自以爲在演什麼蠢動作片，使得命中率更爲低落。

曲球就是這樣開槍的。槍口的閃光點亮黑夜，接著一發子彈打中我附近的地上，在鋼質的人行道上濺出火花。我滑進巷子，背貼著牆，躲開曲球的直接視線。

子彈繼續灑在牆壁上，我不敢探頭，但是能聽到曲球在詛咒和叫罵聲。我嚇得忘了要數開槍次數，他那種手槍的彈匣只會有十幾發子彈。

但我隨即想起：噢，對了，他的異能。這個人可以持續開槍，永遠不用擔心子彈耗光。他最後必然會繞過轉角來個直接攻擊。

只剩一個辦法了。我深吸一口氣，從肩上解下步槍握在手裡，然後在巷口單膝跪下、冒險舉高步槍，燃燒的菸頭讓我得以瞄準曲球的臉。

一枚子彈打中我頭頂上方的牆面，我準備扣扳機。

「住手，你這愣仔！」一個聲音讓曲球停止射擊，接著有道人影在我開槍時從我和曲球中間的陰暗光線中閃過。我射偏了。那個人是奇運。

我放下槍，頭上高處隨即響起另一道槍聲。是那位狙擊手。子彈擊中奇運附近的地面，差一點就打中，然而他在關鍵時刻扭身閃過。他的危險預知感發揮了作用。

奇運笨拙地跑著，在他靠近一盞燈籠時我發現了原因。他的手被銬住了。但是他仍不停地逃。不管審判者的計畫是什麼，看起來都在瓦解。

我和曲球瞄了彼此一眼，接著曲球拔腿去追奇運，順便往我的方向補了幾槍。只是有無限子彈不代表射術高明，子彈全部射偏了。

我爬起來，往另一個方向、也就是女人原本的地方看去。她還好嗎？

空氣中傳來劇烈砰的一聲，曲球尖叫倒地。我笑了，直到狙擊手開第二槍，在我身旁的牆上炸出火星。我咒罵著鑽回小巷中。一秒後，那個穿流線紅禮服的女人就衝了進來，手上拿著掌心雷手槍指著我的臉。

人們從十步遠的地方用手槍通常會失手，可是我對距離自己只有十五吋的手槍失誤率沒那麼肯定，或許應該說情勢對那支手槍的目標而言不太樂觀。

「等一下！」我連忙舉起手說，讓步槍順著背帶垂在肩膀上。「我想幫你們！妳沒看到曲球對我開槍嗎？」

「你是哪個組織的人？」女人質問。

「避難夜工廠，」我說。「我以前開計程車，雖然我——」

「死愣仔！」她繼續用槍瞄準我，把手舉到頭旁邊用手指碰耳朵，我看見那邊有個耳環，大概是用藍芽跟手機連接在一起。「我是梅根。蒂雅，炸了它。」

附近響起爆炸巨響，嚇了我一跳。「那是怎麼回事？」

「李維劇場。」

「你們要炸掉李維劇場？」我說。「我還以爲審判者不殺無辜民眾！」

女人僵住，槍仍指著我。「你怎麼會知道我們是誰？」

「你們在獵殺異能者。不然你們還會是誰？」

「可是——」她沒把話說完，輕聲詛咒一句又舉起手指到耳邊。「沒時間了。亞伯拉罕，目標在哪邊？」

我聽不見回答，不過她顯然滿意對方的回答。遠處又響起幾次爆炸。

她打量我，我仍然高舉著雙手，而且她一定看見了曲球對我開槍，於是認定我不是威脅。最後她放下槍，迅速伸手折斷高跟鞋的細跟，接著拉起禮服側面撕開衣服。

我不禁倒抽口氣。

我向來認爲自己滿冷靜的，只是你不會每天都會待在一條漆黑的巷子裡，還有個風情萬種的女人在你面前幾乎剝光全身的衣服。她禮服底下穿著低胸無袖背心，以及彈性人造纖維的緊身皮短褲。我很高興地發現她的大腿上的確綁著槍套，她的手機掛在槍套外面。

她把禮服扔到一旁，這件禮服被設計成能輕易脫下。這個女人的手臂修長結實，稍早的天眞眼神完全消失，換成強硬、堅決的表情。

我往前走一步，她的手槍立刻又指著我的額頭。我僵在原地不動。

「離開巷子。」她伸手比向巷外。

我緊張地照辦，走回大街上。

「跪下，雙手放在頭上。」

「我眞的不覺得——」

「給我跪下！」

我乖乖照做，把手高舉到頭上，覺得自己好蠢。

「哈德曼，」她手指抵著耳朵說。「這個阿膝就算只是打個噴嚏，也賞他脖子一顆子彈。」

「可是——」我開口。

她拔腿沿街跑走，少了鞋跟和禮服後動作快上許多，留我獨自待在原地。我跪在那裡，感覺自己像個白癡，一想到狙擊手把武器瞄準我，頸背上就泛起雞皮疙瘩。

這邊有多少審判者成員？我猜他們若要嘗試這種行動，起碼得出動兩打人吧。又一聲爆炸撼動地面。爲什麼要引爆炸彈？這會讓執法隊，也就是鋼鐵心的部隊收到警訊。小嘍囉跟混混已經夠難應付了，執法隊還配有先進的槍支，有時甚至會出動機甲——十二呎高的動力裝甲機器人。

下一聲爆炸比較靠近，就在同一條街區上。審判者的原始計畫一定出了大差錯，不然奇運不會從紅衣女郎身邊逃掉。她說她叫梅根是嗎？

引爆炸彈是審判者的應變計畫之一。可是他們想做什麼呢？

一個人影衝出不遠的巷子，害我差點嚇了一跳。我僵住在原地不動，暗地咒罵狙擊手，不過仍然稍微轉頭看。那個人穿紅衣，手上銬著手銬。是奇運。

我領悟過來：那些爆炸是要嚇阻他，讓他退回這裡！

奇運穿過街道，然後轉往我的方向。梅根——假如這真的是她的名字——衝進奇運現身的同一條路上，試著追上異能者。然而在她背後遠處，另一群人從不同的街上跑出來。是四個史賓澤的混混，身穿西裝、手持衝鋒槍，並且指著梅根。

我在街道另一邊看著梅根和奇運掠過我面前。惡徒們從我右邊靠近，梅根與奇運往我左邊跑，所有人都在同一條黑暗街道上。

拜託！我對頭上的狙擊手心想。她沒看見他們！他們會射倒她的。你快解決他們啊！

狙擊手沒反應。混混們舉起槍。我感覺頸背流下一滴汗，接著我咬著牙滾往旁邊抄起步槍，用槍瞄準其中一人。

我深吸口氣，聚精會神扣下扳機，心想我就要被頭上的狙擊手爆頭了。

第四章

手槍就像爆竹難以預料。點燃爆竹扔出去，你永遠不曉得它會掉在哪邊，或者造成哪種傷害。拿手槍開火就是這樣。

烏茲衝鋒槍更糟，它像一整串鞭炮，說不定能打中東西，但仍然使用不便、難以駕馭。

步槍就很優雅。步槍宛如使用者意志的延伸，你只需要瞄準、扣下扳機就能造成結果。在心如明鏡的專家手中，步槍是這世上最致命的武器。

第一位惡徒被我擊倒。我把槍稍微偏向旁邊再扣下扳機，第二人倒地。另外兩人放低武器，試圖躲開火線。

瞄準、扣指，解決三個人了。等我瞄準最後那個目標時，他已經全速狂奔，成功躲進遮蔽處。我有些遲疑，感覺從脊椎竄起一股寒意，等著被頭上的狙擊手賞顆子彈，然而對方沒開槍。顯然哈德曼發現我是站在好人這邊。

我猶豫著爬起來。很不幸，這不是我第一次殺人，這種事不常發生，但我偶爾得在地下街道保護自己。殺人很難熬，只是我此刻也無暇多想。

我推開這些情緒，不曉得自己還能幹嘛，最後決定左轉沿街跑去追奇運跟審判者的女成員。異能者咒罵著鑽進一條小巷，街上空無一人，附近的爆炸跟槍戰讓一般人紛紛走避，這種事在新芝加哥不太常見。

梅根繼續追捕奇運，我成功抄捷徑跟她會合，我們並肩衝過十字路口追逐異能者時，她轉頭怒瞪著我。

「我叫你留在原地的，阿膝！」她喊。

「還好我沒聽妳的話！我剛剛救了妳的命。」

「所以我才沒射死你。快滾。」

我不理她，邊跑邊用步槍瞄準異能者開槍。子彈射歪了，在奔跑的狀態下開火太難了。我不悅地心想：他跑得可眞快！

「這樣沒用，」女人說。「你打不到他的。」

「我能讓他慢下來。」我放下步槍跑過一間燈光熄滅、門也關上的夜店，一群緊張的客人正從一扇窗戶往外窺看。「他會爲了閃躲失去平衡。」

「那樣維持不久的。」

「我們得同時開槍，」我說。「我們可以把他困在兩顆子彈中間，這樣他怎麼躲都會中彈。我們可以『將死』他。」

「你腦袋壞了嗎？」她仍在繼續跑。「那樣幾乎辦不到。」

她說得對。「好吧，那我們就利用他的弱點。我知道妳曉得弱點是什麼，不然妳根本不會給他銬上手銬。」

「弱點沒用。」她閃過一盞路燈時說道。

「對妳就有用啊。跟我說弱點是什麼，我來試。」

「真是個大愣仔，」她罵我。「當他被一個人吸引的時候，危險預知感就會減弱。所以除非你比我漂亮非常多，弱點是沒用的。」

噢。好吧，這的確是問題了。

「我們得——」梅根說到一半話卻打住，在我們狂奔時舉手按住耳朵。「不！我可以！我才不管他們有多近！」

我意識到審判者想叫她撤退，執法隊用不了多久就會抵達。

我們前面有個倒楣的駕駛繞過街角，大概正要去夜店區吧，此時車身猛然剎住，奇運從車前面閃過去，直接闖進下一條巷子，準備前往居民更多的街道。

我靈機一動。

「拿去，」我把步槍丟給梅根，掏出備用彈匣，同樣扔給她。「射他。讓他慢下來。」

「什麼？」梅根問。「你憑什麼叫我——」

「快照做！」我滑行到汽車邊拉開乘客座的車門。「下車。」我對方向盤後面的女人說。

坐在車子裡的駕駛連忙下車，把鑰匙留在點火孔裡面。在異能者滿天飛的世界，他們有權力搶走任何想要的車輛，很少人會抗議。鋼鐵心會嚴懲不是異能者的竊賊，大部分人根本不敢做我剛才的舉動。

梅根在車外咒罵，然後專業地舉起步槍開火。她瞄得很準，已經跑進巷子一段距離的奇運往右踉蹌一步，危險預知感要他躲開。正如我所期望的那樣，這使他速度變慢不少。

我猛踩油門，這輛車是不錯的四門跑車，看起來簡直是新的。真可惜，等下就不是了。

我疾駛在街道上，我剛才跟梅根說我當過計程車司機，這是眞的，我從「工廠」畢業後，也就是幾個月前試開過一次車。但我沒提那份工作只維持了一天。我的開車技術糟透了。

除非你嘗試，不然你永遠不會知道你對一件事的喜愛程度。這是我父親最愛說的話之一。計程車公司沒料到我會開他們的車來「學習」駕駛，可是我這種人還能怎麼摸到方向盤呢？我是個孤兒，大半輩子歸「工廠」所有。我注定不會賺大錢，地下街道也沒有地方能開車。

反正，駕車實際上比我想像中難多了。我尖叫著拐過黑暗的街角，油門踩到底幾近失控，路上還撞倒一個減速標誌跟一座街牌，但我仍在幾下心跳的時間內穿過街區，滑行至下一個轉角。過程中我衝上人行道、撞倒幾個垃圾桶，不過成功在轉彎時控制住情況，讓車身停下來面對南方。最後我讓車頭對準巷口，奇運腳步踉蹌地朝我跑來，因爲被梅根拖慢速度而絆到垃圾箱子。

空氣中傳來砰的一聲，奇運閃躲，汽車擋風玻璃應聲碎裂。有顆子彈從我頭上一吋的地方打進來，我心裡一震。梅根仍在開槍。

你知道嗎，大衛？我心想，你眞的應該事前更審愼計畫才是。

我猛踩油門，引擎怒吼著衝進巷子，小巷只能勉強容下這輛車。我稍微往左偏，車身左邊擦出火花、撞掉左邊的後照鏡，車頭燈照在身穿紅西裝的男人身上。他雙手銬在一起，披風在身後抖動，帽子在逃命時掉了，露出瞪大的眼睛。兩邊都沒有退路。

將死。

或者我以爲是這樣。我逼近他時，奇運跳了起來，以超人般的靈活動作重重踩上擋風玻璃正面。

我震驚不已。奇運不該有強化的身體特質。當然，像他這種人，能這麼輕鬆閃避危險的人，大概沒什麼機會展現這種能力。總之他的腳用專業動作踩上我的擋風玻璃，唯有反應超強的人才辦得到。他腳一蹬往後跳，藉由汽車的動能往後空翻，擋風玻璃頓時碎成塊狀。

我用力踩下剎車，被噴到臉上的玻璃弄得不住眨眼，跑車發出尖嘯聲跟著停下，擦出一陣火星。奇運穩穩落地。

我茫然搖頭，心裡一部分想著：是呀，超快反應，我早該想到的。預知異能組合的絕配。奇運很聰明，對外掩飾這種能力。許多強大的異能者認爲，若隱藏一兩種能力不讓外人知道，其他異能者試圖殺他們時就可以握有反抗的優勢。

奇運往前衝來，我能看見他抬頭瞪我，嘴角扭成冷笑。他是個怪物。我記錄過超過一百件跟他有關的謀殺。從他的眼神看來，他正打算把我列入受害者之列。

他跳進空中，朝車頂飛過來。

砰！砰！

奇運的胸膛爆開。

第五章

奇運的屍體摔在引擎蓋上。梅根站在他旁邊，一手在腰際拿著我的步槍，另一手握著她的手槍，車頭燈照亮她整個人。「星火啊！」她咒罵。「我眞不敢相信奏效了。」

我這才發現她同時發射了兩把槍，她用兩發子彈在空中「將死」了奇運。不過這招大概跟他跳起來有關係，他在空中更難閃躲攻擊。儘管如此，那種槍法還是太神奇了。雙槍齊發，其中一把還是步槍……

星火啊，我的思緒呼應她的詛咒。我們眞的打贏了。

梅根把奇運的屍體從引擎蓋上拖下來，測量他的脈搏。「死了。」她說著朝屍體的頭再開兩槍。「這下保證死透。」

就在這時，史賓澤的一打混混在巷口現身，手持烏茲衝鋒槍。

我咒罵著連忙鑽進車子後座，梅根跳上引擎蓋，從破掉的擋風玻璃滑進車內，剛好在一陣槍林彈雨掃過車身時躲進乘客座。我試圖打開後座的車門，只是巷子牆壁距離車身太近，車門根本沒辦法打開。後車窗被烏茲衝鋒槍射得應聲碎裂，座椅噴出塡充物。

「禍星啊！」我說。「還好這不是我的車。」

梅根對我翻白眼，然後從無袖背心裡掏出像是口紅的小圓柱。她扭開圓柱底部，等槍火一歇就把它從前面的窗戶扔出去。

「那是什麼？」我壓過槍聲大喊。

一陣劇烈得足以撼動車身的爆炸回答了我的問題，連帶把巷子裡的垃圾掃向我們。攻擊暫時停下，我能聽到人們疼痛呻吟的聲音。梅根依然背著我的步槍，她跳過破裂的車椅，身子柔軟地鑽過破掉的後車窗往外狂奔。

「喂，等等！」我說著跟在她身後爬出去，安全玻璃的碎片從我衣服上滑落。我一落地便拔腿跑向小巷盡頭，剛好趁爆炸的倖存者重新開火時繞過巷口躲開。

而我昏沉腦袋的一部分想著：她的槍法優異，還在背心裡藏著迷你手榴彈。我覺得我可能戀愛了。

我在槍聲中聽見低沉的隆隆聲，接著前面街角冒出一輛裝甲卡車，呼嘯著靠近梅根。那是輛巨大的綠色卡車，前頭裝著龐大無比的車頭燈，而且看起來就像……

「垃圾車？」我不解問道，跑過去加入梅根。

乘客座上坐著一個黑人硬漢，替梅根推開車門。「那是誰？」男人對我點點頭問道。他的口音略帶法國腔。

「一個愣仔，」她把步槍扔回來給我。「但是很有用。他知道我們是誰，不過我想他不是威脅。」

實在稱不上熱情的推薦，但夠好了。我笑著看梅根爬進車裡，把黑人推到中間的位置。

「我們不用管他嗎？」有法語口音的男人問。

「不，」駕駛說。我看不清楚他的臉孔，那男人陷在陰影中，但他的嗓音穩健且富有磁性。「他跟我們走。」

我笑開了，連忙爬進卡車。駕駛有可能就是那位狙擊手哈德曼嗎？他也看到我幫了多大的忙。車內的人不情願地騰出空間給我。梅根溜到後座，坐在一個穿迷彩皮革背心、手拿一把模樣很棒的狙擊槍的男人旁邊，也許他才是哈德曼。狙擊手另一側是個中年女性，她生著一頭及肩紅髮，戴眼鏡和穿套裝。

接著卡車開始移動，速度比我以為的垃圾車性能還要快上許多。我們背後的巷子跑出一群惡徒向卡車開槍，但起不了什麼作用。只是我們也還沒脫離險境，我聽見天空傳來執法隊直升機的明顯嗡嗡聲，很可能也有幾個高等異能者正在靠近。

「奇運呢？」駕駛問。他年紀較大，大約五十多歲，身穿著黑色的薄長外套。不過奇怪的是，他的外套口袋裡塞著一只護目鏡。

「死了。」梅根從後面說。

「出了什麼問題？」駕駛問。

「他隱藏自己另一項異能，」她說。「超快反應。我銬住他，他卻溜走了。」

「還有另外那個傢伙，」穿迷彩衣的男人說。我相當確定他就是哈德曼。「在事情進行到一半跑出來攪局。」他有明顯的美國南方口音。

「他的事我們晚點再談。」駕駛說著高速拐過街角。

我的心臟開始狂跳，往窗外留意天上有無直升機的蹤影。執法隊很快就會知道該找什麼東西，卡車實在太顯眼了。

「我們早該一開始就賞奇運一槍，」有法國口音的男人說。「拿掌心雷抵著胸口。」

「沒用的，亞伯拉罕，」駕駛說。「他的超能力很強，即使被異性吸引效果仍然有限。我們一開始必須用非殺傷性手段，困住他，然後再射他。預知異能者很難應付。」

他或許說對了一部分。奇運的危險預知感不是很強，而是非常強。原始計畫大概是讓梅根銬住他，或許是銬在燈柱上，然後等他行動受限時再用掌心雷抵著他胸口開槍。她要是先試著射他，他的異能就會警告他，這全得看奇運被梅根吸引到什麼程度。

「我沒想到他會這麼厲害，」梅根聽起來對自己很懊惱，一邊抽出一件皮夾克跟一條工作褲。「對不起，教授。我不該讓他從我面前跑掉的。」

教授。這名字似乎讓我想起某件事。

「至少任務完成了，」駕駛——或者該說是教授——讓垃圾車伴隨一個刺耳的聲音剎住。

教授打開車門，我們魚貫下車。

「我們要拋棄車輛。它已經曝光了。」

「我——」我才要開口打算自我介紹，想不到他們稱作教授的年長男人便轉過頭來，越過垃圾車引擎蓋惡毒地瞪著我，讓那些話哽在喉嚨裡。那位身穿長外套、臉上鬢角灰中帶白的男人站在陰影中，看起來好危險。

審判者們從垃圾車後面拉出幾袋裝備，包括一把由亞伯拉罕負責攜帶的巨無霸機槍。他們領著我走一段樓梯進入地下街道，匆匆拐過許多轉角。我把我們的路線記得很清楚，直到他們帶我走下一長條樓梯，踏進了鋼鐵陵墓。

聰明人會避開陵墓區，挖掘工還沒挖好這邊的通道就發瘋了，天花板上的燈很少會亮，穿過鋼質地層的方形隧道也會不斷改變大小。

一路上隊伍保持沉默前進，靠著手機上的燈光來照明，大部分隊員把手機綁在外套前面。我曾想過審判者會不會帶手機，而他們會帶手機這點讓我更欣賞自己的手機了。我的意思是，大家都曉得騎士鷹鑄造廠是中立勢力，而他們的手機通訊網是保證安全無虞的。審判者使用他們的網路就證明了騎士鷹鑄造廠十分可靠。

我們走了一段時間，審判者們小心無聲移動。哈德曼有幾次在前面探路，亞伯拉罕帶著那把模樣邪惡的機槍殿後。我很難記住方向，走在鋼鐵陵墓裡就像困在半完工、變成老鼠迷宮的地下鐵隧道裡面一樣。

這裡有被堵死的路、死巷跟不自然的彎道，幾處電線從牆上突出來，就像你在雞胸上會看到的詭異動脈。其他幾處的鋼牆不是實心，而是一塊塊牆板，被想尋寶賺錢的人拆下，可惜廢金屬在新芝加哥一文不值。這兒的鋼已經太多了。

我們經過一群青少年，他們一臉不悅地站在用來燒火的垃圾桶旁邊，好像很不高興隱私被侵犯，不過沒人來煩我們，這可能跟亞伯拉罕的大槍有關係吧。那把槍底下附有發藍光的抗重力墊，讓他能輕鬆扛起。

我們花了一個多小時穿過這些隧道，偶爾經過噴出空氣的管線。挖掘工在地底創造出一些成果，但是大部分都讓人摸不著頭緒。不過這兒還是有新鮮空氣。有時候。

教授穿著黑色長外套帶路，我在隊伍繞過另一個轉角時想起：*那是實驗袍，只是染成黑*

色。在袍子底下是一件有鈕釦的黑襯衫。

審判者們顯然很擔心被跟蹤，雖然我覺得他們提防過頭了。鋼鐵陵墓太過複雜，我才經過十五分鐘就徹底迷失方向，執法隊從不下來這一層，這是大家默認的規則。鋼鐵心忽略住在鋼鐵陵墓裡的人，而這些人則不會做任何引來制裁的事。

當然……審判者破壞了這條協定。一位重要異能者遭到刺殺，鋼鐵心會做何反應呢？

最後審判者們帶我繞過一個轉角，看起來就跟其他彎路沒兩樣，但這次卻帶我們彎進鋼鐵陵墓裡一個挖出來的小房間。陵墓裡有很多這種地方，挖掘工原本計畫拿來當廁所、小商店或居所。

狙擊手哈德曼守在門邊，拿出一頂迷彩棒球帽戴上，帽子前面有我不認得的標誌，像某種紋飾之類的。另外四位審判者站在四周面向我。亞伯拉罕拿出一只大手電筒，按個鈕讓它旁邊亮起來變成提燈，然後放在地板上。

教授交叉手臂，面無表情打量我；紅髮女人站在教授身邊，似乎更加沉浸在思緒中；亞伯拉罕依舊扛著大槍；梅根則脫下皮夾克，在手臂底下綁個槍套。我試著別盯著她，只是這就像忍著別眨眼一樣難，結果……好吧，我反而忍不住看了。

我猶豫著後退一步，意識到自己被包圍了。我正開始以爲審判者會接受我加入他們，可是我看到教授的眼神就發現事情並非如此。教授把我視爲威脅，我被帶過來不是因爲我幫了忙，而是因爲他不希望我亂跑。

我是俘虜。身在深不可測的鋼鐵陵墓裡，沒有人會聽到尖叫或槍響。

第六章

「蒂雅，測試他。」教授說。

我往後縮，緊張地握著我的步槍。在教授身後，梅根背靠著牆，敞開的外套底下露出固定在手臂底下的手槍，她的手裡轉著一樣東西——我步槍的備用彈匣。她根本沒有還我。

梅根冷笑。她稍早把步槍丟還給我，然而此刻我心一沉，懷疑她早就退掉槍膛的子彈，而槍裡是空的。我開始感到驚慌失措。

叫作蒂雅的紅髮女人拿著某個外型圓扁的裝置靠近我，大小和盤子差不多，一邊卻有個螢幕。她把裝置指著我。「沒有讀數。」

「驗血。」教授表情冷酷地說。

蒂雅點頭。「別逼我們壓住你啊。」她對我說，從裝置側面拉出一條用電線接在圓盤上的帶子。「這會輕輕刺你，但是不會造成傷害。」

「這是什麼？」我質問。

「占卜儀。」

占卜儀……測試一個人是否爲異能者的機器。「我……我還以爲這東西只是傳說。」

名叫亞伯拉罕的大個子笑了，舉起身邊的龐然大槍。這人身材修長、肌肉發達，似乎非常冷靜，跟蒂雅及教授表現出的緊繃剛好相反。「那麼你就不會介意了吧，嗯，朋友？」他用法語口音問。「被一個傳說中的裝置刺到有什麼關係呢？」

這實在算不上安慰，但審判者可是專門獵殺高等異能者的刺客，我實在沒有選擇。

女人用一條寬粗的帶子包住我的手臂，有點像血壓計，電線從帶子連接到她手裡的機器，帶子內側有個小盒子輕輕螫了我一下。

蒂雅打量螢幕。「他完全乾淨，」她看向教授。「血液測試也沒反應。」

教授點頭，似乎不訝異。「好吧，孩子，你準備要回答幾個問題了。回答之前請三思。」

「好。」我說。蒂雅則撕下帶子。我揉著手上被刺到的地方。

「你，」教授說。「究竟是怎麼知道我們要攻擊哪裡？誰跟你說我們的目標是奇運？」

「沒有人。」

教授臉色一沉。他旁邊的亞伯拉罕挑起一邊眉毛，掂掂手上的槍。

「我沒說謊！」我急得汗如雨下。「好啦，我從街上幾個人那邊聽說你們可能會進城。」

「我們沒告訴任何人目標是誰，」亞伯拉罕說。「就算你知道我們會來，你又怎麼曉得我們想殺哪位異能者？」

「嗯，」我說。「不然你們還會對付誰？」

「城裡有上千個異能者，孩子。」教授說。

「當然，」我回答。「可是大多數都不值得你們關注。你們只鎖定高等異能者，新芝加哥裡符合條件的只有幾百位。他們當中只有幾打具備基礎無敵能力，而你們又總是挑有基礎無敵的異能者。

「不過，你們也不會對太強或影響力太大的異能者下手，你們認為他們會受到嚴密保護，所以這就剔除了夜影、匯流跟熾焰，差不多就是鋼鐵心的整個親信圈子。這也排除掉大部分的地下居住區貴族。

「如此一來就剩下大約一打目標，奇運是裡面最壞的。所有異能者都殺過人，但是他殺的無辜者最多。何況他玩弄人們內臟的變態行徑正是審判者想阻止的事。」我緊張地看著他們，然後聳聳肩。「就像我說的……沒有人告訴我。你們會挑誰已經很明顯了。」

小房間陷入寂靜。

「啊哈！」仍站在門邊的狙擊手說。「女士先生們，我認為這表示我們的行動可能有一點太好預測囉。」

「基礎無敵是什麼意思？」蒂雅問。

「抱歉，」我說，這才想到他們不懂我的詞彙。「我用這個語詞來指無法用傳統方法暗殺的異能者。你們知道，像再生、鋼鐵皮膚、預知、自我轉世之類的。」所謂的「高等異能者」就是擁有這種本領的人，幸好我還沒聽說過有人具備兩種無敵能力。

「我們不妨先假設，」教授說。「你真的是獨自想出這些的好了。這還是沒辦法解釋你怎麼知道我們要在哪裡發動陷阱。」

「奇運永遠會在每個月第一個禮拜六到史賓澤的劇場看戲，」我說。「他看完後也總是會去找樂子。你們只有在這時候才能確定找到他，而且他還會處於能掉進陷阱的心態。」

教授看了亞伯拉罕一眼，然後看向蒂雅。她聳聳肩。「我判斷不出來。」

「我認爲他說的是實話，教授。」梅根雙手交叉說，外套前襟敞開。我得提醒自己：不准……偷看……

教授看她。「爲什麼？」

「這很合理，」她說。「要是鋼鐵心知道我們的攻擊位置，他就會安排更複雜的計謀來逮我們，不是只派個背步槍的小鬼。何況這位阿膝的確有試過幫忙。算是啦。」

「我有幫啊！妳要不是有我早就死了。你跟她說，哈德曼。」

審判者們一頭霧水。

「誰？」亞伯拉罕問。

「哈德曼。」我指著門邊的狙擊手說。

「我叫柯迪，小子。」男人覺得很有趣地說。

「那哈德曼在哪裡？」我問。「梅根跟我說他在上面，拿步槍看著……」我聲音消失。我懂了。我頭上根本沒有狙擊手。至少沒有哪個狙擊手被特別告知要看住我。梅根只是捏造藉口要我留在原地。

亞伯拉罕嗓音深沉地大笑。「被老套的隱形狙擊手招數騙到啦，嗯？騙你跪在那邊，以爲隨時會被射死是吧。所以她才叫你阿膝啊？」

我羞得無地自容。

「好吧，孩子，」教授冷冷說。「我會善待你，假裝這些事從來沒發生過。等我們走出門外，我要你很慢很慢地數到一千，然後你就可以離開。但假設你試圖跟蹤我們，我就一槍斃了你。」他對其他人揮手。

「不，等等！」我急著伸手想抓他。

另外四個人瞬間掏出槍來，全部指著我的腦袋。

我驚訝得倒抽口氣，把手放下。「拜託等等，」我有些膽怯地說。「我想加入。」

「你說你要什麼？」蒂雅問。

「我要加入，」我說。「所以我今天才會過來。我本來沒打算介入，我只是想申請加入你們。」

「我們沒有對外開放申請。」亞伯拉罕說。

教授打量我。

「他是幫了點忙，」梅根說。「我也承認……他的槍法不賴。也許我們可以借重他的能力，教授。」

唔，無論發生了什麼事，我的確讓她留下印象了。這種勝利感幾乎就跟擊敗奇運一樣棒。

最後教授搖搖頭。「很抱歉，孩子，我們不招募新人。我們要走了，我再也不想看到你靠近我們的行動，我甚至不想聽到你跟我們待在同一座城的風聲。你留在新芝加哥。過了今天這團混亂，我們要過很久以後才會回來。」

眾人似乎都接受這個結論。梅根幾乎帶著歉意地對我聳聳肩，像是用來取代沒說出口的話，感謝我從烏茲衝鋒槍混混手中救了她一命。其餘人聚在教授身邊，跟著他走向門外。

我站在原地，感覺好無力、好挫折。

「你們正在走下坡。」我用輕柔的聲音說。

出於某種原因，教授猶豫了。他回頭看我，其他人幾乎已經走了出去。

「你們從來不對眞正的目標下手，」我有些氣惱。「老是挑奇運這種安全的，還有你們能孤立和殺掉的異能者。沒錯，他們是怪物，可是重要性比較低。你們不肯對抗眞正的惡魔，那些摧殘我們、把我們國家變成瓦礫堆的異能者。」

「我們竭盡所能。」教授說。「爲了除掉無敵異能者而葬送性命，對任何人都沒好處。」

「殺奇運這樣的人也沒什麼好處，」我說。「他們太多了，你如果繼續挑奇運這種目標，根本沒人會怕你。你們只是惱人的小阻礙，這麼做改變不了世界。」

「我們不打算改變世界，」教授說。「我們只想殺異能者。」

「不然你要我們做什麼，小子？」哈德曼——我是說柯迪——打趣問道。「對付鋼鐵心本人嗎？」

「對，」我熱切地說，上前一步。「你們想改變情勢，想讓他們害怕嗎？你們就應該攻擊他！讓他們看看沒有人敵得過我們的復仇！」

教授搖搖頭，繼續往前走，黑實驗袍窸窣擺動。「我多年以前就做出決定了，孩子。我們必須打自己有勝算的仗。」

他踏進走廊，把我一個人留在小房間裡，他們留給我的手電筒在鋼鐵陵墓照出一抹冷光。

我失敗了。

第七章

我站在沉寂的小房間裡，審判者留下的手電筒照亮室內。電池似乎快沒電了，但鋼牆反射陰暗光線的效果很好，所以仍然很亮。

我才不要留下來。我心想。

我不顧警告，大步走出房間。他們想射死我就放膽來吧。

審判者撤退的身影被他們手機燈的光線照亮，一群漆黑的形體穿過狹窄的走廊。

「沒有別人挺身戰鬥！」我對他們背後喊。「根本沒有別人嘗試！只剩你們會這麼做了。要是連你們都怕鋼鐵心這種人，怎麼還會有人持不同看法？」

審判者們不理我，繼續走。

「你們的任務有意義！」我放聲大吼。「可是那樣不夠！只要最強大的異能者自認為天下無敵，就不會有事情改變。只要你們一直放過他們，就等於證明他們掛在嘴邊的話是對的！異能者只要夠強就可以予取予求，你們是在同意他們有統治的權利！」

那群人繼續走，雖然靠近隊伍尾端的教授似乎遲疑了。只有一下子。

我深吸一口氣，我只剩最後一張底牌。「我見過鋼鐵心流血。」

教授身子僵住。

其他人也停下腳步。教授轉頭看我。「你說什麼？」

「我見過鋼鐵心流血。」

「不可能，」亞伯拉罕說。「那傢伙完全刀槍不入。」

「我見過，」我感覺自己心臟狂跳、臉上冒汗。我從來沒告訴任何人，這個祕密太危險了。鋼鐵心如果知道有人在那天的銀行攻擊中生還，一定會來追殺我，我再怎麼躲藏跟逃跑都沒用。他如果認爲我曉得他的弱點，必定會窮追不捨。

我不曉得他的弱點，頂多只知道一部分。可是我有線索，說不定還是僅存的情報。

「扯謊不會讓你加入我們的，孩子。」教授緩緩說。

「我沒有說謊，」我迎上他的目光。「這件事沒有。給我幾分鐘講我的故事，拜託你們起碼聽一下。」

「太愚蠢了，」蒂雅說著抓住教授的手。「教授，我們走。」

教授沒有理會。他打量著我，雙眼與我的相視，好像在搜尋什麼。我覺得好詭異，彷彿在他面前整個人被剝光，彷彿他能讀出我內心所有願望跟罪惡。

他慢慢走回我面前。「好吧，孩子，你有十五分鐘。」他比著我後面的小房間。「我就聽聽你想說什麼。」

我們走回那個小房間，其他幾個人不高興抱怨幾句。我開始判斷隊上成員的角色：生著健壯手臂、扛著大型機槍的亞伯拉罕想必是重火力隊員，負責待在任務地點附近，若事情出差錯就能壓制執法隊士兵。他會在必要時能恫嚇對手交出情報，說不定也可以應計畫要求維修重型機具。

紅髮、窄臉、口音清晰的蒂雅大概是隊上的學者。從她的服裝判斷，她不會親身參與戰鬥，審判者也需要她這種人，藉此徹底摸清楚異能者的能力，並幫忙揭露目標的弱點。

梅根是前哨隊員，親自投入危險環境並把異能者引誘到定點。穿迷彩衣、帶狙擊槍的柯迪很有可能負責提供火力支援，我猜梅根用某種辦法抵銷異能者的異能後，柯迪就會用精準的火力射死或「將死」他們。

最後剩下教授。我猜他是隊長。若他們有需要，他或許能當第二前哨？我猜不太出來他的身分，雖然他的名字似乎讓我聯想到某件事……

我們回到房間後，亞伯拉罕看起來對我要說的話很感興趣，蒂雅卻一臉惱怒，柯迪則像是覺得很好玩。除了狙擊手往後靠在牆上，雙手交叉監視著走廊外，其餘的人圍在我身邊等著我開口。

我對梅根笑了，想不到她卻面無表情，甚至變得冷冰冰的。爲什麼會這樣？

我深吸一口氣。「我見過鋼鐵心流血，」我重複說。「那是十年前的事了，我當時八歲。我和父親在芝加哥亞當斯街的第一聯合銀行……」

我說完故事沉默下來，最後幾個字彷彿在空中迴盪：我也準備看著他再次流血。我站在一群畢生致力獵殺異能者的人面前講出這種話，聽起來好像在班門弄斧。

但是隨著我說出整個故事，先前的緊張和不安也慢慢散去。過了這麼久，終於能分享這件事，親口訴說那些可怕事件……很奇怪，這麼做居然能使人放鬆。假如我死了，至少會有其他人承擔我過去一個人背負的事情。就算審判者決定不對付鋼鐵心，這個資訊還是會存在，或許有一天能派上用場。前提是他們相信我的話。

「我們坐下來吧。」教授說著坐下。其他人聽了後照做，儘管蒂雅與梅根百般不願，不過亞伯拉罕卻表現得很放鬆，柯迪則是繼續在門邊站崗。

我坐下時把步槍擱在腿上，讓槍的保險開著，雖然我很確定槍裡沒有子彈。

「你們覺得呢？」教授詢問他的團隊意見。

「我有聽說過，」蒂雅不太樂意地承認。「鋼鐵心在大併吞之日摧毀了那間銀行。銀行出租了樓上的一些辦公室——不太重要，都是租給替政府做事的財產估價人跟記帳員。我碰過的大多數學者都認爲，鋼鐵心攻擊的目的是那些辦公室。」

「對，」亞伯拉罕同意。「他那天攻擊了許多市政府建築。」

教授若有所思點頭。

「先生——」我開口。

他打斷我。「你已經說完故事了，孩子。我們在你聽得到的地方討論，已經是在釋出善意。別讓我後悔。」

「呃，是，先生。」

「我以前一直很納悶他爲什麼先攻擊銀行。」亞伯拉罕繼續說。

「是呀，」柯迪從門邊說。「很怪的選擇。幹嘛殺掉一群會計師，然後才對市長動手？」

「可是這理由沒有好到能改變我們的計畫，」亞伯拉罕補充後搖搖頭。他對我點頭致意，大槍掛在肩上。「我相信你是很棒的人，朋友，只是我不認為我們應該根據剛認識的人的資訊做出決策。」

「梅根？」教授問。「妳怎麼看？」

我瞥了她一眼。梅根坐得離其他人稍遠，教授和蒂雅似乎是這個審判者分隊裡最資深的，亞伯拉罕跟柯迪也不時像親密朋友那樣表達意見。可是梅根又是怎樣呢？

「我覺得蠢斃了。」她的聲音冷淡不帶感情。

我皺眉。*可是……可是幾分鐘前，她對我最友善！*

「妳之前還支持過這小子呢。」亞伯拉罕說，彷彿猜出了我的思緒。

梅根一臉憤怒。「那是在我聽到這個荒誕的故事之前。他在騙人，想騎到我們的團隊頭上。」

我張嘴想大聲抗議，可是教授瞪了我一眼，我只得把話吞回去。

「你聽起來好像眞的在考慮。」柯迪對教授說。

「教授？」蒂雅說。「我認得你這個表情。記得我們跟暮醒交手那次嗎？」

「我記得。」教授說，一邊繼續打量我。

「怎麼了？」蒂雅問。

「他知道救援人員的事。」教授說。

「救援人員？」柯迪問。

「鋼鐵心封鎖他殺害救援人員的消息，」教授輕聲說。「很少人知道他對他們跟生還者——從第一聯合大樓事件倖存下來的那群人——做了什麼。他摧毀其他市政府建築時，曾殺了想過去幫忙的人，可是他在第一聯合大樓只殺死救援人員。

「他毀掉銀行的動機跟其他地方不同，」教授繼續說。「我們只知道他進了那間銀行，跟裡面的人說話。他在別處沒有這麼做。據說他離開銀行時怒氣沖天，銀行裡發生了某件事激怒了他。我已經知道一段時間了，其他審判者的分隊長也曉得。我們本來認爲無論什麼令他震怒，都跟奪命手指有關。」教授坐著一手放在膝上，敲著手指陷入沉思，不過依然注視著我。「鋼鐵心那天留下了疤痕，沒有人知道原因。」

「我知道。」我說。

「也許吧。」教授說。

「也許。」梅根說。「也許不是。教授，他有可能聽過那些謀殺，聽說鋼鐵心的疤，然後編造其他細節！這根本無從證明，因爲要是他說得沒錯，證人就只有他跟鋼鐵心。」

教授緩緩點頭。

「鋼鐵心幾乎不可能殺死，」亞伯拉罕說。「就算我們能找出他的弱點，他也有保鑣。實力堅強。」

「熾焰、匯流跟夜影，」我點點頭。「我有應付他們每個人的計畫。我想我已經找出他們的弱點了。」

蒂雅皺眉。「眞的？」

「我花了整整十年，」我輕聲說。「我十年來唯一做的事就是計畫如何對付鋼鐵心。」

教授仍然一臉沉思。「孩子，」他對我說。「你之前說你叫什麼名字？」

「大衛。」

「嗯，大衛，你料到了我們會攻擊奇運。你認爲我們接下來會做什麼？」

「你們會在日落時離開新芝加哥，」我毫不猶豫說。「一個審判者分隊發動陷阱後一定會離開那個地方。當然這裡沒有日落，但是你們幾個小時內就會動身，重新加入其他審判者。」

「那麼，我們接下來會計畫打擊哪位異能者？」教授問。

「這個嘛，」我在腦中迅速思索，回憶我列的清單跟預測。「中草原區或哈里發區最近都沒有你們的人在活動。我會猜你們下個目標若不是奧馬哈市的武裝人，不然就是雷電，他是異能者雪崩在沙加緬度市的同黨。」

柯迪輕聲吹口哨。顯然我猜得滿準的。算我走運。我其實沒那麼篤定，我最近猜測審判者分隊出擊的時間只有四分之一猜對。

教授突然站起來。「亞伯拉罕，去準備十四號基地。柯迪，看你能不能安排假行蹤，讓追兵追去哈里發區。」

「十四號基地？」蒂雅說。「我們要留在城裡？」

「對。」教授說。

「喬，」蒂雅這樣喊教授，也許是他的眞名。「我不能——」

「我不是說我們要對付鋼鐵心，」他舉起一隻手指著我。「但是若這小子能想出我們後面的計畫，別人或許也能。這表示我們得馬上改變做法。我們要在這邊多躲幾天。」教授看向我。「至於鋼鐵心……我們走著瞧。首先，我想再聽一次你的故事。我要聽十幾遍，然後我才會決定怎麼做。」

他朝我伸出手，我遲疑地握住，讓他拉著我站起來。我沒料到會在這男人眼裡看見這種情緒：他對鋼鐵心的仇恨幾乎與我的一樣強烈。這股仇恨從他提到鋼鐵心的方式流露出來，從他撇嘴角的模樣表現出來，他在說出那個名字的時候瞇起了雙眼，彷彿從眼睛的縫隙中噴出了火光。

感覺好像我們在那一瞬間心靈相通。

教授，我心想，*也就是博士*（Ph.D）。審判者的創建者叫作喬納森·斐德烈斯（Jonathan Phaedrus）。他姓氏的簡寫剛好就是……P、H、D。

這個男人不僅僅是分隊長和一個審判者分隊的老大，此人正是喬·斐德烈斯本人，審判者的領袖與開山祖師。

第八章

「所以……」我們離開時，我說。「我們要去的地方在哪裡？十四號基地？」

「這你不必知道。」教授說。

「我可以把步槍彈匣拿回來嗎？」

「不行。」

「我是不是需要知道什麼……我不知道，比如祕密握手的方法？特殊識別標誌？讓其他審判者曉得我是他們一員的密語？」

「孩子，」教授說。「你不是我們的一員。」

「我知道，我知道，」我連忙說。「可是我不希望有人突襲我，以爲我是敵人之類的，而且——」

「梅根，」教授說著用姆指比向我。「娛樂一下這小子。我需要思考。」他往前加入蒂雅，兩人開始小聲交談。

梅根怒瞪了我一眼。大概是我活該吧，誰叫我對教授問那麼多問題，我只是太緊張了。斐德烈斯本人耶，審判者之父！在我曉得他是誰後，就能在他身上認出我在報導讀過的形容，儘管外界流傳的描述少之又少。

這個人是活傳奇，是自由鬥士與刺客的天神。我在景仰的人物面前心生敬畏，問題也就不自覺地吐出。坦白說，我很驕傲自己沒有蠢到問他可不可以在我的槍上簽名。

可惜我的舉止沒贏得梅根半點好感，她顯然很不高興被抓來當保姆。柯迪和亞伯拉罕在前面聊天，留下我和梅根匆匆走過黑暗的鋼鐵隧道。她一聲不吭。

梅根眞的很漂亮，而且跟我年紀相當，也許年長個一、兩歲吧。我還是不確定她爲什麼突然對我變得這麼冷淡，說不定幾句風趣的對話會有幫助。「呃，所以，」我說。「妳有多久……妳知道的，妳加入審判者有多久了……大概是這樣？」

還眞流暢啊。

「夠久了。」她說。

「妳有參加過最近哪次刺殺嗎？迴旋？枯影？無耳？」

「也許吧。我不認爲教授會同意讓我分享細節。」

我們又沉默走了一段時間。

「妳知道，」我說。「妳這樣實在沒有娛樂到我。」

「什麼？」

「教授不是要妳娛樂我一下嗎？」我說。

「他只是要找別人來聽你發問。我不認爲我做的哪件事會讓你覺得特別有趣。」

「我可不會這樣說，」我說。「我就喜歡脫衣舞那段。」

她瞪我。「什麼？」

「在巷子裡，」我說。「妳那時——」

她的表情簡直冰冷到可以用來當作高射速固定式槍管的液態冷卻系統了，或者拿來冰飲料。嗯，冰飲料，這個比喻比較好。

只是我想她不會喜歡我把比喻講出來。「算了，沒事。」我說。

「很好。」她說完轉過身去繼續往前走。

我鬆口氣，接著咯咯笑。「我差點以爲妳會射死我呢。」

「我只爲了任務殺人，」她說。「你想要攀談，但你的問題只是不太會聊天。這樣沒有無禮到應該開你一槍。」

「呃，多謝。」

她公事公辦地點頭。對於一個被我救出鬼門關的漂亮女生而言，這實在不是我期望的反應。當然，無論好看與否，她是我這輩子第一個救過的女生，所以我其實也沒有參考基準。但是她本來對我很好不是嗎？也許我只是得再努力一點。「那妳能告訴我哪些事？」我問。「關於團隊或其他成員的事。」

「我寧願談別的，」她說。「請選個跟審判者機密或與我的衣著無關的主題。」

我無話可說。事實是，我知道的事頂多就是審判者跟城內的異能者們。我在「工廠」裡的確受過一點教育，但只有基本知識，至於我進「工廠」之前則在街上拾荒了一年，營養不良，老是在垂死邊緣掙扎。

「我想我們能聊聊城市吧，」我說。「我非常熟悉地下街道。」

「你幾歲？」梅根說。

「十八。」我防衛地說。

「有人會來找你嗎？沒有人會好奇你跑去哪兒了？」

我搖頭。「我兩個月前就成年了，被踢出我工作的工廠。」

這就是「工廠」的規則：只能工作到滿十八歲，接著你就得找其他職業謀生。

「你在工廠裡工作？」她問。「做多久？」

「九年左右，」我說。「其實是兵工廠。替執法隊造槍。」

有些地下街道居民，特別是老一輩的人會抱怨「工廠」如何剝削孩童當勞工。這些話很蠢，說這種話的老人記得的是不一樣的世界，一個更安全的世界。

在我的世界，給你機會工作換取食物的人就是大聖人。在我工作的工廠，瑪莎廠長會努力讓工人們得到溫飽和保護，甚至避免工人相互傷害。

「那裡好嗎？」

「還不錯。那邊不是人們想像中的那種奴工，我們有薪水領。」算是啦。瑪莎把給我們的薪水存起來，等工廠失去我們的擁有權時就把錢交給我們，多到能讓我們自力更生。

「考慮到所有狀況，有個地方能長大很不錯。」我幾乎懷念地說，一邊和梅根繼續走。

「若不是『工廠』，我可能根本不會學會怎麼開槍。孩子們理論上不能碰武器，但是如果你很乖，瑪莎——她是工廠老闆——就會睜一隻眼閉一隻眼。」她管過的孩子不只一個加入執法隊工作。

「哇，真有趣，」梅根說。「多說一點。」

「唔，『工廠』……」我沒說下去，而是轉頭看梅根，這才發現她跟在我旁邊走，眼睛卻直視前方，幾乎沒有注意聽。她只是隨便回幾句要我往下說，或許還能阻止我用更無禮的方式煩她。

「妳根本沒有在聽。」我指控她。

「你似乎想要聊天，」她無所謂地回答。「我給你機會了啊。」

星火啊，我心想，感覺就像個大愣仔。我們陷入沉默繼續前進，梅根似乎覺得這樣很好。

「妳不懂這有多惱人。」我最後忍不住開口。

她瞥了我一眼，臉上看不出情緒。「惱人？」

「對，惱人。我把過去十年的人生都拿來鑽研審判者跟異能者，現在我終於找到你們，卻被告知不准問重要的事情。眞惱人。」

「那就想別的事。」

「沒有別的事了。我身上沒有。」

「女朋友。」

「沒有。」

「嗜好。」

「沒有。只有你們、鋼鐵心還有我的筆記。」

「等等，」她說。「筆記？」

「當然，」我說。「我白天在『工廠』工作，一直留意小道消息。我沒工作的日子就花點錢買報紙，或者跟去國外旅行過的人買故事。我認識幾位情報掮客。我每天晚上都在寫筆記和拼湊資訊，我知道我會需要一位了解異能者的專家，所以我就讓自己變成專家。」

梅根眉頭深鎖。

「我知道啦，」我撇嘴說。「聽起來好像我是書呆子，妳不是第一個這樣講我的。『工廠』其他人——」

「先閉嘴，」她說。「你有寫異能者的事，那我們呢？有提到審判者嗎？」

「當然有，」我說。「不然我要怎麼辦？記在腦子裡嗎？我寫了兩大本筆記，雖然大多都是揣測。我還滿擅長猜想的……」我沒把話說完，終於領悟到她爲何臉上這麼擔心。

「筆記在哪裡？」她低聲問。

「在我的公寓，」我說。「應該很安全。我是說，那些混混都沒近到能清楚看見我。」

「被你拖下車的女人呢？」

我猶豫。「對，她有看見我的臉，或許能描述我。可是……我是說，那樣應該不夠讓他們追蹤我吧？」

梅根默不作聲。

其實是夠的。我心想。對，可能夠。執法隊辦案能力非常強，而且很不幸，我過去惹過幾件麻煩，比如撞壞計程車那次。我留有前科，鋼鐵心也會爲了奇運的死對執法隊大力施壓。

「我們得跟教授談談。」梅根說，拖著我的手臂靠近走在前面的其他人。

第九章

教授用專注的眼神聽完我的解釋。「的確，」他在我說完之後說。「我早該想到的。這就解釋得通了。」

我不禁鬆口氣。我本來擔心他會大發雷霆。

「公寓地址在哪裡，孩子？」教授問。

「迪特可公寓一五三二號，」我說。公寓坐落在一個較爲高級的地下街道地區，以一座公園周圍的鋼牆爲主要結構。「很小，不過我一個人住。我有把門鎖好。」

「執法隊不需要鑰匙，」教授說。「柯迪，亞伯拉罕，你們去那個地方。準備一枚燃燒彈，確定屋內沒人就把整個房間燒了。」

我心頭突然一陣驚恐，好像被人拿汽車電池接在我腳趾頭上。「什麼？」

「我們不能讓鋼鐵心取得資訊，孩子，」教授說。「不只是關於我們的情報，還有你收集的其他異能者資料。要是眞如你說的那麼詳盡，他可以拿來對付這一帶的其他強大異能者。鋼鐵心的影響力已經太強。我們得毀掉情報。」

「不行！」我大叫，聲音在窄小的鋼牆隧道中迴盪。那些筆記可是我的畢生心血！當然，我還沒有活那麼久，可是……拜託，十年的努力耶！失去筆記的感覺就像被砍斷手。假如我有得選，我寧願失去我的手。

「孩子，」教授說。「別逼我。你在這裡的地位岌岌可危。」

「你們需要那份資訊，」我說。「它很重要，先生。你們幹嘛燒掉上百頁記載著異能者超能力跟可能弱點的情報？」

「你說你是從街頭小道消息收集來的，」蒂雅交叉手臂說。「我不太相信裡面會有我們還不曉得的東西。」

「妳知道夜影的弱點嗎？」我孤注一擲發問。

夜影是鋼鐵心的高等異能者保鑣，他的超能力是在新芝加哥的天空中創造出永夜。他本人是個幽魂，完全沒有實體，不受槍砲或任何武器影響。

「不知道，」蒂雅承認。「我也不認為你曉得。」

「是日光，」我說。「他在太陽光下會變成實體。我有照片。」

「你有夜影以實體出現的照片？」蒂雅問。

「我認為是。賣我照片的人不確定，可是我相當肯定。」

「嘿，小子，」柯迪喊。「你要不要跟我買尼斯湖水怪的照片呀？我給你開個好價錢。」

我看著他，他只是聳聳肩。我知道尼斯湖水怪在蘇格蘭，柯迪帽子上的紋飾可能也是某種蘇格蘭或英格蘭的玩意兒。但是他的口音卻跟蘇格蘭搭不起來。

「教授，」我轉回去看他。「斐德烈斯先生，拜託。你得看看我的計畫。」

「你的計畫？」他似乎不訝異我猜出了他的名字。

「殺鋼鐵心的計畫。」

「你有這種計畫？」教授問。「殺全國最強大的一位異能者？」

「我之前就這麼說了。」

「我以爲你想加入我們，說服我們幫你完成。」

「我需要幫手，」我說。「但我不是毫無準備。我有詳盡的計畫，而且我認爲管用。」

教授只是搖搖頭，滿臉困惑。

亞伯拉罕突然放聲大笑。「我欣賞他。他有一種……叫作什麼來著的特質。*Un homme téméraire*（一頭熱血的人）。你確定不要讓他加入嗎，教授？」

「確定。」教授斷然說。

「至少燒掉筆記之前先看一下我的計畫嘛，」我說。「拜託。」

「喬，」蒂雅說。「我想看那些照片。很可能是假的，但就算是那樣……」

「好吧。」教授不悅地把某物扔給我。我步槍的彈匣。「改變計畫。柯迪，你帶梅根和這小子去他的公寓，如果執法隊已經到場，看起來準備要搶走資訊的話，你們就毀掉筆記。但是若現場看起來還安全，就把東西帶回來。」他瞄我一眼。「沒辦法輕鬆帶走的話就毀掉，懂嗎？」

「了解。」柯迪說。

「謝謝你。」我說。

「這不是賞你人情，孩子，」教授說。「希望也不是鑄下錯誤。去吧。他們追蹤到你之前，我們所剩時間大概不多了。」

當我們接近迪特可公寓，地下街道也漸漸陷入寂靜。也許有人以為新芝加哥籠罩在永夜當中，不會有「日」或「夜」的分別，但是當人們習慣跟著其他人上床就寢，我們也就建立起作息了。當然，少部分人連簡單的事情也喜歡唱反調，我就是其中之一。選擇整晚不睡就表示你醒著的時候大家都在睡覺。這樣更安靜，更有隱私。

天花板燈光在不知哪邊裝了個計時器，每到「晚上」就會變成比較深的顏色。變化不明顯，不過我們都學會了怎麼辨識，因此迪特可公寓雖然靠近地表，街上卻沒什麼動靜，公寓裡的眾人都已沉睡。

我們抵達了公園，一個利用鋼牆挖出來的大型地底房間，天花板上鑽了很多通風口，洞口邊緣灑下地表聚光燈的藍紫色光線。在高大的房間中央堆著外面帶回來的石頭，是真的石頭，沒有變成鋼，還擺著維護得不錯的木製遊樂場架子，是從不知名的地方回收來的。這邊白天會擠滿幼童——那些還沒辦法工作的，或是家人有錢所以不必工作的孩子。老人們則會聚在一起織襪子或做些其他的簡單工作。

梅根舉手要我們停住。「手機設靜音了嗎？」她小聲說。

柯迪抽抽鼻子。「難道我看起來像菜鳥嗎？」他問。「當然調成靜音了。」

我遲疑了一下，從肩膀上抽出我的手機再次檢查。幸好已經設在靜音，不過我還是拔掉電池以防萬一。梅根無聲穿過通道，越過公園靠近一顆大石頭的陰影，柯迪跟了上去。我跟在後面，壓低身子盡可能放輕腳步，經過長青苔的巨石。

頭上有幾輛車駛過路面，隆隆聲透過了天花板的通風口穿了過來，是深夜的通勤者正在返家。他們有時會朝底下的我們丟垃圾。一想到有一大批有錢人仍有正常工作就令人訝異——會計師、教師、銷售員、電腦技師，雖然鋼鐵心的電腦網路只開放給最信任的僕人。我從來沒看過眞正的電腦，我只有我的手機。

在我們上方是截然不同的世界，昔日普遍的職業如今把持在少數特權者手裡。我們其他人不是在工廠工作，就是在公園縫衣服，順便照顧玩耍的孩子。

我抵達石頭邊，在柯迪和梅根身旁跪下，他們正窺探著公園對面的兩面牆，房間就挖在那邊的鋼牆上，構成幾打大小各異的住家。人們從地表的廢棄建築回收火災逃生門，架在洞口充當房門。

「所以是哪一間？」柯迪問。

我指過去。「看見最右邊第二層的那扇門嗎？就是那間。」

「眞不賴，」柯迪說。「你怎麼負擔得起這種地方呀？」他隨口問道，不過我感覺得出來他有些起疑。他們兩人都是。好吧，我想這也在預料之中。

「我需要房間做研究，」我說。「我工作的工廠在我小時候會把工資存起來，然後等我們長到十八歲就每四年撥一筆給你。我有足夠的錢給自己租一年房間。」

「酷。」柯迪說。我心想剛才的解釋不曉得有沒有通過他的測驗。「看起來執法隊還沒有到。也許他們沒辦法比對你的描述。」

我慢慢點頭，但梅根張望四周，狐疑地瞇起眼睛。

「怎麼了？」我問。

「看起來太容易了。我不相信表面上太簡單的事。」

我掃視對面牆壁。那邊有幾個空垃圾桶，一條樓梯井旁邊栓了幾台機車，有些愛冒險的街頭藝術家在幾塊金屬上雕刻圖案。理論上他們不能這樣，但是人們暗地裡鼓勵他們。這是人們仍會做的少數反抗行爲之一。

「好吧，我們可以在這邊枯等，直到執法隊眞的來了，」柯迪說著用粗糙的手指揉揉臉。「或者選擇直接進去，早死早超生。」然後他站起來。

一個大垃圾桶微微閃爍。

「等等！」我抓住柯迪把他拖回地上，心臟撲通狂跳。

「怎麼了？」他緊張地解下自己的步槍。這把狙擊槍做工精良，儘管老舊但保養得很好，上面裝著大型瞄準鏡，槍口也有一流的滅音器。我一直弄不到這種槍。便宜的狙擊槍很容易故障，而且要瞄準很困難。

「在那邊，」我指著垃圾桶說。「看好。」

他皺起眉頭，但照我說的做。我腦中的思緒不斷掠過之前的研究片段，我眞的需要我的筆記。會閃爍……幻象異能者……是誰呢？

我想到名字了！折射光。C級幻象異能者，有自我隱形能力。

「我要看什麼東西？」柯迪問。「你是不是被貓嚇著還是怎麼了——」垃圾桶又閃爍了一下，他的話打住。柯迪的眉頭皺得更深，身體稍微蹲低。「那是什麼啊？」

「異能者，」梅根瞇著眼說。「某些幻術異能者很難維持精準的幻象。」

「她叫折射光，」我小聲說。「能力相當熟練，可以創造出複雜的視覺幻象。但是在同類型異能者中並不強，創造的幻象也總是有跡可循。通常會閃爍，好像有光線在上面反射。」

柯迪把狙擊槍瞄準垃圾桶。「所以你是說，垃圾桶其實不存在，用來隱藏了別的東西，有可能是執法隊士兵囉？」

「我猜是這樣。」我說。

「她能被子彈打傷嗎，小子？」柯迪問。

「可以，她不是高等異能者。但是柯迪，她可能不在那裡。」

「你剛才說——」

「她是C級幻象異能者，」我解釋。「但是她的次要能力是B級個人隱形，幻術跟隱形經常可以互補。反正她能把自己變不見，卻沒辦法讓別的東西隱形。她得用幻象掩飾別人。我很確定她用假垃圾桶的幻象藏了一個執法小隊，不過要是折射光要是夠聰明——她也的確夠聰明——就會選擇躲在別處。」

我感覺背脊發癢。我恨透了幻象異能者，你永遠搞不清楚他們身在何處，就連最弱的幻象異能者——我的注記系統中的D或E級——也能製造出大到足以遮掩自己的幻象。如果他們自己甚至還能隱形，那就更棘手了。

「那邊！」梅根低聲說，指著一大塊遊樂場裝置，某種讓人攀爬的木頭堡壘。「看見那個遊樂場架子上的箱子了嗎？剛剛閃了一下。有人躲在裡面。」

「那裡大到只能躲一個人，」我低語。「無論是誰，從那邊都能穿過門看見我的公寓內部。是狙擊手嗎？」

「很有可能。」梅根說。

「所以折射光離這裡很近，」我說。「她得親眼看見遊樂場架子跟假垃圾桶才能維持幻象。她的異能有效距離不遠。」

「我們要怎麼把她引誘出來？」梅根問。

「就我記憶中，她喜歡參與戰鬥，」我說。「如果我們能逼執法隊士兵移動，她會緊跟上去，以便有需要時可以下達命令，或者製造幻象支援他們。」

「星火的！」柯迪低聲說。「你怎麼會知道這麼多啊，小子？」

「你之前沒在聽嗎？」梅根輕聲說。「這是他的本行，他整個人生都在做這件事。他鑽研異能者。」

柯迪搓搓下巴，臉上表情像是在說，他以為我之前都只是吹牛。「你知道她的弱點嗎？」

「我寫在筆記裡了，」我說。「我在努力回想。唔……這個嘛，幻象異能者讓自己完全隱形時通常會眼盲，他們需要光線才能觸發瞳孔反應。所以你可以試著找他們的眼珠。但是眞正熟練的幻象異能者能把眼睛變成跟環境同色，不過這不太算是弱點，比較像幻術本身的限制。」

到底是什麼呢？「是煙！」我喊道，然後意識到自己叫得太大聲而臉頰漲紅。梅根怒瞪我一眼。「這就是她的弱點，」我放低音量。「她總是避開抽菸的人，也不靠近任何火。這點滿多人知道的，而且就異能者弱點而言相當有根據。」

「看來我們還是得把這地方燒掉了。」柯迪說。他似乎對這個念頭很興奮。

「什麼？不行。」

「教授說——」

「我們還是可以取得資訊，」我說。「他們在等我，而且只派了個低等異能者來。這表示他們想抓我，卻沒意識到今晚暗殺的幕後主使是審判者。或者他們可能不曉得我怎麼會牽涉其中。他們大概還沒把我的房間清空，即使他們已經闖進去翻過東西了。」

「這正是燒了那地方的絕佳理由，」梅根說。「我很抱歉，可是如果他們追我們追得這麼緊——」

「可是你們看，我們現在最重要的就是進去瞧瞧，」我越來越著急。「我們必須知道他們翻過哪些東西，這樣才曉得對手掌握多少資訊。我們現在燒了那裡，等於是戳瞎自己的眼睛。」

兩個人猶豫不決。

「我們可以阻止他們，」我說。「說不定過程中還能宰掉一位異能者。折射光殺過許多人，她上個月才因爲有人在路上開車擋到她，在道路前面製造出轉彎的幻象，害那個冒犯她的人偏離高速公路後撞上住家。那場意外害死了六人，車裡還有孩童呢。」

異能者有種獨特，甚至可以說是驚人的道德缺乏現象。在哲學層面上，有些理論家和哲學家對此深感困擾，納悶異能者爲何如此欠缺人性。異能者之所以亂開殺戒，是因爲禍星出於某種原因，選擇只讓惡人獲得超能力嗎？還是神奇的異能會扭曲一個人，使他們變得毫無責任感？

這些問題沒有明確答案，而且我也不在乎，因爲我不是學者。沒錯，我做過研究，可是運動迷追逐自己喜歡的球隊動態時也會這樣。異能者爲什麼做出那些行爲，在我眼裡無關緊要，一如運動迷不會在意球棒擊中棒球的物理學。

只有一件事才重要：異能者毫不關心普通人的性命。在他們心目中，最微小的犯行就應該用暴力謀殺加以報復。

「教授沒有准許我們殺異能者，」梅根說。「這不符合程序。」

柯迪輕聲笑。「殺異能者永遠符合程序，姑娘。妳只是跟著我們不夠久還不瞭解而已。」

「我在房間裡藏了一顆煙幕手榴彈。」我說。

「什麼？」梅根問。「你怎麼弄到的？」

「我在兵工廠長大，」我說。「雖然那間工廠大多在製造步槍跟手槍，但是也跟其他工廠合作。我有時能從沒通過品管的棄置物品中拿點好東西。」

「煙幕彈叫作好東西？」柯迪問。

我皺眉。這是什麼意思？當然是好東西啊。如果你能拿到煙幕彈，誰不想要呢？但是梅根居然笑了。她懂柯迪的意思。

我心想：我眞搞不懂妳，小姐。這女人在背心裡藏著炸彈，是個神射手，有機會殺異能者的時候卻居然擔心起程序？而且她一發現我在看她，表情就又變回冷漠疏離的模樣。

我是做了什麼冒犯到她的事情嗎？

「如果我們能拿到那顆手榴彈，我就能抵銷折射光的異能，」我說。「她喜歡待在自己的小隊附近，所以只要我們引誘士兵踏進密閉空間，她大概就會跟來。我會負責引爆煙幕彈，你們等她一現身就射她。」

「這計畫不錯，」柯迪說。「可是我們要怎麼做到上面這堆事情，還要拿走你的筆記？」

「簡單，」我說著不太情願把步槍交給梅根。我在沒佩帶武裝的情況下，比較容易騙過敵人。「我們就把他們在等的東西拱手送上。我。」

第十章

我穿過街道朝公寓走去，兩手插在夾克口袋裡，確認平時放在裡面的工業用膠帶還在。另外兩人不喜歡我的計畫，但也想不出更好的辦法。但願他們到時候能扮演好自己的角色。

身上少了步槍，感覺就像赤身裸體，很沒有安全感。我在房間裡藏了兩把手槍，然而一個人沒帶步槍讓他的威脅性大打折扣，起碼有些時候是這樣。拿手槍射人總像是歪打正著。

可是梅根就辦到了。我心想。她不只命中目標，還打中正在閃躲的高等異能者，雙槍齊發，其中一把甚至只舉在腰際。

我們對付奇運時，她顯露出一些情緒：激動、憤慨、惱怒。後面兩個是針對我的，但總歸是情緒。後來奇運倒地不久後……我們一度達成某種默契。她替我向教授求情時，我甚至可以察覺到滿意、感激的感覺。

現在那些情緒都消失了。這代表什麼呢？

我在遊樂場邊緣停下。我眞的偏要挑現在思考女生的事嗎？在離一群執法隊躲藏的地方只有五步遠，他們大概還拿著自動或能量武器指著我的時候？

你眞是白癡。我在心裡暗罵自己一句後朝通往公寓的樓梯井走去。執法隊會想觀察我有沒有拿出犯法的物品，然後再將我逮捕。希望如此。

背對著敵人爬樓梯讓我膽戰心驚，因此我做了我每次害怕時都會做的事：回想我父親倒在毀壞的銀行大廳裡，在梁柱邊流血時的情景，我則躲在附近見死不救。

我再也不要當那個懦夫了。

我來到公寓門口摸找著鑰匙，聽見一個清楚的摩擦聲，但假裝沒注意聲響。發出聲音的想必是附近遊樂場架子上的狙擊手，正在調整位置瞄準我。沒錯，我從這個角度看得出來，那個遊樂場器材剛好夠高，能讓狙擊手越過門口射房間裡面的人。

我踏進公寓唯一的房間，裡面沒有走廊之類的隔間，就只有鋼牆挖出的一個洞，跟地下街道多數居所一樣。也許這裡沒有浴室或自來水，但是就地下街道水準而言，我住得算滿不錯的。想想看，一個人住一整個房間耶！

我放任房間凌亂不堪，幾個發出香料氣味的泡麵免洗碗在門邊堆成一疊，衣服扔滿地，桌上放了桶兩天前裝的水，桶旁擺著一堆骯髒破爛的餐具。

我不用那些餐具吃飯，那只是展示用的。衣服也是，我沒穿過地上任何一件衣服。我真正的衣服——四套耐穿的外衣——永遠保持乾淨，折起來放在地上床墊旁邊的箱子裡。我故意讓房間看起來很凌亂。我喜歡整潔，刻意布置成這樣其實令我很難受。

因爲我發現髒亂會使人們放下戒心。假如我的房東太太跑來打探，只會找到預料中的景象：一個剛成年的少年揮霍薪水度日，等一年過去才會被責任感打醒。她不會想要刺探祕密藏在哪裡。

我趕緊找到箱子打開它，拉出我的背包，裡頭裝著我的替換衣物、備用鞋子、一些乾糧跟兩公升水。側面的口袋裝了一把手槍，另一邊口袋則放著煙幕彈。

接著，我走到床墊那邊拉開套子拉鍊，裡面裝著如同我自己性命一樣重要的東西：數打塞滿報紙剪報和零碎資訊的文件夾、八本寫滿想法跟發現的筆記本，以及一本較大、用來當作索引的筆記。

也許我跑去看奇運被襲擊的時候，就應該把這些東西都帶在身上，畢竟我當時希望能跟著審判者離開。我曾在心裡天人交戰，但最後決定這麼做不適當。首先，筆記太多了，我想要的話的確可以吃力背著，但是行動會被拖慢。何況它們太寶貴了。

這些研究是我生命中最珍貴的東西，我取得某些情報時還差點丟掉性命——監視異能者、問敏感的問題、付錢給來路不明的線人。我對這份筆記深感驕傲，更別提擔心它們會發生什麼事。我本來以爲放在這裡比較安全。

門外樓梯井的鋼板平台傳來靴子踩在上面的聲音，使鋼板發出搖晃。我轉頭，撞見地下街道最令人聞風喪膽的景象：全副武裝的執法隊士兵。他們站在樓梯平台上，手持自動步槍，頭上戴著流線型黑色頭盔，胸前、膝蓋和手臂上穿戴著軍用規格護甲。一共三人。

他們將頭盔上的黑色面罩拉下來蓋住眼睛，只露出嘴跟下巴。提供他們夜視能力的面罩微微發出綠光，前面還有奇特朦朧的圖案在旋轉、波動，使人愣在原地。據說那些圖案的目的就是催眠人們。

我不必假裝，眼睛就已經嚇得睜大、肌肉緊繃。

「手放在頭上，」領頭的軍官將步槍舉起來抵著肩膀，槍管對準我。「跪下，子民！」

這就是他們稱呼人們的方式：子民。鋼鐵心並沒有裝模作樣，假裝他的帝國是共和國或代議民主政體，也從不喊自己的人民是公民或同志。我們這些人就只是他帝國中的低下子民。

我趕緊舉起手。「我什麼也沒做！」我哀號。「我只是在那邊看而已！」

「手舉高，給我跪下！」軍官大吼。

我照做。

他們踏進房間，特意開著門，讓同隊的狙擊手可以越過門一覽整個房間。根據我讀過的資料，這三人屬於一個稱爲「基本小隊」的五人隊伍：三名普通士兵，一名特殊專長兵——在這裡是狙擊手——加上一位低等異能者。鋼鐵心有大約五十個這樣的基本小隊。

幾乎所有執法隊成員都屬於特戰部隊。如果必須進行大規模、危險性高的戰鬥，鋼鐵心、夜影和熾焰，甚至是匯流——執法隊的領袖——就會親自出馬，而執法隊則用來對付城裡比較小、鋼鐵心不想浪費時間處理的問題。某方面來說，鋼鐵心其實並不需要執法隊，這些士兵比較像是熱愛殺人的大獨裁者的泊車小弟。

其中一位士兵盯住我，另外兩人則翻我床墊內的東西。*折射光在這裡嗎？*我在他們動作時一邊心想：*她隱形躲在某處嗎？*不論是我的直覺，還是我腦中記得關於她的研究都告訴我說她就在附近。我只能寄望她確實在房間裡了，可是我得等柯迪和梅根扮演他們在我計畫中的角色才能行動。我緊張萬分地等著同伴動手。

兩位士兵從我床墊的兩層泡棉中抽出筆記本和檔案夾，其中一人翻過筆記。「這是關於異能者的資訊，長官。」他說。

「我以爲自己能看到奇運跟另一個異能者交手，」我盯著地板。「等我發現事情出了大差錯才試著逃開。我只是想在那邊看看會發生什麼事，你們懂吧？」

帶頭的軍官開始翻閱筆記本。

看守我的士兵似乎出於某種原因覺得不太自在，不停看我和其他人。

我感覺心臟狂跳，焦急地等待。梅根和柯迪很快就會發動攻擊，我得準備好。

「你惹上大麻煩了，子民。」軍官說著氣沖沖地把一本筆記扔到地上。「一位重要的異能者死了。」

「我跟那一點關係都沒有！」我說。「我發誓。我——」

「呸。」帶頭的軍官指著另外兩位士兵的其中一人。「把這些帶走。」

「長官，」看住我的士兵說。「他很有可能在說實話。」

我頓住。那個嗓音……

「羅伊？」我驚訝不已。他比我早幾年成年……然後就加入執法隊了。

軍官回頭看我。「你認識這位子民？」

「是，」羅伊不情願地說。他的身材高大，生著一頭紅髮，我一直很喜歡他。他以前是「工廠」裡的助手，瑪莎把助手職位分給年長的男孩們做，目的是阻止年輕或較弱的工人被欺負。他表現得很棒。

「你居然沒早點提？」領頭的軍官怒聲說。

「我……長官，我很抱歉，我應該提的。他老是對異能者很著迷，我看過他徒步橫越半座城市，淋著雨在戶外等，只因爲他聽說有個新異能者可能會經過城內。如果他聽說有異能者要決鬥，他就會跑去看，不管那是不是好主意。」

「聽起來就是不應該待在街上的傢伙，」軍官說。「把這些帶走。小子，你等一下要告訴我們你究竟看到什麼，假如你表現得好，說不定還能活過今晚。那——」

外頭響起槍聲，帶頭的軍官頭盔被子彈應聲擊碎，臉滲成紅色。

我奮力撲向背包。柯迪和梅根正在實現計畫中的角色，靜悄悄地除掉狙擊手之後取代他的位置支援我。我撕開背包側面的魔鬼氈，抽出手槍，迅速對羅伊的大腿開幾槍。子彈在他先進塑料護甲上打出缺口，讓他倒地不起。雖然我差點就射偏了。他星火的手槍。

人在遊樂場架子上的柯迪以精準火力射倒另一名士兵，我沒有停下來確定第三個士兵死了沒有。折射光有可能就在房間裡，佩帶著武裝準備攻擊我。我拿出煙幕彈，拔掉安全插銷。

我把煙幕彈扔到地上。小罐子噴出一陣灰煙布滿整個房間。我屏息舉起手槍。折射光被煙碰到時，超能力就應該會失效。我等著她現身。

什麼也沒發生。她不在房間裡。

我壓下咒罵，屏息看向羅伊。羅伊想要挪動身子，他按住腿，試圖舉起步槍瞄準我。我跳過煙霧踢開步槍，然後從他的槍套裡抽出手槍扔開。這兩把槍對我都沒用，它們會被設定成感應羅伊的手套，唯有他才能發射。

羅伊的手插在口袋裡。我把我的手槍抵著他的太陽穴，拔出他的手。原來他想要撥手機。我在他頭上轉動槍，他把手機丟下。

「已經太遲了，大衛！」羅伊怒聲說，忍不住被煙嗆得咳嗽。「我們一跟中心斷線，匯流就知道了。其他基本小隊正在趕來。他們會派監視機器人飛過來，說不定已經在場了。」

我屏息檢查羅伊工作褲的口袋，不過沒找到其他武器。

「你眞愚蠢，大衛。」羅伊咳嗽著說。我沒有理會他，轉而掃視著房間。我必須呼吸，但是煙霧太濃了。

折射光在哪裡？有可能在樓梯平台上。我把煙幕彈踢到外面去，希望她在那裡。沒有跡象。若不是我搞錯她的弱點，就是她決定不要跟著小隊過來逮我。要是她偷偷靠近梅根和柯迪怎麼辦？他們會被她措手不及突襲。

我低頭，看見羅伊的手機。

値得一試。

我抓起手機打開電話簿。折射光的電話就列在她的異能者名稱底下，大多數異能者喜歡用自己的名號。我按下撥號鍵。

幾乎是同一瞬間，外頭的遊樂場響起槍聲。

我再憋不住氣了，壓低身子鑽出去，把煙幕彈從樓梯平台上踢開。我深吸口氣走下樓梯井，用被煙薰得不住流淚的眼睛環顧遊樂場。柯迪跪在遊樂場器材上，步槍往外指，梅根則是站在架子底部舉著手槍，腳邊躺著一個身穿黑黃的人影。折射光。

梅根對屍體再補一槍，以防萬一，雖然她腳邊的女人顯然已經一命嗚呼。

又一位異能者被消滅了。

第十一章

我的下一個動作是回去房間裡，把羅伊的步槍扔出門外——他正想爬過去拿槍。然後我檢查另外兩位士兵的脈搏，一人死了，另一個尚有微弱氣息，但短時間內醒不過來。

無論如何我都得加快腳步。我從床墊抽出筆記本塞進背包，六本厚筆記本跟一本索引把背包撐得鼓起。我想了一下，把備用鞋子從背包拿出來。新鞋子可以再買，但筆記無可取代。

於是最後兩本筆記也塞進去了，然後我放進關於鋼鐵心、夜影和熾焰的檔案夾，再猶豫了一會兒後，我決定加上匯流的檔案，是裡面最薄的一本。外界對於這位管理執法隊、行蹤隱密的高等異能者所知甚少。

儘管煙已經排掉，羅伊仍在咳嗽。他如今脫下了頭盔，看見一個相識多年的熟悉面孔穿著敵人的制服感覺眞是太詭異了。我們以前不算朋友，其實這些年來我沒交過什麼朋友，可是我曾經默默崇拜過他。

「你在跟審判者合作。」羅伊說。

我得埋下假線索，讓他以爲我在替別的勢力效力。「什麼？」我盡可能裝出一臉疑惑。

「少裝了，大衛，太明顯了。大家都曉得是審判者攻擊了奇運。」

我跪在他身邊，背包掛在肩上。「聽著，羅伊，別讓他們治療你好嗎？我知道執法隊有異能者會醫療。如果你有辦法就別讓他們這麼做。」

「你說什麼？爲什麼——」

「你接下來會想請病假的，羅伊，」我認眞地輕聲說。「新芝加哥的統治權要易主了。綠光要來挑戰鋼鐵心。」

「綠光？」羅伊說。「那該死的是誰？」

我走到剩下的檔案夾那邊，不情願地從箱子裡拿出一罐打火機燃料灑在床上。

「你在幫一位異能者做事？」羅伊低聲說。「你眞以爲有人能成功挑戰鋼鐵心？星火啊，大衛！你知不知道他殺過多少個對手？」

「這次不一樣，」我一邊說拿出幾根火柴。「綠光不一樣。」我點燃火柴。

我無法帶走剩下的檔案夾。這些是我收集用來寫筆記的來源資料、事實跟報導，我很想帶走，可惜背包裡沒有空間了。

我扔下火柴，床舖瞬間起火，熊熊燃燒。

「你的一個朋友可能還活著，」我對羅伊說，向兩位倒地的執法隊士兵點頭。帶頭的軍官頭部直接中彈，但另一個只是體側中槍。「把他拉出去，然後避避風頭，羅伊。危險日子將至。」

我把背包掛到肩上，匆忙走出門，步下樓梯。我在樓梯上遇到梅根。

「你的計畫失敗了。」她低聲說。

「結果滿好的啊，」我說。「一個異能者死了。」

「那是因爲折射光把手機設定成震動，」梅根跟在我旁邊快步下樓。「要不是她那麼粗心大意……」

「我們的確很幸運，」我同意。「可是我們還是贏了。」手機只是日常生活的一部分。人們或許住在簡陋的地方，但是他們仍有手機提供娛樂。

我們在遊樂場架子底下跟柯迪會合，靠近折射光的屍體。他把我的步槍還我。「小子，」他說。「剛才太讚了。」

我眨眼。我還以爲他會像梅根一樣訓斥我一頓。

「教授沒有親自過來，他會嫉妒死的，」柯迪說著把自己的步槍背到肩上。「是你打電話的嗎？」

「對啊。」我說。

「讚。」柯迪說完拍拍我的背。

梅根看起來不怎麼高興，狠狠地瞪了柯迪一眼，伸手想拿我的背包。

我抵抗。

「你得用兩隻手拿步槍，」她說著用力扯下背包掛到自己的背上。「我們走。執法隊會……」她沒有把話說完，注意到羅伊勉強把一位執法隊士兵從著火的房間拖到樓梯平台上。

我感覺有點難過，但只有一點點。直升機在頭上嗡嗡飛行，羅伊很快就會被救走了。我們連忙穿過公園，走向深入地下街道的通道。

「你居然留他們活口？」我們奔跑的時候，梅根問道。

「這樣比較有用。我埋了假線索。我騙他說我替一個想挑戰鋼鐵心的異能者辦事。希望這樣能把他們從審判者背後引開。」我猶豫了一會兒又說。「何況執法隊不是我們的敵人。」

「他們當然是。」她罵道。

「不，」柯迪跑在梅根身邊。「他說得對，姑娘，他們不是。他們也許替敵人服務，但只是普通人。他們需要謀生。」

「我們不能這樣想，」她在我們來到分岔的隧道說道，兩眼冷酷地瞪著我。「我們不能手下留情。他們可不會寬待我們。」

「我們不能變得跟他們一樣啊，姑娘。」柯迪搖搖頭說。「偶爾聽一下教授說的話吧。我們如果必須用異能者的辦法擊敗他們，那樣就不值得了。」

「我聽過了，」她仍在看我。「我不擔心教授。我擔心的是這位阿膝。」

「若有必要的話，我也願意開槍射執法隊士兵，」我無畏地迎上她的目光。「可是我不想分心獵殺他們。我有目標，我要看著鋼鐵心死。這才重要。」

「哼，」她把頭轉回去。「這才不算回答。」

「我們快走吧。」柯迪說，對通往更深層隧道的樓梯井點頭。

「他是科學家，小子，」我們穿過鋼鐵陵墓的狹窄隧道時，柯迪對我解釋。「早年研究過異能者，之後根據從他們身上學到的東西創造了幾樣滿神奇的裝置。所以才被喊作教授，不只是姓氏的緣故。」

我若有所思地點點頭。現在我們來到地下深處，柯迪似乎變得比較放鬆了，但梅根仍然很緊繃，走在前面用手機將任務結果報告給教授知道。柯迪把他的手機調成手電筒，掛在迷彩外套的左上臂，我拔掉了我手機的網路卡，柯迪說這樣是好主意，等亞伯拉罕或蒂雅有機會修改我的手機時再裝回去。

原來他們也不信任騎士鷹鑄造廠的網路。審判者通常只讓隊員的手機自行相連，通話雙方也會爲訊息加密，不使用正規通信網路。在我的手機得到加密功能前，起碼還是能拿來當照相機或是高級手電筒。

柯迪用放鬆的姿態走著，步槍掛在肩上，手臂穿過背帶自然地垂下。我幫忙殺死折射光這件事似乎贏得了他的認同。

「所以教授以前在哪邊工作？」我急著想多了解教授一點。關於審判者的傳言很多，可是正確的消息卻很少。

「不曉得，」柯迪承認。「沒有人確定教授以前在做什麼，雖然蒂雅可能知道，但她不曾透露。我跟亞伯打賭教授在特殊單位工作。我相當肯定他以前待在某種祕密政府組織。」

「眞的？」我問。

「當然囉，」柯迪說。「如果就是那個組織搞出禍星的，我也不意外。」

這是人們對禍星的理論之一，認爲是美國政府——有時說是歐盟——嘗試實驗超人計畫時意外造出了禍星。我認爲那些理論的想像力都過於豐富。我向來認爲是某種彗星掉進地球的重力場，只是我不知道科學上能不能解釋得通。也許禍星是顆人造衛星吧，這樣的話就符合柯迪的理論。

他不是唯一認為禍星背後充斥著陰謀論的人。異能者的事確實有很多部分兜不攏。

「噢，你出現那種表情了。」柯迪指著我說。

「表情？」

「你覺得我瘋了。」

「沒有，不是。當然沒有。」我趕緊撇清。

「有。噢，沒關係，我知道自己曉得哪些事，雖然教授每次聽了都會翻白眼。」柯迪微笑。「不過那是另一個故事了。至於教授的舊職業，我認為一定是在某種武器開發組織。畢竟他創造了碎震器。」

「碎震器？」

「教授不會想讓你談那個的。」梅根回頭說。「沒人授權讓他知道。」她說完又補充一句，惡意地瞥了我一眼。

「我現在就在授權，」柯迪輕鬆自若地說。「反正他總會看到的，姑娘。而且別用教授的規則來壓我。」

梅根閉上嘴，看起來仍然不肯善罷甘休。

「碎震器？」我再問一次。

「教授發明的東西，」柯迪說。「在他離開實驗室的前後做的。他弄了幾樣類似的東西，讓我們對付異能者時占有極大優勢。我們的夾克就是其中之一，它們可以承受很多傷害，碎震器則是另一樣。」

「可是碎震器到底是什麼？」

「手套，」柯迪說。「唔，做成手套形狀的裝置。它可以發出震動波分解實心物體。對石頭、金屬跟特定木材這種高密度物品效果最好，藉由震動把物體變成灰，卻不會影響活人或動物。」

「你在開玩笑吧。」在我多年的研究中，從沒聽過這種科技。

「沒有，」柯迪說。「但是它們很難用，亞伯拉罕和蒂雅的技巧最好。不過你會見識到的。碎震器能讓我們進入不該去的地方，跑到人們不會期望我們出現的位置。」

「太驚人了。」我的腦筋轉得飛快。審判者的確有種名聲，能闖入沒人料得到的地方。曾有人傳說有異能者在自己的房間裡遭到殺害，而且房間四周守衛森嚴，照理說很安全。也有傳說提到審判者幾乎像施了魔法般逃出天羅地網。

一種能把石頭跟金屬變成沙的裝置……你可以突破上鎖的門，讓保全設備毫無用武之地。你可以破壞車輛，甚至能弄倒建築。突然間，關於審判者最令人不解的謎團都在我腦中得到了解答。他們是如何困住名叫晝風暴的異能者，以及險些被呼戰者困住時千鈞一髮逃脫……

他們一定得巧妙選擇進入任務現場的路線，以免留下明顯的洞口暴露機密，不過我能理解這個能力對任務具有幫助。「可是……」我大惑不解發問。「你爲什麼要告訴我這個？」

「就像我說的，孩子，」柯迪解釋。「你反正很快就會看到我們使用碎震器了，不如讓你先有心理準備。何況你已經知道我們太多事情，再多一件也無所謂。」

「好吧。」我漫不經心地說，然後才察覺到他話中的嚴肅口氣。他有件事沒有提：我已經知情過多，他們不可能放我走。

教授給過我機會離開，但我堅持要他們帶著我。到了這個地步，我若不能完全說服他們我不是威脅、能夠加入他們，他們就會把我留下來。留下一具冰冷的遺體。

我難受地吞口口水，突然覺得嘴巴好乾。我在心裡告訴自己：*這是我自己要求的*。我原本就曉得自己一旦加入他們——假如可以的話——我就永遠不會離開。一加入便是終生成員。

「所以……」我試著強迫自己別揣測眼前這個人，或是審判者哪個成員，可能某天會決定爲了大眾利益而將我處決。「所以他是怎麼想出這些手套的？碎震器？我從沒有聽過那樣的東西。」

「來自異能者，」柯迪的口氣又變得親切。「教授有一次說溜嘴。科技是透過研究擁有類似能力的異能者研發出來的。蒂雅說那早在社會體制崩潰之前，有些異能者被抓了後關起來，他們不是每個人都強到能隨意擺脫囚禁。不同研究室拿他們做測試，想搞懂他們的異能如何運作。碎震器之類的技術都來自那個年代。」

我沒有聽說過這種說法，但是部分拼圖也開始湊齊。就在禍星出現前後，人類的科技成就達到巔峰，發明出能量武器、先進的動力源跟電池，還有新的手機科技，所以我們的手機才能在地底下使用，通信範圍很廣，也不需要仰賴基地台。

當然，異能者們開始掌控世界時，我們就遺失大部分的科技了，至於沒有失去的則被鋼鐵心這樣的異能者把持在手裡。我試著想像那些早期被實驗的異能者。所以才會有這麼多異能者變成壞蛋嗎？因爲他們對於被當成白老鼠的事懷恨在心？

「有異能者自願參加測試嗎？」我問。「當時有多少實驗室做這件事？」

「我不知道，」柯迪說。「我想這不是很重要吧。」

「爲什麼不重要？」

柯迪聳聳肩，步槍仍掛在肩上，手機燈照亮墓穴般的金屬走廊，鋼鐵陵墓有股灰塵跟凝結水的味道。「蒂雅老是在談異能者的科學基礎，」他說。「我不認爲他們可以用科學解釋。他們身上有太多東西打破科學規則了。我有時很好奇，他們之所以出現，是不是因爲我們以前自認爲能夠解釋萬物。」

我們沒走多久就到了。我注意到梅根用手機帶路，手機螢幕上顯示著地圖。這非常神奇。居然有鋼鐵陵墓的地圖？我還以爲這種東西不存在。

「在這邊。」梅根在牆壁前面對著像簾子垂下來的一群粗電線揮手。這種景象在這裡很常見，都是挖掘工沒有完成的地方。

柯迪走過去敲打電線旁邊的一塊板子。一會兒後，板子後面傳來遙遠的敲打聲。

「進去吧，阿膝。」他對我說，比著那堆電線。

我深吸口氣，走過去用步槍槍管推開電線，後面有個陡峭上升的小型通道，我必須用爬的。我回頭看著柯迪。

「很安全的啦。」他保證。我說不上來他要我先走，究竟是因爲有潛在的不信任感，還是因為他喜歡看我在地上扭動。只是現在似乎不適合表示質疑或退縮。我開始爬。

通道很小，我擔心若把步槍背在背上，很可能會撞歪瞄準鏡或準星，所以我把槍握在右手裡，導致爬行更加困難。通道盡頭傳來一道遙遠、柔和的光線，然而爬到光線那邊所花費的時間令我膝蓋發疼，最後一隻強而有力的手抓住我的左手，幫助我爬出通道。是亞伯拉罕。黑皮膚男人已經換上工作褲和綠背心，露出肌肉結實的手臂，脖子上有個銀色垂飾露在上衣外頭。

我踏進去的房間大得出乎預料，團隊成員可以在這邊攤開裝備跟幾條舖蓋，卻一點也不會覺得擁擠。地板上直接冒出一面大金屬桌，桌邊有椅子，牆邊也有長凳。

我看著被雕刻的牆，心想：*房間是挖出來的。他們用碎震器造出這個房間，直接在裡面雕出家具。*

太驚人了。我瞠目結舌地看著眼前所見的一切，並且退後一步讓亞伯拉罕幫助梅根爬出通道。這個房間有兩扇門，通往看起來比較小的房間。房間用提燈來照明，地板上的電線以膠帶固定在不擋路的地方，之後再連到另一條小通道。

「你們有電力，」我說。「你們怎麼會有電力？」

「從一條舊地鐵線接過來的，」柯迪說著爬出通道。「半完工和被棄置的地鐵。這個地方神祕到連鋼鐵心都不曉得所有隱密處跟死巷。」

「只能再次證明挖掘工發瘋了，」亞伯拉罕說。「他們用奇怪的方式亂接東西。我們找到完全密封的房間，裡面卻有照明，自行發亮了好多年。*Repaire des fantômes*（鬼魂的藏身處）。」

「梅根告訴我，」教授說著從另一個房間冒出來。「你取回了資訊，雖然你的手法……相當不尋常。」年長但身材健壯的男人仍穿著黑色的實驗袍。

「當然啦！」柯迪說，背起自己的步槍。

教授哼了聲。「好吧，我們就來看看你取回什麼東西，然後我再決定要不要責罵你。」他伸手接過梅根手裡的背包。

「其實，」我走向背包。「我可以——」

「你坐下，孩子，」教授說。「等我看完。全部。然後我們再談。」他嗓音平靜，不過我聽懂他的意思了。我悶悶不樂地在鋼桌邊坐下，其餘人則聚集到背包周圍，開始恣意掠奪我的人生心血。

第十二章

「哇塞，」柯迪說。「老實說，小子，我本來以為你在吹牛。可是你眞的是個超級書呆子耶！」

我臉紅著坐在我的凳子上。他們打開我裝起的檔案夾，攤開裡面的內容，然後翻讀我的筆記本，互相傳閱研究。柯迪最後失去興趣，走到我旁邊坐下，他的背抵著桌子、手肘抬起來撐在桌上。

「我有個任務，」我說。「所以我決定全力以赴。」

「這眞的很驚人，」盤腿坐在地上的蒂雅說。她已經換上牛仔褲，不過仍穿著襯衫和套裝外套，短紅髮也還是梳得很有型。她舉起我的一本筆記。「整理得很粗糙，」她說。「也沒有使用標準分類法。不過依然鉅細靡遺。」

「有標準分類法啊？」我問。

「有幾個系統，」她說。「你有些名詞橫跨幾個系統，比如『高等異能者』。雖然我個人偏好分層系統。至於其他部分，你想出來的東西很有趣，我很喜歡你的某些詞彙，像是基礎無敵。」

「謝謝。」我說，雖然感覺有點難為情。人們當然有分類異能者的辦法了，我沒有受過教育或有資源學習這類事情，所以只好自己編造。

替異能者分類很簡單。當然，有些人會落在體系外面，例如那些能力不屬於任何分類的古怪異能者，不過能力相似的異能者們多得教人訝異。他們總會有些個人特質，比如折射光的幻象閃爍，然而基本能力經常很類似。

「解釋這個給我聽。」蒂雅說，舉起一本不同的筆記本。

我猶豫著離開凳子，到地板上跟她坐在一起。她指著名叫強塔的異能者的條目底下，我在那裡標了個記號。

「是我的鋼鐵心標記，」我說。「強塔展現的能力很像鋼鐵心。我特別留意這種異能者。如果他們被殺，或露出超能力的限制，我會想要知道。」

蒂雅點頭。「你為什麼不把心靈幻術者歸併在光子操縱者底下？」

「我喜歡根據能力限制分類。」我拿出我的索引翻到特定的那頁給她看。有幻象能力的異能者分成兩類，有的能眞正影響光線效果，拿光子本身創造幻象，其他人則是影響身邊人們的大腦，創造出的其實是幻覺而非眞正的幻象。

「妳看，」我指過去。「心靈幻術者的限制跟其他心靈操縱者很類似，比如能夠催眠，或具有心靈控制異能的人。幻象者則能用不同方法改變光線，他們更接近操縱電力的異能者。」

柯迪輕吹聲口哨。他背靠著桌子，拿出一個水壺單手舉高對我致意。「小子，我想我們得談談你手上有多少時間，然後我們該如何拿來做更好的事。」

「比研究怎麼殺異能者更好嗎？」蒂雅揚起一邊眉毛問。

「當然囉，」柯迪從水壺灌一大口水。「想想看，要是我能叫他根據酒類為城內所有夜店分級，那該有多棒啊！」

「噢，拜託。」蒂雅不悅地說，翻著我的筆記本。

「亞伯拉罕，」柯迪說。「問我爲什麼年紀輕輕的大衛花這麼多時間在這些筆記上，著實是悲劇一件。」

「爲什麼這孩子做這種研究叫作悲劇？」亞伯拉罕說，一邊仍在清理他的槍。

「好個一針見血的問題，」柯迪說。「多謝你問起。」

「不客氣。」

「反正，」柯迪舉起水壺。「你幹嘛這麼急著殺這些異能者啊？」

「我要復仇，」我說。「鋼鐵心殺了我父親。我打算——」

「是啦，是啦，」柯迪打斷我的話。「你想再看到他流血什麼的。非常投入，非常愛家，可是我告訴你，這樣不夠。你有殺戮的熱忱，但是你得找到活命的熱情。起碼我是這麼想。」

我不知道要如何回應。我的熱忱就是研究鋼鐵心，學習異能者們的特性，這樣我才能找到辦法殺他。假如這世上有哪個地方適合我，不就是審判者團隊嗎？這也是他們畢生的使命，不是嗎？

「柯迪，」教授說。「你不如去把第三個房間弄好吧？」

「遵命，教授。」狙擊手說著旋上水壺蓋子，從容地走出房間。

「不用太在意柯迪說的話，孩子，」教授對我說，把其中一本筆記放在筆記堆上。「他對我們所有人都講過同樣的話。他擔心我們過於投入殺異能者，結果忘了過好自己的生命。」

「他也許說得對，」我勉強同意。「我……我除了這件事眞的沒有自己的人生了。」

「我們的志業，」教授說。「與生活無關。我們的天職是殺人，我們讓普通人去過他們的生活，享受日出與落雪。我們的任務是讓他們有機會得到這些東西。」

我記得從前的世界，畢竟才過了十年。不過當你每天只看見黑暗，就很難回憶一個有日出的世界。回想那個年代……就像試著回憶我父親臉上的細節。你終究會遺忘那種事情。

「喬納森，」亞伯拉罕對教授說，把槍管裝回他的槍上。「你有考慮這孩子說的嗎？」

「我不是『孩子』。」我說。

他們全部瞪著我。連站在門邊的梅根也是。

「我只是想聲明這點，」我突然覺得一陣不自在。「我是說，我滿十八歲了。我已經成年了，不是小孩子。」

教授打量我，接著出人意料地點點頭。「喊你孩子跟年紀無關，但是你已經幫忙殺了兩位異能者，對我而言夠好了。對我們任何人應該都足以接受。」

「好吧，」亞伯拉罕輕聲說。「可是教授，我們之前談過這件事。我們殺掉奇運這樣的異能者，眞的有達到什麼成就嗎？」

「我們在反擊，」梅根說。「只有我們會這麼做。這才重要。」

「可是，」亞伯拉罕說，套上槍支的一個零件。「我們卻不敢對付最強大的人，於是暴君的統治會延續下去。只要他們一日沒被打倒，其他人就不會眞正怕我們，他們只怕鋼鐵心、滅除跟夜愴等人。我們如果不面對這種怪物，其他的異能者將來還有可能挺身反抗他們嗎？」

鋼壁房間陷入寂靜，我屏息等待。這些話幾乎跟我之前說過的一樣，但是現在用亞伯拉罕輕柔、略帶口音的嗓音講出來，似乎增添了更多分量。

教授轉向蒂雅。

她舉起一張照片。「這真的是夜影？」她問我。「你確定嗎？」

那張照片是我最重要的一樣資產，在大併吞之日捕捉到夜影站在鋼鐵心身邊，剛好就在永夜籠罩城市之前所拍下。就我所知，這種照片只有一張，是賣我照片的小頑童父親用拍立得相機照的。

夜影通常是半透明的非實體模樣，能夠穿過實心物體，還有控制黑暗。他經常出現在城內，但是一直是非實體的狀態，然而在這張照片裡夜影卻顯露出實體。他身穿俐落的黑西裝且戴著帽子，生著亞洲臉孔與及肩的黑髮，我有他處於非實體狀態的其他相片，照片上的臉孔如出一轍。

「顯然是他。」我說。

「這張照片沒有被修改過？」蒂雅說。

「我……」我沒有辦法證明。「我不能保證沒有，雖然用拍立得相機不太可能。蒂雅，他一定有些時候會顯露出實體，那張照片就是最好的證明，但是我還有別的。有些人聞到磷的味道，然後看見符合夜影特徵的人經過。」磷是他使用異能時的跡象之一[1]。「我找到十幾條資料都符合這點。使他變實體的東西是陽光，我懷疑關鍵在於陽光裡的紫外線，他被紫外線照到就會變成實體。」

蒂雅把相片舉在面前凝視，接著開始掃過我對夜影的其他筆記。「我想我們需要調查這件事，喬，」她說。「假如我們真有機會接近鋼鐵心……」

「我們可以，」我說。「我有計畫。會有用的。」

「愚蠢！」梅根打斷我，仍舊站在牆邊交叉雙手。「蠢斃了。我們根本還不曉得鋼鐵心的弱點。」

「我們可以想出來，」我反駁。「我很篤定。我們已經有需要的線索了。」

「就算我們真的想出來，」梅根一隻手往空中一甩。「也完全沒用。光是接近鋼鐵心的門檻就無法克服！」

我與她四目交接，奮力壓抑心裡的怒氣。我感覺她跟我吵架不是因為她真的反對，而是她覺得我哪邊冒犯到她。

「我——」我開口，卻被教授打斷。

「大家跟我來。」教授說著站了起來。

我和梅根互瞪對方一眼，然後跟在教授身後走向主房間右邊的小房間，連柯迪也從第三個房間走出來——我並不意外他在聽我們談話。他右手上戴著一個手套，掌心發出微弱綠光。

「顯像儀可以用了嗎？」教授問。

---

1 日光燈的原理是用紫外線照射磷螢光劑，使磷的原子被激化後發出可見光。這裡在暗示夜影的能力和弱點跟磷與紫外線有關。

「差不多了，」亞伯拉罕說。「我第一個架起來的就是它。」他跪在地板上的一個裝置旁邊，裝置用幾條電線連接到牆壁上。他把它打開。

房間裡的所有金屬表面突然變黑。我嚇了一跳，感覺我們好像浮在漆黑中。

教授舉起一隻手用手勢敲打牆面，牆壁便換上城市景觀，看起來我們好像站在一棟六樓建築上。黑暗中燈火閃爍，照亮新芝加哥的數百棟鋼鐵建築。舊建築比較沒那麼整齊，散布在湖面上的新建築則較爲現代，那些建築是先用其他材料建造，然後再刻意變成鋼的。我曾聽過傳聞，當你可以這樣轉變建築材質，就能做出一些很有趣的結構。

「這是全世界最先進的城市之一，」教授說。「統治者堪稱全北美最強大的異能者。倘若我們對付他，我們就會大幅提高風險。我們已經快把籌碼押光了，失敗有可能代表審判者被徹底消滅，這樣可能會引來災難，終結人類對異能者的最後一絲抵抗。」

「拜託先讓我把計畫告訴你們，」我說。「我可以說服你。」我有股直覺，教授很想要打倒鋼鐵心。如果我能解釋我的理由，教授一定會支持我。

教授轉過來迎上我的眼神。「你希望我們做這件事？好，我讓你解釋。可是我不要你說服我。」他指著梅根，她仍交叉雙手站在門邊。「說服她吧。」

第十三章

說服她啊。太棒了。我心想。梅根的眼神尖銳到簡直可以……唔，我想能在任何東西上鑽洞吧。我是說，眼神通常沒辦法眞的鑽過東西，所以這比喻還是說得通，對嗎？

梅根的眼神說不定眞能在奶油上打洞。說服她？做夢。

只是我可不想自動棄權。我走到發亮的金屬牆前面，牆上投射著新芝加哥的城市景象。

「這個顯像儀能給我們看任何東西嗎？」我問。

「只要是基本監控網看到或聽到的東西都行。」亞伯拉罕解釋，從投影裝置旁邊站起身。

「監控網？」我突然覺得不太自在，靠上前察看。這裝置眞是神奇，就像我們眞的站在城外一座建築頂上，而不是關在一個房間裡。幻象不算完美，若仔細觀察，就能看見我們所在房間的轉角，太接近的物體成象效果也不好。

不過我只要我別看得那麼仔細，以及不要留意沒有風或城內氣味的問題，我就眞的能想像自己身處於外面的世界。他們是憑藉著監控網建立這個影像的嗎？監控網是鋼鐵心用來監視城市的系統，執法隊則用它來監督新芝加哥人民在做什麼。

「我知道他在監視我們，」我說。「可是我沒想到攝影機居然……這麼無所不在。」

「幸好，」蒂雅說。「我們找到辦法竄改監控網看見和聽到的東西，所以不用擔心我們的一舉一動被鋼鐵心發現。」

我仍然有些心神不寧，但是現在沒必要考慮這些。我走到建築邊緣，低頭俯視下面的街道。幾輛車經過，顯像儀傳回車輛行駛聲，我伸手觸摸房間的牆壁，感覺好像在抓空中看不見的東西。等下想必會暈到不行。

顯像儀不像碎震器，是我實際聽過的東西，人們會花大錢去觀賞顯像電影。我跟柯迪的對話不禁讓我思考，我們難道是跟有幻象能力的異能者學會這項科技的嗎？

「我——」我開口。

「不，」梅根說。「要是他想說服我，對話就由我主導。」她走到我旁邊。

「可是——」

「請吧，梅根。」教授說。

我暗地咕噥，退後到不會讓我感覺像要墜下好幾層樓的位置。

「很簡單，」梅根說。「面對鋼鐵心有一個特大號難題。」

「一個而已？」柯迪靠在牆邊發問，看起來好像靠在空氣上。「我看看。超乎常人的力氣、徒手射出致命能量、把身邊任何非活物變成鋼、可以影響風、飛行控制能力絕佳……噢，而且他完全不怕子彈、尖銳武器、火、輻射、頓挫傷、窒息跟爆炸。這樣感覺像是……三件事耶，姑娘。」不過他卻舉起了四根手指頭。

梅根翻白眼。「都沒錯，」她轉回來面對我。「但是這些都不算第一個問題。」

「第一個問題是如何找到他，」教授溫柔地說。他和蒂雅各放了一張折疊椅，兩人坐在投影出來的屋頂中央。「鋼鐵心性格偏執。他會確定所有人都不曉得他在哪裡。」

「完全正確。」梅根伸出拇指控制顯像儀。我們突然飛過城市，建築在腳下糊成一片。我的腳步搖晃，胃部一陣翻滾，忍不住伸手去摸牆，可是不確定牆壁在哪裡，直到碰觸到房間邊緣才摸到。我們猛然停下來，懸在半空中眺望鋼鐵心的宮殿。

這是一座矗立在城市邊緣的電鍍鋼鐵堡壘，本體建在變成鋼的湖面上，向兩側延伸出一排黑暗高塔、梁柱與走道，有點像混合了舊維多利亞式大宅、中世紀城堡跟鑽油平台的建築。許多凹處亮著刺眼紅光，煙囪噴出煙，在黑暗天空下黑漆一片。

「他們說他故意造了這座宮殿來混淆所有人，」梅根說。「裡面有幾百個房間，他每晚都睡在不同的地方，然後在另一個地點用餐。據說就連宮殿裡的奴役都不曉得他出現在何處。」她敵意十足地瞪著我。「你找不到他的。這就是第一個問題。」

我仍然止不住搖晃，覺得自己好像浮在空中，雖然其他人似乎都覺得很正常。「我們能不能……」我反胃得想吐，回頭看亞伯拉罕。

亞伯拉罕咯咯笑了，用幾個手勢把我們拉回附近的建築頂上。建築上有個小煙囪，我們「降落」時把它壓扁，使它變成平面圖案貼在地板上。顯像儀並非真正立體的全像投影，就我所知，還沒有人能用科技模仿出那種程度的幻象。顯像儀其實是利用六面螢幕跟部分立體影像的先進科技應用。

「沒錯，」這麼一來我感覺安穩多了。「反正，那樣可能會是問題。」

「只不過？」教授問。

「只不過我們不必去找鋼鐵心，」我說。「他會來找我們。」

「他最近很少公開現身，」梅根說。「就算會也無跡可尋。禍星之火啊，你到底要怎麼——」

「斷層。」我說。這位異能者在我父親被殺害那天，搬移泥土把銀行埋了起來，後來還選擇挑戰鋼鐵心。

「大衛說得對，」亞伯拉罕說。「她試圖搶奪新芝加哥的統治權時，鋼鐵心的確現身對付她。」

「仇恨女神下戰帖那次也是，」我說。「鋼鐵心親自迎戰。」

「我記得，」教授說。「他們那次大戰毀了一整塊街區。」

「聽起來玩得眞爽啊。」柯迪評論。

「是啊，」我說。「我有那次戰鬥的照片。」

「所以你是說，我們得說服人們有個強大異能者要來新芝加哥挑戰他？」梅根不帶情緒地問道。「然後我們就會知道他在哪裡。聽起來可眞容易啊。」

「不，不是，」我轉回去看他們，背對鋼鐵心那座黑暗、冒煙的大宮殿。「這是我計畫的第一部分。我們讓鋼鐵心以爲有個強大異能者要來這邊挑戰他。」

「我們要怎麼做到那種事？」柯迪問。

「我們已經著手了，」我解釋。「我們散布風聲，說奇運是被一位新異能者的手下殺掉的。接著我們攻擊更多異能者，讓人感覺這都是同一位對手所爲。然後我們對鋼鐵心下最後通牒：如果他希望阻止追隨者被殺害，他就得出來戰鬥。

「他也一定會出來，只要我們演得夠逼真。你也說過他的性格偏執，教授。你說得沒錯，他是個偏執狂，何況他無法忍受有人挑戰他的權威，他總是親自解決敵對的異能者，就像他多年前對奪命手指做的那樣。假如要說審判者擅長什麼事，那就是殺異能者。我們若在短時間內解決夠多人，就會對鋼鐵心形成威脅。我們可以引誘他出洞，挑選有利的戰場。我們能讓他來找我們，直接踏進陷阱之中。」

「不可能，」梅根說。「他只要派熾焰或夜影就好了。」

熾焰和夜影是兩位非常強大的異能者，擔任鋼鐵心的保鑣兼副手，幾乎跟他一樣危險。

「我給你們看過夜影的弱點了，」我說。「是太陽光，或者可以說是紫外線輻射。他不曉得有人知情。我們能用這點設計他。」

「你什麼都沒證明，」梅根說。「你只給我們看他有弱點。可是每個異能者都有弱點。你不能確定眞的是陽光。」

「我看過他的資料，」蒂雅說。「看起來……大衛好像眞的找到了線索。」

梅根氣得咬牙切齒。假使我成功的條件是說服她同意我的計畫，那麼我鐵定會失敗；無論我的論點有多好，她顯然都不打算同意。但是我不認爲我得像教授說的那樣得到她的支持。我已經見識到其他審判者對教授的敬意。倘若教授認爲這是好主意，其他人就會追隨他。我只希望我的論點好到能讓教授接納，即使他說我得先說服梅根。

「那麼，」梅根說。「熾焰怎麼辦？」

「簡單。」我說，心情跟著轉好。「熾焰不像他表面上那樣。」

「什麼意思？」

「我需要用筆記解釋，」我說。「可是他會是三人裡面最容易解決的。我跟妳保證。」

梅根擺了張彷彿受到冒犯的臭臉，似乎對我不肯直接面對她，非得去拿筆記當靠山很不高興。「隨便。」她做個手勢讓房間打轉，害我又東倒西歪，儘管房間根本沒移動。她瞥了我一眼，我瞧見她嘴角露出笑意。好吧，起碼我曉得有件事能打破她的冷酷面具了，儘管我差點吐掉午餐。

等到房間停止旋轉，我們的視野正用一個角度往上看。我全身上下都告訴我，我應該會往後傾滑到牆上，但我曉得這只是視角問題。

我們正前方是三架一組的直升機，正低空掠過城市上方，直升機的機體流線漆黑，每架都有兩台大引擎，機身側面印著執法隊白色的劍與盾標誌。

「我們可能連熾焰和夜影都沒機會交鋒，」她說。「我應該先提這個的：執法隊。」

「她說得對，」亞伯拉罕說。「鋼鐵心身邊一直有執法隊士兵嚴密保護。」

「那我們就先除掉他們，」我說。「反正敵對異能者也可能會這麼做——癱瘓鋼鐵心的軍隊、攻入城市，這樣只會說服他我們的確是敵對異能者。審判者絕對不會做出攻擊執法隊這樣的事。」

「我們才不會，」梅根憤怒說。「因爲這樣蠢到天邊！」

「這確實是有點超出我們能力範圍了，孩子。」教授說，雖然我看得出來我讓他上鉤了。他興致勃勃地旁觀，而且也很欣賞引誘出鋼鐵心的點子。這正是審判者做過的事，玩弄異能者的傲慢自大。

我舉起手，模仿其他人之前的動作，然後把手往前推，想把景觀移到執法隊總部。房間笨拙地一陣搖晃後高速掃過城市，最後撞進那棟建築側面停下，沒辦法深入大樓，因爲監控網看不到建築內部。整個房間不停抖動，好像拚命想完成我的要求，卻不知該往哪兒前進。

我一個重心不穩撞上牆壁，然後頭暈目眩地滑到地上。「呃……」

「需要我幫忙嗎？」柯迪從門邊打趣發問。

「好，謝謝。請幫我顯示執法隊總部。」

柯迪比了個手勢把房間抬起來、調整到水平位置，然後挪移到城市上方，直到我們懸空在一座有如黑箱子的建築旁邊。那座建築看起來有點像監獄，雖然裡面沒有關罪犯。好吧，只有國家批准的那種罪犯。

我拉直身子，決心不想在別人面前出洋相，雖然我不確定現在是不是太晚了。「只有一個簡單辦法能癱瘓執法隊，」我說。「我們得除掉匯流。」

這是頭一回我的點子沒有引發其他人的強烈抗議。就連梅根也陷入沉思，交叉雙臂站在離我不遠處。我眞想再看到她露出笑容。我忍不住心想，然後趕緊逼自己想別的事。我得保持專注，我可不能在這時候因爲自亂陣腳而跌倒。好吧……至少是比喻性的跌倒。

「你們眞的考慮過這件事！」我猜測，環顧房間裡的眾人。「你們攻擊奇運，但是你們的確討論過要不要對付匯流。」

「那樣會重創敵人。」亞伯拉罕低聲說，靠在柯迪附近的牆上。

「是亞伯拉罕提議的，」教授說。「事實上他極力主張如此。他用了你的一些論點，說我們做得不夠，我們沒有對重要的異能者下手。」

「匯流不只是執法隊的頭子，」我興奮地說。他們好像終於聽進去了。「他是個賦予者。」

「什麼？」柯迪問。

「那是口語的說法，」蒂雅說。「我們用它來稱呼能力轉移異能者。」

「對。」我說。

「眞棒，」柯迪說。「所以什麼是能力轉移異能者？」

「你都沒有專心聽的嗎？」蒂雅問。「我們講過這件事。」

「他那時在清他的槍。」亞伯拉罕說。

「我可是清槍的大藝術家。」柯迪說。

亞伯拉罕點頭。「他是大藝術家。」

「乾淨是僅次於致命性的要件。」柯迪補充。

「噢，得了吧。」蒂雅不耐地說，轉回來看我。

「賦予者，」我說。「就是能把自身能力轉移給其他人的異能者。匯流有兩種異能可以賦予別人，這兩種能力都非常強大，甚至可能比鋼鐵心還強。」

「那他爲什麼沒有統治城市？」柯迪問。

「誰知道？」我聳肩。「可能因爲他很脆弱吧。據說他沒有任何無敵能力，所以一直躲在後面，甚至沒人知道他長得什麼樣子。不過他替鋼鐵心效命超過五年了，暗中領導執法隊。」

我回頭看著執法隊總部。「他能從身體製造出龐大的儲存能量，把電力輸出給執法隊基本小隊的隊長，所以他們才能操作機甲和能量步槍。少了匯流，執法隊就沒有動力機甲跟能量武器可以使用。」

「不僅如此，」教授說。「除掉匯流可能會中斷整座城市的電力。」

「什麼？」我問。

「新芝加哥消耗的電力比發電量多，」蒂雅解釋。「這麼多燈一直開著……消耗量很大，大到連禍星出現前都不可能維持。破碎合眾國沒有這麼強大的設施可以提供鋼鐵心足夠的電力來營運城市，可是他就是有電用。」

「不知道他是怎麼辦到的，」教授說。「但鋼鐵心用匯流來提高發電量。」

「所以匯流就是更好的目標啊！」我說。

「我們幾個月以前已經討論過，」教授身子往前傾，十指在面前交扣。「我們認定對付他太危險。就算我們能成功，也會引來許多注意，然後遭到鋼鐵心本人追殺。」

「這正是我們要的結果。」我說。

其他人似乎並未被我說服。用這步棋打擊鋼鐵心的帝國，審判者們便會曝光。他們再也不能躲在市區各個地下街道，攻擊小心挑選的目標，也不再會是無聲無息的反抗軍。殺了匯流就沒有回頭路，必定會邁向鋼鐵心的滅亡，否則審判者就會被捕、潰散，或是遭到處決。

我望著教授的雙眼，心想：他要拒絕了。他的外表比我以前想像的年紀更蒼老。這位頭髮灰白的中年男子，臉上留下曾目睹一個時代墜落的痕跡，然後爲了結束另一個時代，孜孜不倦奮鬥十年。這些歲月教會他要保持謹慎。

教授張嘴想說話，結果亞伯拉罕的手機響起打斷了他。亞伯拉罕把手機從肩上取下。

「『強心劑』來了。」他笑著說。

強心劑。鋼鐵心每天傳送給子民的訊息。「你能顯示在牆上嗎？」

「當然。」柯迪說著把手機轉向顯像儀按下按鈕。

「實在不需要——」教授開口。

廣播已經開始了，鋼鐵心這次選擇了露面。他有時候會在錄影現身，有時候不會。他站在自己宮殿的一座無線電高塔上，背後披著一條全黑的披風，隨風飄動。

訊息全是預先錄好的，只是看不出來是哪個時候，天上一如往常沒有太陽，城裡也已經沒有樹木，分不出季節。我已經快忘了以前只要看著窗外就知道時間。

鋼鐵心被下方的紅光照亮，一腳踩在矮欄杆上，俯身掃視自己的城市。他的帝國。

我忍不住打了個哆嗦，瞪著面前牆上放大的鋼鐵心。這就是殺了我父親的凶手和統治這座城市的暴君。他在影像裡顯得鎮靜而內斂，黑長髮輕輕垂到肩上，衣服因壯得不可思議的身材上繃緊。這影像使人感覺他有意營造自己是個細心又慈愛的獨裁者，就像我在「工廠」學校讀到的那些早期共產黨領袖一樣。

他舉起一隻手，專注地瞪著下方的城市景色，接著那隻手開始發出邪惡的能量，黃白色光線與底下的刺眼紅光形成對比。他手周圍的能量不是電力，而是原始能量，他讓能量增強一會兒，直到亮得攝影機什麼也看不見，只剩下強光跟鋼鐵心本人在前方的陰影。

接著他手一揮，將一團熾烈的黃色能量射進城市，能量撞上一棟建築、在側面炸出一個大洞，使建築另一側的窗戶爆出火焰與瓦礫。人們在建築悶燒之際逃竄出來，此時攝影機將影像拉近，確定有清楚拍到人群逃命的模樣。鋼鐵心想讓我們知道他剛剛朝有住人的建築開火。

又一發能量射過去，令建築搖晃，一邊的鋼開始融化往內彎。然後他對旁邊的建築再射出兩發能量，讓它裡面也開始起火，牆面因他發出的強大能量而崩解。

攝影機拉回來重新對準鋼鐵心，他依然蹲站在那兒，面無表情地低頭注視城市，下方的紅光照亮了那強而有力的下巴與深思的雙眸。他沒有解釋爲何摧毀這些建築，雖然稍後的訊息或許會解釋居民犯了什麼罪，不管是眞的還是他「感覺」到的。

不過也許不會。住在新芝加哥自然有風險，其中一樣正是鋼鐵心能任意處決你跟你的家人，毫無動機可言。然而這些危險換來的好處是，你可以住在一個有水電、工作與食物的地方。如今這些條件在北美大陸極爲罕見。

我往前一步，靠到牆邊打量那個龐大怪物。他想嚇壞我們，這就是原因。我心想。他要我們認爲沒有人能挑戰他。

早期學者曾經討論異能者是否爲人類演化的下一步，是一項革命性的突破。我不接受這種理論。這個東西不是人，從來就不是。鋼鐵心轉身看向攝影機，嘴角露出淡淡笑意。

我身後有張椅子發出尖銳的刮擦聲。我轉頭看，教授已經站起身，怒瞪螢幕中的鋼鐵心。沒錯，我看得出來他恨鋼鐵心，而且是極爲深沉的痛恨。教授低頭迎上我的眼神。那種心靈交會的感覺又回來了。

我們兩人都非常清楚彼此的立場。

「你還沒有提到你要怎麼殺他，」教授對我說。「你還沒說服梅根。你只讓我們看到一個不成熟，更是不可靠的計畫。」

「我看過他流血，」我說。「祕密就在我腦袋裡某個地方，教授。這是你能殺掉他最好的機會了。你難道願意錯過嗎？你眞的想在機會來臨的時候選擇放掉？」

教授凝視我的雙眼好長一段時間。我背後的鋼鐵心廣播結束，牆壁變回漆黑一片。

教授說得沒錯。我的計畫儘管在我眼裡像是天才謀略，其實也倚賴了很多揣測。用假異能者引誘鋼鐵心出戰，消滅他的保鑣，令執法隊陷入混亂，然後用一個埋藏在我記憶某處的祕密弱點殺死鋼鐵心。的確是個不成熟又不可靠的計畫。所以我才需要加入審判者，他們可以實現這個計畫。這個男人喬納森・斐德烈斯能令它成眞。

「柯迪，」教授說著轉過身。「開始訓練新來的小子用碎震器。蒂雅，我們來看能不能追蹤匯流的行蹤。亞伯拉罕，我們需要一點腦力激盪，看是否有辦法模仿高等異能者的作風。」

我心頭一陣雀躍。「我們眞的要進行這個計畫？」

「對，」教授說。「上帝爲證，我們要。」

第二部

第十四章

「好啦，你得溫柔對待她，」柯迪跟我說。「就像在比擲木杜大賽前一晚愛撫一位美麗女人那樣。」

「擲木杜？」我把手舉向擺在面前椅子上的鋼塊說道。我盤腿坐在審判者的藏身處地板上，柯迪坐在我旁邊，背靠著牆、腿在前方打直。奇運被殺的事已經過了一個禮拜。

「對，擲木杜，」柯迪說。雖然他的口音是純正美國南方口音，而且還挺重的，他卻老是裝作自己是蘇格蘭人。我猜他的家族是來自那邊一類的。「我們在家鄉會從事的一種運動競技，要丟樹。」

「丟小樹苗？像擲標槍一樣？」

「不，才不咧。木杜寬得你環抱時碰不到兩邊手指。我們把樹從地上連根拔起，然後盡可能扔到最遠。」

我懷疑地揚起一邊眉毛。

「打中空中的鳥還會加分呢。」他補充。

「柯迪，」蒂雅說著拿了一疊紙走過來。「你真的知道木杜（caber）是什麼意思嗎？」

「就是樹幹啊，」柯迪說。「人們拿它們蓋劇場。夜總會（cabaret）這個字就是這樣來的，姑娘。」他一臉無辜地說，我很難判斷他是不是認真的。

「你眞像小丑。」蒂雅坐在桌子前面，桌上攤著各種詳盡的地圖，我仍然看不懂是什麼，看起來像是大併吞之前的城市藍圖跟設計圖。

「多謝。」柯迪說，對她輕壓迷彩帽的帽緣致意。

「那又不是稱讚。」

「噢，妳不是那個意思的吧，姑娘，」柯迪說。「可是小丑（buffoon）這個字來自黃色的皮質軍人上衣（buff），意思是又壯又帥，這個字又源自——」

「你不是應該要教大衛怎麼用碎震器嗎？」她打斷柯迪。「還有別煩我。」

「沒關係，」柯迪說。「我能兩件事同時進行。我可是才華洋溢的人呢。」

「眞可惜，這些才華不包括閉上嘴。」蒂雅咕噥著俯身在地圖上做些注記。

我笑了。雖然我跟著審判者們生活了一星期，我仍不確定要如何看待他們。我本來想像每個分隊會像菁英特種部隊，裡頭的成員關係密切，對彼此極度忠誠。

這群人確實是具有這種特質，就連蒂雅和柯迪間的玩笑通常也無傷大雅。但是他們每個人各自獨立，他們……可以說是會自顧自地做些事情。教授與其說是領袖，反而更像中階主管。亞伯拉罕負責修機具，蒂雅做研究，梅根收集情報，柯迪則做零工——就他的說法是「給縫隙塡上美乃滋」，不管那到底是什麼意思。

眞難想像他們是一群夥伴。我內心一部分其實滿失望的。我崇拜的天神們居然只是會鬥嘴、大笑和激怒彼此的凡人。甚至就亞伯拉罕而言，睡覺還會打呼，而且和雷聲一樣響亮。

「啊，這就是正確的專注表情了，」柯迪說。「幹得好，小子，你必須保持腦筋敏銳，時時專注，像威廉・華勒斯爵士[1]本人一樣。戰士的靈魂啊。」他咬了一口三明治。

我根本沒有把注意力放在我的碎震器上，不過我沒提起。我轉而舉起手，照我被教導的方式集中精神。我穿戴著的手套上，每根手指前面都有金屬線，這些線在掌心以特定圖形相連，散發著淡淡綠光。

當我試著專心的時候，我的手微微發出震動，好像有人在附近播放重低音的音樂。想在詭異震動感竄過手臂時集中精神，不是件容易的事。

我把手舉起對準那塊金屬——一段管子的殘骸，接著我顯然得把震動從手上推出去，無論這究竟是什麼意思。亞伯拉罕解釋說，這科技利用手套內部的感應器直接連上我的神經，解讀我大腦的神經電氣訊號。柯迪則宣稱這是魔法，還叫我別亂問問題，免得「激怒那些讓手套能用、讓咖啡變好喝的惡魔」。

我還是沒辦法讓碎震器發揮功能，雖然我覺得快成功了。我得維持專注、穩住手，並且試著把震動推出去。亞伯拉罕說這就像抽菸時吐個煙圈，或者照蒂雅的解釋，是在擁抱時散發體溫，只是不用雙手。我想每個人都有自己的詮釋方式吧。

我的手開始抖得更厲害。

「穩住，」柯迪說。「別失去控制，小子。」

我繃緊肌肉。

「喂喂，別太僵硬啊，」柯迪說。「穩定、有力但平靜。就像你在愛撫一個美麗女人，記得吧。」

這讓我想起梅根。

結果我失去控制，一道暗綠色能量從我手裡爆出來後從前面飛出去，完全錯過管子，卻炸斷了用來擺放管子的椅腳。灰塵灑下來，椅子歪向一邊，讓管子鏘一聲掉在地上。

「星火啊！」柯迪說。「記得提醒我，小子，絕對不要讓你愛撫我。」

「我還以為你叫他想像一個美麗女人。」蒂雅說。

「是呀，」柯迪回答。「要是他對美麗女人都會這樣，我不想知道他會怎麼碰一個蘇格蘭醜八怪。」

「我成功了！」我興奮大叫，指著椅腳留下的金屬粉末。

「對，可是你射偏了。」

「無所謂，」我說。「我終於弄出來了！」然後我猶豫。「感覺不像在吐煙。像是……用我的手唱歌。」

「第一次聽到這種說法。」柯迪說。

「對每個人的感覺都不同，」蒂雅在桌邊說，仍低著頭塗寫筆記，一邊打開一罐可樂。蒂雅少了可樂就沒辦法工作。「使用碎震器對大腦而言不是正常行為，大衛。你的腦中已經發展出神經路徑，所以你使用碎震器的時候有點像是竄改大腦，讓它設法控制想像的肌肉。我一直很好奇如果我們給一個孩子使用碎震器，他們會不會整合得更好、更自然，就像練習某種本來

1 Sir William Wallace，十三世紀的蘇格蘭獨立戰爭英雄，電影《英雄本色》描寫的主人翁。

就有的『肢體』一樣。」

柯迪看著我小聲說道：「是惡魔啦。別讓她唬住你，小子，我認爲她跟惡魔是一夥的。我看過她晚上留派給惡魔們吃。」

麻煩的是，柯迪的認眞程度剛好令我懷疑他是不是眞的相信這種鬼話。他眨眨眼睛表示在鬧著玩，可是臉上表情又正經八百……

我脫下碎震器遞給柯迪。他套上手套，心不在焉往身側舉起手，掌心朝外一推。碎震器隨他的動作開始抖動，震動一停便射出微弱的暗綠色能量，擊中倒地的椅子跟管線，兩個頓時化成灰燼飄到地上。

我每次目睹碎震器的威力都佩服不已。

它的影響範圍頂多幾呎遠，卻不會傷到人體。它們在戰鬥中沒什麼用處，你當然可以把別人的槍支分解掉，但前提是他們得非常靠近你，屆時想專心用碎震器可沒那麼容易，大概還不如直接拿拳頭揍人有效。

然而，碎震器開啓的可能性依舊十分驚人。你能用它穿過新芝加哥的鋼鐵陵墓深處，進出各個房間，只要藏好碎震器就能從任何囚禁跟監牢脫身。

「繼續練習，」柯迪說。「你有天分，教授希望你熟練這玩意兒。我們需要另一個可以操作碎震器的成員。」

「你們不是每個人都會用啊？」我訝異地問。

柯迪搖頭。「梅根就用不出來，蒂雅也很少有機會用。我們出任務時需要她在基地支援。

所以通常是我和亞伯拉罕在用。」

「教授呢？」我問。「這是他發明的。他應該很會用吧，對吧？」

柯迪搖頭。「我不知道。他拒絕用碎震器，好像跟以前的不愉快經驗有關。他絕口不提，也許不應該講吧，我們不必知道。反正你應該多練習。」柯迪搖搖頭，脫下碎震器塞進口袋。

「我以前願意付出一切換個這種東西呢……」

審判者的其他科技也很神奇，作用像小型護甲的夾克就是其中之一。柯迪、梅根和亞伯拉罕各有一件，外表不同，但是裡面複雜的半導體網路能用某種方式保護他們。至於能夠判斷某人是否爲異能者的占卜儀則是另一樣。此外我看過的唯一新科技是他們稱爲急救星的東西，這裝置能加快身體治癒的速度。

柯迪去拿掃帚掃掉灰塵的時候，我心想：太可惜了，這些科技……本來可以拿來改變世界。如果世界沒有先被異能者改變的話。一個殘破的世界是享受不了這種好處的。

「你以前是做什麼職業？」我替柯迪拿著畚箕時問道。「這一切發生之前？你做什麼？」

「你一定不會信。」柯迪笑著說。

「讓我猜，」我開始期待聽到柯迪的往事。「職業足球員？高薪的殺手兼間諜？」

「我是警察。」柯迪溫順地回答，低頭看那堆鋼灰。「在田納西州的納什維爾市[1]。」

「什麼？眞的？」我的確沒料到。

1 Nashville，田納西州第二大城。

柯迪點點頭，揮手要我把第一堆灰倒進垃圾桶，自己把剩下的掃起來。「我父親年輕時在蘇格蘭也是警察，那個鎮很小，你一定沒聽過。他娶了我媽之後搬來美國，我在這裡長大，其實沒有眞的回去過家鄉。但是我想要跟爸一樣，所以他過世後我就去上學，然後加入警隊。」

「嗯，」我重新放下畚箕裝起剩下的灰。「沒有我想像的迷人。」

「唔，你知道我曾單槍匹馬攻陷整個毒梟組織吧。」

「噢，眞的啊。」

「還有一次總統的特勤隊護送他穿過城市，結果他們都吃了壞掉的烤餅而病倒，所以我們警局的人還得保護他逃過暗殺。」他對著正在修理隊上其中一把獵槍的亞伯拉罕喊，「你知道嗎？暗殺的幕後主謀是法國佬。」

「我不是法國人！」亞伯拉罕喊回來。「我是法裔加拿大人，你這愣仔。」

「還不都一樣！」柯迪咧嘴笑著看我。「反正啊，也許的確是沒那麼迷人吧，不見得一直都很有趣。但是我很喜歡。我熱愛替人們行善，服務和保護他們。然後……」

「然後怎麼了？」我問。

「美國瓦解時，納什維爾被占領了，」柯迪解釋。「五個一夥的異能者接管了美國大半南方。」

「巫師會，」我說。「其實有六個。其中兩人是雙胞胎。」

「好吧，老是忘記你是這方面的超級專家。反正他們接手統治，警局開始替他們做事，不願意接受的人理論上要必須交出警徽退休，好警察都這麼做了，壞警察則留在警局中繼續任職，而且變本加厲。」

「那你呢？」我問。

柯迪摸索他藏在腰間、夾在腰帶右側的物品。看起來像個薄皮夾。他伸手解開釦子，亮出一面雖然有刮痕、但擦得發亮的警徽。

「我兩條路都沒走，」他語氣平淡地說。「我發過誓要服務和保衛人民。我不打算只因為一些有神力的惡棍開始指使眾人就放棄當警察。事情就是如此。」

他的話令我打了個冷顫。我瞪著警徽，腦子像淺鍋上的煎餅一樣翻個不停，試圖搞懂眼前這個男人，試著把那些玩笑話、吹牛跟依然盡忠職守的警員形象連在一起。這位警察歷經城市、政府的陷落，轄區被關閉，身邊所有人也被奪走，卻還是在盡他的使命。

其他人或許也有類似的故事。我心想。我看了蒂雅一眼，她仍忙著工作和喝可樂。她為何會投身大部分人口中沒有希望的戰鬥，過著永無止境的逃亡生活、把那些法律應該判罪但無法加以制裁的惡徒就地正法？亞伯拉罕、梅根和教授本人又是為了什麼原因？

我回頭看柯迪，他正在闔上警徽。放警徽的塑膠夾另一邊有東西，是個女人的照片，但是被挖掉一塊長條，眼睛跟大部分鼻子都不見了。

「那是誰？」

「一個對我很特別的人。」柯迪說。

「誰？」

他沒回答，把警徽重新扣好。

「我們最好不要知道或問起彼此的家人，」蒂雅從桌邊說。「通常一個人停止當審判者的原因是死亡，但有時我們會被捉，那個人最好無法透露任何事殃及別人的親友。」

「噢，」我恍然大悟地說。「對，很合理。」我一時間沒想到。我生命中重要的人都已經不在了。

「進展怎麼樣，姑娘？」柯迪漫步到桌旁。我跟過去，看見蒂雅攤開一排報告跟帳本。

「卡住了。」蒂雅皺起眉頭，揉揉眼鏡底下的眼睛。「好像只拿到一塊拼圖，然後就要重建整張複雜圖畫。」

「妳在找什麼？」我問。在我眼裡，這些帳本跟那些地圖一樣宛如無字天書。

「鋼鐵心那天受了傷，」蒂雅說。「假如你的回憶無誤……」

「當然無誤。」我保證。

「人的記憶是會衰退的。」柯迪說。

「我的不會，」我說。「這件事沒有。那天沒有。我能告訴你們貸款行員打的領帶是什麼顏色，我能告訴你們當天櫃台有幾個出納員。我說不定還能算出銀行的天花板磚總數，因爲全都烙印在我腦海裡了。」

「好吧，」蒂雅說。「嗯，假如你確實沒錯，那麼鋼鐵心那天不受大部分戰鬥影響，只有最後才受傷。我正在探究所有可能性，關於你父親、地點和現場狀況的條件。最有可能的是你提過的那點，也就是金庫的影響。說不定裡面有東西削弱了鋼鐵心，金庫門被炸開後對他產生了作用。」

「所以妳在察看銀行金庫物品的紀錄。」

「對，」蒂雅說。「但是實在查不到。多數紀錄想必隨著銀行被毀了，備份檔案則會存在某處的伺服器。負責代管第一聯合銀行主機的公司叫作多利瓊斯有限公司，他們大部分的伺服器放在德州，可是那棟建築已經毀於八年前的阿陀羅暴動。

「所以這就剩下些微的機會，他們也許保有實體紀錄，或者在別的分公司留有數位備份，只是那座德州建築正是主辦公室的所在地，所以可能性渺茫。除此之外我也在查客戶名單，也就是那些會時常光顧銀行、在金庫開有保險櫃的有錢人或重要人士，或許他們存放在裡面的東西會記載在公開紀錄上，而鋼鐵心曾看過其中某顆特殊的石頭或特定符號之類的。」

我看了柯迪一眼。伺服器？代管？這些是什麼意思啊？他只聳聳肩。

麻煩的是，一位異能者的弱點有可能是任何小事，譬如說蒂雅提到的符號。有些異能者若看見特定圖案就會暫時喪失超能力，也有其他異能者只要想到特定念頭、不吃特定食物或吃錯食物便會削弱能力。弱點的變化範圍比異能本身還多。

「如果我們解不開謎團，」蒂雅說。「剩下的計畫就都沒有用了。我們正在看著一條危險道路，可是不曉得自己在路的盡頭能做什麼。這讓我非常難受，大衛。你要是想到任何事——任何東西——若能給我線索著手，請你記得提出來。」

「我會。」我保證。

「很好。」她說。「如果沒有事，就帶柯迪走開，拜託讓我專心。」

「妳真的應該學學怎麼一心二用，姑娘，」柯迪說。「像我一樣。」

「要當小丑和同時搞出一團混亂是很簡單的，柯迪，」她回答。「至於應付上述的小丑，順便收拾一團亂就困難太多了。去找個東西當槍靶子吧，還是管你愛做什麼。」

「我還以爲我正在做我喜歡做的事呢。」柯迪心不在焉地說，用根手指敲打紙上的一行字，看起來像銀行客戶名單。那行字寫著強森自由保險經紀。

「你在做什——」蒂雅開口，然後讀到那行字時停下來。

「什麼？」我問道，然後往下讀起文件。「這些是在銀行存放東西的人嗎？」

「不是，」蒂雅說。「這不是客戶名單。是銀行付錢的公司清單。也就是……」

「銀行的投保公司名稱。」柯迪嘻嘻笑著說。

「禍星啊，柯迪，」蒂雅咒罵。「我眞討厭你。」

「我知道，姑娘。」

很奇怪，兩個人說話時居然都笑了。蒂雅立刻開始翻起紙張，儘管她同時注意到柯迪指著紙張時，也把三明治上的一點美乃滋沾上去了。

柯迪拉著我的肩膀，帶我離開桌邊。

「剛才發生了什麼事？」我問。

「保險公司，」柯迪說。「第一聯合銀行付一大筆錢給他們，好保障存放在金庫裡的那些東西。」

「所以保險公司……」

「單單是爲了客戶投保的物品，保險公司就會儲存一份詳盡、每天更新的檔案，」柯迪咧嘴笑著說。「保險公司的人對這種事很講究的，跟銀行家一樣。其實就跟蒂雅一樣。要是我們運氣好，銀行會在失去建築後申請賠償，這樣就會多一筆文件紀錄。」

「眞聰明。」我佩服地說。

「噢，我只是很擅長找到藏在眼前的東西。我有敏銳的眼光。我有一次抓過小妖精呢，你知道吧。」

我狐疑地看他。「小妖精不是在愛爾蘭嗎？」

「當然。它是被交換到蘇格蘭的。我們送了愛爾蘭三個蕪菁跟一個綿羊膀胱當回禮。」

「聽起來這份交易不太公平。」

「噢，我認爲超級划算，考慮到小妖精都是純屬幻想之類的。你好，教授，你的蘇格蘭短裙穿起來怎樣？」

「跟你的小妖精一樣純屬幻想，柯迪。」教授說著從旁邊一個小房間走進主房間，他把那個小房間挪去當「思考間」，管他是什麼意思。「我能不能借一下大衛？」

「請便，教授，」柯迪說。「我們是朋友啊，你現在應該知道不必過問這種事了吧……你應該相當清楚租用我小嘍囉的標準費用。三英鎊加一瓶威士忌。」

我不太確定被喊作小嘍囉，還是被賤價出租哪一點比較被冒犯。

教授沒有理會柯迪，拉著我的手臂。「我今天要派亞伯拉罕和梅根去鑽晶的店。」

「那個武器販子？」我熱切問道。他們稍早跟我提到，鑽晶可能有些科技能幫助審判者僞裝成異能者。這位假異能者展現的「異能」必須炫目又破壞力強大，才能引起鋼鐵心的注意。

「我要你跟著去，」教授說。「對你會是不錯的經驗。但是請聽從命令，指揮的人是亞伯拉罕。如果你有遇到似乎認出你的人，事後也請告訴我。」

「我會。」

「那麼去拿你的槍吧。他們很快就要出發。」

第十五章

「那麼手槍怎麼說？」我們走去鑽晶店裡的路上，亞伯拉罕說。「銀行、金庫內容都有可能是沒用的線索，對吧？如果是你父親射鋼鐵心的槍有什麼特別之處呢？」

「槍是某個保全弄掉的，」我說。「史密斯與威森軍警手槍[1]，九釐米口徑，半自動射擊。沒什麼特別。」

「你居然記得是哪種槍？」

我們走過鋼壁的地下隧道，我踢開一些垃圾。「就像我說的，我對那天記得一清二楚。何況我很了解槍。」我猶豫了一會兒，然後決定多坦承一點。「我小時候以為那種槍一定很特別，打算存錢買一把，可是沒有人想賣給像我這種年紀的小孩。我本來打算溜進他的宮殿射他。」

「溜進宮殿？」亞伯拉罕嗓音平緩地說。

「呃，對。」

「然後射鋼鐵心。」

「我那時才十歲耶，」我說。「體諒我一下吧。」

1 Smith & Wesson M&P，從二〇〇五年開始生產。

「對於有這種抱負的孩子，我願意尊敬他，可是不會體諒，而且也不願意替他延長壽險。」亞伯拉罕似乎覺得很有趣。「你眞是個有意思的人，大衛．查爾斯頓，但是你小時候聽起來更有趣。」

我忍不住笑了。這位嗓音輕柔、發音清脆、略帶法語腔的加拿大人散發出一股吸引人的友善氣質，讓你幾乎不會注意到他肩上那把龐大的機槍，上頭還裝著榴彈發射器。

我們仍在鋼鐵陵墓裡，所以就算攜帶著強力武裝也不會引起太多注意。我們偶爾經過幾群人，他們瑟縮在火堆邊，或者圍繞在盜接電源的暖爐周圍，其中一些人身上攜帶著突擊步槍。

我過去幾天離開過藏身處幾次，每次都有審判者成員陪同。我不太喜歡被人看著，不過我能了解他們的用意。我沒有眞的期待這群人已經信任我，至少不會是百分之百。何況我雖然不敢大聲承認，但我其實不想一個人走在鋼鐵陵墓裡面。

這些年來，我都會避開這麼深的地區。「工廠」的人流傳著一些故事，提到住在這下面的邪惡人群，那些可怕的怪物依靠著亂晃進遺忘隧道裡的笨蛋維生，殺了可憐蟲後吃他們的肉。那些人是殺手、罪犯與上癮者，而且還不是地表上普通的犯罪者跟毒蟲。這裡的人格外墮落。

也許那些傳言是誇大其詞吧，我們經過的人的確模樣危險，但不像是發了狂，只是傳達著一股濃厚的敵意。他們會陰沉地注視你、追蹤你的一舉一動，直到你消失在他們視線外。

這些人想要獨處。他們是被放逐者中的邊緣份子。

「鋼鐵心爲什麼讓他們住在下面？」我在經過另一群人時問道。

梅根沒回答，自顧自地走在我們前面，不過亞伯拉罕回頭看了火光一眼，還有那排走上前確定我們離開的人。

「永遠會有這樣的人存在，」亞伯拉罕說。「鋼鐵心很清楚。蒂雅認爲他特意弄了這個地方出來，這樣他就曉得這些人會在哪裡。知道你放逐的人聚集在何處很有用，摸透他們總比預料不到好。」

這話讓我很不舒服。我還以爲我們在城市下面能完全遠離鋼鐵心的監控，也許這地方並沒有我想像的那麼安全。

「你不能一直關著所有人，」亞伯拉罕說。「除非你打造一座牢不可破的監獄。所以讓那些想要自由的人享受某種程度的自由，這樣一來只要做對事情，他們就不會造反。」

「可是鋼鐵心對待我們的方式錯了。」我輕聲說。

「對，沒錯。確實是。」

我在行進的時候不停回頭看，仍擺脫不掉憂心的感覺，唯恐會被陵墓裡的某些人攻擊。雖然他們一直沒有。他們——

我嚇一跳，這才發現有幾個人正在跟著我們。「亞伯拉罕！」我趕緊小聲說。「他們在跟著我們。」

「對，」他鎮靜說。「前面也有幾個人在等我們。」

我們前方的隧道變窄了。的確，一群幽暗的人影站在那裡，穿著陵墓區人民身上各式各樣常見的丟棄衣物，還帶著老步槍與插在皮套裡的手槍——都是那種兩天裡只有一天能用的爛槍，過去十年來大概由十多個不同主人攜帶過。

我們三人停下腳步，後面的人群將我們圍住。我看不見他們的臉，我們沒有人帶手機，少了手機燈四周陷入一片漆黑。

「你那身裝備眞不賴呀，朋友。」我們前面那群人的其中一人說。沒有人做出過分帶有敵意的舉動，他們手握武器，但是槍管只是指著旁邊。

我開始小心解下自己的槍，心臟狂跳。想不到亞伯拉罕用手按住我肩膀制止我，另一手握著他的大槍，槍管指著上方。他也跟梅根一樣穿著審判者夾克，雖然他的是灰白色，有著高領子跟幾個口袋，梅根的夾克則是普通的棕色皮革。

審判者們離開躲藏處時永遠會穿這種夾克。我沒看過夾克發揮功用的樣子，也不曉得它們實際上能提供多少保護。

「別動。」亞伯拉罕對我說。

「可是——」

「我來應付。」他的嗓音無比冷靜，上前一步。梅根站到我旁邊，手放在手槍槍套上，看起來跟我一樣緊張得要命。我們兩個都在試著同時注意前方和背後的人。

「你喜歡我們的裝備？」亞伯拉罕禮貌地問。

「你們應該把槍留下，」惡徒說。「然後繼續前進。」

「這可說不過去，」亞伯拉罕說。「如果我有你們要的武器，這表示我的火力勝過你們。若我們開打，你們就輸定了。聽懂了嗎？你們的恐嚇沒有用。」

「我們人數比你們多，朋友，」那傢伙輕聲說。「我們有赴死的準備。你們有嗎？」

我感覺背脊發涼，內心一沉。不，這些不是人們要我們相信住在下面的殺人犯，這些人更危險，像一群惡狼。

我現在能從他們的態度、成群結隊移動的方式，還有他們看我們路過的眼神看出這點。他們是被放逐者，但是卻形成了一體。他們不再離群索居，而是攜手團結。

而在這群人眼裡，亞伯拉罕和梅根身上的槍能增加他們的生存機會，他們想要把槍搶過來，即使這會害他們損失幾人。對方大約有一打男女，我們只有三人，還被團團包圍，局勢太不利了。我壓抑著放下步槍開槍的衝動。

「你們沒有襲擊我們，」亞伯拉罕指出。「你們不希望用流血的方式解決。」

強盜們沒有吭聲。

「你們非常好心給我們這種機會，」亞伯拉罕對他們點點頭，這種眞誠著實不尋常。換作其他人說這句話，聽起來就會像是在擺架子或嘲諷，可是從亞伯拉罕口中說出來卻完全眞摯。「你們過去讓我們路過幾次，穿過你們自認擁有的領地。對於這點，我也表示感激。」

「把槍留下。」惡徒說。

「不行，」亞伯拉罕說。「我們需要這些槍。何況若我們給了你們，對你反而沒有好處。其他幫派也會想從你們手上搶走，就像你們想從我們手上奪走一樣。」

「事情不是你說了算。」

「也許吧。不過，考慮到你們曾經對我們表達過的敬意，我給你開個條件。你和我來場決鬥，只有一個人會被射死。若我贏了，你就放我們走，未來讓我們自由通行此區。要是你贏了，我的朋友們就雙手交上武器，你們也可以拿走我屍體上的任何東西。」

「這裡可是鋼鐵陵墓。」男人說。他的幾個同伴開始竊竊私語，他用籠罩在陰影中的眼睛猛瞪他們一眼，止住騷動後才繼續說下去。「不是談條件的地方。」

「然而你們已經對我們提出條件了，」亞伯拉罕平靜地說。「你們給過我們尊敬。我相信你們會願意再尊敬我們。」

就我聽來這件事好像跟尊敬沒關係。他們沒偷襲我們，是因爲他們怕我們；他們想要武器，卻又不想戰鬥，於是決定恐嚇我們。

不過領頭的惡徒終於點頭。「好，就談條件。」然後他立刻舉起步槍開火。子彈射中亞伯拉罕胸膛正中央。

我嚇壞，一邊咒罵著一邊趕緊解下步槍。

但是亞伯拉罕沒有倒下，甚至沒有抖動，狹窄隧道裡又傳出兩聲槍響，子彈分別打中他的腿和肩膀。亞伯拉罕沒理會他的威猛機槍，鎭靜地把手伸到身旁掏出槍套裡的手槍，砰一聲開火射中惡徒的大腿。

男人發出慘叫，扔下爛步槍倒地，還抓著受傷的腿。雖然少數人緊張地放下了武器，但大部分人似乎嚇呆了。亞伯拉罕泰然自若地收起手槍。

我感覺汗水流下眉毛，心有餘悸。看來夾克發揮了功效，而且比我想像的還棒，只是我還沒有夾克，要是其他惡徒對我開槍……

亞伯拉罕把機槍交給梅根，走向跪在地上的惡徒身邊。「請在這邊用力壓著，」他用友善的聲音說，把男人的手挪到大腿上。「對啦，非常好。現在如果你不介意，我會包紮傷口。我射的地方會讓子彈穿過肌肉，所以彈頭不會留在裡面。」

亞伯拉罕拿出一捲繃帶纏住對方的腿，惡徒痛得發出呻吟。

「你們殺不死我們的，朋友，」亞伯拉罕繼續輕聲說。「我們不是你們本來認爲的那種人。了解嗎？」

惡徒用力點頭。

「當我們的盟友會是更好的選擇，你同意嗎？」

「同意。」惡徒說。

「很棒。」亞伯拉罕綁緊繃帶。「每天換兩次繃帶，繃帶要先用滾水煮過。」

「好。」

「很好。」亞伯拉罕站起來拿回機槍，轉身面對惡徒剩下的夥伴。「多謝你們讓我們通行。」他對其他人說。

他們一臉困惑，不過仍讓出一條路給我們。亞伯拉罕往前走，我和梅根匆匆跟上。我回頭看見幫派的其他人圍到倒地的領袖身邊。

「剛才眞是太厲害了。」我等到走遠後欽佩地說。

「才不。那只是一群嚇壞的人，捍衛自己僅有的東西——他們的名聲。我替那群人感到難過。」

「他們開槍射你。射了三槍。」

「我准許他們這麼做。」

「可是他們先威脅你！」

「因爲我們先闖入他們的地盤。」亞伯拉罕又把機槍遞給梅根，然後邊走邊脫下夾克。我發現其中一顆子彈打穿了，血正從他上衣的一個洞滲出來。

「夾克沒有擋住子彈？」

「它們不完美，」梅根說，亞伯拉罕則脫掉上衣。「我的夾克老是發揮不了作用。」我們停下來，亞伯拉罕拿條手帕清理傷口，然後挖出一小塊金屬。彈頭就只剩下那樣，顯然在擊中夾克時碎掉了，僅有一小塊碎片刺進皮膚。

「要是他對你的臉開槍怎麼辦？」我問。

「夾克裡面藏著先進的護盾裝置，」亞伯拉罕說。「保護能力其實不是來自夾克本身，而是夾克延伸的力場。它是隱形的阻力屏障，對全身提供一些保護。」

「什麼？眞的？眞了不起。」

「對。」亞伯拉罕遲疑著套回上衣。「不過這可能沒辦法替臉擋下子彈。所以我運氣好，他們沒選擇開槍射那裡。」

「就像我說的，」梅根怒聲插嘴。「它們離完美還很遠。」她好像對亞伯拉罕很不滿。「護盾對墜落和撞擊的防護比較好。子彈太小，撞擊速度太高，護盾很快就會超載。你有可能會被那些子彈打死的，亞伯拉罕。」

「可是沒有。」

「你還是有可能會受傷。」梅根嗓音嚴厲。

「我的確受傷了啊。」

她翻白眼。「你有可能會受重傷！」

「或者他們也有可能開火，」他說。「然後殺光我們。下賭注就是這樣。何況，我相信他們現在認爲我們是異能者了。」

「我差點以爲你是。」我承認。

「我們通常會隱藏這種科技，」亞伯拉罕說著重新穿上夾克。「我們不能讓人們猜測審判者是不是一群異能者，這會破壞我們代表的立場。不過我相信這次事件對我們有利。你計畫散布有新異能者來城裡對付鋼鐵心的傳聞，希望這些人會助長這種風聲。」

「我猜這招的確很不賴，亞伯拉罕。可是星火啊！我剛才差點以爲我們死定了。」

「人們很少會想要開殺戒，大衛，」亞伯拉罕平靜地說。「殺人不是健康心智的人類會做的事。他們在多數情況會盡力避免殺戮。只要記住這點，就對你有幫助。」

「但是我看過很多人會殺人。」我回答。

「的確，這讓你學會一件事。殺人的人若不是覺得別無選擇——也就是說，如果你能給他們別的選擇，他們很可能就會接受——不然就是他們心智不健全。」

「那異能者呢？」

亞伯拉罕伸手探向脖子，摸找戴在那裡的銀色鍊子。「異能者不是人。」

我點頭。我也同意。

「我們剛才的談話還沒結束。」亞伯拉罕一邊在我們繼續走的時候從梅根手上接過武器，輕鬆靠在肩上。「鋼鐵心究竟是怎麼受傷的？關鍵有可能在於你父親使用的武器。你一直沒有試過你的大膽計畫，找一把相同的槍，然後……你是怎麼說的？偷溜進鋼鐵心的宮殿射他？」

「對，我沒有試過，」我難爲情地說。「我發現自己太天眞。不過我不認爲是槍的問題。九釐米軍警手槍其實不算罕見，一定有別人試過用那種槍射他。何況，我從來沒聽過有異能者的弱點來自特定子彈口徑或槍支設計。」

「也許吧，」亞伯拉罕說。「但是很多異能者的弱點毫無邏輯可言。有可能跟特定的槍支生產者有關，或者和子彈成分有關。許多異能者的能力會被特定的合金削弱。」

「對，」我承認。「可是其他人拿這種子彈射他時，到底是哪個條件不一樣？」

「我不知道，」亞伯拉罕說。「不過這値得思考。你認爲他的弱點是怎麼造成的？」

「我覺得就像蒂雅的想法，是金庫裡的東西。」我雖然這麼說，卻不大有把握。「否則就是當時的環境，也許是我父親的年紀。我知道這很奇怪，但是德國有個異能者只能被恰好三十七歲的人弄傷。或者是對他開火的人的數量。墨西哥有位叫十字的異能者，只有被五個人同時試著殺她時才會造成傷害。」

「這都沒差別，」梅根打斷對話在走廊裡轉身，停在隧道裡看我們。「我們永遠不會知道弱點是什麼。他的弱點有可能是任何事。就算有大衛的小故事——假設他沒有瞎掰——我們也無從得知是什麼。」

我和亞伯拉罕停下來，梅根的臉氣得漲紅，幾乎控制不住情緒，和她過去一星期表現得冷漠、公事公辦比起來，如此憤怒教人大吃一驚，摸不著頭緒。

她轉身繼續往前走。我看了亞伯拉罕一眼，他只聳聳肩表示不解。

我們跟在後面，但是保持沉默。亞伯拉罕想追上梅根，她卻加快腳步，所以我們讓她自己走在前面。她和亞伯拉罕都有收到如何找到武器販子的指示，因此理論上兩人的帶路能力一樣。這位「鑽晶」每次只會進城一段短時間，而且都把店設在不同地點。

我們足足走了一小時，穿過如曲折迷宮般的鋼鐵陵墓，最後梅根停在一處十字路口察看蒂雅上傳到手機上的地圖，手機照亮她的臉。

亞伯拉罕從夾克肩膀上取下手機做同樣的事。「快到了，」他對我說，指往某個方向。「往這邊。就在隧道盡頭。」

「我們有多信任這傢伙？」我問。

「根本不信。」梅根說，恢復成平時的面無表情。

亞伯拉罕點頭。「最好永遠別相信武器販子，朋友。他們賣東西給雙方，而且如果衝突無止境延續，他們就是唯一漁翁得利的人。」

「雙方？」我問。「他也賣武器給鋼鐵心？」

「如果你問起，他不會承認，」亞伯拉罕說。「但是可以確定他有。就連鋼鐵心也曉得最好別傷害有用的武器販子。假如他殺掉或拷打鑽晶這種人，將來商人們就不會進城了，鋼鐵心的軍隊會永遠沒辦法取得能跟對手一較高下的科技。當然不能說鋼鐵心喜歡這樣，鑽晶不能在地上街道開店。不過鋼鐵心會放任這種行爲，只要他的士兵能繼續買到裝備。」

「所以……不管我們跟他買什麼，」我說。「鋼鐵心都會知情。」

「不，不會。」亞伯拉罕似乎覺得很有趣，好像我問了特別簡單的問題，比如捉迷藏的規則。

「武器販子不會透露其他客戶的事，」梅根說。「只要客戶還活著的話。」

「鑽晶昨天才回到城內，」亞伯拉罕說著帶路走過地底隧道。「他會開張一星期。如果我們先上門，就能比鋼鐵心的人早一步看看他有什麼好貨，這麼一來就能取得優勢。鑽晶啊，他經常有些……非常有趣的玩意兒。」

好吧。鑽晶這個人狡猾與否都無所謂，我願意利用任何能靠近鋼鐵心的手段。我多年前就不會煩惱道德考量了。在這個世界，誰還有時間堅守道德呢？

我們來到通往鑽晶武器店的走廊。我以爲會有警衛，說不定還穿著全動力裝甲，然而走廊上只有一個身穿黃衣的年輕女孩，她待在地板的毯子上用銀筆在紙上畫畫。她抬頭看著我們，咬起筆的末端。

亞伯拉罕禮貌地遞給年輕女孩一個小晶片，她接過去打量一會兒，然後拿它輕輕觸碰手機側面。

「我們是斐德烈斯的人，」亞伯拉罕說。「我們有預約。」

「進去吧。」女孩回答，把晶片扔回去給他。

亞伯拉罕在半空中抓住晶片。當我們沿著走廊前進時，我回頭看那女孩。「這種保全不怎麼強嘛。」

「鑽晶每次都會嘗試新招數，」亞伯拉罕笑著說。「背後可能隱藏著某種能讓那女孩觸發的複雜陷阱。大概跟炸彈有關，鑽晶愛死了炸彈。」

我們繞過轉角，踏進武器天堂。

「到啦！」亞伯拉罕宣布。

第十六章

鑽晶的店不是設在一個房間裡，而是鋼鐵陵墓的其中一條狹長走廊上，我猜走廊另一頭不是死路就是安排著守衛。跟陵墓區一貫的漆黑相比，走廊天花板上的手提照明燈亮得刺眼。

光線打在幾百把掛在牆壁的槍支上，美麗的磨亮鋼牆配上不會反光的漆黑槍體，其中包含突擊步槍、手槍，還有像亞伯拉罕身上那種龐大、電磁壓縮、裝有全功率抗重力墊的怪物巨槍，此外還有老式左輪槍、成堆的手榴彈，甚至有火箭砲。

我這輩子只擁有過兩種槍：手槍和步槍。步槍像是我的知己，已經陪伴我三年，我也經常仰賴它，我需要它時它就會發揮應有的表現。我們關係密切，我照顧它，它也照顧我。

可是一看見鑽晶的店，我便感覺自己像個只有一輛玩具小汽車的孩子，剛剛被邀請踏進擺滿法拉利跑車的展示間。

亞伯拉罕漫步穿過走廊，看也不看那些武器。梅根走進去，我跟在她背後，瞪著牆面與牆上的裝備。

「哇，」我說。「感覺好像……槍的香蕉農場。」

「香蕉農場？」梅根語氣平淡地說。

「對啊。妳知道的，香蕉是從樹上長出來跟垂下來之類的？」

「阿膝，你的比喻爛透了。」

我的臉瞬間羞紅。是槍械畫廊。我心想。我應該要說像是槍的美術畫廊才對。不對，等等，如果我這樣講，就是在說畫廊是給槍參觀的。所以應該說展示槍的畫廊囉？

「你又怎麼會知道什麼是香蕉？」梅根小聲說，這時亞伯拉罕跟一個站在空白牆壁前的肥胖男人打招呼，這人只可能是鑽晶。「鋼鐵心不會從拉丁美洲進口東西。」

「我的百科全書。」我回答，心裡卻還在思考比喻的問題。展示破壞力十足的槍械畫廊。我應該這麼說的，聽起來不就讓人佩服多了？「讀了幾次，有些東西就記住了。」

「百科全書啊。」

「對啊。」

「你還讀了『幾次』。」

我停下來，突然意識到自己剛才說了什麼。「呃，才不是。我是說，我只有讀過一些。妳知道的，我在找槍的圖片。我——」

「超級書呆子。」她用嘲弄的語氣說完走過去加入亞伯拉罕。我嘆口氣，走到他們身邊，想炫耀我的新比喻來引起梅根注意，結果亞伯拉罕正在介紹我們。

「……新來的小子，」他比著我。「大衛。」

鑽晶對我點頭。他穿著顏色非常豔麗的花襯衫，就像人們應該會在熱帶地區穿的那種，也許我就是這樣才想到香蕉比喻的吧。他有一頭長白髮跟白鬍子，但是腦袋前面禿了，臉上掛著一個大大的微笑，兩眼閃閃發亮。

「我想，」他對亞伯拉罕說。「你們想看新貨對吧，瞧瞧刺激的新玩意兒？你知道，我的……咳咳……其他客戶甚至還沒看過這些東西！你們是第一批。先到先選！」

「價錢也最貴。」亞伯拉罕轉身看整面牆的槍。「如今殺人的價格哄抬得這麼高。」

「說這話的男人背著一把電磁壓縮的曼徹斯特四五一機槍呢。」鑽晶說。「還附有抗重力墊和全套榴彈架。那些榴彈爆炸威力不賴，榴彈雖然小，卻能用非常好玩的方式讓它們彈來彈去。」

「給我們看看你有什麼吧。」亞伯拉罕禮貌地說，但是嗓音緊繃。我發誓，他跟那位開槍射他的惡徒說話時反而更鎮靜。眞是耐人尋味。

「我有一些東西能展示給你們看，」鑽晶露出有如鸚鵡魚般的笑容，我想鸚鵡魚應該就跟鸚鵡差不多吧，雖然兩種動物我都沒見過。「你們何不先四處逛逛？瀏覽一下，告訴我你們看中哪些貨色。」

「好吧，」亞伯拉罕說。「謝謝。」然後他對我和梅根點點頭，我們都曉得自己要做什麼——找看起來不尋常、能製造劇烈破壞的武器，看似出自異能者之手。如果我們得模仿異能者，就需要火力驚人的裝備。

梅根走到我旁邊，打量一把發射燃燒子彈的機槍。

「我才不是書呆子。」我小聲對她抱怨。

「有什麼差別？」她不帶情緒地問。「聰明又沒有什麼不好。事實上要是你眞的聰明，對團隊還是一大助力。」

「我只是……我……我就是不喜歡被人這麼稱呼。何況，誰聽過哪個書呆子會從飛行中的噴射機跳出來，在半空中墜向地面時射死一位異能者？」

「我沒有聽過哪個人做過這種事。」

「斐德烈斯就有。」我說。「三年前在加拿大處決赤葉那次。」

「故事被誇大了。」亞伯拉罕走過我們旁邊低聲說。「其實是直升機，而且是計畫的一部分。我們那時非常小心。拜託，現在專心進行我們眼前的任務。」

我閉上嘴開始打量武器。燃燒子彈威力很強，但是不怎麼創新，對我們不夠炫。事實上，任何基本槍械都派不上用場，不管是發射子彈、火箭還是榴彈都缺乏說服力。我們需要更像執法隊能量武器的裝備，好藉此模擬異能者與生俱來的火力。

我沿著走廊往前走，走得越遠就發現武器似乎變得越奇特。我停在一群有趣的物品旁邊，這些東西乍看起來很平凡，不過是水瓶、手機和筆，但像武器一樣被掛在牆上。

「啊……你眞是個有眼光的人，大衛。」

我嚇一跳，轉身發現鑽晶在我背後咧嘴笑。一個胖子怎麼能走路這麼安靜啊？

「這些是什麼？」我問。

「超級詭雷。」鑽晶驕傲地回答，伸手敲打牆上一塊地方，上面便出現了影像，顯然他把顯像儀接在這裡。影片裡水瓶擺在桌上，一位生意人盯著手裡的幾張紙走過去，接著他把紙放在桌上，扭開水瓶的蓋子。

然後就爆炸了。

我嚇得往後跳開。

「啊，」鑽晶說。「希望你了解這段影片的價值，我很難得能清楚拍下隱藏炸彈的實際運用畫面。這影片眞了不起。你有注意到爆炸把身體彈開，可是沒傷到周圍太多東西吧？這就是隱藏炸彈的重點，尤其暗殺對象可能持有重要文件。」

「眞變態。」我說完轉過身去。

「我們經營的可是死亡事業，年輕人。」

「我是說影片。」

「如果對你有幫助，影片中的人有點壞。」我覺得對鑽晶來說根本沒差別。他輕敲牆面，似乎變得親切。「這爆炸很棒。坦白說，我之所以繼續賣這些東西，一半是因爲我喜歡炫耀那段影片。絕無僅有的錄影。」

「它們都會爆炸嗎？」我問道，一邊打量那些模樣無害的裝置。

「那支筆是引爆器，」鑽晶說。「按下蓋子就能引爆旁邊其中一個小橡皮擦裝置。橡皮擦是通用雷管，只要貼在某種炸彈上後觸發，通常都能成功引爆。這要看炸彈成分，不過橡皮擦上裝了相當先進的偵測演算法，所以對大多數炸藥物質都有效。你可以把它貼在某人的手榴彈上，然後走開，再按那支筆。」

「你如果能在別人的手榴彈上掛雷管，」梅根靠過來說。「直接拉掉手榴彈的插銷不就得了。或者直接射他更好。」

「不是每種情況都能直接硬上，」鑽晶防衛地說。「可是用這些東西會非常好玩。在敵人不知情的情況下引爆他身上的炸彈，還有什麼事比這樣更棒？」

「鑽晶，」亞伯拉罕在走廊更遠處喊。「過來告訴我這個是什麼。」

「啊！很棒的選擇。會製造出美妙的爆炸呢……」他匆匆趕過去。

我望著整面牆上那些看似無辜、實際上致命無比的裝置，這些東西讓我感覺很不對勁。我以前當然殺過人，可是我問心無愧，我手裡握著槍是出於自衛。我對生命沒有太多哲理，然而其中之一就是我父親教過我的事：永遠不要第一個出拳。如果你得揮出第二拳，就試著確保對方揮不出第三拳。

「這些可能有用，」梅根說，雙手仍在胸前交叉。「雖然我很懷疑那個吹牛大王眞的懂要拿來幹嘛。」

「我知道。」我試著挽救稍早的恥辱。「我是說，像那樣錄下一個可憐蟲的死？根本不專業。」

「其實，既然他賣炸彈，」她說。「所以拍下影片對他是專業行爲。我猜他有每一種武器發射的影片，何況我們又不能在這裡親自操作。」

「梅根，那是某個傢伙被炸掉的錄影耶，」我嫌惡地直搖頭。「太糟糕了。人們根本不應該展示這種東西。」

她猶豫，似乎對某件事很困擾。「的確，當然。」她看著我。「你還沒解釋你爲什麼這麼在意被人說是書呆子。」

「我跟妳說過，我不喜歡是因爲……妳知道，我想做些很酷的事，而書呆子不會——」

「這不是眞正的原因，」她說完冷酷地瞪我一眼。星火啊，她的眼睛眞美。「困擾你的是某種更深植心中的東西，你也得克服它。那是你的弱點。」她看了水瓶炸彈一眼，然後轉身走過去看亞伯拉罕在檢視的物品，是某種火箭砲。

我把步槍掛在肩上，悶悶不樂地把雙手插進口袋裡。我有預感最近被教訓的次數只會有增無減。我還以爲離開「工廠」就能擺脫這些糟糕事，我早該知道不會這樣。

我轉身背對梅根和亞伯拉罕，眼神掃過離我最近的牆面。我很難專心看那些槍，這對我可是頭一遭。我的腦袋裡不停思考她剛才的問題。我爲什麼這麼介意被人喊書呆子呢？

我想通了，走去她旁邊。

「……還不確定這是不是就是我們要的。」亞伯拉罕正如此說道。

「它的爆炸威力可是十分驚人。」鑽晶回答。

「因爲他們會把聰明的孩子們帶走。」我低聲對梅根說。

我能感覺她的目光轉向我，但我繼續注視牆壁。

「『工廠』有很多孩子拚命想證明自己有多聰明，」我輕聲說。「妳知道，我們有學校。我們上學半天，工作半天，除非你被趕出去。你如果表現很差，老師就會直接讓你離開，然後你就得工作全天。上學比待在工廠輕鬆，所以大部分孩子會非常努力。

「可是最聰明的人……眞正聰明的……那些書呆子們……他們會被帶到地上。要是你表現出電腦、數學或寫作的天分，你就會去到上面的世界。我小時候聽說那些人會得到好工作，加入鋼鐵心的宣傳部門、進入他的會計辦公室之類的。妳知道嗎？他手上有很多這種人。他需要他們來幫他統治這個帝國。」

梅根好奇地看著我。「所以你……」

「我學著變笨，」我說。「或者應該說學著變普通。笨孩子會被踢出學校，但我又想要學習——我知道我需要學習——所以我非得留下來不可。我也知道要是我被選上去，我就會失去自由。鋼鐵心監視會計師的能力比監督工廠工人好太多。

「有其他人跟我想法一樣。很多聰明的女生竄升得很快，但是我認識的一些男孩認爲沒有被抓到上面去才值得驕傲。你不會想變成聰明孩子的。我得加倍小心，因爲我問了太多關於異能者的問題。我必須藏好筆記，想辦法擺脫那些認爲我很聰明的人。」

「可是你已經不在工廠了。你加入了審判者，所以沒差了吧。」

「有差別，」我說。「因爲我不是妳說的那種人。我不聰明，只是頑固。我的朋友才聰明，他們根本不用唸書就能考好。我每次考試都得像馬一樣拚命。」

「像馬？」

「妳知道的，因爲馬兒會做苦工？拉車犁田之類的？」

「好吧，我就假裝沒聽到這句。」

「我才不聰明！」我堅持。

我沒有向梅根提起，我之所以這麼努力唸書，是因爲我得把所有問題的答案弄得一清二楚，這樣我才能確定答錯正確數量的問題，好停留在排名中間。成績足夠讓我留在學校，又不至於優秀到大出風頭。

「更何況，」我繼續說。「我碰過眞的很聰明的人，他們唸書是因爲出自於興趣。我痛恨讀書。」

「你不是讀了百科全書嘛。還讀了幾次。」

「我在找可能是異能者弱點的資料，」我說。「我得了解不同類型的金屬、化學成分、元素跟符號。任何事物都有可能是弱點。我希望能激發靈感，想到某件跟鋼鐵心有關的事。」

「所以這都是為了他。」

「我人生的一切都是為對付他，梅根，」我望向她。「一切。」

我們沉默下來，雖然鑽晶仍在喋喋不休。亞伯拉罕轉身看我，似乎一臉沉思。

太棒了。我心想。*居然被他聽見了。真是棒透了。*

「說夠了，鑽晶，請停吧，」亞伯拉罕說，「這把武器實在不合適。」

武器販子嘆口氣。「好吧。但是你也許能給我點提示，要怎樣的才可能合適。」

「獨特的東西。」亞伯拉罕說。「過去沒有人見過，破壞力又強大。」

「唔，我沒有破壞力不強的武器，」鑽晶說。「但是獨特嘛……讓我想想……」

亞伯拉罕揮手要我們繼續找，不過梅根走開時，他卻拉住我的手臂，握勁奇強。「鋼鐵心之所以帶走聰明的孩子，」他溫和地說。「是因為他畏懼他們。他很清楚這些槍傷害不了他，大衛，它們沒辦法推翻他。將來打倒他的會是個夠伶俐、夠聰明的人，可以找出他無敵盔甲的弱點。他曉得自己不能殺光這些人，所以他僱用他們，但是以後會由你這種人來終結他。記住這點。」

他鬆開我的手，跟上鑽晶。

我看著他走開，然後走去看另一排武器。亞伯拉罕的話其實沒有改變什麼。但是很奇怪，我感覺自己站得更挺了，注視這排槍時也能順利辨認出製造商。

只是我真的不是書呆子。我至少還是知道這點。

我看了幾分鐘，很驕傲自己認出不少槍械，可惜這些武器都不夠特別。事實上，我能辨認槍支型號這點就代表它們不夠特殊。我們需要人們從未見過的東西。

也許鑽晶什麼也沒有。我心想。假如他會更替存貨，我們可能只是挑錯時間上門。有時候你買了福袋，裡面卻沒有半點有價值的東西。所以——

我停下來，注意到不一樣的東西。是摩托車。

走廊盡頭停了一排摩托車，一共三輛，我起先注意槍的時候沒有發現。它們流線的車身底色是深綠色，側面畫著黑色紋路，讓我好想騎在那上面，在強風中壓低身子，享受一下如閃電般疾馳的快感。我想像自己騎著這種玩意兒高速衝過街上，它們的模樣有如鰻魚一樣危險。像跑得超快、穿黑衣的鰻魚。忍者鰻魚。

我決定不要對梅根提起這個比喻。

車上沒有我看得見的武器，雖然側面裝了些奇怪的橢圓裝置。也許是能量武器？看起來跟鑽晶店裡有的東西不符。但話說回來，他的商品風格相當多元。

梅根走過我身邊，我舉起一根手指指著摩托車。

「不行。」她看也不看說。

「可是——」

「我說了不行。」

「可是它們好酷！」我舉起雙手，好像這麼做有助於爭論。星火啊，眞希望能擁有這些摩托車，實在太讚了！

「你連某個女人的轎車都開不好，阿膝，」梅根說。「我才不要看到你騎在裝有抗重力墊的摩托車上。」

「什麼，抗重力墊！」這下更是讚到天邊。

「不准。」梅根堅定說。

我看向亞伯拉罕，他在附近看某樣東西。他瞥了我一眼，看看摩托車，然後笑了。「不行。」

我嘆氣。購買武器不是應該要更好玩的嗎？

「鑽晶，」亞伯拉罕對販子喊。「這是什麼？」

武器販子蹣跚走過來。「噢，它很棒，爆炸威力強大。這……」販子靠近亞伯拉罕，發現他在看什麼後，整張臉垮下來。「噢，是那個呀。呃，它相當奇妙，只是我不確定是否符合你們的需求……」

那樣武器是一把巨大的步槍，槍管很長，上面裝著瞄準鏡，看起來有一點像AWM[1]——「工廠」拿來當產品藍本的一種狙擊槍。但是這把槍的槍管更大，槍身前端還有一些奇怪的線圈，至於槍身則被漆成很深的墨綠色，裝彈匣的地方也有個大開口。

鑽晶嘆口氣說，「這把武器很了不起，但是你們是好顧客，我應該警告你們我沒有資源能操作它。」

「什麼？」梅根說。「你居然賣一把壞掉的槍？」

「不是這樣，」鑽晶說著輕按槍旁邊的牆壁，一個影像顯示一個男子趴在地上就緒，他握著步槍，透過瞄準鏡看著幾棟衰敗的建築。「這叫作高斯槍[1]，研發自某個能對人扔子彈的異能者。」

「瑞克·奧謝，」我點點頭說。「愛爾蘭的異能者。」

「那個眞的是他的名字？」亞伯拉罕低聲問。

「對。」

「太可怕了。」亞伯拉罕顫抖著說。「把這麼美的法文變成……變成柯迪會講的東西。*Câlice*（聖杯啊[3]）！」

「反正，」我說。「他能藉用觸摸讓物體變得不穩定，然後這些東西受到猛力碰撞就會爆炸。基本上他會將石頭注入能量後丟向人，它們就會炸開。典型的動能能量異能者。」

我對於根據他的超能力發展出來的科技比較感興趣。瑞克是比較新的異能者，他不可能像

---

1 英國精密國際公司生產的北極戰爭系列麥格農子彈版狙擊槍（Arctic Warfare Magnum，縮寫AWM）

2 Gauss Gun或Coilgun，以德國數學家與物理學家高斯命名，用線圈加速金屬子彈，憑動能對目標產生強大撞擊力。高斯槍是科幻創作中很常見的設定，但現實生活中仍沒有當成實際武器的價值。

3 魁北克人特有的咒罵語之一。

審判者說的那樣是早期被監禁跟實驗過的異能者。這表示這種實驗還在進行嗎？有哪個地方專門關著異能者嗎？我沒有聽說過。

「所以槍怎麼樣？」亞伯拉罕問鑽晶。

「對，就像我剛才說的，」他碰了碰牆壁，影片開始播放。「這是一種高斯槍，只是子彈會先注入能量。等子彈變成小型炸彈後，就會用電磁線圈加速到超高速。」

影片裡握著槍的男人打開一個開關，線圈發出綠光。他扣下扳機，槍管突然爆出一陣能量，雖然那玩意兒幾乎沒有後座力，接著一道綠光從槍口噴出去，在空中畫出一條軌跡，遠方一棟屋子應聲炸開，散發出一團像是會扭曲空氣的綠光雨。

「我們……不確定它爲什麼會發出那種光，」鑽晶坦承。「甚至不懂是怎麼做到的。這種技術會把子彈變成有激烈反應的炸彈。」

我感覺不寒而慄，想起審判者使用的科技：碎震器和保護夾克。其實，我們現在用的很多科技都是拜異能者現身之賜，究竟裡面我們又懂得多少？

我們倚賴這些一知半解的技術，而這些技術又來自那些令人困惑的生物，他們甚至不曉得自己爲何有這些能力。我們就像聾子跟著聽不見的節拍跳舞，連音樂停了下來都渾然不知。或者……等等，我其實不懂這比喻到底是什麼意思。

反正，那把槍造成的爆炸所發出的光線非常獨特，甚至很美麗。爆炸造成的碎片似乎不多，只有一些綠煙仍飄在空中，幾乎像是整棟建築被直接轉成能量了。

然後我頓時想通。「極光，」我指著畫面說。「跟我看過的極光照片一樣。」

「毀滅能力看來不錯，」梅根說。「只用一發就幾乎將整棟建築打爛。」

亞伯拉罕點頭。「可能正是我們需要的東西。不過，鑽晶，我能否問你稍早提到的事？你說沒辦法用。」

「可以用，」武器販子趕緊說。「但是需要能源才能開火。電力非常龐大的能量源。」

「要多大？」

「五十六KC。」鑽晶說，然後有些猶豫。「每次發射都要這麼多。」

亞伯拉罕吹聲口哨。

「這樣算多嗎？」梅根問。

「對。」我敬畏地說。「差不多相當於幾千顆標準燃料電池吧。」

「通常是如此。」鑽晶說。「你得把它接上專用的能源，你不能隨便把這狠角色接上牆壁的插座。影片裡開這槍時用了幾條六吋電纜接到專用發電機。」他抬頭看武器。「我把槍帶來是希望能跟某位客户交換高能量燃料電池，這樣我就能以眞正可用的狀態賣掉它。」

「還有誰知道這把武器存在？」亞伯拉罕問。

「沒有人，」鑽晶說。「我直接從製造這把槍的實驗室購入的，影片裡那傢伙是我僱的。這槍沒有進過市場，事實上它的研究者在把它發明出來的幾個月後就死了。那可憐的傢伙把自己炸上西天。我猜你要是經常打造有超載之虞的裝置，就會發生這種下場吧。」

「我們要買。」亞伯拉罕說。

「眞的？」鑽晶一臉訝異，接著臉上露出笑容。「這個……眞是選得好！我相信你們會很滿意的。但是再次重申，你們除非自己找到能量源，不然這把槍無法發射。既然能量源必須非常強，體積就會很大，你們很可能會沒辦法搬運。你們了解嗎？」

「我們會找到能量源的，」亞伯拉罕說。「開價多少？」

「十二。」鑽晶不假思索說。

「你沒辦法賣給別人，」亞伯拉罕說。「也沒辦法搞定它。你只能得到四。多謝成交。」

亞伯拉罕拿出一個小盒子，敲了敲後遞過去。

「我們也要加一個筆形引爆器。」我心血來潮地說，舉起手機對著牆下載高斯槍發射的影片。我差點就開口要求拿一台摩托車了，但是覺得這個要求過於強人所難。

「好吧。」鑽晶說著拿起亞伯拉罕給他的盒子。那盒子又是什麼啊？「奇運在裡面嗎？」

「啊，可惜，」亞伯拉罕說。「我們殺掉他時沒時間採收。不過裡面是其他四個人，包括虛無。」

採收？那是什麼意思？虛無是審判者去年殺死的一位異能者。

鑽晶哼了聲。我發現我對盒裡的東西感到非常好奇。

「還有這個。」亞伯拉罕遞過一個晶片。

鑽晶笑了，接過東西。「你眞懂得怎麼替交易錦上添花，亞伯拉罕。的確很懂。」

「你不能讓任何人知道我們有這個，」亞伯拉對高斯槍點頭。「不准告訴其他人這樣東西的存在。」

「當然不會。」鑽晶似乎覺得受到冒犯。他走過去，從桌子底下抽出一個標準步槍袋，開始取下高斯槍。

「我們拿什麼東西付給他？」我非常小聲問梅根。

「異能者死掉的時候，身體會發生變化。」她回答。

「對，」我點頭。「粒線體突變。」

「嗯，我們殺死異能者時，會收集他們身上的粒線體，」她說。「製造這些科技的科學家需要粒線體，而鑽晶則拿去賣給祕密研發實驗室。」

我輕吹聲口哨。「哇。」

「是呀。」她一臉不安地說。「如果不冷凍屍體，細胞幾分鐘後就報銷了，所以很難採收。外面有人專門以採收細胞爲業。他們不殺異能者，只會偷運血液樣本和冷藏它們。這類樣本已經成了高級祕密貨幣。」

所以是這麼回事啊，異能者們甚至不必知道檯面下的交易。然而我得知這點後更擔心了。我們對突變過程到底了解多少？異能者對於自己的基因組織被賣到市場上會做何感想？

我儘管深入研究異能者，卻從來沒有聽過這些事。這提醒了我：我或許能搞懂幾件事，但外頭仍有一整個超出我經驗範圍的世界。

「那亞伯拉罕給他的晶片呢？」我問。「鑽晶說錦上添花的東西？」

「上面存了爆炸錄影。」她說。

「啊，原來如此。」

「你幹嘛要那個引爆器？」

「我不知道，」我說。「只是覺得好玩。而且既然我短時間內騎不到那種摩托車——」

「你永遠得不到那些摩托車的。」

「我想我就乾脆要點東西嘛。」

她沒回答，雖然我好像無意間惹惱了她——又一次。我實在搞不懂梅根討厭哪件事，她似乎有自己的規則，判斷哪些事情符合「專業」，哪些則否。

鑽晶裝好槍，而且令我很高興地也把筆形引爆器丟進去，外加幾個搭配用的「橡皮擦」雷管。能得到一些額外獎品感覺實在很棒。可是就在這時我聞到了大蒜味。

我皺眉。不太能算大蒜，但是很接近。到底有什麼是……蒜味。

磷聞起來就像蒜。

「我們有麻煩了，」我立刻說。「夜影來了！」

第十七章

「不可能！」鑽晶慌張地察看手機。「他們應該過一兩個小時才會出現的。」他停下來壓著耳朵——他戴著小型耳機——手裡的手機閃動。

鑽晶臉色發白，或許是外面的女孩通知說有人提早到了。「噢，完蛋了。」

「該死的星火！」梅根怒聲說，把高斯槍的袋子掛到肩上。

「你居然選在今天跟鋼鐵心約好見面？」亞伯拉罕說。

「不會是他，」鑽晶說。「假使他是我的客戶，他也不會親自現身。」

「他只會派夜影來，」我嗅嗅空氣。「沒錯，夜影來了。你們聞得到嗎？」

「你爲什麼沒警告我們？」梅根對鑽晶說。

「我不會洩漏其他客戶的——」

「別管了，」亞伯拉罕說。「我們走。」他指向走廊上入口處的另一邊。「那邊通往哪裡？」

「死路一條。」鑽晶說。

「你把自己關在死巷子裡？」我不可置信地問。

「沒有人會攻擊我！」鑽晶喊。「考慮到我這邊的裝備，沒人敢動我。禍星啊！這種事不應該發生的，我的客戶都明知不能提早來。」

「把他擋在外面。」亞伯拉罕說。

「擋住夜影？」鑽晶不敢相信地問。「他沒有實體欸。禍星在上，他可以穿牆。」

「那就阻止他穿過走廊，」亞伯拉罕鎮靜地說。「走廊後面有一些陰影。我們躲起來。」

「我不能——」鑽晶開口。

「現在沒時間爭執了，朋友，」亞伯拉罕說。「大家都假裝不介意你賣武器給雙方，但是要是夜影發現我們在這裡，我不認爲他會善待你。他認得我，而且之前也看過我。他一發現我在這邊，我們就全死定了，你懂嗎？」

鑽晶臉色慘白地點點頭。

「走。」亞伯拉罕說著背起機槍，穿越店內走廊的末端。我和梅根跟在他後面，我感覺自己的心臟狂跳。夜影認得亞伯拉罕？他們之前有什麼恩怨？

走廊盡頭擺著一些箱子和盒子，的確是死路，不過沒有燈光。亞伯拉罕要我們躲在箱子後面。我們從這裡還是能看見整面牆的武器，鑽晶站在那兒緊張地絞著雙手。

「來，」亞伯拉罕把他的大槍放在一個箱子上，直接瞄準鑽晶。「你來操作，大衛。除非有必要，不然別開火。」

「反正對夜影沒用，」我說。「他有基礎無敵能力，子彈、能量武器、爆炸都會穿過他的身體。」除非我們能讓他照到太陽光，前提是我有猜對的話。我之前在別人面前說大話，可是老實說，我有的也只是傳言罷了。

亞伯拉罕把手伸進工作褲口袋掏出某物。一只碎震器。

我立刻放下心中大石，他要為我們挖條路逃生。「所以我們不要留下來等囉？」

「當然不要，」他冷靜地說。「我覺得自己像甕中鱉。梅根，聯絡蒂雅，我們得知道離這裡最近的隧道在哪裡。我會給我們挖條路過去。」

梅根點頭，跪下來捂著嘴對手機小聲說話。亞伯拉罕準備替碎震器暖機，我則打開他機槍的瞄準鏡，把保險轉到點放射擊模式。亞伯拉罕對我的做法讚賞地點頭。

我透過瞄準鏡窺看。這支槍的瞄準鏡很棒，比我的好太多了，有距離讀數、風速計跟低光源光學補償器。我能清楚看見鑽晶，他張開雙手、臉上掛著大大的微笑迎接新客人。

我緊張起來。來者一共八人——四位執法隊士兵，旁邊跟著穿西裝的兩男一女，此外便是夜影。夜影是個高大的亞洲人，身體半隱半現、黯淡且不具實體，他穿著上好西裝，但是長外套卻具有東亞風。他頭髮很短，走路時手握在背後。

我顫抖著把手指貼近扳機。這怪物是鋼鐵心的左右手，也是讓新芝加哥見不到太陽與星辰的黑暗來源。類似的黑暗在他周圍的地面擾動，滑向陰影後堆積在一起。他能用黑暗殺人，將黑色迷霧化成實體後把人捅死。

這些異能——非實體和操縱迷霧的本領——是夜影唯二被人所知的能力，但是威力強大。他可以穿越實心物質，也跟所有非實體異能者一樣能用穩定速度飛行；他可以讓一個房間陷入徹底漆黑，再用黑暗刺死你；他也可以讓整座城市陷入永夜，而且多數人認為他耗費大部分精力去製造永夜。

這點一直讓我很憂心。要是他沒有忙著讓城市沉進黑暗，他就有可能跟鋼鐵心本人一樣強。無論如何，他對付我們三個綽綽有餘，更別說我們此刻猝不及防。

他和兩名手下正在跟鑽晶交談。我眞希望能聽到他們在說什麼。我猶豫著從瞄準鏡前面退開，很多先進的槍支都會配有……

找到了。我打開槍側面的開關，啓動瞄準鏡的指向性擴音器，然後從手機拉出藍芽耳機，在瞄準鏡的晶片上貼一下來配對，把耳機塞進耳朵。我傾身把瞄準鏡直接對準那群人，麥克風收到了他們的對話。

「……這回對特定類型的武器感興趣。」夜影的一個手下說。那女人身穿套裝，黑髮剪得很短，不超過耳際。「皇帝擔心我們的部隊太倚賴機甲當重火力支援了。你有什麼裝備可以提供給更多機動士兵？」

「呃，很多啊。」鑽晶說。

*星火啊，他看起來眞緊張。*鑽晶沒有看我們，可是似乎猛冒汗。就一個做地下武器交易的人而言，他眞的不太擅長應付壓力。

鑽晶的眼睛離開女人看向夜影，後者的手握在背後。根據我的筆記，夜影鮮少在商業互動中直接開口，喜歡透過手下打交道。這跟某種日本文化有關。

對話繼續，夜影仍舊直挺挺地沉默站著。雖然鑽晶暗示他們可以看看牆上的槍，他們卻不太理會，反而要鑽晶拿武器過來給他們看，而且永遠是其中一位助手負責檢視和發問。

*這樣很方便。*我心想，一滴緊張的汗流下太陽穴。*夜影能專心注意鑽晶，打量他和思考，卻不必費神交談。*

「找到路了。」梅根小聲說。我回頭看見她把手機轉過去用手遮住亮光，給亞伯拉罕看蒂雅傳來的地圖，亞伯拉罕必須挨近才能看清楚。梅根把手機螢幕調到幾乎看不見光線。

他輕聲咕噥。「直接往後面七呎遠，稍微往下幾度。這樣得花幾分鐘。」

「那你應該快點著手。」梅根說。

「我需要妳幫忙掃掉鋼灰。」

梅根挪到他旁邊，亞伯拉罕把手放在靠近地板的牆壁上啓動碎震器。在他碰觸到的地方，一大塊圓形鋼板漸漸分解，造出我們能爬過去的通道。亞伯拉罕專心工作時，梅根掃去鋼灰。

我轉回去看，盡可能無聲呼吸。碎震器發出的聲音不多，只有些微的嗡嗡聲，希望不會有人聽見。

「……主人認爲武器品質不佳，」僕人說著將一把機槍還給武器販子。「我們開始對你的挑選能力感到失望，商人。」

「唔，你們要重裝備，可是又不要火箭砲，這要求實在很難滿足。我——」

「牆上這裡原來放了什麼東西？」一個輕柔且詭異的聲音問，聽起來像稍微大聲一點的低語，帶有口音，卻又很尖銳。我忍不住打哆嗦。

鑽晶身子變得僵硬。我稍微調整瞄準鏡，以便看得更清楚。夜影站在一排武器旁邊，指著一塊牆面上突出的鉤子，正是高斯槍本來擺著的位置。

「這裡之前有東西，不是嗎？」夜影問。他幾乎不會像這樣直接發問，這感覺不像好兆頭。「你今天才開張，卻已經有客人上門了？」

「我……不會討論其他客戶，」鑽晶說。「您很清楚的。」

夜影轉回去看牆壁。就在這時，梅根掃鋼灰時撞到一個箱子，聲音不大，事實上她自己似乎沒發現，但是夜影的頭立刻轉向我們這邊，鑽晶跟著望過來。武器販子緊張到好像若把他發抖的手插進牛奶，就能攪拌出奶油一樣。

「他注意到我們了。」我小聲說。

「什麼？」亞伯拉罕仍在專心挖洞。

「繼續……進行，」我站了起來。「還有保持安靜。」準備來場臨場應變了。

第十八章

我背起亞伯拉罕的槍，不理會梅根的低聲咒罵，趁她在有機會拉住我之前就從箱子後面小跑步出去，在最後關頭才想起來要拔下耳機藏好。

我一離開陰影，夜影的士兵們立刻舉槍瞄準我。我因為手無寸鐵心裡湧上一股焦慮。我最討厭被人用槍指著……雖然我猜這表示我跟大多數人一樣吧。

我強裝鎮定，繼續靠近。「老闆，」我拍拍槍說。「我修好了。退彈匣現在比較順了。」

夜影的士兵們看向夜影，彷彿在徵求開槍許可。異能者把手背在背後，用那雙輕飄飄的眼睛打量我。他似乎沒注意到他的手肘擦過牆壁伸進實心的鋼裡了。

他注視著我，但維持靜止不動。他的手下沒開槍。這是好跡象。

拜託，鑽晶。我拚命壓抑內心的緊張。別當白癡。快說點話呀！

「是不是卡榫的問題？」鑽晶開口問。

「不是，先生，」我說。「彈匣稍微彎向一邊了。」我恭敬地對夜影和他的手下點頭，然後走過去把槍掛在牆壁的空位上。幸好大小剛好。我之前就覺得可以，畢竟機槍跟高斯槍差不多大。

「好吧，鑽晶。」夜影的女侍從說。「也許你能跟我們介紹這件商品。它看起來——」

「不，」夜影輕聲說。「我要聽這男孩的解釋。」

我當場愣住，然後緊張地轉過身。「先生？」

「告訴我這把槍的規格。」夜影說。

「這男孩是新來的，」鑽晶說。「他不懂——」

「沒關係，老闆，」我打斷他。「這是曼徹斯特四五一機槍，威力強大。點五〇口徑，電磁壓縮彈匣，每個彈匣可裝八百枚子彈，射擊模式支援單發、點放跟全自動開火，它所配備的抗重力墊能緩衝舉在肩部射擊的後座力，加裝的放大瞄準鏡內含接收聲音功能、測距儀與遙控開火機制，此外也加裝榴彈發射器。機槍使用的彈藥爲穿甲燃燒彈。先生，您找不到比這把更好的槍了。」

夜影點頭。「那這把呢？」他指著旁邊的槍。

我掌心冒汗，把手塞進口袋。那把槍是……呃……對，我想到了。「這是布朗寧M三九一九機槍，先生，性能比較遜色，但是價格非常實惠。一樣是點五〇口徑，只是沒有後座力抑制器，也沒有抗重力墊或電磁壓縮功能，拿來當固定式武器很好用。它槍管上的先進散熱器讓它每分鐘能發射八百發子彈，有效射程超過一哩，準確度奇佳。」

走廊陷入沉寂。夜影打量武器，然後轉向小嘍囉們比個簡短手勢，這動作差點害我嚇了一跳，不過其他人似乎很放鬆。我顯然通過夜影的測驗了。

「我們想看看這把曼徹斯特機槍，」女人說。「這正是我們在找的東西。你剛才應該提起的。」

「我……對於彈匣卡住一事有點不好意思，」鑽晶說。「恐怕那是曼徹斯特機槍的已知問題，每把槍都有特定的怪毛病。據說磨掉彈匣上的側邊就會比較容易取出來。來，讓我替你們把槍拿下來……」

對話繼續後我就被晾在一旁了，我可以乘機退到不會擋到路的地方。我要不要試著溜走？我心想。但如果我現在折回去走廊後面，一定會很可疑吧？星火啊，看起來他們眞的要買亞伯拉罕的槍。但願他會原諒我。

亞伯拉罕和梅根若是穿過洞出去，我可以在這邊等，直到夜影離開再跟他們會合。按兵不動似乎是當下最好的舉動。

夜影的手下交涉時，我發現自己忍不住盯著夜影的背影。我……離他大概才三步遠吧？鋼鐵心圈子中最親信、最強大的三位異能者之一就在這裡，我卻不能對他動手。好吧，我是眞的摸不到他，因爲他沒有實體，但我也只是在比喻。

這就是禍星出現之後的現況，太少人敢抵抗異能者了。我見過孩童們當著父母的面被殺害，可是沒有人有勇氣挺身而出或試著阻止。我跟夜影在一起，我卻滿心想著逃跑。

我面對著夜影心想：你害得我們變得自私。所以我才恨你，恨你們所有人。然而我最恨的是鋼鐵心。

「……用得上一些更好的鑑識器材。」夜影的女性手下說。「我知道這並非你的代理專長。」

「我永遠會帶一些來新芝加哥。」鑽晶回答。「單純只是爲了服務你們。來，讓我向你們展示我有哪些貨。」

我眨眼。他們已經談妥曼徹斯特機槍的交易，顯然買下了，還向鑽晶追加三百把的訂單。鑽晶很高興談成生意，儘管他根本沒資格賣掉這把槍。

鑑識器材……有件事觸動了我的記憶。

鑽晶搖搖晃晃走到桌子那裡，從桌下翻出幾個箱子。他注意到我的存在後揮手要我走開。「你可以去後面的存貨堆繼續盤點，小子。這邊不需要你了。」

我應該照他的話做，結果我選擇做蠢事。「我已經快弄完了，老闆，」我大膽說道。「可以的話我想待著。我還不太了解鑑識器材。」

他停下來瞪著我，我則盡量裝出無辜表情，手插在夾克口袋裡。我腦中一個小聲音喃喃說：你眞笨，笨透了，大笨蛋。可是我以後要上哪兒去找這種大好機會？

鑑識器材包括各種用來研究犯罪現場的器具。我所知道的部分其實只比我對鑽晶暗示的稍微多一些。起碼我有在書上讀過。

我記得可以用紫外線光來尋找DNA跟指紋，照到它們就會現形。紫外線……這正是我在筆記中宣稱的夜影弱點。

「好吧。」鑽晶繼續摸索。「別擋到那位大人就好。」

我後退幾步，恭順地把眼神看向地上。

夜影沒有管我，他的手下也交叉雙手站立，看著鑽晶攤出一排箱子。鑽晶問他們想要什麼，我則很快就從他們的反應聽出來，新芝加哥政府的某人——夜影或是鋼鐵心本人——對於奇運被刺殺一事深感不安。

他們想要能偵測異能者的設備。鑽晶沒有這種東西，他說他聽過丹佛有人在賣，結果發現只是謠言一場。看來審判者手上的那種占卜儀，連鑽晶這種商人都很難弄到手。

他們也需要方便判斷彈殼與炸彈製造來源的裝置。鑽晶這次可以滿足需求，特別是追蹤炸彈這部分。鑽晶從泡棉跟紙箱裡拿出幾個裝置，然後給他們看一個掃描機，能藉由分析爆炸後的灰燼來辨認爆裂物的化學成分。

我緊張地看著其中一位侍從拿起像是金屬公事箱的東西，箱子側面上了鎖。她把箱子打開，露出一堆裝在泡棉裡的小型裝置，看起來就像我讀過的鑑識器材。

箱子上貼著一個小型晶片，在打開後微微發光，想必是操作手冊。僕人心不在焉地拿起手機舉到晶片前面下載指示，我也走過去如法炮製。她雖然看了我一眼，不過沒有多加理會，繼續打量物品。

我掃過手冊內容，心臟撲通狂跳，直到找到我要的東西：紫外線指紋掃描器與內建的攝影機。我草草閱讀說明，現在我只要能把它從箱子裡拿出來……

女人取出一個裝置打量，不是指紋掃描器，所以我不管她。我趁她轉頭的片刻抓起掃描器假裝把玩，盡可能裝出無所事事的好奇模樣。

我在把玩過程中將電源打開，掃瞄器的前面便亮起藍光，而它的後方也配有螢幕，除了前方多了個紫外線燈，整台機器就像數位攝影機一樣。使用時，紫外線燈會照射在物體上，讓機器把影像錄下來，這樣在房間裡搜尋DNA時就很方便，讓你能記錄所看見的一切。

我按下錄影鈕。

我接下來要做的事有極高的機率會害死我，我見過人們因爲更單純的原因送命，但我知道蒂雅需要更有力的證據，現在得替她弄點證明了。

我打開紫外線燈，拿它對準夜影。

第十九章

夜影立刻轉身瞪我。

我把紫外線轉過去，低著頭好像在研究裝置，試著搞懂要怎麼用。我想讓他以爲我是在把玩的時候剛好照到他。

我沒有看夜影。我不能看他。我不曉得光線究竟有沒有對他造成影響，但要是眞的有，他也懷疑我發現的話，我就死定了！

說不定無論如何我都死路一條。

沒辦法知道紫外線的效果眞是痛苦，不過裝置確實在錄影中。我在夜影面前轉過身去，一隻手按下裝置上的幾個鍵，像是想讓它動起來，另一隻手——手指緊張得顫抖——則偷偷抽出晶片藏進掌心。

夜影仍在看我，我能感覺到他的眼神，彷彿想在我背上鑽出洞來。房間好像變黑了，四周的陰影被拉長，鑽晶仍在講解他所示範的裝置特色，沒人發現我剛剛引起夜影的注意。

我也假裝渾然不覺，雖然緊張得要命、心臟在胸口裡狂跳。我繼續把玩機器，然後像是終於搞清楚怎麼操作把它舉起。我走上前一步，在牆壁上按下指紋，然後退後觀察牆上的指紋被紫外線照亮。

夜影沒有動，想必正在思索該怎麼反應。倘若我眞的有注意到紫外線的效果，殺了我就能保護自己，他能宣稱我侵犯了他的私人空間，或者瞄他的眼神不對。星火啊，他其實根本不需要理由，他能爲所欲爲。

不過，這樣也有可能對他造成威脅。一位異能者若出乎眾人預料、毫無理由地殺人，人們總會猜測有可能是爲了掩飾弱點。他的手下已經看見我拿了台紫外線掃瞄器，他們說不定會把兩者聯想在一起。所以安全起見，他可能也得一併殺了鑽晶跟執法隊士兵，甚至連自己的助手都不能赦免。

我在冒汗。站在這裡感覺好難熬，我甚至沒辦法在他考慮殺我時面對他。我眞想轉身望著他的雙眼，在他動手殺我時吐他一口口水。

我拚命告訴自己：穩住。我隱藏著臉上的反抗表情轉過頭去，假裝第一次注意到夜影正在瞪我。他的站姿跟之前一樣，手背在背後，身上的黑西裝跟黑領帶使他看起來像一堆線條。他的眼睛動也不動，皮膚呈半透明，看不出剛才發生過什麼事，假如眞的有事情發生的話。

我一看見他就嚇得往後跳，甚至不必裝出害怕的模樣。我感覺自己臉上血色盡失，手上的指紋掃描器掉到地上，小聲發出尖叫。掃描器在地上摔裂了。我低聲咒罵著，彎腰蹲在壞掉的裝置旁邊。

「你在搞什麼，笨蛋！」鑽晶趕忙衝到我身邊，似乎不太擔心掃描器，反而更擔心我不知如何冒犯了夜影。「眞對不起，大人，他是冒失的白癡，可是這是我能找到最好的人手。這——」

鑽晶的話戛然而止，因爲附近的影子開始拉長，然後打轉著化爲粗黑的繩索。鑽晶跌跌撞撞躲開，我則慌張得跳起來。然而黑暗沒有攻擊我，卻撈起掉在地上的指紋掃描器。

黑暗似乎全湧到地上不停扭轉，一邊伸出觸手將掃描器舉到夜影面前的空中。夜影用無動於衷的模樣打量它，再看看我們，接著更多黑暗湧上來包住掃描器。突然喀啦一聲，掃描器被應聲捏碎，彷彿有一百顆胡桃同時被敲破。

訊息很清楚：敢惹我，你就等著跟它一樣。夜影透過這個簡單威脅，巧妙掩飾了他對掃描器的畏懼，以及想毀掉它的欲望。

「我……」我小聲說。「老大，我不如就像你剛才說的，回去後面繼續盤點存貨吧？」

「你早就該那麼做了。」鑽晶說。「快滾！」

我連忙轉身走開，拳頭握在身旁，緊緊握著紫外線掃描機的晶片。我加快腳步，不在意自己窘迫的模樣，走回箱子堆跟它們形成的安全陰影內。找到了！我在地板附近發現已經挖好的洞，通道穿過死巷的牆面。

我踉蹌著停下腳步、深吸口氣後趴下從洞口鑽進去，接著便往下滑過七呎厚的鋼牆。我剛從另一邊滑出來，便有東西抓住我的手臂，我嚇得下意識抬起頭，心想夜影是怎麼讓陰影變得栩栩如生，結果才發現是眼熟的臉孔，鬆了口氣。

「小聲點！」亞伯拉罕抓著我手臂說。「他們有追來嗎？」

「我想沒有。」我低聲說。

「我的槍呢？」

「呃……我算是把它賣給夜影了。」

亞伯拉罕對我揚起一邊眉頭，把我拖到旁邊，梅根則用我的步槍掩護我們。她的舉止正是專業的寫照：嘴巴抿成一條線、眼睛搜尋隧道周遭的危險跡象。附近唯一的光源是她和亞伯拉罕綁在肩膀上的手機燈。

亞伯拉罕對她點點頭，我們三個便穿過隧道逃走，沒有多聊。梅根在鋼鐵陵墓的下一個十字路口把我的步槍扔給亞伯拉罕，沒理會我伸手想拿回來，接著她抽出自己的一把手槍，對亞伯拉罕點點頭，逕自走在最前面探路，迅速穿過鋼質隧道。

我們沒有交談，就這樣走了好一陣子。我曾經在地底完全失去方向，現在更是轉彎太多次，根本搞不清楚那個位置才是朝上。

「好啦，」最後亞伯拉罕說，舉起手示意梅根靠近。「我們停下來喘口氣，看有沒有人追來。」他坐在隧道的一個小凹室裡，可以看著我們背後整條隧道，以便監視有無追兵。他似乎在護著肩膀被射傷的那隻手。

我跪在他旁邊，梅根也加入我們。

「你在上面做的事眞是出人意表，大衛。」亞伯拉罕平靜且輕聲說。

「我沒時間多想，」我說。「他們聽到我們在挖洞。」

「的確。然後鑽晶建議你回來時，你卻說你想待著？」

「所以……你有聽見啊？」

「如果我沒聽見，就不會提起了，對吧？」他繼續留意隧道盡頭。

我看著梅根，她卻冷冰地瞪我一眼。「外行人。」她低聲說。

我在口袋裡翻找，拿出那個晶片。亞伯拉罕看著它，疑惑皺眉。他顯然待得不久，沒看見我對夜影做了什麼。我把晶片貼到自己的手機上下載資料，按了三下之後，手機開始播放紫外線掃瞄器的錄影。亞伯拉罕探頭過來，連梅根也伸長脖子。

我屏息以待。我仍然不確定有沒有猜對夜影的弱點，就算有，也無從得知我匆促轉開掃描器時，究竟有無捕捉到什麼可用的影像。

地面上秀出影片，先是我在鏡頭前面揮手，然後鏡頭轉向夜影，我不禁心臟停了一拍。我按下螢幕將影像停格。

「你這個聰明的小愣仔……」亞伯拉罕喃喃說。確實。螢幕上的夜影站在那兒，半個身體變成了實體，雖然看得不太清楚，可是仍然錯不了。他被紫外線照到的地方已經不是半透明，他的身體也似乎變得更爲穩固。

我又按下螢幕，紫外線掃過他之後，夜影恢復成非實體。那段影片只維持了一兩秒，不過夠了。「紫外線鑑識掃描器，」我解釋。「我發現這是我們能確定的最佳機會……」

「我眞不敢相信，你居然問都沒問就冒險，」梅根說。「你有可能會害死我們三個。」

「但是他沒有。」亞伯拉罕從我手裡抽走晶片打量它，似乎莫名地變得虔誠，然後抬起頭，好像想起自己本來打算監視隧道裡有無追兵。「我們得把這東西拿去給教授。現在。」他猶豫了一下。「幹得好。」

他起來準備動身，我發現自己忍不住眉開眼笑，然後轉過去看梅根，卻被對方賞了比剛才更冷酷、敵意更深的眼神。她往前跟上亞伯拉罕。

星火啊。我到底要怎麼做才能讓那女人心服口服？我搖搖頭，小跑步追上兩人。

第二十章

我們回去時，柯迪外出替蒂雅偵查了。蒂雅看見我們，對主房間後面桌子上一些等著被吞噬的食糧揮揮手。呑噬。或者管它應該是哪個詞。

「去告訴教授你的發現，」亞伯拉罕溫和地說，走向儲藏室。梅根走去拿食糧。

「你要去哪兒？」我問亞伯拉罕。

「看來我需要一把新槍了。」他笑著說完鑽進門口。他沒有責備我把他的槍賣掉的事。他曉得我救了他的小隊，至少我希望他這麼想，但他的嗓音裡仍有一絲失落。他喜歡那把槍，原因也不難懂，我自己就不曾擁有過那麼棒的武器。

教授不在主房間裡。蒂雅揚起一邊眉毛看我。「你要告訴教授什麼事？」

「我解釋給妳聽。」梅根在蒂雅旁邊坐下。蒂雅的桌上一如往常擺滿紙張跟可樂罐，看起來她找到柯迪提到的保險紀錄了，她也把它們顯示在面前的螢幕上。

如果教授不在這裡，我猜他大概又在有顯像儀的思考間吧。我走過去輕敲牆壁，門口只用一條布隔開。

「請進，大衛。」教授的聲音從裡面傳來。

我遲疑了。我告訴全隊我的計畫之後，我就沒有進過這個房間，其他人也很少進去。這是教授的殿堂，其他人需要跟教授談話時通常是他出來，而不是他邀請他們進去。我看了蒂雅和梅根一眼，兩人都很訝異，但也沒說什麼。

我把布掀開走了進去。我想像過教授會用牆面顯像儀做哪些事，也許是利用審判者駭進的監視網，穿過城市研究鋼鐵心與他的爪牙，但結果根本沒有這麼戲劇化。

「黑板？」我問道。

教授從牆邊轉身，他站在那裡用一支粉筆寫字，四面牆連同天花板和地板都變成黑色的石板，上面寫滿白色潦草字跡。

「我知道，」教授揮手要我進去。「不怎麼現代，對嗎？我有科技能呈現我想要的一切，而且是以任何形式呈現。我卻選了黑板。」他搖搖頭，彷彿覺得自己的怪癖很有趣。「我覺得這樣最好。我想是積習難改吧。」

我走到他身邊，發現他其實不是在牆上寫字。教授手裡的東西只是做成粉筆狀的小尖筆。機器會偵測他的筆跡，然後在牆上寫出一樣的字。

門口的布簾落回原位，遮住來自另一個房間的光線，這下我幾乎看不見教授了，房間裡唯一的光線來自六面牆上隱約發光的白色字跡。我感覺自己像是飄在太空中，由字句組成的星星跟銀河系從遙遠的家鄉綻放出光芒。

「這是什麼？」我抬頭讀著天花板上的筆跡問道。教授把一些字分開框起來，用箭頭跟線條指著不同區域。我看不懂上面在說什麼，它雖然是用英語寫的，可是字非常小，而且似乎像是某種縮寫。

「計畫。」教授心不在焉地說。他沒有穿戴著平時的護目鏡或長袍，兩者都堆在門邊。他的鈕釦黑襯衫也把袖子捲到手肘。

「我的計畫？」我問。

教授的笑容被發著光的粉筆照亮。「已經不是了。不過裡面的確有一些你的計畫雛型。」

我的心猛然一沉。「可是，我是說……」

教授看著我，把一隻手放在我肩上。「考慮到所有面向，孩子，你的計畫其實非常好。」

「我的計畫到底是哪裡不對？」我失望地問。我花了好多年……花了我整個人生擬定那個計畫，我也對我想出的東西很有信心。

「沒有不對，」教授說。「概念很好，十分出色。說服鋼鐵心城內有個對手，引誘他出來攻擊他。雖然再明顯不過的事實是，你不曉得他的弱點。」

「唔，對。」我承認。

「蒂雅正在加緊研究。如果有人能挖出眞相，那個人一定是她。」教授停頓一下才繼續往下說。「其實我不應該說這不是你的計畫。它的確是，也不是只有基礎。我看過你的筆記，你眞的把事情想得很徹底。」

「謝謝。」

「可是你的視野太狹隘，孩子。」教授把手從我肩上抽開，走到牆邊用假粉筆輕敲，房間的文字便轉動起來。他好像不以爲意，但牆壁像是在我身邊旋轉，直到新牆面的文字跳到教授面前，害得我頭昏腦脹。

「我先問你，」他說。「除了你還不明瞭鋼鐵心的弱點，你計畫裡最大的缺陷是什麼？」

「我……」我皺起眉頭。「也許是除掉夜影？可是教授，我們剛才——」

「其實，」教授說。「不是那個。」

我的眉頭皺得更深了。我沒有想過我的計畫裡會有缺陷。我把一切都想好了，抹去所有難題，就像用洗面乳除去青少年下巴的痘子。

「我們來拆解計畫。」教授舉起手臂在牆上掃出一塊空間，像是在抹掉窗戶上的泥巴。原本的文字被擠到旁邊，沒有消失，反而聚集在一起，好像他剛才從紙捲抽出一段新的紙。然後他開始用粉筆在新的區域上寫字。「第一步，模仿一位強大異能者。第二步，殺掉鋼鐵心的重要異能者來令他擔心。第三步，引他出來。第四步，殺掉他。藉由這些步驟，你就能重建世界的希望，鼓勵人們挺身反抗。」

我點頭。

「只不過有個問題，」教授仍在牆上塗寫。「假如我們眞的成功殺死鋼鐵心，我們想必已經假扮成一位強大的異能者。屆時大家都會認爲是異能者擊敗了鋼鐵心。因此，我們得到什麼好處？」

「我們能在事後宣布是審判者的功勞。」

教授搖頭。「沒有用的。沒人會相信我們，尤其我們得花這麼多精力騙過鋼鐵心。」

「噢，這眞的很重要嗎？反正他會死。」然後我小聲地補充一句，「然後我也能復仇。」

教授猶豫著，粉筆停在牆上。「對，我想你還是能復仇。」

「你也想殺他，」我走到他身邊。「我知道。我看得出來。」

「我希望殺掉世上所有異能者。」

「不只是這樣，」我說。「我從你身上看得出來，你恨他。」

他看我一眼，眼神變得嚴厲。「那不重要。重要的是讓人們知道我們是幕後主使。你自己也說過，我們無法殺掉所有異能者，審判者在原地踏步。我們唯一的希望，人類唯一的希望，是說服人們我們有能力反擊。爲了促成這點，鋼鐵心必須死在人類手裡。」

「可是爲了引誘他現身，他必須相信有個異能者在威脅他。」我說。

「你看出來癥結在哪裡了吧？」

「我……」我開始理解教授的意思。「所以我們不會僞裝成異能者？」

「我們要，」教授說。「我喜歡這個主意，非常聰明，我只是點出我們得應付的難題。如果這位……綠光要殺鋼鐵心，我們得確保事後能說服人們動手的其實是審判者。這不是做不到，因此我才深入研究計畫，把它擴大。」

「好吧。」我鬆口氣。所以我們仍在原訂路線上。假的異能者……是我計畫裡的靈魂。

「很不幸，還有一個更大的問題，」教授用粉筆敲敲牆壁。「你的計畫要求我們殺掉鋼鐵心政府裡的高等異能者，藉此威脅他和引誘他出來。你指出我們應該證明有個新異能者來到城內，只是這樣不會管用。」

「什麼？爲什麼？」

「因爲這正是審判者的作風，」教授說。「靜悄悄地殺死異能者，從不公開現身。這會讓鋼鐵心起疑。我們得學著像眞正的對手一樣思考。任何想搶下新芝加哥的異能者眼光應該更爲長遠。異能者大可以統治自己的城市，那其實不難，但是想奪得新芝加哥，你就得有野心，你得想當王，你會想要有異能者在背後壯大勢力，任你召集。所以把異能者一個個殺掉是不合理的，你了解嗎？」

「你得讓他們活著，這樣才能在占領城市之後追隨你。」我慢慢領悟過來。「你每殺掉一個異能者，都會削弱你接掌新芝加哥時的勢力。」

「沒錯。」教授說。「夜影、熾焰跟匯流……他們非得被消滅不可。但是剩下的人，你得非常小心選擇要殺誰，以及要賄賂誰。」

「只是我們不能賄賂他們。」我說。「我們沒辦法說服他們自己是異能者，至少長期下來行不通。」

「所以你發現到另一個問題了。」教授說。

他說得對。我像放了一夜沒氣的汽水一樣沮喪，我怎麼會沒發現計畫裡有這個漏洞？

「我一直在思索這兩個問題，」教授說。「如果我們要假裝成異能者——我也認爲我們應該這麼做——我們就得證明從頭到尾都是審判者在背後主導。如此一來，眞相就會傳遍新芝加哥，然後擴散到整個破碎合眾國。我們不能單純只殺掉鋼鐵心，我們得拍下自己這麼做的影片，然後在最後一刻把計畫的資訊發給城內的適當人士，這樣他們就會知情，能替我們作證。比如鑽晶這類不是異能者的權貴要人，有影響力但與政府沒有直接關聯的人。」

「好吧。但是第二個問題呢？」

「我們得打擊鋼鐵心王國的命脈，」教授說。「可是我們不能把時間拖得太長，也不能專注在異能者們身上。我們得實施一兩次強力攻擊，讓他失血，使他認定我們是威脅。我們得弄得像是對手在覬覦他的寶座。」

「所以……」

教授敲敲牆面，把地板那塊的文字轉到面前，然後他選取了其中一塊，某些文字開始發出綠光。

「綠色？」我打趣地說。「你剛才不是說你喜歡用老式的東西嗎？」

「你可以在黑板上用彩色粉筆啊。」他生硬地說，把幾個字圈起來：下水道系統。

「下水道系統？」我還以爲會是稍微優雅，也沒那麼……糟糕的東西。

教授點頭。「審判者從來不攻擊公共設施，我們只專門殺異能者。如果我們襲擊城內其中一項重要基礎建設，就會讓鋼鐵心相信不是審判者想打倒他，而是其他勢力。尤其是某個想推翻鋼鐵心統治的人。若非城內的反叛軍，就是入侵他地盤的異能者。

「新芝加哥的運作倚賴兩個原則：恐懼與穩定。這座城市有其他地方沒有的基礎建設，所以才會吸引人們過來定居，而他們對鋼鐵心的畏懼則使他們乖乖聽話。」他又轉動牆上的字，把他用粉筆寫在房間對面牆上的一群圖案帶過來，像是粗略的藍圖。「假如我們攻擊城裡的設施，這樣比攻擊異能者會使他更快盯上我們。鋼鐵心很聰明，他曉得人們爲何會搬進新芝加哥。要是他損失基本的資源：下水道、電力、通訊網路，他就會失去城市。」

我慢慢點頭。「我很好奇爲什麼。」

「爲什麼？我解釋過了……」教授聲音漸弱，看著我皺起眉頭。「你不是要問這問題。」

「我很好奇他爲什麼在乎。他幹嘛花這麼多力氣創造一座人們想要居住的城市？他何必關心人們有沒有食物、水或電力？他這麼冷酷無情殺人，可是又努力提供他們溫飽。」

教授沉默不語，最後他搖搖頭。「一個統治者如果沒有人追隨，還算哪門子統治者？」

我回想我父親死去的那天。這些人是我的……我思索著這句話，突然明白關於異能者的一件事。我儘管研究多年，卻一直沒有眞正想通這點。

「那樣對他們不夠，」教授低語。「擁有天神般的力量、幾乎不死、能把物質照你的意願扭曲和飛過天際都不夠，除非你能用這些能力讓人們追隨你。某方面而言，沒有普通人的異能者一無是處。他們需要有人讓他們統御，他們需要某種方式炫耀自己的超能力。」

「我恨他！」我嘶聲說。我本來沒打算說出口。我甚至沒意識到自己在想這件事。

教授望著我。

「怎樣？」我怒聲問道。「你要教訓我說我的憤怒沒有任何好處嗎？」以前有人試著這樣勸過我，特別是瑪莎。她宣稱我想復仇的渴望會吞噬我。

「你的情緒是你自己的事，孩子，」教授轉過身去。「我不管你爲何挺身而戰，只要你能戰鬥就好。也許你的怒火會害死自己，但自焚總比在鋼鐵心的拇指下枯萎要好。」他停頓了一會兒後又說：「何況要你住手，就像是一個壁爐要求烤爐冷卻下來。」

我點頭。他懂我的感受，他也體驗到了這種恨。

「無論如何，計畫已經重新修正，」教授說。「我們會攻擊淨水廠，那裡的守衛最鬆散。這招會確保鋼鐵心把攻擊行動跟敵對異能者聯想起來，而不是單純的反叛份子。」

「讓人們認爲攻擊是反抗軍所爲，眞的有那麼糟嗎？」

「首先，這樣不會引鋼鐵心出來。」教授說。「而且他若認爲有人造反，他會讓他們付出代價。我不想讓無辜者因爲我們做的事被報復或受到牽連。」

「可是我的意思是，這不就是重點嗎？讓其他人看看我們能反擊？其實現在想想，我們也許能永遠留在新芝加哥。假如我們贏了，我們說不定能永遠領導這個地方——」

「停。」

我不解地皺眉。

「我們專殺異能者，孩子，」教授的嗓音突然變得沉靜又強烈。「我們也很擅長此道。可是別幻想我們是革命者，以爲我們會毀掉政權後自己登基爲王。當我們一開始想這種事，我們就脫軌了。

「我們要讓其他人也揭竿而起，我們要鼓舞他們。但是我們不能妄想自己搶過權力，只能到此爲止。我們是殺手，我們會把鋼鐵心從他的王座上踢下去，找個辦法把他胸膛裡的心臟挖出來，之後我們就讓其他人決定拿城市怎麼辦。我不想參與掌權。」

儘管這番話說得很溫和，內容卻激烈得令我閉上嘴，我不曉得要怎麼回應。也許教授說得對，重點在於殺鋼鐵心，我們得專注在目標上。他沒有質疑我想復仇的狂熱心態，這還是讓我很不習慣。他是第一個沒說一些大道理訓斥我不該復仇的人。

「好吧，」我說。「可是我覺得攻擊淨水處理廠是錯的。」

「那你想攻擊哪裡？」

「發電廠。」

「守衛太嚴密了。」教授察看筆記，我看見他也有發電廠的藍圖，周圍寫著注記。他的確有考慮過。我很興奮，發現我們兩個的想法居然不謀而合。

「如果那裡守衛森嚴，」我說。「炸掉它的效果就會更壯觀。我們還能乘機取得鋼鐵心的燃料電池。我們跟鑽晶買了一把槍，可是沒有能源，它需要強大的電力才能使用。」我把手機舉到牆上，上傳高斯槍發射的影片。影像在牆上顯現，推開教授的一些粉筆字後開始播放。

教授沉默觀看，等影片放完點點頭。「所以我們的假異能者會有能量異能。」

「所以他才要毀掉發電廠，」我說。「這是他的主題。」異能者們熱愛個人主題跟動機。

「真可惜，除掉發電廠無法阻止執法隊，」教授說。「匯流直接把能量輸給他們，他也直接替城內一些地方供電，但我們的情報說他的確會替存放在發電廠的一些燃料電池充電。」他帶出發電廠的藍圖。「只要一顆這種燃料電池就能驅動高斯槍，它們做得很小，內含電量也遠遠超出實際限制。如果我們炸掉電廠跟剩下的電池，就會對城市造成嚴重傷害。」他點頭。

「我喜歡。雖然危險，但是我喜歡。」

「我們還是得對付匯流，」我說。「即使是敵對異能者也會這麼做。先攻擊發電廠，再消滅警力，引發大混亂。假如我們用高斯槍殺掉匯流，製造一場聲光秀，效果就會特別好。」

教授點頭。「我需要再規畫一下。」他舉手抹掉錄影，影片像是用粉筆畫的一樣被擦掉。他推開另一堆筆跡，舉起粉筆開始寫字，不過寫到一半卻停了下來轉頭看我。

「怎麼了？」我問。

他走到自己放在桌上的審判者夾克那邊，從底下取出某件東西。他走回來交給我：是個手套。一只碎震器。「你有在練習吧？」他問我。

「還不是很熟。」

「那就練熟。我不希望團隊人手不足，梅根似乎不會用碎震器。」

我接過手套，沒有吭聲，雖然滿心很想問那個問題：你爲什麼不用，教授？你爲什麼拒絕使用自己的發明？然而蒂雅的警告使我閉上嘴巴。

「我碰到夜影了。」我脫口而出，此刻才想起來我爲什麼找教授講話。

「什麼？」

「他在鑽晶的店裡。我走過去假裝是鑽晶的幫手。我……用紫外線指紋掃描器照他，確認了夜影的弱點。」

教授打量我，臉上沒露出絲毫情緒。「你今天下午可眞忙。我想你這麼做，令整個小隊身陷極大風險囉？」

「我……對。」我寧可自己親口告訴他，也不要讓梅根來敘述經過，她想必會鉅細靡遺地報告說我如何擅自偏離原始計畫。

「你有潛力。」教授說。「你願意冒險，也得到了回報。你有你說的夜影弱點證據嗎？」

「我有影片。」

「了不起。」

「梅根不是很高興。」

「梅根喜歡事情原本的樣子，」教授說。「加入新成員徹底改變了隊上的平衡。更何況，我認爲她擔心你在對她炫耀。她仍然很不滿自己沒辦法操作碎震器。」

梅根？她擔心我在對她炫耀？教授肯定不太了解她。

「那麼你出去吧，」教授說。「等我們進攻發電廠時，我要你摸熟碎震器。而且別太在意梅根……」

「我不會。謝謝你。」

「……你得提防我。」

我愣在原地。

教授開始在牆上寫字，說話時沒有轉身，然而用詞尖銳。「你爲了得到結果，拿我手下的命開玩笑。我猜沒有人受傷，不然你剛才就會提起。你就像我所說的很有潛力，可是要是你莽撞地害死我哪位部下，大衛．查爾斯頓，梅根就不會是你的問題。我會讓你屍骨無存，讓梅根再也沒得抱怨。」

我吞了口口水。我突然覺得嘴巴好乾。

「我把他們的命託付給你。」教授繼續寫字。「也相信他們會保護你。別背叛這種信任，孩子，控制你的衝動。別只因爲你做得到就出手。爲了正確的理由行動。只要牢記這點，你就不會有事。」

「了解，先生。」我說完，匆忙退出布幕掩蓋的門口。

第二十一章

「訊號清楚嗎？」教授透過耳機問。

我舉手按向耳朵。「很清楚。」我把手機固定在腕架上。我的手機最近才改造成審判者版本，完全不怕鋼鐵心的窺伺。我也得到一件審判者夾克，看起來像輕薄的黑紅運動外套，雖然內襯纏滿了電路，背後還縫了個小型電池。倘若我受到猛烈衝擊，這些裝置就會在我身邊延伸出緩衝力場。

夾克是教授親自做給我的，說能保護我躲過短距離的墜落或爆炸，但我最好別嘗試跳下懸崖或讓臉上吃子彈。雖然我也不打算這麼做就是了。

我很驕傲地穿上這件夾克。我從來沒有被告知正式成爲團隊裡的一員，但擁有這兩樣物品似乎代表著同一件事。當然，我能繼續參加任務大概也是個好跡象。

我瞥了手機一眼，上面顯示我只有跟教授連線，但我若按下螢幕就能和所有隊員連線，或是切換到其中某一位成員，也能讓我挑幾個人同時通話。

「你們就位了嗎？」教授問。

「對。」我站在純鋼構成的陰暗隧道裡，只有我跟前方的梅根拿手機照明。她穿著暗色牛仔褲，棕色皮夾克套在緊身T恤上，夾克前襟敞開。她正在察看天花板。

「教授，」我轉過去小聲說。「你確定這次任務我不能跟柯迪一組嗎？」

「柯迪和蒂雅的工作是負責掩護，」教授說。「我們已經講好了，孩子。」

「那我也許可以跟著亞伯拉罕，或者跟你。」我回頭看了一眼，然後更小聲地說：「她實在不怎麼喜歡我。」

「我不容許我的隊員處不來，」教授厲聲說。「你們得學著合作。梅根是專家，不會有事。」

是呀，她是專家，專業過頭了。我心想。但教授當然聽不見半個字。

我深吸口氣。我知道，我的緊張一部分是任務的緣故。我和教授的那次對話已經過了一星期，其餘審判者成員也同意在攻擊發電廠的同時，假裝成敵對異能者是最好的計畫。

今天就是出擊的大日子，我們要偷溜進新芝加哥的發電廠炸了它。這是我第一次參加正式審判者任務，我終於是團隊的一份子了。我不想變成累贅。

「你還好吧，孩子？」教授問。

「沒事。」

「我們要行動了。設定計時器。」

我把手機設定倒數十分鐘。教授和亞伯拉罕會先闖入發電廠另一邊，也就是重裝備所在位置處裝設炸藥。等到十分鐘過去，我和梅根再潛進去偷高斯槍要用的燃料電池，蒂雅與柯迪則最後進場，穿過教授和亞伯拉罕鑽出的洞。他們是支援組，準備在我們需要時過來幫忙撤離，不過除此以外只會待在後方提供情報跟指引。

我深吸口氣。我沒戴手機的那隻手穿著碎震器的黑皮革手套，指尖到掌心散布著發綠光的線。我走到亞伯拉罕昨天偵查時挖掘出的通道末端，梅根轉頭看我。

我給她看倒數的時間。

「你確定你做得到？」她的臉上雖然面無表情，聲音裡卻帶有一絲質疑。

「我使用碎震器的技巧已經好多了。」我說。

「你忘記我看過你練習的大部分時間了嗎？」

「柯迪又不需要那雙鞋子，被我炸掉也無所謂。」我說。

她對我挑起一邊眉毛。

「我辦得到。」我說完走到通道盡頭。亞伯拉罕在地上留了一段鋼柱，短得能讓我踩上去搆到低矮的天花板。計時器繼續倒數，我們沒有交談。我在心裡想了幾個打開話匣子的方式，只是每次話一到嘴邊就又嚥了回去。我每次想開口都撞見梅根冷若冰霜的眼神。她不想要聊天，只想專心進行任務。

*我幹嘛在乎呢？*我心想，看著天花板。*她只有第一天沒有冷漠對我，只是偶爾帶點輕蔑。*

可是……她身上有某種特質，不只是因爲她很漂亮，也不只是她會在背心裡藏著迷你手榴彈。順帶一提，我還是覺得手榴彈那件事很酷。

「工廠」裡也有女生，但是她們跟大部分的人一樣苟且偷生。她們說那樣就是在過日子，同時又感到害怕。怕碰到執法隊，怕被異能者殺死。

梅根好像無所畏懼。她不跟男人玩遊戲、不會拋媚眼或講些言不由衷的奉承話。她只做應該做的事，而且非常在行，我覺得這樣超級迷人。我眞希望我能對她解釋這點，可是想把話推出嘴巴，就像試著把彈珠塞過鑰匙孔一樣難。

「我——」當我鼓起勇氣開口。

我的手機響起。

「行動。」她抬頭往上看。

我努力說服自己，如果不是被打斷，我一定會把話說出來。同時，我已經閉起眼睛，雙手撐在天花板上。我真的比較會用碎震器了，雖然我還是沒有像亞伯拉罕那麼厲害，但也已經不到讓自己丟臉的程度，至少大部分時間是這樣。我將手平貼在通道的金屬天花板上，在震動開始時將手掌就定位。

碎震器發出的嗡嗡聲就像美式肌肉車剛發動時的引擎低吼聲，只是排檔維持在空檔。這是柯迪的另一個形容，換作我會說像不穩的洗衣機，裝滿一百隻患有癲癇症的黑猩猩。這個比喻可是我的得意之作。

我邊推邊穩住手，自己用同樣的聲調輕哼，這麼做能讓我專注。其他人不會跟著哼，也不見得會把手緊貼在牆上。我將來會想學他們的做法，不過目前這樣就可以了。

震動擴大，但是我控制住它們，把它們困在手裡，直到感覺指甲好像要震掉。接著我縮回手，然後不知如何將它們推出去。

想像你嘴裡有一群蜜蜂，然後在把牠們吐出去的時候，藉由吐氣的力道和意志讓牠們移往單一方向，感覺就有點像這樣。我的手往後一彈，把半音樂的震波射進天花板，屋頂抖動著發出嗡嗡聲，鋼屑灑在我手臂四周和地上，好像有人拿起司刨刀去刮冰箱。

梅根交叉雙臂旁觀，揚起一邊眉毛。我等著接受已經快要無關痛癢的冷嘲熱諷，想不到她點點頭說：「不賴嘛。」

「是呀，妳知道嗎？我拚命練習。我上過『分解牆壁健身房』了。」

「什麼？」她皺著眉毛，把我們帶來的梯子拉過來。

「當我沒說。」我爬上梯子，把頭探進發電廠七號站的地下室。當然，我從來沒有進過城內發電廠，它們就像碉堡，周圍有高聳的鋼牆跟鐵絲網。鋼鐵心喜歡看守好自己的財產，這種地方不只會是發電廠而已，樓上還有政府辦公室，全部被小心翼翼地圍起來。

幸好，地下室沒有監視器，大部分監視器都在走廊裡。

梅根把我的步槍遞給我，我爬進上面的房間。我們身在儲藏間，周圍伸手不見五指，照明只來自那些亮著「永遠開啓」字樣的燈光……嗯，它們自然會一直開著了。我走到牆邊按下手機。「我們進來了。」我低聲說。

「很好。」柯迪的聲音傳回來。

我感到一陣臉紅。「抱歉，我是要傳給教授。」

「你有傳給他。他要我看好你們所有人。打開你耳機上的攝影機。」

耳機是耳掛式，有個小攝影機垂掛我耳朵上方。我按下手機螢幕啓動它。

「很好。」柯迪說。「我和蒂雅在教授的進入點就位。」教授喜歡有備案，通常是留下一、兩個人來分散追兵注意，或者在主要隊伍被釘死時實施第二計畫。

「我在這邊沒什麼事，」柯迪拖長的南方口音比之前還濃。「所以我不會煩你們。」

「多謝。」我回頭看梅根爬出洞口。

「不客氣，小子。還有別再窺看進梅根的領口了。」

「我才沒有——」

「開玩笑的。我希望你這麼做，這樣等她逮到你，開槍射你的腳的時候一定很好玩。」

我刻意撇開頭。幸好柯迪沒有一起跟梅根通話。不過我曉得有柯迪在注意大家，倒是感覺呼吸容易了些。我和梅根是隊上最資淺的成員，假如有人需要指導，就非我們莫屬。

梅根背上背著我們的背包，裝著我們滲透發電廠時需要的裝備。她已經掏出手槍，那比我的步槍更適合近距離戰鬥。

「準備好了嗎？」她問。

我點頭。

「我今天又要應付你多少『臨場應變』啊？」她問。

「只會到必要的程度，」我咕噥著把手貼上牆。「我如果事前知道得臨場應變，那就不叫臨場應變了，對嗎？那叫事先規畫。」

她笑了笑。「你才不懂什麼叫事先規畫。」

「不懂？妳沒發現我帶給團隊的那些計畫和筆記嗎？妳知道的，我們差點賠上一條命拿回的本子？」

她轉過去沒看我，站姿變得僵硬。

星火的女人，拜託就一次讓人搞懂妳在想什麼好不好。我心想著搖搖頭，把手壓在牆上。

本市發電廠被認為無法攻陷的原因之一，正是因為守衛森嚴。所有走廊跟樓梯井都有監視器。我曾想過我們能駭進保全系統和換掉攝影機畫面，教授說我們的確會駭進去看，但是換掉影像來掩飾滲透行動，如今很少能像老電影的劇情那樣奏效。鋼鐵心僱的安全警衛可不是笨蛋，他們會注意到錄影被循環播放，而且警衛也會巡邏走廊。

不過有個簡單得多的辦法能讓我們不被發現——只要避開走廊就好了。大多數房間裡沒有監視器，畢竟裡面從事的研究和實驗屬於機密，連負責保全的警衛也必須蒙在鼓裡。何況按照常理，警衛只要看好走廊就能抓到入侵者，不然人們要從哪邊往來各個房間呢？

我舉起手保持專注，在牆上挖出一個四呎寬的洞。我探頭往新房間裡頭窺看，拿起手機打光。我弄壞了牆邊一些電腦設備，還得推開一張桌子才能進去，不過裡面沒人。在這麼晚的時間，發電廠裡多數地方不會有人，蒂雅也非常小心地幫我們規劃好路線，藉此減少我們撞見任何人的機會。

我們爬過洞口後，梅根從背包拿出某樣物品放在洞口旁邊的牆上，上面閃著不祥的紅光。我們會在挖出的洞口旁邊擺放炸藥，這樣引爆建築後，瓦礫堆裡就看不出碎震器的使用痕跡。

「繼續移動，」柯迪說。「你們在裡面多待一分鐘，就會增加有人晃進房間的機率，心想怎麼會出現這麼多該死的洞。」

「我要動身了。」我用手指滑過手機螢幕叫出蒂雅的地圖。我們若繼續往前穿過三個房間，就會來到保全監視器比較少的逃生樓梯井，希望我們能躲過那些攝影機，方法是繞過幾道牆和往上爬兩層樓，然後找路進入主儲藏室拿燃料電池。最後我們設定好剩下的炸彈，偷一、兩個電池就閃人。

「你在自言自語嗎？」梅根正守著門，槍平舉在胸前，手臂打直做好準備。

「跟她說你在聽耳朵裡的惡魔，」柯迪建議。「我每次用這招都有人信。」

「柯迪在線上，」我著手鑽下一面牆。「給我可愛的現場即時評論。還提到耳朵裡的惡魔。」

這幾乎讓她笑了。我發誓有看到，儘管一閃即逝。

「耳朵惡魔是眞的噢，」柯迪說。「所以這種麥克風才能用。你如果知道蒂雅想吃桌上最後一塊派，它們也會叫你先吃掉。等等，我連上保全系統了，走廊有個人正在靠近。別動。」

我僵住不動，然後趕緊關掉碎震器。

「噢，他進了你們隔壁房間，」柯迪說。「燈已經亮了。裡面一定也有別人，保全監視器上看不見。你們說不定剛剛運氣好躲過了一顆子彈，或者更有可能是因爲好運讓你們逃過了一堆子彈。」

「我們要怎麼辦？」我緊張問。

「你說柯迪？」梅根皺眉問。

「柯迪，你能不能也跟她連線？」我惱火地問。

「你眞的想趁她在線上時聊她的乳溝嗎？」柯迪無辜地問。

「不想！我是說，完全別提那件事。」

「好吧。梅根，隔壁房間裡有人。」

「我們有什麼選擇？」她鎮靜地問。

「我們可以等，但是燈已經亮了。我猜是有些深夜加班的科學家還在工作。」

梅根舉起槍。

「呃……」我說。

「不行，姑娘，」柯迪說。「妳知道教授的看法。有必要就射殺警衛，平民不行。」計畫的一部分是發動火災警報撤空建築的人，然後才引爆炸彈。

「我也沒有非得射隔壁房間的人不可。」梅根冷靜地說。

「那妳還能怎麼辦，姑娘？」柯迪問。「打昏他們，然後在我們炸掉建築時把他們丟在那邊嗎？」

梅根遲疑了。

「好。」柯迪說。「蒂雅說有另一條路，不過你們得從一條電梯井爬上去了。」

「眞棒。」梅根說。

我們匆匆回到第一個房間。趁蒂雅上傳新地圖給我，附帶使用碎震器位置的時候，我著手工作。我這次比較緊張。我們會碰到哪個在附近亂晃的科學家或工人嗎？要是有人出其不意逮到我們，我們該怎麼辦？如果來人只是哪個無辜的管理者呢？

我這輩子第一次發現，我擔心自己可能會做出一些壞事，擔憂程度幾乎跟我以前擔心別人做這種事害死我一樣。落到這種處境眞不好受。我們在做的事基本上就是恐怖主義行動。

可是我們是好人。我告訴自己。在牆上開好洞後，我讓梅根先進去。當然，哪個恐怖分子不會自認是好人？我們在做很重要的事，但我們不小心殺掉哪個女清潔工時，這種事對她的家人又有什麼意義呢？我匆忙穿過下一個黑暗房間。是個實驗室，裡面放了些燒杯跟玻璃器材。但我的腦中卻很難甩掉這些疑問。

因此我專心想著鋼鐵心，回憶那可怕又令人憎恨的冷笑，站在那兒拿著從我父親手上搶過來的槍，槍口朝下指著低他一等的人類。

這麼做奏效了。我能忘掉我在想的其他瑣事。我不見得都有答案，但我起碼有目標，誰在乎這些問題會不會吞噬掉我的心，使我變得空洞？只要它們能驅使我改善其他人的生活就好。教授懂這一點，我也是。

在穿過相鄰的儲藏間後，我們毫無阻礙地抵達電梯井。我把牆壁分解掉一個大洞，梅根探頭進去，抬頭看著高聳漆黑的豎井。「所以柯迪，有辦法上去嗎？」

「當然囉。側面有爬梯，所有電梯井裡面都有裝。」

「看起來有人忘了告訴鋼鐵心，」我在梅根旁邊看著電梯井內部。「牆壁完全光滑，沒有梯子之類的。也沒有繩索或電纜。」

柯迪咒罵。

「所以我們要走原來的路線囉？」梅根問。

我掃視牆壁。黑暗似乎往我們頭頂和底下無止境延伸。「我們可以等電梯過來。」

「電梯裡有監視器。」柯迪說。

「那我們就踩在電梯上面。」我說。

「然後踩上去時驚動電梯裡的人嗎？」梅根問。

「等電梯裡沒人的時候嘛，」我說。「電梯大概一半的時間都沒有人，對嗎？它們得回應人們的召喚。」

「好吧，」柯迪說。「教授和亞伯拉罕現在遇到小阻礙，他們得等一個房間的人離開才能繼續前進。教授說你們可以等五分鐘。如果到時候沒有結果，我們就中止任務。」

「好吧。」我說，內心一陣失望。

「我要替他們監看一些畫面，」柯迪說。「這段時間會暫時跟你們斷線，需要時再叫我。我會注意電梯，如果它動了我就通知你們。」通訊系統傳來喀嚓一聲，代表柯迪切換了頻道。我們開始等待。

我們兩個陷入沉默，伸長耳朵注意聽是否有電梯移動的聲音，雖然我們在柯迪開始注意電梯影像之前都沒有聽到。

「所以……這種事情有多常見？」我跪在梅根身邊幾分鐘後忍不住發問。我們待在電梯井旁邊被我挖了個洞的房間裡。

「什麼事？」

「等待。」

「比你想的還多，」她說。「我們的任務通常都跟算準時機有關。好時機需要花很多時間等待。」她看了我的手一眼，我才發現我因為緊張而不自覺地在敲牆壁。

我逼自己住手。

「你得坐著不動，」她說。「然後等。你一遍又一遍演練計畫，在腦中想像。然後事情通常就會出錯。」

我狐疑地看著她。

「幹嘛？」她問。

「妳剛才說的事，跟我的想法完全一樣。」

「那又怎樣？」

「所以要是事情經常出錯，妳幹嘛老是不爽我隨機應變？」

她不高興地抿嘴。

「不，」我說。「妳應該要跟我坦白了，梅根。不只是這次任務，所有事情都是。妳到底怎麼搞的？妳爲什麼像是討厭我一樣對待我？我想加入時，起先是妳聲援我的欸！妳一開始聽起來好像很佩服我，要不是妳說了那些話，教授絕對不會聽我的計畫。可是從那之後，妳就把我當成自助餐上的大猩猩。」

「當成……什麼？」

「自助餐上的大猩猩。妳知道的……會吃光妳所有的食物？讓妳很掃興？」

「你眞的是個很特別的人，大衛。」

「是啊，我每天早上都會呑顆『特別』藥丸呢。聽著，梅根，我不會放過這個問題。我在審判者團隊裡的這段時間，感覺都像是做錯了什麼事惹惱妳。說啊，到底是什麼？是什麼事讓妳痛恨我？」

她撇開頭。

「是因爲我的長相嗎？」我問。「我只能想到這個理由。我是說，妳在攻擊奇運的任務之後就老是找我麻煩。也許是因爲我的臉。我不認爲我跟別人比起來長得特別難看，可是有時候的確會有點愚蠢，因爲我——」

「不是你的臉。」她打岔。

「我也不覺得，可是我要妳對我坦承。拜託說些什麼。」因爲我認爲妳辣到破表，而且我也搞不懂自己做錯了什麼。幸好我沒把這部分大聲講出來。我讓眼睛直盯著她的頭，免得柯迪又在偷看。

梅根沒吭聲。

「怎樣？」我追問。

「五分鐘到了。」她察看手機說。

「我不會這麼輕易放過問題，這——」

「五分鐘到了，」柯迪突然插話。「抱歉啦，小子們，這回任務告吹了。沒有人叫電梯下來。」

「你不能派一台來接我們嗎？」我焦急問。

柯迪小聲笑了。「我們連上的可是保全監視器系統，小子，這離控制建築物裡的東西還差得遠。要是蒂雅能駭到這麼深的層級，我們早就能超載發電機或是諸如此類的炸掉建築了。」

「噢。」我抬頭望著洞穴般的豎井，看起來像龐大無比的喉嚨，朝上延伸，而我們也得爬上去……所以我們就等於是……

爛比喻，爛透了。但無論如何，我感覺肚子一陣糾結，我很討厭就這麼放棄的感覺。往上走可以通往摧毀鋼鐵心的道路，撤退則只會通往更多等待、更多策畫。我已經計畫太多年了。

「噢，不。」梅根說。

「什麼？」我心不在焉問。

「你又想要臨場應變了，對吧？」

我把穿著碎震器的手伸進豎井裡，平貼在牆上發出小小的震波。亞伯拉罕教過我製造不同大小的震波，他說精通碎震器的高手能準確控制震動範圍，可以在目標上刻出圖案，甚至雕出形體。

我用力推動手掌，感覺手套傳來震動，不過動的不只是手套，而是我的整隻手。這種感受曾讓我一頭霧水，就像是*我自己*在製造能量，而非透過手套，手套只是幫忙塑造了震波形狀。

我這回不能失敗。假如我失敗，任務就宣告終止，照理說我應該要感覺到極大的壓力，可是我沒有。不知為何，我發現當處境真的很危急時，我反而容易放鬆。

我想著鋼鐵心的身影籠罩我父親，還有那聲槍響。*我真的不想半途而廢。*

手套傳來震動，灰燼開始從手套周圍的牆面落下。我把手指往前伸，觸碰我剛才的成果。

「扶手！」梅根輕聲說，拿手機的燈照過去。

「什麼，真的嗎？」柯迪問。「打開妳的攝影機，姑娘。」一會兒後他吹聲口哨。「你對我藏了一手啊，大衛，我沒想到你的練習時間長到能做出這種事。我要是知道你有這個能耐，就會提出建議了。」

我把手挪到旁邊挖出另一個扶手，就在剛才那個洞旁邊的牆上，然後我再挖出兩個扶手給腳踩，最後把身子轉出去進入豎井，手腳放進洞中。

我伸長手在頭上挖出另外兩個扶手後往上爬，把步槍掛在肩上。我沒有低頭看，只是弄出兩個洞繼續前進。一邊爬一邊使用碎震器鑽洞可不簡單，但是我能控制碎震器震波的形狀，在每個扶手處前面留下突起，這樣起碼比較好抓住。

「教授和亞伯拉罕能不能等久一點？」梅根從底下問。「大衛似乎進展得不錯，但是我們需要大概十五分鐘才能爬到上面。」

「蒂雅正在計算。」柯迪說。

「好吧，我要跟著大衛。」梅根的聲音變得模糊。我回頭看，她拿了條圍巾包住臉。

她不想吸進從扶手掉下來的灰。很聰明。我自己就很難躲開，吸進鋼屑感覺不是聰明之舉。亞伯拉罕說碎震器製造的灰沒有表面上那麼危險，但我還是覺得吸進去不是好主意，所以我每次挖洞時都會低頭和屏氣。

「我眞佩服。」我耳朵裡傳來一個聲音。是教授。我差點被嚇得跳起來釀成嚴重後果。他想必是用手機連上我的影像，可以從我的耳機攝影機看到畫面。

「這些洞形狀俐落又完整，」教授繼續說。「再練下去，你很快就能跟亞伯拉罕一樣厲害。你說不定已經超越柯迪了。」

「你聽起來好像很擔心什麼事情。」我在造洞的空檔時說。

「沒有擔心。只是很訝異。」

「這都是爲了任務。」我咕噥著把自己拉上另一層樓。

教授沉默了片刻。「確實是。聽好，我們沒辦法從同樣的路線撤離你們，那會花上太久時間，所以你們得走別的路，蒂雅會告訴你們方向。等第一聲爆炸響起再行動。」

「收到。」我說。

「還有，大衛？」教授補充。

「什麼事？」

「幹得好。」

我笑了，繼續把自己往上撐。

我們持續爬上電梯井。我很擔心電梯會在中間某個時候降下來，不過就算這樣也應該會跟我們隔著幾吋的空隙。我們在豎井裡應該裝有梯子的那側，他們只是沒有放上去而已。

也許鋼鐵心也跟我們看了同樣的電影，事先料到了，想到這種可能，我不由得皺起眉頭，這時我們終於通過第二層樓。還有一層。

我的手機在耳裡喀嚓一聲。我看手腕的手機，有人關閉了我們的頻道。

「我不喜歡你對團隊做的事。」梅根用含糊的聲音從底下喊。

我回頭看她。她背著裝有我們器材的背包，口鼻用圍巾蓋住。那雙眼睛瞪著我，被她綁在前臂上的手機燈光隱約照亮。多美麗的眼睛啊，就從圍巾上面露出來。

她身後是一條龐大、無盡的漆黑坑洞。哇噢。我感到一陣暈眩。

「愣仔，」她喊。「專心點！」

「是妳先說話的欸！」我低聲反駁轉回去。「妳說妳不喜歡我對團隊做的事，是什麼意思？」

「你出現之前，我們本來要離開新芝加哥的，」梅根從底下說。「消滅奇遇，然後離開。是你逼我們留下來。」

我繼續爬。「可是——」

「噢，拜託閉嘴，先讓我講好不好。」

我住嘴。

「我加入審判者是爲了殺死那些死有餘辜的異能者，」梅根繼續說。「新芝加哥是整個破碎合眾國最安全、最穩定的地方。我不認爲我們應該殺鋼鐵心，我也不喜歡你劫走整個團隊的方式，就爲了替你打你跟他的私人戰爭。沒錯，鋼鐵心很殘暴，可是他做得比多數異能者更好。他不值得被殺掉。」

這番話令我大爲吃驚。她不認爲我們應該殺鋼鐵心？他不值得死？太瘋狂了。我抵抗著重新低頭看的衝動。「我可以說話了嗎？」我問，一邊再挖出兩個扶手處。

「好，請便。」

「妳瘋了不成？鋼鐵心是個怪物耶。」

「對，我承認。但是他是辦事有效率的怪物。聽著，我們今天到底在幹嘛？」

「炸掉發電廠。」

「那麼外面有多少城市仍有發電廠？」她問。「你眞的知道嗎？」

我沒吭聲，繼續爬。

「我在波特蘭長大，」她說。「你知道那邊發生什麼事嗎？」

我知道，只是我不想說。那裡的狀況很糟。

「異能者的地盤之爭讓整座城市淪爲廢墟，」梅根繼續說，但語調變得溫和了。「那裡沒有剩下任何東西，大衛。零。整個奧勒岡州都是荒野，連樹都死光了。沒有半座發電廠、淨水廠或雜貨店。新芝加哥要不是被鋼鐵心接管，也會變成那樣。」

我繼續爬，我的後頸感覺淌下汗水後有些發癢。我回想梅根的態度轉變，她在我一提到打倒鋼鐵心後就變得很冷漠。每當我們的計畫一有進展，她對待我的方式也最凶，比如我們去拿我的筆記，還有我發現怎麼殺死夜影。

所以其實不是我的「臨場應變」激怒她。是我的動機，我成功說服其他審判者成員鎖定鋼鐵心這件事。

「我不想害波特蘭那樣的事再發生，」梅根繼續說。「沒錯，鋼鐵心是很糟糕，可是他是那種人們能適應的糟糕。」

「那妳爲什麼沒退出？」我問。「妳爲什麼還在這裡？」

「因爲我是個審判者，」她說。「我沒資格違逆教授。我會盡我的本分，阿滕，我會出一份力。可是我認爲我們這次錯了。」

她又拿那個暱稱來叫我。這其實似乎是好跡象，畢竟她只有沒那麼討厭我的時候才會這麼說。那算是某種親暱口吻，對吧？我只希望暱稱不是跟那麼丟臉的事有關就好了。爲什麼不叫……無敵神槍手呢？這樣比較朗朗上口不是嗎？

我們沉默爬完剩下的路。梅根重新把頻道連上其他隊員，這似乎表示她認爲對話結束了。也許確實是吧。我不曉得該說什麼。她怎麼會認爲活在鋼鐵心的統治下是好事？

我想著「工廠」的其他孩子，還有地下街道的人們。我猜許多人的感受也很類似。他們搬過來時已經曉得鋼鐵心是個怪物，可是仍然認爲新芝加哥的生活比其他地方好。

只是那些人很順從，梅根卻完全不同。她很活躍、本領高、能力強。她爲什麼會跟其他人有相同看法？這撼動了我對世界的認知，起碼是我自以爲曉得的世界。審判者理論上應該要與眾不同。

萬一她是對的呢？

「噢，星火啊！」柯迪突然對著我耳朵說。

「怎麼了？」

「你們有麻煩了，小子。有——」

這時，就在我們頭上的電梯井門——往上第三層樓的門——打開了。兩名穿制服的警衛走到電梯井旁邊，低頭望著下方的黑暗。

第二十二章

「我跟你說，我眞的有聽見聲音。」一位警衛瞇著眼往下看。他好像在直接看我，但是電梯井裡很黑，即使開著門也比我想像中更暗。

「我什麼都沒看見。」另一人說，聲音輕輕在豎井中迴響。

第一人從腰帶上抽出手電筒。

我心頭一震。糟了。

我把手貼著牆。我也只剩這招了。碎震器開始震動，我試著保持專注，可是想到頭上有兩個人在場就好難。手電筒喀嚓打開。

「你看吧？聽見沒有？」

「聽起來像暖氣爐啊。」第二個守衛不以爲然地說。

我的手敲擊著牆壁，的確發出了點金屬聲。我苦著張臉，但手卻沒停下來。上方的手電筒照進豎井，我差點沒能控制好碎震器。

他們拿著手電筒，無論如何都會看到我。他們太靠近了。

「這裡沒東西。」第二個警衛哼聲說。

什麼？我抬頭看。不知什麼緣故，儘管他們距離我們不遠，卻好像沒發現我。我皺眉，心中滿是疑惑。

「哼，」第一個警衛說。「但是我眞的有聽到聲音。」

「可是那是從……你知道……暖氣爐傳來的。」第二個警衛說。

「噢，」他同伴回答。「對噢。」

第一個警衛把手電筒塞回腰帶。他怎麼會沒看見我？他剛才明明直接照著我的方向啊。

兩人從門口退開，讓電梯門滑著關上。

禍星之火啊，到底怎麼回事？我心想。他們難道眞的沒瞧見躲在黑暗中的我們嗎？

就在這時，我的碎震器不小心射出震波。

我本來想在牆上挖一個洞讓我們躲進去，甚至讓我們避開火線。可是我沒有專心，結果從牆上挖掉一塊過大的缺口，牆上的扶手瞬間消失。我緊抓住我造出的洞口邊緣、撐得很勉強。一陣灰灑到我身上，然後像一陣驟雨掃過梅根。我死命抓著洞口邊緣，低頭看見她抬頭瞪我，拚命眨掉眼中的灰。她的手甚至似乎想要掏槍。

禍星啊！我震驚地想。她的圍巾跟皮膚沾滿鋼屑，兩眼充滿怒氣，我從來沒有在任何人眼裡看過這種神情——至少沒有直接針對我過。我好像可以體驗到她散發出的濃烈憎恨。

她的手繼續靠近身旁的手槍。

「梅……梅根？」我問。

她的手停住。我不曉得我看見的情緒到底是什麼，但是馬上就消失了。她眨眨眼，表情趨爲柔和。「你應該注意自己在破壞什麼東西，阿膝。」她怒罵一聲，伸手抹掉臉上的一些灰。

「是啊，」我鬆口氣說，然後回頭看我攀住的洞。「嘿，這裡面有房間欸。」我舉起手機往裡面打光，好看得更清楚。

這是個小房間，一面牆邊擺著放了電腦終端機的整齊辦公桌，另一面有一排檔案櫃。房間裡有兩扇門，其中一扇是附有密碼鍵盤的強化金屬保全門。

「梅根，裡面真的是一個房間，而且看起來沒有人。來吧。」我把自己拉上去，從洞口爬了進去。

我一進去就幫忙拉梅根離開電梯井，她接過我的手之前猶豫片刻，然後一上來就不發一語走過我身邊。她彷彿恢復成之前冷漠待我的樣子，甚至還有點脾氣暴躁。

我跪在洞口旁看著電梯井，心裡有種甩不掉的感覺，剛才發生了一件非常奇怪的事。首先是警衛沒發現我們，接著是梅根對我敞開心房，卻又在幾秒內關了起來。難道她後悔跟我分享那些事嗎？或者她擔心我會告訴教授她不贊同殺死鋼鐵心？

「這裡是什麼地方？」梅根在小房間中央說。天花板夠低，她幾乎得彎著腰，而我當然得曲著身子。她解下臉上的圍巾甩掉一陣金屬灰，然後開始抖衣服。

「不曉得，」我察看蒂雅上傳到我手機的地圖。「這房間不在地圖上。」

「天花板很低，」梅根說。「有密碼的安全門。有意思。」她把背包扔給我。「在你鑽的洞旁邊放個炸彈。我去看看外面有什麼。」

趁著我從背包掏出一枚炸彈的時候，梅根撬開那個沒有密碼鍵盤的門走進去。我把小型炸彈裝在我挖的洞旁邊，注意到靠近牆壁下面有裸露出來的電線。

我沿著電線找下去，挖開一塊地板，這時梅根回來了。

「外面還有兩個這樣的房間，」她說。「沒有人，都很小，沿著電梯井建造。就我的判斷，這裡是暖氣爐設備跟電梯維護系統本來的位置，但他們藏了這幾個房間，從建築藍圖裡抽掉。不曉得其他樓層中間還有沒有其他隔間或密室。」

「妳看這個。」我指著我發現的東西。

她跪在我旁邊，打量牆壁和電線。

「炸藥。」她說。

「這個房間已經準備好引爆了，」我說。「眞詭異，對吧？」

「無論這邊有什麼，」梅根說。「一定都很重要。重要到他們寧可炸毀整座發電廠，也不要被人找到。」

我們兩個不約而同地抬頭看向電腦。

「你們兩個在幹嘛？」柯迪的聲音回到我們的頻道。

「我們找到一個房間，」我說。「而且——」

「繼續移動，」柯迪打斷我。「教授跟亞伯拉罕剛剛碰上一些警衛，不得不射殺他們。警衛已經解決，屍體也藏好，但是很快就會有人發現他們不見了。如果我們運氣好，在被人發現他們停止巡邏之前還有幾分鐘時間。」

我咒罵一聲，摸索口袋。

「你在拿什麼？」梅根說。

「我從鑽晶那邊拿的其中一個通用雷管，」我說。「我想看看能不能用。」我急忙用絕緣膠帶把圓形物體貼在隱藏地板底下的炸彈上。我口袋裡放著筆形引爆器。

「根據蒂雅給我們的地圖，」梅根說。「我們離放置燃料電池的儲藏區相隔兩個房間，但是我們位置有點低。」

我們交換一個眼神，然後分頭搜查密室。我們所剩時間不多，但是至少得試著找看看這裡藏有什麼情報。梅根拉開一個檔案櫃，抓出一把文件夾，我則趕緊起身打開辦公桌抽屜，其中一個裡面裝有兩個晶片，我抓起來對梅根揮手，把晶片扔進她的背包，她也把檔案夾丟進去，轉而檢查另一個桌子。我舉起手貼著右邊牆上開始爲我們鑽洞。

由於密室位於兩層樓的交界處，我無法確定洞口跟其餘房間的相對位置。我往我們要走的方向鑽洞，但盡可能地靠近天花板。

開口通往三樓的一個房間，不過靠近地板，這表示我們的密室有一部分跟三樓重疊。我看了地圖一眼，終於理解他們是怎麼藏起房間的了。藍圖上的電梯井比實際上稍大，還包括一條其實不存在的維修豎井，這解釋了爲何電梯井內沒有扶手可爬。建築工人以爲可以用維修豎井來修電梯，卻不曉得維修豎井的空間被密室挪用了。

我和梅根爬過洞口進入三樓，穿過某個類似會議室的房間來到像是監控室的地方。我分解牆壁，開個洞進入長且低矮的天花板儲藏區。這就是我們的目標：存放燃料電池的房間。

「我們進來了，」我們溜進去時梅根對柯迪說。房間裝滿架子，上頭擺著各種電子設備，都不是我們要的東西。我們連忙往不同方向搜索。

「好樣的。」柯迪說。「電池應該就存放在這裡某處。找大約手掌寬、跟靴子差不多高的圓柱物體。」

我瞧見對面牆邊放著一個大置物櫃，門上了鎖。「可能在這裡。」我對梅根說著走過去，很快用碎震器將鎖破壞，等她走過來時我剛好拉開門，櫃子裡擺著一根高大的綠色圓柱體，堆在另一根側躺的圓柱上，每根圓柱都看起來像是小型的啤酒桶或汽車電池。

「這就是燃料電池，」柯迪聽起來鬆了口氣。「我本來還擔心沒有呢。還好我這次任務帶了四葉幸運草。」

「四葉幸運草？」梅根說著從背包裡掏出某物。

「當然。我家鄉的好東西。」

「柯迪，幸運草是愛爾蘭的，不是蘇格蘭。」

「我知道，」柯迪不假思索地說。「我得殺掉一個愛爾蘭佬才得手。」

我拉出一顆電池。「沒有我想的那麼重嘛。我們確定這有足夠的電力給高斯槍用嗎？那玩意兒需要大量的能源。」

「這些電池被匯流充過電，」柯迪對我耳邊說。「比我們能製造或買到的東西強上好幾個數量級[1]。要是這些不行，什麼都沒有用了。你們能背多少就帶走多少。」

它們或許沒有我想像的重，不過還是頗具分量。我們把梅根背包裡的其餘裝備拿出來，取出我們塞在最底下的小包。我盡可能地在背包裡塞進四顆電池，梅根則把我們剩下的裝備——幾枚炸藥、一些繩索跟彈藥——放進小背包裡。此外有幾件偽裝用的實驗袍，我留著它們，猜想我們撤退時會需要用到它們。

「教授和亞伯拉罕進度如何？」我問。

「正在離開。」柯迪說。

「我們該怎麼撤離？」我問。「教授說我們不應該走電梯井回去。」

「你們手上有實驗袍吧？」柯迪問。

「有，」梅根說。「可是我們一進走廊，他們可能就會拍到我們的臉。」

「我們只能冒險了，」柯迪說。「第一次爆炸兩分鐘後開始。」

我們套上實驗袍後，我蹲下來讓梅根幫我背上裝了電池的背包。背包很重，不過活動起來還算行動自如。梅根換上實驗袍的樣子很好看，雖然我想幾乎所有東西穿在她身上都好看。她把自己的小背包掛在肩上，瞄一眼我的步槍。

「我的槍可以拆開。」我解釋著把槍托拔下來，卸下彈匣和取出槍膛裡的子彈。我打開保險以防萬一，把零件塞進她的背包裡。

實驗袍上繡著七號站的標誌，我們兩個也有對應的假安全證件。這種僞裝絕對沒辦法讓我們直接走進發電廠。保全太嚴密了。然而在混亂的時刻或許能讓我們離開。

建築撼動著發出不祥的隆隆聲。第一回合爆炸。這次爆炸目的是讓人們撤離，還不會造成眞正的破壞。

「快走！」柯迪對我們耳邊大喊。

---

1 多一個數量級就是乘上十倍。

我一分解掉房間門上的鎖，我們立刻兩個衝進走廊。人們從門口探出來看，看來即使是晚上，這層樓也挺忙碌的。有些是穿藍色連身服的清潔工，其他則是穿實驗袍的技師。

「有爆炸！」我盡可能裝出驚慌失措的模樣。「有人在攻擊建築！」

這番話立刻引發極大的恐慌，我們很快就被捲入逃出建築的人群。約三十秒後，柯迪引爆樓上第二回合爆炸。上方的地板傳來震動，我們周圍走廊裡的人尖叫著瞥向天花板，約一打人當中有幾個人還抱著小電腦或公事包。

其實沒什麼好怕的。這些最初的爆炸都放在無人區，也不會炸垮建築。這些早期爆炸共有四次，擺放的位置剛好能催促民眾離開，然後眞正的爆炸才會開始。

我們匆忙跑過走廊下樓，小心把頭壓低。這地方有些詭異，但我在我們開始狂奔時才想到原因。這棟建築很乾淨，地板、牆壁、房間……所有地方一塵不染，我們進來的時候太暗，沒有發現這點，但在光線充足的地方一目瞭然。地下街道不曾這麼乾淨過，所有東西整齊成這樣眞是不太對勁。

我們奔跑時還注意到這棟建築很寬敞，員工們不可能認識每一個人，而儘管情報指出警衛手上有所有員工的檔案，會拿去跟監視器影像比對，實際上也沒人攔下我們。

事實上大部分警衛跟著人數越來越多的群眾一起逃命，他們跟大家一樣擔心爆炸，這更是減緩了我心中的疑慮。

我們一群人跑下最後一段樓梯衝進大廳。「怎麼回事？」一位警衛站在出口附近拿槍瞄準外面。「有人看到是什麼嗎？」

「是異能者！」梅根上氣不接下氣說。「他穿著綠色服裝，我看到他穿過建築發射能量光！」

第三次爆炸引爆撼動了建築，後面跟著一連串小型爆炸，另一群人從附近的樓梯井與一樓走廊湧出來。

警衛咒罵了幾句，然後做出聰明的選擇：跟著跑。他沒打算面對一位異能者，就算那位異能者是鋼鐵心的敵人，這麼做也可能沒有好下場。普通人絕不碰異能者，就這麼簡單。這在破碎合眾國裡可是金科玉律。

我們衝出建築來到外頭，我回頭瞧見幾縷煙從龐大的建築冒出來，結果正好瞥見另外幾次爆炸在樓上一扇窗戶裡引爆，每次都閃著綠光。教授和亞伯拉罕不只是裝炸彈而已，他們還安排了一場聲光秀。

「真的是異能者！」我附近一個女人喘息。「怎麼會有人這麼愚蠢……」

我對梅根咧嘴一笑，我們加入人群逃向發電廠高聳圍牆上的大門，儘管那裡的警衛試著阻止人們逃離，可是在再度看見爆炸時就放棄掙扎將門打開。我與梅根隨著其他人踏進城市的黑暗街道，遠離悶燒的建築。

「注意，保全監視器仍在運作，」柯迪在開放頻道上對所有人說。「建築裡的人也還在撤離。」

「先別啓動最後的爆炸，」教授冷靜說。「但是扔出傳單。」

背後傳來輕微的劈啪聲，我知道傳單從樓上窗戶藉由爆炸力道灑了出去，現在正飄進整座城市，上面宣稱有位新異能者已來到城內。我們叫他綠光，正是我挑的名字。傳單上寫滿文宣戰，對鋼鐵心呼籲說綠光才是新芝加哥的新主人。

等柯迪宣布發電廠淨空時，我和梅根已經抵達事先準備好的車子旁邊。我爬進駕駛座，梅根卻從同一個門進來，把我推到乘客的座位。

「我會開車。」我抗議。

「你上次才開了一條街區就撞壞整輛車，阿膝。」她將發動車子。「我相信還撞倒兩座街牌。還有，我在我們飛車追逐時看到一些爛掉的垃圾桶。」她的唇邊泛著微微笑意。

「又不是我的錯，」我回頭看矗立在漆黑夜色裡的七號站，對我們的成功感到興奮。「是那些垃圾桶自找的。一群沒禮貌的愣仔。」

「我要引爆大獎了。」柯迪在我耳邊說。

一串爆炸聲在建築裡響起，我想我和梅根安裝的炸彈也在其中吧。建築發出劇烈的搖晃，窗戶中噴出火光。

「噢，」柯迪不解地說。「居然沒能炸倒它。」

「夠好了，」教授回應。「我們入侵的證據都消除了，發電廠短時間內也無法運作。」

「是呀。」柯迪說。我能聽見他嗓音裡的失望。「我只是希望能再壯觀一點。」

我從口袋掏出筆形引爆器。這或許沒什麼影響，我們裝在牆上的炸彈可能早就引爆地板下的炸藥了，但我還是按了一下筆蓋。

這回引發的爆炸是剛才的十倍大，我們的車身因此劇烈晃動，爆炸引起的瓦礫噴進城市，灰塵跟石屑如雨灑下。我和梅根在椅子上轉身，恰好看見建築在震耳欲聾的嘎嘰聲中垮下來。

「哇！」柯迪說。「你們看。我猜有些燃料電池爆炸了吧。」

梅根看著我，再看向筆，然後翻了個白眼。幾秒鐘後我們就加速疾駛過街道，經過與我們反方向的消防車跟緊急救援車輛，前往與其他審判者會合的地點。

第三部

第二十三章

我咕噥著用兩手輪流拉繩索，滑輪每拉一下就發出哀怨的嘎嘰叫聲，好像我把某隻可憐的老鼠綁在刑具上，然後興奮地將牠旋緊。

這裝置設置在審判者洞穴入口的通道旁邊，這條通道是唯的一出入口。我們攻擊發電廠的行動已經過了五天，這段時間幾乎都在避風頭和策畫下步棋，也就是對付匯流來削弱執法隊。

亞伯拉罕剛採買完補給回來，這表示我不再是隊上的碎震器專家，而是他們的免費苦力。

我繼續拉，汗水滴下額頭，開始滲進我的T恤裡。箱子終於從洞穴深處拉上來，接著梅根把板條箱從吊環上取下，搬到房間裡面去。我放開繩子降下吊環架跟繩子，好讓亞伯拉罕再綁上下一箱補給。

「妳想拉下一箱嗎？」我問梅根，用毛巾抹抹額頭。

「不要。」她輕描淡寫地說完把箱子搬上手推車，推過去跟其他箱子疊在一起。

「妳確定？」我覺得手臂好疼。

「你做得很棒，」她說。「何況還可以順便健身一下。」她放下箱子，然後坐在椅子上翹腳靠著桌子，一邊用手機看書一邊喝檸檬汁。

我搖搖頭。她眞是不可理喻。

「假裝你在表現某種騎士精神嘛。」梅根心不在焉地說，點下螢幕捲動更多文字。「讓無力自保的女性免於受難。」

「無力自保？」我質疑，但亞伯拉罕呼喚我。我嘆口氣，開始重新拉繩子。

她點頭。「就抽象層面而言。」

「怎麼會有人在抽象層面上無力自保？」

「那可不簡單，」她喝了口飲料。「抽象的東西只是表面上簡單而已。就像抽象藝術。」

我哼了聲。「抽象藝術？」我使勁拉繩子。

「當然囉。你知道的，某個傢伙在帆布上畫一條黑線，說他用了隱喻手法，然後賣個幾百萬美元。」

「才沒有這種事。」

她打趣地抬頭看我。「當然有。你在學校沒有學過什麼叫抽象藝術嗎？」

「我在『工廠』裡唸書，」我說。「上基本數學、閱讀、地理跟歷史。沒時間學別的東西。」

「再之前呢？禍星出現以前？」

「我那時才八歲，」我說。「我住在芝加哥內城，梅根。我的教育多半是學著怎麼躲開壞同學，還有在學校保持低調。」

「你八歲時學的是那個？在小學裡學這種東西？」

我聳肩，繼續拉繩。她似乎對我說的話感到困擾，只是我得承認，我也對她說的話感到不安。人們不會真的替那麼簡單的東西付大把鈔票對吧？我很困惑。在禍星出現之前的人們都很古怪。

我拉上來另一個箱子，梅根跳下椅子幫忙搬。我感覺她沒有多少時間讀書，不過她似乎不介意被打斷。我看向她，從我的杯子灌下一大口水。

自從她在電梯井裡自白之後……我們兩人的關係就變了。她在我身邊變得更自在，可是這一點都講不通。事情不是應該會更尷尬嗎？我知道她不贊同我們的任務，就我來說那似乎是個大問題。

然而她真的很敬業。她不同意應該殺掉鋼鐵心，卻也沒有拋棄審判者，甚至沒有要求轉調到別的審判者分隊。我不知道外面究竟有多少分隊，顯然只有蒂雅跟教授知情，但至少應該有一個以上的單位。

無論如何，梅根仍留在隊上，並未讓個人情感妨礙工作。她或許不同意鋼鐵心該死，但是就我從她那邊打探到的事，她仍相信對付異能者是正確的選擇。她就像個士兵，堅信某場仗的價值不佳，卻依舊願意支持將軍和上場戰鬥。

我很尊敬她這一點。星火啊，我越來越喜歡她了，雖然她最近沒有對我特別溫柔，可是也沒有再擺出公然敵意跟冷漠。我還有空間可以施展些異性魔法，可惜我連一招半式都不懂。

梅根放好箱子，我等著亞伯拉罕叫我重新拉繩子，沒想到亞伯拉罕出現在通道口開始解開滑輪。他肩膀的槍傷已經用急救星治好，那個審判者科技可以迅速使皮膚癒合。

我不太懂那玩意兒，但是我問過柯迪，他說那是「最後三大科技」，也就是三樣過去還是科學家的教授帶給審判者的神奇裝置：碎震器、保護夾克與急救星。根據亞伯拉罕告訴我的訊息，教授發展出這三樣技術，然後從他工作的實驗室偷走，展開自己對付異能者的戰爭。

亞伯拉罕取下最後的滑輪零件。

「搬完了嗎？」我問。

「對。」

「我數到的箱子比較多耶。」

「其他的太大了，沒辦法穿過通道，」亞伯拉罕說。「柯迪會駕車把它們載去車棚。」

車棚是其他人口中放車輛的地方。我去過那邊，那是個大房間，裡面有幾輛車跟一台廂型車，沒有這個藏身處安全，因為車棚必須能通往上層城市，也不能位於地下街道。

亞伯拉罕走到我們堆在藏身處的一打箱子那邊，揉揉下巴打量它們。「我們不如把這些貨拿出來，」他說。「我還有一個小時。」

「然後你要去做什麼？」我走到箱子旁邊。

他沒回答。

「你過去幾天已經出去過好多次了。」我說。

他還是沒吭聲。

「他不會告訴你他去了哪邊，阿膝。」梅根從她桌邊的位置出聲。「習慣吧。教授常常派他進行祕密任務。」

「可是……」我覺得有點受傷。我還以為自己已經贏得隊上的一席之地。

「別難過，大衛，」亞伯拉罕抓起一把鐵撬撬開一個箱子。「這跟信任無關。我們必須隱瞞一些事，連隊員也不能洩漏，以防我們有人被俘。鋼鐵心對於怎麼套出人的祕密很有一套。只有教授曉得我們做的每一件事。」

這理由很好，也許我就是因爲這樣才不曉得其他審判者分隊的存在吧，只是整件事還是令人氣惱。亞伯拉罕撬開另一個箱子時，我從身旁的口袋掏出碎震器，用它分解掉幾個箱子的蓋子。

亞伯拉罕對我揚起一邊眉毛。

「怎麼?」我說。「柯迪叫我繼續練習。」

「你變得很厲害，」亞伯拉罕從我打開的一個箱子裡撈出一個蘋果，上面沾滿木屑，拿出來時弄得四周有點髒亂。「眞的很熟練，」他繼續說。「可是有時用鐵撬比較有效，對嗎?何況我們會想重複利用箱子。」

我嘆口氣，不過點點頭。問題是……我覺得放手好難。我在滲透發電廠時感受到的力量令我無法忘懷。我能在牆上鑽洞，挖出扶手，讓物質隨我的意願改變。我越使用碎震器，就越對它帶來的潛力感到興奮。

「此外，」亞伯拉罕說。「避免我們的行爲留下蹤跡也很重要。想看看，要是大家都知道有這種東西會怎樣?整個世界從此變得不同了，我們會更難生存。」

我點點頭，不情願地收起碎震器。「眞可惜，我們不得不留下那個洞讓鑽晶看到。」

亞伯拉罕只頓了一下最後說：「是啊，眞遺憾。」

我幫他把補給拿出來，梅根加入我們，用她一貫的效率辦事。最後她總是當起監督者，告訴我們該把各種食物收在哪邊。亞伯拉罕毫無怨言地接受她的指揮，即使她只是隊上的資淺成員。

我們進行到一半，教授從思考間走出來，一邊看文件夾裡的幾張紙，一邊走向我們。

「有什麼新發現嗎，教授？」亞伯拉罕問。

「難得有一回風聲對我們有利，」教授說著把文件夾丟在蒂雅的桌上。「城內傳得沸沸揚揚，說有個新異能者要來挑戰鋼鐵心。半座城的人都在討論這件事，剩下半座城則躲進地下室等衝突結束。」

「太棒了！」我說。

「對。」可是教授似乎有心事。

「有什麼問題？」我問。

他敲文件夾。「蒂雅有告訴你，你從發電廠帶回來的晶片裡面是什麼嗎？」

我搖頭，試著掩飾好奇心。他要告訴我什麼？說不定那些事能解開亞伯拉罕過去幾天在做什麼的謎團。

「是宣傳戰內容，」教授說。「我們認爲你找到了鋼鐵心政府的祕密大眾操縱部門。你帶回來的檔案包括新聞稿、準備散布的謠言大綱和鋼鐵心的成就報導。就蒂雅判斷，多數報導跟謠傳都是不實的。」

「他自然不會是第一個替自己捏造輝煌歷史的統治者。」亞伯拉罕說著把一些雞肉罐頭擺到一個架子上，架子挖在後面房間的整面牆上。

「但是鋼鐵心何必要這樣？」我抹掉額頭的汗水。「我是說……他已經等於是不死之身，他不需要把自己的形象塑造得更強。」

「他很自大，」亞伯拉罕說。「大家都曉得。你從他的眼神、說話口氣跟舉動就看得出來。」

「的確，」教授說。「所以這些捏造的謠言才這麼讓人想不透。這些報導不是用來改善他的形象，或者就算是，他運用的方式也很詭異。多數故事都是在講他犯下的暴行：被他屠殺的人，還有據傳被他摧毀的建築，甚至是小城鎮。可是這些事都沒有眞的發生。」

「他散布謠言說他殺了整個鎭的人？」梅根口氣不安地問。

「就我們認定是這樣。」教授過來幫忙取出箱內的東西。我注意到教授在附近時，梅根就停止發號施令了。「起碼有人希望讓鋼鐵心聽起來比實際上更可怕。」

「也許我們找到的是某種革命組織。」我熱切地說。

「不太可能，」教授說。「革命組織會位在一棟重要的政府建築裡面？而且四周還有嚴密的保全加以巡邏？更何況，根據你的描述，警衛似乎知道那個地方。反正，許多報導附帶的文件都宣稱故事是鋼鐵心本人構思的，甚至指出了報導謬誤之處，並表示有必要使用僞造的事實使謠言聽起來可信。」

「他在誇大，」亞伯拉罕說。「捏造事實。只不過現在他的部門得讓他宣稱的東西都變成眞的，不然就會害他難堪。」

教授點頭，我的心一沉。我還以爲我們找到了什麼重要線索，結果我只找到一個專門負責美化鋼鐵心的部門，讓他顯得更邪惡。

「所以鋼鐵心沒有他希望我們認爲的那麼恐怖。」亞伯拉罕說。

「噢，他已經夠恐怖了，」教授說。「你同意吧，大衛？」

「可以確定有超過一萬七千人死於他之手，」我心不在焉說。「我的筆記裡面記錄了這點。很多人是無辜的，那些不可能都是僞造的。」

「的確不是，」教授說。「他是個殘暴又糟糕的傢伙。他只是想確保我們都曉得這點。」

「眞奇怪。」亞伯拉罕說。

我探進裝起司的箱子，拿出包在紙裡的起司塊，把它們放進房間對面的冷藏坑。審判者吃的很多食物都是我以前買不起的東西，譬如起司和新鮮水果。新芝加哥多數食物都得進口，因爲這兒是永夜，戶外無法種植水果跟蔬菜，鋼鐵心又小心翼翼地掌控著城市周圍的農地。

我已經習慣吃昂貴的食物了。那感覺很奇怪，習慣竟然這麼快就能養成。

「教授，」我把一輪起司放進坑裡。「你有沒有想過，如果新芝加哥少了鋼鐵心，會不會變得比他統治時更糟？」

房間另一邊的梅根立刻轉身瞪我，但我沒看她。*我不會跟他說是妳說的，所以拜託別瞪我了。我只是想知道而已。*

「有可能。」教授說。「至少短時間內是這樣。城內的基礎建設會瓦解，食物會變得稀少。除非有強大人士繼承鋼鐵心的位置和控制執法隊，否則就會發生掠奪。」

「可是——」

「你想要實現復仇嗎，孩子？嗯，這就是代價。我不會美化它。我們一直試著避免殃及無辜，但是等我們殺了鋼鐵心時，勢必造成傷害。」

我在冷藏坑旁邊頹然坐下。

「你從來沒有想過這件事嗎？」亞伯拉罕從衣服底下掏出項鍊用手指摩擦。「你花了這麼多年計畫，準備殺死你憎恨的人，卻沒想過新芝加哥會變成怎樣？」

我感到臉頰一陣羞紅，搖搖頭。我真的沒想過。「所以……我們該怎麼辦？」

「繼續我們的作為，」教授說。「我們的職責就像醫生切掉壞肉一樣，唯有如此才能讓身體開始復原，只是一開始會很痛。」

「可是……」

教授轉身看我，我看出了他表情底下的某樣東西：深沉的疲憊，那是一個人打了太久、太長的仗帶來的疲倦。「你會想到這件事很好，孩子。會思索和擔心，還有整晚睡不著，替你的理想釀成的傷亡感到害怕。能意識到反抗的代價，對你只有好處。

「但是我得警告你，你找不到答案的。這件事只能兩害取其輕，不是屈服於暴君，就是製造混亂與痛苦。到頭來我選了後者，雖然這麼做傷害了我的靈魂，但我們若不戰鬥，人類就完了。我們會慢慢歸順異能者，變成奴隸跟僕人，然後停滯不前。

「這不只是報仇或還以顏色，這攸關我們種族的存續，以及讓人們做自己命運的主宰。我寧願選受難和混亂，也不想當隻哈巴狗。」

「能自己做選擇，」梅根說。「這些理由都很好。可是教授，你不只是在替自己做決定而已，你是在替城內每一個人做決定。」

「的確是。」教授把一些罐頭放到架子上。

「到最後，」梅根說。「人們不會變成自己命運的主人。他們要不是被鋼鐵心統御，就是被丟下來保衛自己，起碼等到下一個異能者出來統治他們爲止。」

「那麼我們就一起殺掉那個異能者。」教授溫柔地說。

「你能殺死多少暴君？」梅根問。「你不能阻止所有異能者，教授。總有一天會有人在這裡登上大位，你覺得他會比鋼鐵心更好嗎？」

「夠了，梅根，」教授說。「我們已經談過這件事，我也做了決定。」

「新芝加哥是全破碎合眾國最適合人居住的地方，」梅根繼續說，不理會教授的評論。「我們應該專注在不是優秀統治者的異能者身上，那些地方的生活品質更糟。」

「不。」教授的嗓音變得粗魯。

「爲什麼不？」

「因爲這裡就是問題所在！」教授突然大聲怒吼。「大家都在說新芝加哥有多偉大，可是它才不偉大，梅根，只是相對比較好！沒錯，其他地方更糟，但只要這塊地獄被人們當成理想國，我們就永遠沒有進展。我們不能讓他們說服我們這是正常的！」

房間陷入寂靜。梅根被教授嚇到了，我垂頭喪氣地坐下。

這跟我以前想的完全不一樣。光榮的審判者軍團，對異能者們行使正義審判……我從沒想過他們會背負什麼樣的罪惡，會有哪些爭執跟猶豫。我可以在他們身上看出來我在發電廠體驗過的恐懼。他們擔心我們可能會把事情搞砸，到頭來讓自己變得跟異能者們一樣壞。

教授挫折地揮揮手，大步走開。我聽見簾子沙沙作響，他鑽回思考間去了。梅根看著教授走遠，臉氣得漲紅。

「沒有那麼糟，梅根，」亞伯拉罕輕聲說，似乎仍然很鎮靜。「沒事的。」

「你怎麼可以這麼說？」她憤怒問道。

「妳看，我們不需要擊敗所有異能者，」亞伯拉罕說，黑皮膚的手裡握著鍊子，鍊子末端吊著墜飾。「我們只要撐得夠久就行了。」

「我才不要聽你的蠢話，亞伯拉罕，」她說。「現在不要。」她說完轉身離開儲藏室，爬進通往鋼鐵陵墓的通道，失去了蹤影。

亞伯拉罕嘆氣，轉身看我。「你的臉色不太好，大衛。」

「我覺得好難受，」我老實說。「我還以為……唔，我以為要是有人有答案，一定就是審判者。」

「你誤會我們了，」亞伯拉罕走到我身邊。「你誤會了教授。別期待劊子手會解釋他為何揮下斧頭。教授就是社會的劊子手，人類的聖戰士，其他人會來重建社會。」

「可是你不會覺得良心不安嗎？」我問。

「不太會。」亞伯拉罕簡單地回答，把他的項鍊收回去。「話說回來，我有其他人沒有的信念。」

我現在能看清楚他戴著的墜飾了，銀色的墜飾上有個藝術化的S符號。我覺得我在哪邊看過，它讓我想起我父親。

「你是『忠貞者』信徒。」我猜測。我曾聽說過這群人，但是從沒親眼見過。「工廠」養育的是現實主義者，不是夢想家，你想成爲『忠貞者』就得當個夢想家。

亞伯拉罕點頭。

「你怎麼還會相信有一天會出現善良的異能者？」我問。「我是說，事情都過十年了。」

「十年不算久。」亞伯拉罕說。「長遠下來不算。事實上，人類跟整個歷史相比也還不是古老種族！英雄會現身的。有朝一日，我們身邊會出現不殺人、不統治世界的異能者。我們會得到保護。」

*眞是白癡。*我下意識心想。但我馬上就後悔了。亞伯拉罕不是白癡，他是睿智的人，至少到剛才之前感覺是如此。可是……他怎麼眞的相信會有好異能者出現呢？就是同一個理由害死我父親的啊。

*至少他有可以追隨的信念。*我又心想。期盼某種傳說中的英雄異能者降臨，等著他們到來和提供救贖，難道這眞的很糟嗎？

亞伯拉罕輕輕捏了我的肩膀一下，給我個微笑後就走開了。我站起來，發現他跟著教授踏進思考間，我從來沒看過其他隊員這麼做，不久後我聽見裡面傳來低聲交談的聲音。

我搖頭，考慮繼續搬補給，卻感覺沒什麼心情。我望著通往鋼鐵陵墓的通道。我一時興起決定爬下去，看能不能找到梅根。

第二十四章

梅根沒有走太遠。我在通道底端找到她，她就坐在藏身處外面的一堆舊箱子上。我猶豫著走過去，她疑心地瞪我一眼，一會兒後她表情變得柔和，轉回去看面前的黑暗世界。她把手機燈開到最大充當照明。

我爬上箱子坐在她旁邊，但沒有說話。我好想講點合適的話，但一如往常就是想不出來。基本上，我同意教授的看法，即使同意這件事令我覺得罪惡。我受的教育太少，沒辦法預測新芝加哥的領袖在被刺殺之後會變成什麼樣子。然而我確實曉得鋼鐵心很邪惡。沒有法庭願意審判他，但我有權利讓他爲了對我跟我親人做過的事付出代價。

所以我只是坐在那裡，拚命想點不會冒犯她、聽來又不會很老套的話。這比表面上難多了，也許這就是爲什麼我老是心直口快吧。我一停下來思考，靈感就枯竭了。

「他的確是怪物沒錯，」梅根終於開口說。「我知道他是。我真恨那些話聽起來好像在替他辯護。我只是不曉得殺了他是不是對我們想保護的人有好處。」

我點點頭。我懂，我眞的了解。然後我們又陷入沉默。我們坐著的時候，能聽到走廊遠處傳來陣陣聲響。在這座結構詭異的鋼鐵陵墓，任何聲音都會被扭曲。市內下水道就在附近，有時這裡能聽見水流聲，我發誓我也聽過老鼠的叫聲，雖然我很不解牠們要怎麼在這麼深的地下生存。至於其他時刻，大地似乎會輕輕呻吟。

「梅根？」我問。「妳有沒有想過，他們到底是什麼？」

「你說異能者？」她問。「很多人都有一套理論。」

「我知道。可是妳怎麼想？」

她沒有馬上回答。的確許多人都有理論，當中大部分人很樂意跟你分享，比如異能者是人類演化的下一階段，或是某位神派來的懲罰，或者是外星人。也有人說他們是政府祕密計畫的實驗結果，甚至有人認為一切都是假的，他們運用科技假裝自己有超能力。

多數理論一碰到事實就會潰散，異能者都是正常人得到異能後變成的，他們不是外星人之類的東西。有很多可信的故事說某人的家庭成員得到了超能力，科學家們宣稱異能者的基因令他們大惑不解，不過我不太懂這方面的知識。何況大部分科學家不是已經死去，就是在替某位強大異能者工作。

反正很多傳言都很可笑，但這也阻止不了它們被口耳相傳。也許永遠都止不住吧。

「我認為他們是某種考驗。」梅根說。

我皺眉。「妳是說宗教上的考驗？」

「不是，和考驗信仰無關。」梅根說。「我說的是考驗我們得到異能後的模樣。擁有強大無比的力量，會對我們造成什麼影響？我們要拿它們怎麼辦？」

我抽了抽鼻子。「假如異能者就是我們得到能力後的例證，那麼沒有能力反而更好。」

她沉默下來。一會兒後，我聽到另一個奇怪的聲響：口哨聲。

我轉身，訝異地看見柯迪沿著走廊走過來。他獨自一人，這表示他把用來運送補給的運貨機車停在車棚裡。他的槍掛在肩上，頭戴著迷彩帽，上面據說繡著他的蘇格蘭家徽。他對我們壓下帽緣致意。

「所以……我們在開派對啊？」他好奇發問，察看手機。「下午茶時間到了嗎？」

「茶？」我問。「我從來沒看過你喝茶。」

「我通常吃炸魚條跟薯片，」柯迪說。「英國的美食。你們這些臭美國佬才不懂。」

這話似乎有點不太對，但我知道的事不夠多，沒辦法戳破他。

「幹嘛愁眉苦臉啊？」柯迪跳到箱子上坐在我們身邊。「你們看起來好像兩個淋了一整天雨的浣熊獵人。」

哇，我為什麼就想不出這種好比喻？我心想。

「我跟教授吵架了。」梅根嘆口氣說。

「又吵啦？我還以為你們早就和好了呢。這次又是怎樣？」

「我不想提。」

「好吧，沒關係。」柯迪掏出一把長獵刀開始修指甲。「夜影在城裡出沒，到處都有人回報看見他，說他穿過牆察看混混跟小異能者的巢穴，害得大家提心吊膽。」

「很好，」我說。「這表示鋼鐵心認眞看待威脅。」

「也許吧。」柯迪說。「有可能。他還沒有對我們留給他的戰帖提過半個字，夜影只是不停檢查普通百姓。鋼鐵心一定懷疑有人想惡整他，亂掀他的蘇格蘭短裙。」

「我們應該攻擊夜影，」我說。「我們現在曉得他的弱點了。」

「或許是個好主意。」柯迪說著從他的腰包掏出一個細長的裝置扔給我。

「這是什麼?」

「紫外線手電筒,」他說。「我找到賣這東西的地方。至少有賣紫外線燈泡。我把它們裝進手電筒,給我們弄了幾支。最好未雨綢繆,免得被夜影偷襲。」

「你覺得他會來這裡嗎?」我問。

「他總有一天會查來鋼鐵陵墓的。」柯迪說。「說不定已經開始了。有個容易防禦的基地對夜影沒差別,他只要直接穿牆趁我們睡覺時勒死我們。」

還眞是愉快的念頭啊。我不禁發抖。

「至少我們現在有能力對抗他。」柯迪撈出另一個手電筒給梅根。「但是我覺得我們仍然準備得不夠充分。我們還是不知道鋼鐵心的弱點。如果他眞的迎戰綠光怎麼辦?」

「蒂雅會找到答案,」我說。「她有很多線索能調查銀行金庫裡的東西。」

「那熾焰呢?」柯迪說。「我們甚至還沒開始計畫怎麼對付他。」

熾焰是鋼鐵心的另一名高等異能者保鑣。梅根看著我,顯然很好奇我會說什麼。

「熾焰不會是問題。」我保證。

「你之前把整個計畫扔給我們時就這麼說,可是你沒提到原因。」

「我跟蒂雅提過,」我說。「熾焰不是你們想像的那樣。」我對這點相當有把握。「來吧,我弄給你們看。」

柯迪挑起一邊眉毛,但是在我爬回通道時跟了上來。教授已經看過我筆記裡的內容,雖然我不確定他買不買帳。我知道他正準備召開會議討論熾焰跟夜影，但我也知道他在等蒂雅的研究結論，然後才願意深入計畫。假如她沒找到如何殺死鋼鐵心的解答，那麼其他事情都無所謂了。

我不願意面對這種結果，只因爲我們不曉得他的弱點就放棄……感覺好像在「工廠」抽籤吃甜點，結果發現你的號碼只差一號。可是那也不重要，因爲彼得已經溜進廚房偷走甜點，所以沒人吃得到，甚至彼得也沒得吃，因爲一開始根本就沒有甜點。好吧，至少大概是這樣。我仍得改進這個比喻。

我爬上通道後把柯迪帶往擺放筆記的箱子前面，我翻了幾分鐘後，注意到梅根也跟了上來，臉上的表情深不可測。

我抓起熾焰的檔案夾，拿到桌上攤開幾張照片。「首先，你們知道熾焰的哪些事？」

「火焰異能者，」柯迪指著一張照片，上面是個以火組成的男人，渾身溫度高到使身邊的空氣扭曲。沒有照片能拍下熾焰的五官細節，因爲他的臉也是火焰構成的，事實上，在我掏出的每一張相片中，他都亮得令影像失眞。

「他有標準火焰異能者的能力，」梅根說。「能化身成火焰。事實上他幾乎都會維持火焰形態。他能飛行，能用手丟擲火焰，能操縱既有的火源。他可以在周圍製造出強大的熱牆，足以融化子彈，雖然子彈就算沒融化也大概傷不了他。都是火焰異能者的基本異能組合。」

「太基本了。」我說。「每個異能者都有獨特的地方，沒有人具備完全相同的異能。這是第一個讓我起疑的地方。另一個線索在這裡。」我敲敲那一系列照片，3每張都是在不同日子拍下的熾焰，大部分都跟鋼鐵心及其隨扈在一起。夜影雖然時常出任務，熾焰卻通常會待在鋼鐵心附近當第一線保鑣。

「你們有發現嗎？」我問。

「發現什麼？」柯迪問。

「這個。」我指著其中一張照片裡的一個男人，跟鋼鐵心的士兵站在一塊。這人身形纖瘦，鬍子刮得很乾淨，身穿筆挺西裝、戴著墨鏡，頭上用一頂寬帽子遮住臉。我指著下一張照片，同一個人也在場，其他每一張照片裡亦然。他的臉在其他照片都很難辨認，那些相片沒有對焦在他身上，帽子與墨鏡也總是遮住臉孔。

「每次熾焰出現，這個人一定在場，」我說。「太可疑了。他是誰？又在那邊做什麼？」

梅根皺眉。「你想暗示什麼？」

「來，」我說。「看看這些。」我拿出五張一組的照片，是在短時間內連續拍攝的。場景是鋼鐵心與一列手下正飛過城市。他有時會這麼做，雖然看起來像是要去辦什麼正事，不過我猜這其實只是他的遊行方式吧。

夜影與熾焰跟著他，飛在離地十呎高的地方。下面有一長列車輛，像是軍事車隊，我看不清楚車隊裡的任何臉孔，不過我懷疑那位可疑男子也在其中。

五張照片裡，有四張拍到三位異能者並肩飛行，而其中一張，也就是連拍最中間那張，熾焰的形體卻變成模糊和半透明的了。

「熾焰可以像夜影一樣變成非實體？」柯迪猜測。

「不是。」我說。「熾焰不是眞的。」

柯迪訝異眨眼。「什麼？」

「他不是眞的，至少不是我們想的那樣。熾焰是個極爲複雜、精巧的幻象。我認爲我們在那些照片裡看見的這個穿西裝與戴帽的男人才是眞正的異能者。他是個幻象異能者，能操縱光線製造影像，很類似折射光，只是等級強很多。眞正的熾焰和鋼鐵心策畫了這個假異能者，差不多就像我們捏造出綠光。這幾張照片拍到他分心的時刻，正牌異能者沒有專注在幻象上面，害它變得不穩定、差點消失。」

「假異能者？」梅根輕蔑地說。「那有什麼用？鋼鐵心才不需要這麼做。」

「鋼鐵心的心理很奇怪，」我說。「相信我。我敢說我是他的親信以外最了解他的人。如同亞伯拉罕所說，這個人狂妄自大，可是又是個偏執狂，他做的大部分舉動都跟鞏固權力、逼迫人們服從有關。他每天會換睡覺的地方，他爲何要那麼做？他不怕受傷不是嗎？因爲他有妄想症，害怕被人發現他的弱點。他毀掉整間銀行，因爲若不這麼做的話，我們就有可能得知他如何受傷的線索。」

「很多異能者都會這麼做。」柯迪說。

「那是因爲大多數異能者都一樣偏激。聽著，還有什麼辦法比讓潛在的刺客去對付一個根本不存在的異能者，更能讓他們措手不及的？如果他們都把時間花在盤算怎麼殺掉熾焰，結果卻碰上一個幻象異能者，就會完全沒有防備。」

「如果你是對的，那我們也會大吃一驚，」柯迪說。「幻象異能者很難對付。我眞討厭沒辦法相信自己的眼睛。」

「聽著，幻象異能者的論點不能解釋一切，」梅根說。「有紀錄說熾焰可以融解子彈。」

「熾焰先利用幻象讓子彈消失，再製造子彈融解後掉在地上的幻影。稍後鋼鐵心的一些嘍囉會在地上丟一些眞的融化的子彈。」我拿出另外兩張照片。「我有他們做這種事的證明。像這樣的檔案在我手中堆積如山，梅根，我很歡迎妳去翻閱。蒂雅同意我的看法。」

我從文件堆裡拿起另外幾張照片。「這個拿去。你們看，我們有熾焰『燒毀』建築的照片，這是我自己拍的。看到他怎麼投擲火焰的嗎？如果妳看下一組照片的牆壁焦痕，就會發現跟熾焰攻擊的位置不一樣。眞正的燒痕是一群工人在晚上弄的，他們把現場的人都趕走，所以我沒辦法拍下他們，但是隔天的跡象很明顯。」

梅根看起來非常不安。

「怎麼了？」柯迪說。

「眞的就像你說的，」她說。「他是幻象異能者。這種人很棘手，我只希望我們不必碰上這種異能者。」

「我覺得我們不必，」我說。「我已經想過了。雖然熾焰名聲響亮，但他似乎沒有那麼可怕。我找不到跟他明確有關的殺人紀錄，他也很少出手戰鬥，一定是因爲他很小心，希望別露出破綻。我在這些檔案夾裡有提到這些事實。等到熾焰一出現，我們只要射死製造幻象的人，也就這些照片裡的那個男人，然後他的幻象就全部會消失。這樣應該不難。」

「你也許猜對了幻象的事，」柯迪檢視另一組照片。「可是我不確定你懷疑的這個人眞的就是幻象來源。假如熾焰很聰明，他會創造幻象，然後讓自己隱形。」

「說不定他做不到，」我說。「不是所有幻象異能者都辦得到，就連最強大的也一樣。」我說。「不過你說得對。我們不能確定是誰製造出假熾焰，不過我還是認爲熾焰不會是問題。我們只要嚇倒他，設個陷阱揭穿他的幻象，等他被威脅露出原形時，我猜他就會逃之夭夭。就我所掌握的消息，他似乎是個膽小鬼。」

柯迪若有所思點頭。

梅根搖頭。「我覺得你太輕視他了。」她的語氣很憤慨。「如果鋼鐵心眞的騙倒所有人，那麼這位熾焰就會比我們以爲的還強。這讓我很不安，我不覺得我們能有所準備。」

「妳只是爲反對而反對，想找個理由取消任務罷了。」我不悅地說。

「我沒有這麼說。」

「妳嘴巴上沒說，但是——」

這時藏身處的入口傳來動靜，我轉身剛好看見蒂雅爬進來，穿著舊牛仔褲跟她的審判者夾克。她膝蓋髒兮兮的，滿臉微笑站直。「我們找到了。」

我心頭一陣雀躍，感覺像是全身傳過電流。「鋼鐵心的弱點？你們找到弱點了？」

「不是，」她的雙眼興奮得發亮。「可是這應該能帶我們找到答案。我找到那個了。」

「到底是什麼啊，蒂雅？」柯迪問。

「那座銀行金庫。」

第二十五章

「我之前聽你說你的故事時就開始思考這個可能性，大衛，」蒂雅解釋。整個審判者團隊跟著她爬下鋼鐵陵墓裡的一條隧道。「而且我越深入研究銀行，就越感到好奇。這當中有不尋常之處。」

「不尋常？」我問。審判者成員正縮在一起行動，由柯迪領頭，亞伯拉罕殿後。亞伯拉罕把原本的機槍換成類似的型號，只是沒有那麼多額外的配備。

有亞伯拉罕在背後，我感覺十分安心。如果有人試圖靠近我們，狹窄隧道裡的重機槍便會是他們的致命殺手。牆壁就像保齡球道兩邊的護欄，亞伯拉罕怎麼瞄準都能擊出一球全倒。

「挖掘工，」教授說，他走在我身邊。「他們被禁止開挖銀行原址的地底。」

「對，」蒂雅熱切地補充。「非常詭異。鋼鐵心幾乎不會給挖掘工任何指示，下層鋼鐵陵墓的混亂程度就能證明這點。他們瘋狂到難以控制。可是鋼鐵心特別堅持一條命令：銀行底下的地區不能碰。若不是大衛的描述，我也不會去多想。你說斷層那天下午抵達時，鋼鐵心已經把幾乎整間銀行大廳變成鋼了。斷層的能力分成兩部分——」

「對，」我興奮得忍不住插話。斷層就是在我逃走後，被鋼鐵心帶回來掩埋銀行的那個女異能者。「我知道。異能雙重性：把兩個二級異能合併成一個一級超能力。」

蒂雅笑了。「你有在讀我的分級系統筆記。」

「我想我們用同樣的名詞會比較方便，」我聳肩。「轉換起來對我不難。」

梅根看我一眼，嘴角露出一抹竊笑。

「幹嘛？」我問。

「書呆子。」

「我才不是——」

「專心點，孩子，」教授給了梅根一個嚴峻的眼神，後者的眼睛卻閃爍出一絲興味。「我恰好很欣賞書呆子。」

「我沒說我不喜歡呀，」梅根輕描淡寫地回答。「我只是每次看到有人急於撇清自己不是什麼類型的人，就覺得很有趣。」

隨妳便。我心想。斷層在蒂雅的分級裡是第一級，不具備無敵能力，所以她儘管強大，卻很脆弱。她自己應該曉得。她幾年前試圖爭奪新芝加哥的統治權時，根本毫無勝算。

總而言之，她是那種有數個小型能力的異能者，可以將能力合併成更強大的異能，乍看像是一種全新的能力。斷層的基礎能力是移動泥土，前提是泥土不能太硬，不過她也有辦法把普通石頭跟泥土變成某種沙屑。

而她看似能夠製造地震的本領，其實是先把地面變軟，然後再把泥土拉開。世上有真正能製造地震的異能者，不過很諷刺地威力比較弱，或者沒那麼有用。即使強大的地震異能者可以毀掉整座城市，卻也無法隨心所欲地埋住建築或人群。板塊構造學的運作規模實在太大，沒辦法精確運用。

「你還不懂嗎？」蒂雅熱切地問道。「鋼鐵心把銀行大廳，包含牆壁、大部分天花板和地板都變成了鋼，然後斷層弄軟地面使它沉沒。所以我開始想，也許它有可能——」

「有可能還在原地。」我輕聲說。我們繞過陵墓區一處轉角，接著蒂雅往前走去，搬開某塊廢棄的金屬塊露出一條通道。我已經練習到可以看出碎震器挖掘的成果。碎震器除非精準控制，不然總是會鑽出圓形通道，而挖掘工挖出的都是方形或矩形走廊。

這條通道稍微往下伸入鋼層，柯迪走過去，拿手機燈往裡面照。「好吧，我猜我們現在知道妳跟亞伯拉罕過去幾個禮拜到底在幹嘛了，蒂雅。」

「我們嘗試了好幾條路靠近，」蒂雅解釋。「我不確定銀行大廳陷得有多深，甚至結構是否完好。」

「有完好嗎？」我問，突然感覺到一股奇特的麻痺感。

「有！」蒂雅興奮說。「非常驚人。進來看看吧。」她帶路穿過通道，通道高得能讓人走進去，雖然亞伯拉罕得彎腰。

我猶豫停下腳步，但是其他人等著我前進，所以我強迫自己走到蒂雅身邊。其他人跟在我背後，四周漆黑一片，只有我們的手機提供照明。

不對，等等，前面有光線。因爲被蒂雅修長的身影擋住，我幾乎看不出來是什麼，直到我們走到通道末端，接著我就一腳踏進了記憶裡。

蒂雅在角落跟桌上放了幾盞燈，但這些燈只能在龐大、黑暗的房間裡投射出鬼魅般的微弱光線。房間歪成某個角度，地板往下傾斜，歪斜視角強化了這地方的超現實感。

我在通道口停下腳步，這裡就跟我記憶中一模一樣，保存完好得教人吃驚。已經變成鋼的高大梁柱，還有凌亂四散的辦公桌、櫃檯及瓦礫。我仍能看見地上的馬賽克磚，雖然只剩形狀能辨認，而從前的大理石與石頭早就變成一致的銀灰色，有些破裂突起。

這裡幾乎沒有灰塵，雖然空氣中飄著一些塵埃，在蒂雅放的提燈周圍形成微小光暈。

我發現自己呆站在通道口，趕緊走進房間。*噢，星火啊……*我心想，感覺胸腔一陣緊繃。我知道現在沒有危險，卻仍忍不住抓緊步槍。當年的恐怖回憶一股腦全湧進腦海。

「事後想想，」蒂雅正在解釋，我只有用一半的注意力聽。「大廳保存得這麼完好，我其實不應該覺得訝異。斷層讓房間沉沒時製造出某種泥土緩衝墊，鋼鐵心又幾乎把所有泥土變成了鋼。建築裡其他房間在他攻擊銀行時就毀了，然後在建築沉沒時從結構上折斷。但是很諷刺的是，這個大廳和相連的金庫卻被鋼鐵心自己的能力保存下來。」

我們進入銀行的地方很湊巧地就是正門，這裡以前有著寬敞又美麗的玻璃旋轉門，卻被槍火和能量光束毀掉。地上兩邊躺著鋼鐵瓦礫，以及死於奪命手指手中的受害者骨骸。我往前走，踏上鋼鐵心當年進入建築的路線。

*這些是櫃檯。*我看著正前方心想。*出納員工作的地方。*有一塊櫃檯毀掉了，當時還小的我就是爬過這個缺口躲進了金庫。不遠的天花板破裂變形，但金庫本身在鋼鐵心出手前就已經是鋼造的。現在我回想起來，這或許有助於保存金庫裡的物品，因爲他把東西轉成鋼的能力會被鋼擋住。

「多數瓦礫是天花板塌陷時掉下來的。」蒂雅的聲音在房間裡迴盪。「我和亞伯拉罕盡可能掃乾淨。很多泥土自破裂的牆壁跟天花板流瀉進來，塡滿金庫旁邊的大廳角落。我們用碎震器分解變成鋼的泥土堆，然後在地板角落鑽出通到建築底下的空隙，接著把灰掃下去。」

我走過三階樓梯來到比較低的地板，鋼鐵心就在大廳中央這兒跟奪命手指面對面。這些人是我的……我下意識左轉，找到靠在柱子旁邊的那個女人屍體，她懷裡抱著死去的嬰兒。我感到一陣戰慄。她已經成了一座鋼質雕像。她是什麼時候死的？怎麼死的？我不記得了。被流彈打中嗎？她一定是在銀行被毀之前死去才會變成鋼。

「眞正保住這地方的原因是『大轉變』。」蒂雅繼續說。「鋼鐵心把城裡所有東西都變成鋼。如果他沒有這麼做，泥土就會灌滿整個房間。除此以外，重新埋在建築上面的土壤也可能會壓垮天花板，但是大轉變把房間裡剩下的東西變成鋼，連周圍的泥土也不例外。他等於是把房間嵌在坑洞裡封起來，就像卡在結凍池塘中間的小石頭。」

我繼續前進，直到能看見我躲藏過的那個讓人感覺枯燥的貸款小隔間，如今窗板已經變成不透明的了，但我還是能從門口看進去。我走進隔間，用手指摸桌面。隔間似乎比我記憶中的還小。

「保險檔案的結論不夠明確，」蒂雅繼續說。「但是裡面的確有銀行申請理賠建築本身的地震險文件，不曉得銀行業主是不是眞的認爲保險公司會賠償這種損害。不過當然，那時人們還不是那麼了解異能者。反正，這使我決定調查跟銀行被毀有關的檔案。」

「所以才把妳引來這裡？」柯迪問。他一邊在房間四周察看，黑暗中傳出他的嗓音。

「其實沒有。我找到了有意思的東西：掩飾檔案的跡象。這解釋了我爲何在保險檔案裡找不到任何相關資料，或者爲何找不到金庫物品的清單，因爲鋼鐵心的人已經收集這些資訊並且藏匿起來。我們唯一的機會就是親自拜訪銀行，而鋼鐵心認爲銀行被埋在搆不到的地方。」

「這樣認定很合理，」柯迪若有所思地說。「沒有碎震器或類似挖掘工的那種異能，想來這裡就幾乎不可能。不然你要怎麼鑽過五十呎的實心鋼？」挖掘工一開始都是普通人類，他們的能力來自一個叫作掘場的異能者，他跟匯流一樣是個異能賦予者。但是……挖掘工們的下場很糟。很顯然，不是所有異能都應該賦予給凡人使用。

我仍站在隔間裡，貸款行員的骨骸散落在辦公桌附近的地上，半埋在一些瓦礫裡，如今全都變成金屬。

有一件事我根本不想看，可是我非看不可。我必須看。

我轉過身。有那麼一會兒，我分不清楚當下與昔日的場景：我父親就站在那兒，滿臉堅毅地舉槍捍衛一位怪物……四周盡是爆炸、叫喊、塵土、慘叫跟火焰。

恐懼瀰漫。

我眨了眨眼感到戰慄不已，用手扶著隔間的鋼牆，房間瀰漫著灰塵跟歷史的氣息，但我覺得我也能嗅到血的氣息。我感覺能聞到恐懼。

我離開隔間，走向鋼鐵心當年站著的地方，他就在那裡握著一把簡單的手槍，伸長手瞄準了我父親。砰。就這樣一槍。我記得自己聽到槍響，卻不曉得我的大腦怎麼會產生這種感受，畢竟我當時已經被爆炸震得聽不見任何聲音。

我跪在柱子旁邊，我面前所有東西被一堆銀色瓦礫蓋住，但是我有碎震器。其他人繼續交談，我不再理會他們，話語只成了嗡嗡的背景雜音。我套上碎震器把手往前伸，然後開始非常小心分解掉瓦礫。

我沒花多少時間，那些瓦礫其實是一整塊天花板。我毀掉阻礙後定住不動。

他就在那裡。

我父親靠在柱子上，頭歪向一邊，子彈形成的傷口在T恤上凍結成鋼質皺摺。他仍睜著眼睛，看起來好像極為細緻的雕像，連皮膚紋理也一清二楚。

我瞪著我父親，麻木得無法動彈，甚至沒辦法把手放下。過了十年的歲月，看見熟悉的面孔幾乎令我無法承受。我沒有我母親的照片，我從銀行倖存下來那天不敢回家，雖然鋼鐵心不可能知道我是誰，但當時我害怕被追殺的妄想太深，也受到過度創傷。

看見我父親的臉，當年的記憶都湧了上來。他看起來……好正常，是那種多年來再也見不到的正常。世界早就容不下這種正常了。

我用雙手抱住自己，但仍繼續看父親的臉。我沒辦法撇開眼神。

「大衛？」是教授的聲音。他跪在我身邊。

「我父親……」我小聲說。「他為了反抗付出性命，可是也為了保護鋼鐵心而死。現在我就在這裡，想殺掉他救過的人。真可笑不是嗎？」

教授沒回應。

「某方面而言，」我繼續說。「這都是他的錯。奪命手指本來要從背後殺死鋼鐵心的。」

「不會管用的，」教授說。「奪命手指不曉得鋼鐵心有多強。當時沒人知道。」

「我想也是。可是我父親好愚蠢，他居然不相信鋼鐵心是壞蛋。」

「你父親相信人性最良善的一面，」教授說。「你當然可以說這是愚行，但我絕不會說那是錯的。他是個英雄，孩子，他挺身殺了奪命手指，一位恣意殘殺人民的異能者，雖然你父親也可能因此讓鋼鐵心逃過一劫……好吧，鋼鐵心那時還沒做過可怕的事，你父親不會預知未來。你不可能因爲將來可能發生什麼事就嚇得畏縮不前。」

我望著我父親死去的雙眼，發現自己忍不住點頭。「這就是答案，」我小聲說。「這就是你跟梅根爭論的問題的解答。」

「這不是她的答案，」教授說。「是我的。說不定也是你的。」他捏了捏我的肩膀，然後就走去加入其他審判者，他們都站在金庫附近。

我從來沒想過會再看到我父親的臉，我對那天的印象就是我當了大孬種，看見我父親求我快逃。我十年來的人生都只感受到一個強烈情緒：復仇的欲望。我想證明自己不是懦夫。

現在我找到他了，我望著那雙變成鋼的眼睛，明白我父親其實並不在意復仇，但他若有機會也會願意殺死鋼鐵心來阻止那些殺戮。因爲，你有時候就是得挺身幫忙英雄。

我站起來。不知爲何，我突然曉得銀行金庫跟裡頭的東西是假線索，它們跟鋼鐵心的弱點無關。一定是我父親，或是他身上的某件事。

我暫時拋下父親的遺體，加入其他人。「……我們非常小心打開金庫保險箱，」蒂雅正在說。「我們不想弄壞裡面可能有的東西。」

「我覺得這樣沒用。」我引來所有人的目光。「我覺得關鍵不在於金庫內容。」

「你自己說火箭炸開金庫後，鋼鐵心曾經盯著金庫看，」蒂雅說。「他的手下也拚命尋找、隱匿關於裡頭物品的清單。」

「我覺得他不懂自己是怎麼受傷的，」我說。「很多異能者一開始都不了解自己的弱點。鋼鐵心暗中要部下收集這些檔案和分析，這樣他才能釐清弱點是什麼。」

「所以他說不定在裡面找到了答案。」柯迪聳聳肩說。

我懷疑地挑起一邊眉毛。「如果他在金庫裡找到能讓他消除無敵狀態的東西，你覺得這地方還會保留下來嗎？」

其他人沉默下來。不，那樣一來金庫就不會存在了，鋼鐵心會挖開地面毀了這地方，不管有多困難都一樣。我越來越肯定削弱他的不是某樣物品，而是當時情況的某個條件。

蒂雅的臉垮下來，她大概很希望我能早點提起，這樣她就不用花好幾天開挖了。可是我也沒辦法，因為之前沒有人告訴我她在做什麼。

「好吧，」教授說。「我們要搜索金庫。大衛的理論有道理，但也有可能是這裡的東西削弱他。」

「我們眞的能有所收穫嗎？」柯迪狐疑地問。「所有東西都變成鋼了。要是東西都黏在一起，我不知道還能不能辨識。」

「有些東西可能還保留原貌，」梅根說。「事實上可能性很大。鋼鐵心的轉變異能會被金屬隔開。」

「什麼？」柯迪問。

「被金屬隔開，」我重複。「鋼鐵心會發出……某種轉變波，邊前進邊改變非金屬物質，像音波掃過空氣或波浪穿過水池。如果轉變波碰到金屬，尤其是鐵或鋼，就會被擋住。他能影響其他金屬，但是波動會傳遞得很慢。鋼的阻擋效果是百分之百。」

「所以這些保險箱……」柯迪說著走進金庫。

「可能隔離了內容物。」梅根替他說完跟著踏進去。「有一些一定會受到影響。轉變波威力很強。但我認爲我們說不定能找到一些東西，畢竟金庫本身就是金屬，等於是主要絕緣體。」她回頭看，發現我在看她。「幹嘛？」她厲聲問。

「書呆子。」我說。

想不到她竟然臉紅了，紅得發燙。「我之前有研究鋼鐵心。因爲我們得踏進新芝加哥，所以我想熟悉他的能力。」

「我又沒說是壞事。」我輕描淡寫地說，走進金庫舉起碎震器。「只是指出這點而已。」

我這輩子第一次覺得被人瞪的感覺眞棒。

教授輕聲笑了。「好了，」他說。「柯迪、亞伯拉罕、大衛，你們三個把保險箱的正面分解掉，但是小心，別破壞內容物。蒂雅、梅根和我負責把它們取出來，找找看有什麼有趣的東西。我們幹活吧，這得花上好一陣子了……」

第二十六章

「好吧，」柯迪伸長脖子看那堆寶石和珠寶。「就算這件事是白忙一場，至少我們這輩子不愁吃穿了。我倒是能接受這種失敗。」

蒂雅無法苟同地哼了聲，翻找著珠寶堆。我們四個——包括教授在內——坐在其中一個隔間的大辦公桌周圍，梅根和亞伯拉罕則站崗監視通往銀行大廳的通道。

房間有種神聖的感覺，好像出於未知原因得對這裡懷抱著敬意，我認爲其他人一定也有相同感受。成員們壓低聲音交談，唯獨柯迪沒有。他舉起一顆大紅寶石時試圖翹起椅子的腳，只不過鋼椅已經被固定在地板上了。

「這以前能讓你變成富翁，柯迪，」蒂雅說。「但是你現在想變賣都難了。」

這點沒錯。如今珠寶一文不值，有幾個異能者就能創造寶石。

「也許吧，」柯迪說。「可是黃金還是標準交易貨幣啊。」他搔搔頭。「只是我不確定原因。金子不能吃，大部分人卻還是對黃金這麼著迷。」

「人們熟悉黃金，」教授說。「金子不生鏽、容易塑形又很難僞造。沒有異能者會製造黃金。還沒有。人們得找辦法交易，尤其是跨過國家或城市邊界來買賣。」他觸碰著一條金鍊。

「柯迪其實說得沒錯。」

「眞的啊？」柯迪臉上十分訝異。

教授點頭。「無論我們要不要對付鋼鐵心，我們在這邊找到的金子就多到能讓審判者再撐好幾年。」

蒂雅把她的筆記本放在桌上，心不在焉地拿筆敲擊。我們在另一個貸款隔間的桌上排列在金庫找到的東西，保險箱裡大概四分之三的物品都維持原狀，可以取出來。

「我們找到最多的是遺囑，」蒂雅打開一罐可樂。「以及股票、護照、駕照影本……」

「我們想要的話可以僞造出一整城的虛構人口。」柯迪說。「想想看這樣會有多好玩。」

「至於第二多的物品，」蒂雅不理柯迪繼續說。「是前述的珠寶，有的有價值，有的沒價值。假如有東西能影響鋼鐵心，那麼就數量而言，這是最有可能削弱鋼鐵心的物品。」

「可是並不是。」我說。

教授嘆氣。「大衛，我知道你雖然——」

「我是說，」我硬生生打岔。「弱點來自珠寶這點說不通。鋼鐵心沒有攻擊其他銀行，他也沒有做任何直接或間接的行爲禁止人們在他面前穿戴珠寶。珠寶首飾在異能者身上很常見，要是眞的造成影響，他一定會採取行動。」

「我同意，」蒂雅說。「但我只同意一部分。我們可能是錯過了什麼線索。鋼鐵心以前就以手段狡詐出名，說不定他暗中禁止了某種珠寶買賣。我會調查看看，但我認爲大衛說得沒錯。假如眞的有東西能影響鋼鐵心，比較有可能是金庫裡的普通物品。」

「裡面有多少這種東西？」教授問。

「超過三百件，」蒂雅忍不住垮下臉來。「大多是紀念物或紀念品，本身沒有價值，理論上都有可能是我們在找的目標。但也有可能是房間裡某人身上佩戴的東西，或者就像大衛認爲的，是情境中的某個條件。」

「異能者的弱點極少跟某種世俗物品有關。」我聳聳肩說。「除非金庫裡的某樣物品能散發某種輻射、光線或聲音，而且這種物質眞的能觸碰到鋼鐵心，不然關鍵不太可能是保險箱裡的東西。」

「妳還是檢查看看這些物品吧，蒂雅，」教授說。「也許我們可以跟鋼鐵心當時在城內做的事進行交叉比對。」

「那黑暗呢？」柯迪問。

「你說夜影創造的黑暗？」

「是啊，」柯迪說。「我一直覺得很奇怪，他幹嘛老是把新芝加哥弄得這麼暗。」

「可能是爲了夜影自己吧，」我說。「他不希望被陽光照到後變成實體，如果這是夜影的交換條件，藉此讓他服侍鋼鐵心，我也不會訝異。夜影可以享受黑暗，鋼鐵心的政府則提供基礎設施——食物、電力、遏止犯罪——來補償永夜的缺點。」

「我想這解釋得通，」柯迪說。「夜影需要黑夜，但他也需要一座能讓他發揮異能的好城市。有點像吹笛人[1]需要一座好城市讓他表演，這樣他才能站在懸崖上盡情吹奏笛子。」

「呃……吹笛人？」我問。

1 典出德國民間故事的《花衣魔笛手》。

「噢，拜託，別讓他又長篇大論起來。」蒂雅伸手拍了拍腦袋。

「風笛手呀。」柯迪說。

我茫然看向他。

「你沒聽過什麼叫風笛手？」柯迪錯愕地問道。「風笛手跟蘇格蘭短裙和紅腋毛一樣是蘇格蘭特產欸！」

「呃……我應該說眞噁心？」我說。

「我受夠了。」柯迪說。「鋼鐵心非得被打倒不可，這樣我們才能教導小孩正確的知識。這是在侮辱我們國家的尊嚴！」

「很棒。」教授說。「我眞欣慰我們終於有合適動機了。」他心不在焉地敲敲桌子。

「你在擔心某件事。」蒂雅說。她好像把教授的心思摸得很透。

「我們越來越接近公開衝突了。如果我們繼續這樣走下去，遲早得引鋼鐵心出來，可是我們沒有能力對抗他。」

桌旁眾人安靜下來。我抬頭看著高聳的天花板，房間內的貧弱白燈只能將光線射進房間最遙遠的角落，大廳裡又冷又寂靜。「我們能抽身的最晚時機是什麼時候？」

「嗯，」教授說。「我們可以引誘他現身對付綠光，但是我們不出現。」

「這麼做可能會有點好玩，」柯迪評論。「我覺得鋼鐵心應該很少被放鴿子。」

「他被羞辱的反應恐怕不會太好，」教授說。「審判者現在不過是根小芒刺，有點惱人罷了。我們只在城內出擊過三次，從沒殺過他組織裡的要角。假如我們逃跑，我們之前做的事就會洩露出去。我和亞伯拉罕已經安插了證據，能證明我們是幕後的主使者，這樣一來若計畫成功，才能確保歸功給凡人，而不是哪位異能者。」

「所以假如我們閃人……」柯迪說。

「鋼鐵心就會知道綠光是假的，而且審判者試圖殺他。」蒂雅說。

「唔，」柯迪說。「反正大多數異能者早就想殺我們了，所以多一個大概也沒差別吧。」

「這樣更糟，」我仍抬頭看天花板。「他殺了救援人員欸，柯迪。他很偏執。他要是發現我們在打什麼主意，一定會主動獵捕我們。他若知道我們嘗試攻擊他……還有在研究他的弱點……絕對不會善罷甘休。」

陰影晃動，我低頭發現亞伯拉罕走進我們的隔間。「教授，你要我時間一到就通知你。」

教授看手機，然後點頭。「我們應該回藏身處去了。所有人拿個袋子把我們找到的東西裝進去，我們回到更安全的環境再整理它們。」

我們從椅子上站起來，柯迪則對倒在這間隔間牆上的死去銀行顧客拍拍腦袋，這人已經凍結成鋼。他們走掉以後，亞伯拉罕把某物放在桌上。「大衛，這個給你。」

是一把手槍。「我不是很會用……」我打住。槍看起來很眼熟。是那把槍……我父親撿起來的槍。

「我在你父親旁邊的瓦礫堆找到的，」亞伯拉罕說。「轉變異能使握把跟槍身變成了金屬，但多數零件本來就是完整的鋼。我抽掉彈匣，將槍膛清乾淨，滑套跟扳機也還能運作。我得回基地徹底檢查才能完全確定可以用，不過我認爲能正常操作的機會很大。」

我拿起槍。這就是殺死我父親的武器，握在手上感覺好不對勁。但是據我所知，這也是目前唯一傷害過鋼鐵心的武器。

「我們不確定是不是槍的某種特質讓鋼鐵心受傷，」亞伯拉罕說。「所以我想應該好好研究。我會幫你拆開清理，檢查彈藥，子彈應該都還能用，雖然要是彈殼沒擋住轉變波，可能必須更換子彈火藥，但檢查過後若沒問題，你就可以帶著。你有機會拿它射殺鋼鐵心。」

我感激地點頭道謝，跑去拿個袋子，把我們找到的東西裝起來運走。

「蘇格蘭風笛的樂音是你聽過最神奇的聲音，」我們沿走廊走回藏身處時，柯迪對我解釋，一邊張開手比畫。「強大、軟弱又天籟般的組合。」

「聽起來像垂死的貓被塞進攪拌機。」蒂雅跟我說。

柯迪一臉愁容。「是呀，那是多麼動聽的旋律啊，姑娘。」

「所以等一下，」我舉起一根手指打岔。「你說這些風笛的製作方式……就像你說的那樣?你得親手殺一條小龍，一條眞正的龍，不是神話中的那種龍，這些龍直到今天還住在蘇格蘭高地?」

「是，」柯迪說。「重點是抓隻小的。大隻的太危險了，你懂吧，他們的膀胱又做不出好風笛。可是你得親手屠龍，風笛手非得殺掉自己的龍不可。這是習俗的一部分。」

「然後，」我說。「你得把膀胱挖出來，然後接在……你說什麼來著上面？」

「雕成風笛管的獨角獸角。」柯迪說。「我是說，你是可以用沒那麼稀有的東西來做，比如象牙，可是想吹奏出最純粹的聲音就必須用獨角獸角。」

「眞棒啊（delightful）。」蒂雅說。

「選了這麼優雅的詞彙，」柯迪說。「當然囉，這個詞是從蘇格蘭語來的。『del』來自達爾芮亞塔（Dál Riata）[1]，傳說中偉大的古代蘇格蘭王國。其實我認爲偉大的風笛曲都是源自那個時代。『*Abharsair e d'a chois e na Dùn Èideann*。』」

「呃……什麼？」我問。

「*Abharsair e d'a chois e na Dùn Èideann*，」柯迪說。「一段詩意十足的漂亮名字，很少會被翻譯成英文——」

「這是蘇格蘭蓋爾特文，意思是『惡魔踏上愛丁堡』。」蒂雅挨近我低語，不過仍刻意維持可以讓柯迪聽見的音量。

柯迪難得措手不及。「原來妳會說蘇格蘭蓋爾特語呀，姑娘？」

「不會，」蒂雅說。「但是你上次講這故事的時候，我就去查了。」

「呃……眞的啊？」

「對。雖然你的翻譯不甚正確。」

1 Dál Riata是實際存在的王國，在西元六到七世紀涵蓋蘇格蘭西岸與愛爾蘭東北岸。

「噢，好吧。我就說妳腦筋很好嘛，姑娘，真的很聰明。」他對著手掌咳嗽。「啊，你們看，我們到基地了。我晚點再繼續講故事。」前方的其他人已經抵達藏身處，柯迪匆忙趕過去，跟著梅根爬上通道。

蒂雅搖搖頭，跟我一起走進通道。我最後一個進去，確定把遮住入口的電纜跟電線放回原位，然後打開隱藏的動作感應器，若有人闖進來就會警告我們，接著我爬上通道。

「……就是還不知道，教授，」亞伯拉罕正在輕聲說。「我就是不曉得。」

他和教授兩人整段路都走在最前面低聲交談，這時我靠過去想聽他們在說什麼，蒂雅卻刻意按著我肩膀，把我拉開。

「所以，」等到我們全部聚在主桌周圍時，梅根交叉雙手說。「現在是怎麼回事？」

「亞伯拉罕不喜歡傳聞的發展方向。」教授說。

「大眾的確接受我們散布的綠光謠言，」亞伯拉罕說。「他們嚇壞了，我們攻擊發電廠也確實收到效果，全市各處輪流停電。但是我看不出鋼鐵心本人有中計的跡象。執法隊開始掃蕩地下街道，夜影在城內四處搜索。我從線人聽到的消息都說鋼鐵心在找一群反叛份子，不是在找敵對異能者。」

「那我們就猛烈出擊！」柯迪熱血地說，交叉著雙臂靠到通道旁邊的牆上。「再多殺掉幾個異能者。」

「不行，」我堅定地說，想起之前跟教授的對話。「我們得更專注在目標上。我們不能隨便挑異能者下手，我們得學著像想要奪取城市的異能者思考。」

教授點頭。「我們每攻擊一次，卻沒有讓綠光公開現身，只會加深鋼鐵心的疑心。」

「我們要放棄？」梅根聲音裡流露一絲渴望，雖然她明顯想要掩飾。

「絕不。」教授說。「也許我仍會決定退出計畫，假如我們對鋼鐵心的弱點掌握不足，我或許會同意。可是還沒走到那種地步。我們要繼續這個計畫就得做件驚天動地的大事，搭配綠光的登場。我們得傾巢而出打擊鋼鐵心，把他惹惱，把他逼出來。」

「那我們接下來要做什麼？」蒂雅問。

「是時候殺死匯流，」教授說。「一舉摧毀執法隊。」

第二十七章

匯流。

從許多方面來看，他都是鋼鐵心統治權力的骨幹，即使跟熾焰與夜影比起來，他也是個極度神祕的人物。

我手邊幾乎沒有匯流的照片。少數我花了大錢買來的相片中，上頭的人影模糊不清，我甚至不確定他是否眞的存在。

廂型車轟隆駛過新芝加哥的黑暗街道，車內悶得教人窒息。我坐在前座，梅根開車，柯迪和亞伯拉罕坐在後座。教授開不同的車走在前面，蒂雅則留在基地支援，監看城內街道的監視影像。今天很冷，廂型車上的暖氣壞了，亞伯拉罕還沒修好。

教授稍早的話在我腦海裡迴盪：我們曾經考慮過攻擊匯流，但是認定太危險，所以放棄了構想。現在其實一樣危險，只是我們沒有回頭路了，沒理由不進行計畫。

匯流眞的存在嗎？我的直覺說有。差不多就像熾焰是虛構的那樣，匯流身邊的跡象總合起來就成了某種線索，指出一位強大但脆弱的異能者。

鋼鐵心讓匯流四處調動。教授先前說。永遠不讓對方在同一地點待太久。但是匯流移動的方式有跡可循，他經常搭乘一台附有裝甲的禮車，有六名守衛跟兩輛摩托車護送。我們只要監控這輛車，趁匯流搭車換地點時在路上突襲他。

隱藏在這個事實底下的線索是：鋼鐵心即使靠發電廠，也生產不出足夠的電力供應城市，可是他居然能做出那些燃料電池。機甲本身沒有動力源，很多直升機也沒有。執法隊有位高階成員直接提供能量給這些機械的事實並不是祕密，早就人盡皆知。

匯流就在外頭。這位賦予者能把能量轉換給車輛機具使用、灌滿燃料電池，甚至點亮一大片城市的照明。他威力極強，但不會超過夜影或鋼鐵心的能耐。這些最強大的異能者有他們自己衡量力量的標準。

廂型車一陣搖晃，我抓緊步槍。先前我刻意將槍身壓低，打開保險，並且讓槍口指著車門，這樣外面的人看不見，但是又能迅速舉起來使用。都是爲了以防萬一。

蒂雅今天觀察到匯流搭乘的那種禮車車隊，所以我們緊急出動，由梅根載著我們和匯流的禮車會合。梅根的雙眼一如往常專注，但今天卻格外不安。不是害怕，也許……只是擔心？

「妳覺得我們不應該做這件事，對不對？」我問。

「我已經講得很清楚了，」梅根鎮靜地說，兩眼直視前方。「我們沒有必要打倒鋼鐵心。」

「我說的是匯流，」我說。「妳很緊張。妳通常不會這麼緊繃。」

「我只是覺得我們對他了解太少，」她說。「我們不應該對付連照片都沒有的異能者。」

「可是妳眞的很緊張。」

她繼續開車，眼看前方、雙手緊握方向盤。

「沒關係，」我說。「我也覺得自己像麥片粥做的磚塊。」

梅根看了我一眼，皺起眉頭，廂型車前座陷入一片沉寂，然後她開始放聲大笑。

「不是，不是，」我連忙說。「這很合理！聽著，磚塊應該很堅固對吧？可是要是有一塊磚塊是用麥片粥做的，周圍其他磚頭都不曉得，這塊磚頭就會坐在那邊心想其他磚塊都很堅固，唯獨自己很脆弱。當這塊磚塊被砌到牆上時就會被壓扁，害慘了大家，可能還會讓麥片粥跟黏磚頭的泥漿混在一起。」

梅根笑到停不下來，我試著辯解，結果自己也忍不住笑了。我從來沒聽過她眞正笑過，不是那種咯咯笑或嘲弄冷笑，而是眞實的大笑。等到她終於控制住情緒，已經笑到流眼淚，我想她沒有失控撞上電線桿眞的是我們走運。

「大衛，」她邊喘氣邊說。「我覺得這是我在任何人口中聽過最荒唐的事。放肆又古怪的荒唐話。」

「呃……」

「星火啊，」她呼口氣說。「我正需要這種調劑。」

「眞的？」

她點頭。

「那我們……我們可不可以假裝我沒說過這句話？」

她滿臉笑容地看著我，雙眼發亮。她仍然緊繃，不過沒那麼嚴重了。「當然好，」她說。

「我的意思是，爛雙關語也是某種藝術對吧？爲什麼爛比喻就不行？」

「沒錯。」

「要是爛比喻是門藝術，你就是藝術大師了。」

「唔，」我說。「其實這種比喻行不通，因爲太直白了。我應該會是空戰英雄飛行員之類的。」我歪頭。「這也有點太好懂了。」星火啊，要故意講爛比喻還眞難。我發現這眞的很不公平。

「你們在前面還好嗎？」柯迪在我耳邊說。廂型車就像工作車，前後座用金屬板隔開，上面有個小窗戶，但是柯迪喜歡透過手機跟我們通話。

「我們沒事。」梅根說。「只是在聊抽象對話還有語言學的排比句。」

「你沒興趣的啦。」我對柯迪說。「主題跟蘇格蘭佬沒關係。」

「嗯，」柯迪說。「在我們國家的母語裡啊……」

我跟梅根看彼此一眼，然後伸手到手機關掉柯迪的頻道。

「等他囉嗦完了再告訴我，亞伯拉罕。」我對我的手機說。

亞伯拉罕在頻道另一邊認命嘆氣。「有人要跟我換位置嗎？我的確很想把柯迪的頻道關掉呢，可惜坐在他旁邊就難囉。」

我咯咯笑了，然後看向梅根，她仍然咧嘴笑著。看到她的笑容，讓我感覺自己像是做了件偉大的事。

「梅根，」蒂雅對我們耳邊說。「繼續直線行駛。車隊還在路上前進，沒有轉向，你們應該再十五分鐘就會相遇。」

「收到。」

車外的街燈閃動，同時一棟公寓大樓裡的燈全部滅掉。又是限電。

城內目前還沒有人掠奪財物。執法隊巡邏街道，人們嚇得不敢亂來，甚至就在我們穿過一處十字路口時，我還看見一台大型機甲轟隆穿過一條小巷。這台十二呎高、手臂武器比機槍稍大的動力裝甲由一個五人基本執法小隊陪同。有個士兵手持顯眼的能量武器，上頭漆成鮮紅色當成警告，這玩意兒只消開幾槍便能剷平一棟建築。

「我一直很想開開看那種機甲。」我在我們繼續行駛時說道。

「那才不好玩。」梅根說。

「妳開過？」我驚訝地說。

「對啊。裡面很悶，而且反應遲鈍。」她猶豫一下後回答。「不過我承認，瘋狂掃射兩把旋轉機關砲能過足我們與生俱來的癮。」

「我們不如就把妳那些手槍換掉吧。」

「想得美。」她伸手拍拍手臂底下的槍套。「要是我被困在近距離戰鬥狀況怎麼辦？」

「妳可以用槍托敲他們，」我說。「如果敵人遠得打不到，身上有一把真的能命中目標的槍永遠更好。」

她邊開車邊瞪了我一眼。「步槍用起來太花時間。它們就是……不夠自然。」

「一個抱怨別人臨場應變的女人竟然這麼說。」

「只有你臨機應變時我才會抱怨，」她說。「這跟我自己應變不一樣。更何況不是所有手槍都打不準。你用過MT三一八嗎？」

「是好槍。」我不得不承認。「如果我必須帶手槍，我就會考慮帶把MT。問題是那玩意兒威力很弱，妳還不如拿子彈去扔別人，造成的傷害力可能一樣。」

「如果你槍法好，一把槍的威力如何其實無所謂。」

「要是妳槍法好，」我嚴肅地說，把手按在胸前。「妳用的可能就是步槍了。」

她哼了聲。「假如你有得選，你會挑哪把手槍？」

「詹寧斯點四四手槍。」

「『噴火式』手槍？」她不可置信地問。「那玩意兒的準確度就跟抓把子彈扔進火裡一樣低。」

「當然。可是如果我用手槍，表示有人已經殺到我面前了，我可能沒機會再補第二槍，所以我希望能快點擊倒敵人。在這種狀況下準確度就不重要，反正戰鬥距離會非常近。」

梅根只是翻了個白眼，搖搖頭。「你眞是無可救藥，你說服自己相信你的假設。手槍可以射得跟步槍一樣準，也能用在靠近中的目標。某方面來說，正因爲這樣比較難，所以眞正槍法好的人才用手槍防身。哪個愣仔都能拿步槍打中人。」

「妳不是眞的那個意思吧。」我抗議。

「我是這個意思沒錯，而且開車的是我，所以我說爭論到此結束。」

「可是……妳的說法不合邏輯啊！」

「誰說要合邏輯？」她說。「那是一塊麥片粥磚頭嘛。」

「你們知道，」蒂雅對我們耳邊說。「你們兩個大可同時帶把步槍跟手槍。」

「那不是重點。」我說。梅根在同一時間也說：「妳不懂。」

「隨你們便。」蒂雅回答，我聽見她在喝可樂。「還有十分鐘。」她的口氣顯示她厭倦了我們兩個拌嘴，不過蒂雅看不到我們臉上被逗樂的表情。

星火啊，我真欣賞這女孩。我心想著看了梅根一眼，她似乎認爲自己吵贏這次辯論了。

我按下手機的全頻道靜音鍵。「對不起。」我忍不住說。

梅根對我揚起一邊眉毛。

「我想替我對審判者做的事道歉，」我說。「包括把所有事情導向妳不喜歡的發展，還把妳拖下水。」

她聳肩，然後按下自己的靜音鍵。「我已經不在意了。」

「妳爲什麼改變想法？」

「我發現我喜歡你甚於討厭你，阿膝，」她瞄我一眼。「可是別亂想。」

我不擔心我的腦袋會想入非非，但是我的心則是另一回事了。我不禁感到一陣雀躍。她剛才眞的那麼說嗎？

我還沒高興到整個人融化，我的手機就開始閃動。教授想聯絡我們。我迅速打開頻道。

「你們兩個專心點，」他對我們說，口氣有點起疑。「保持頻道開啓。」

「是，先生。」我馬上說。

「還有八分鐘，」蒂雅說。「車隊剛剛在佛里汪頓街左轉。你們在下個路口右轉，繼續走攔截路線。」

梅根專心開車，而我爲了避免花太多注意力在她身上，便選擇在腦中演練幾次計畫。

我們這次不搞花招，單刀直入。教授先前說。匯流很脆弱，他是計畫者、組織者跟傀儡操縱者，但他沒有異能可以自保。

我們會靠近車隊，接著亞伯拉罕會用占卜儀判斷車內是否眞有強大的異能者。然後廂型車開到車隊前面，我們推開後門，穿著綠光戲服的柯迪會站在門口。

柯迪會舉起手，亞伯拉罕則從他背後發射高斯槍。我們希望藉由混亂讓他看似是用手射出能量光。我們攻擊整台禮車，炸到它只剩殘渣，然後火速逃離。我們可以讓倖存的摩托車守衛把故事傳出去。

這招會有用。但願如此。少了匯流把異能賦予給高階執法隊士兵，那些機甲、能源武器跟直升機就會停擺。燃料電池會用盡，城內也會耗光電力。

「我們很接近了，」蒂雅對我們耳邊低語。「禮車在小獵犬街右轉。教授，採用貝塔隊形。我相當確定他們要去新芝加哥上城，這表示他們會在小指街轉彎。梅根，妳還在攔截路線上。」

「收到，」教授說。「我要過去那邊了。」

我們經過昔日的廢棄公園，可以從那些凍成鋼的雜草和掉在地上的樹枝判斷出來。只有死去的植物才會被變成鋼，鋼鐵心影響不了活物。事實上，他的轉變波連鄰近生物的東西也碰不了。一個人的衣服通常不會改變，但四周的地面就會。

這種特點在異能者的超能力裡很常見，也是異能無法用科學解釋的原因之一。從科學角度來說，死人跟活人非常相似，可是許多更奇特的異能都只能改變其中之一，對另一個則完全不具影響。我們經過公園的遊樂場時，我望著窗外，呼吸在車窗上形成白霧。遊樂場已經不是安全的玩耍地點了，雜草形成參差不齊的金屬。鋼鐵心變出的鋼不會生鏽，卻有可能折斷和留下危險銳利的邊緣。

「好，」教授幾分鐘之後說。「我到了，我正在爬上建築外側。梅根，我要妳對我複誦一次緊急應變計畫。」

「不會有問題的。」梅根說，聲音同時從我旁邊跟耳機傳來。

「事情永遠會出錯，」教授說。儘管有抗重力墊的幫忙，我還能能聽到他邊爬邊喘氣。

「告訴我應變計畫。」

「如果你或蒂雅下令，」梅根說。「我們就撤退和分散。你會引開追兵注意，我們廂型車裡四個人會分成兩隊走，從不同方向前往伽瑪集合點。」

「這是我不懂的地方，」我說。「我們到底要怎麼分兩頭前進？我們只有一台廂型車。」

「噢，我們在後面藏了一點小驚喜啊，小子。」柯迪說。我打開教授與其他人的頻道時就解除他的靜音了。「我眞的很希望狀況出差錯。我還滿想用這玩意兒的。」

「絕對不要希望狀況會出錯。」蒂雅說。

「但是永遠做好準備。」教授補上。

「你的偏執感可眞強，老頭。」蒂雅說。

「該死地對極了。」教授的聲音模糊，大概是因爲他被火箭砲壓得行動困難吧。我本來以爲他們會派柯迪帶狙擊槍去制高點，但教授說既然有執法隊在場，他寧願用更重的武裝。鑽晶要是知道這件事一定會深感驕傲。

「妳快到了，梅根，」蒂雅說。「妳應該再幾分鐘就會碰到他們。維持車速。禮車開得比平常還快。」

「他們有起疑嗎？」柯迪問。

「沒有起疑就太笨了，」亞伯拉罕輕聲說。「我認爲匯流這段時間會加倍提防。」

「我們值得冒這個險，」教授說。「只要小心就好。」

我點頭。既然城內電力已經開始短缺，癱瘓執法隊就會令城市陷入動亂，鋼鐵心會因而被迫站出來用鐵腕作風阻止人們掠奪。這表示他遲早會現身。

「他從來都不怕對付其他異能者。」我說。

「你在說什麼？」教授問。

「我說鋼鐵心。他很願意跟其他異能者交手，可是不喜歡親自鎮壓暴動，總是依賴執法隊。我們以爲這是因爲他懶得插手，可是要是有別的原因呢？如果他害怕的是交叉火線呢？」

「交叉火線是誰？」亞伯拉罕問。

「不是，我不是在說哪個異能者。我只是想到，要是鋼鐵心害怕被誤擊呢？如果這就是他的弱點呢？他被我父親射傷，可是我父親不是瞄準他。他的弱點會不會是被原本要射別人的子彈打中？」

「有可能。」蒂雅說。

「我們得專注在任務上，」教授回答。「大衛，暫時收著你的想法，我們晚點再討論。」

他說得對。我讓自己分心了，像個兔子在解數學問題，卻忘了要注意狐狸的蹤影。

但是……如果我的假設無誤，鋼鐵心在一對一戰鬥中就無懈可擊，他面對其他異能者時是無敵的。他害怕的似乎是大型戰鬥，會有槍林彈雨。這能解釋得通。乍看雖然簡單，但是大多數異能者的弱點都很單純。

「稍微減速。」蒂雅小聲說。

梅根照辦。

「車隊來了……」

一輛流線的黑色大車駛進我們前面的陰暗街道，轉到跟我們一樣的方向，兩側有兩台摩托車。這種保全措施不錯，但是不強，我們從審判者攻擊匯流的原始計畫得知，匯流很可能就在這種車隊裡，不過我們仍得用占卜儀加以確定。

我們繼續跟在禮車後面。我不由得心生佩服。蒂雅和梅根雖然不曉得禮車的目的地，卻仍成功算準時機，讓禮車駛進我們的街道，而不是我們主動靠近他們，這讓我們看起來沒那麼可疑。

我的任務是注意四周，如果事情出差錯就開槍反擊，讓梅根能繼續駕車。我從口袋拿出一個小望遠鏡，彎下腰觀察前面的禮車。

「看起來如何？」教授在我耳邊問。

「看起來很正常。」我回答。

「我要在下個紅燈停到他們旁邊，」梅根說。「這樣比較自然。準備好，亞伯拉罕。」

我把望遠鏡收回口袋，儘管內心緊張，卻裝出一臉鎮靜。我們通過的下一個燈號是綠燈，梅根保持安全距離跟著禮車，但是下一個紅綠燈在我們抵達之前變成了紅燈。

我們慢慢停到禮車左邊。

「我們附近肯定有個異能者，」亞伯拉罕從廂型車後面說，然後輕輕吹聲口哨。「很強大。非常強。占卜儀正在鎖定他，我需要再多幾秒鐘時間。」

其中一位摩托車士兵打量我們，戴著執法隊頭盔，背上掛了把衝鋒槍。我試著看進禮車的窗戶後面，看看能否瞧見匯流。我一直很好奇他長得什麼樣子。

我看不見染色玻璃後面，但是我們剎車時，我發現前方的乘客座有人。一個似乎有點眼熟的女人。她短暫迎上我的目光，然後撇開眼。

套裝跟不超過耳際的黑短髮……是那天跟夜影一起去鑽晶武器店的助手。她說不定是夜影跟執法隊的聯繫人，這能解釋她爲何會出現在禮車內。

只是有件事讓我感覺很可疑。那女人迎上我的眼睛，應該會認出我才對。也許……她眞的認出我，只是不覺得訝異。

我們往前停下來，接著燈號變回綠色。我突然想通，心中一陣驚恐。「教授，我覺得這是陷阱！」

就在此時，夜影本人從禮車上方飛了出來、手臂大大張開，十指將黑暗射進夜色。

第二十八章

絕大多數人從沒見識過高等異能者的全盛演出。所謂的「全盛演出」就是指他們威力全開、施展完整異能、情緒處於憤怒及盛怒的時候。

全盛演出的異能者周圍會環繞著光，身邊空氣變得刺鼻，好似流竄著靜電，令人心跳停止，四周的風也爲之止息。夜影的現身是我這輩子第三次看過的全盛演出。

夜影渾身籠罩著夜色，黑暗在身邊扭動纏繞，臉部蒼白且呈半透明，可是兩眼明亮、嘴角扭成憎恨冷笑。這是天神的譏諷表情，一位連同僚都幾乎無法容忍的天神，打算大開殺戒。

我抬頭看他，嚇得六神無主。

「禍星啊！」梅根咒罵著猛踩油門把廂型車掉頭轉開，夜影身上的陰影有如鬼魂的手指一般撲向我們。

「中止任務！」蒂雅大喊。「快離開！」

但來不及了。夜影飛過空中，忽略風與地心引力的影響，像個幽靈從前方那輛車的車頭飄向我們。然而他本人並非眞正的危險，主要威脅來自他的黑暗觸手。觸手有十幾條，廂型車怎樣也躲不過。

我壓下恐懼舉起步槍，廂型車在我周圍抖動，一條條黑暗往上纏住車體。

*我突然驚覺心想：你這白癡！*然後抛下步槍伸手進口袋。紫外線手電筒！我慌忙打開開

關，朝飄到我窗旁的夜影照過去。夜影像在空中游泳一般跟車身平行。

手電筒立刻發揮了效果。我雖然看不太見手電筒發出的光，夜影的臉卻立刻變回實體、眼睛不再發光，黑影也從他的頭周圍消失。看不見的紫外線削穿黑暗觸手，就像雷射光掃過一群綿羊。

夜影的臉在紫外線中不再像天神了，顯得脆弱平凡，而且極度震驚。我試圖抓起槍對他開火，可是步槍太笨重，我父親的手槍又綁在手臂底下，我沒辦法邊拿手電筒邊搆到武器。

在那一下心跳的時間裡，夜影看著我，眼睛驚恐睜大，然後他眨眼間就從廂型車側面飛開。我不是很確定，但是他好像被我照到紫外線的瞬間飛行高度就降低了，彷彿所有異能都被削弱。接著夜影鑽進另一條小路，稍早包圍廂型車的黑影全跟著他逃離。我猜在被我嚇到之後，他短時間內大概不敢再靠近。

我們四周的衝鋒槍轟然開火，子彈在廂型車側面打出金屬聲，我咒罵著在窗戶被擊碎前彎腰躲開。摩托車騎士在射擊我們。我雖然彎著腰，卻仍能看見恐怖的景象：一架流線的黑色執法隊直升機從我們前面的商業大樓背後冒出來。

「禍星啊，蒂雅！」梅根尖叫著猛打方向盤。「妳怎麼會沒發現那鬼東西？」

「我不知道，」蒂雅焦急說。「我——」

一個光團拖著一長條煙霧竄過天空，在直升機側面炸開。直升機在空中傾斜、機身竄出火焰，碎片如雨水灑落。

火箭砲。我心想。是教授。

「別慌了手腳，」教授的嗓音維持鎮靜。「我們可以逃出去。亞伯拉罕，準備分頭前進。」

「教授！」亞伯拉罕說。「我覺得你——」

「又有四架直升機靠近！」蒂雅插嘴。「看起來禮車路線上的倉庫都藏了直升機。他們不曉得我們會在何處發動攻擊；剛才那架是最靠近的。我……梅根，妳在幹嘛？」

被擊中的直升機在空中失控打轉，側面不停噴出煙霧，即將墜毀到我們正前方的路上。然而梅根沒轉彎，反而傾身在方向盤上奮力加速，讓廂型車瘋狂衝向直升機墜地的位置。

我緊張起來，把自己縮進座椅裡抓緊車門。她瘋了！

但沒時間抗議了，子彈不停射擊著我們的車身，街道從兩旁高速掠過，梅根就這樣讓廂型車恰好在直升機撞上去的前一瞬間穿過去，直升機撞毀力道大得令車下的大地撼動。

某樣東西刮過廂型車車頂，發出金屬的刮擦聲，然後我們的車偏向一旁，撞上磚造建築的牆，一路摩擦過我這邊的車身。四周盡是噪音、混亂跟火花，接著乘客座的車門應聲被扯掉，磚塊在離我只有幾吋遠的地方刮著鋼板，感覺好像永遠那麼久。

一秒後，車子搖晃著刹住，我發抖著吸氣，身上都是安全玻璃碎塊。擋風玻璃破了。

駕駛座上的梅根猛喘氣，露出瘋狂的笑容，瞪大雙眼看我。

「禍星啊！」我從梅根那邊的後照鏡看著燃燒的直升機殘骸。直升機就在我們通過後撞上路面，擋住了摩托車騎士跟追兵。「禍星啊，梅根！太厲害了！」

梅根的笑容咧得更大。「你們兩個在後面還好嗎？」她越過後車廂的小窗戶看。

「我覺得好像被丟進離心機一樣，」柯迪呻吟著抱怨。「身上的蘇格蘭血統都流光了，美國血統灌進我耳朵裡了。」

「教授，」亞伯拉罕說。「夜影逃走時我還開著占卜儀，它正在鎖定異能者的位置。我得到的讀數很亂，可是禮車裡顯然有另一個異能者。可能還有第三位。這樣根本說不通……」

「說得通，」梅根匆匆打開她的車門跳到街上。「他們眞的載著匯流，只是不曉得我們會不會攻擊，他們想防範未然。匯流眞的在車上，你偵測到的就是他，亞伯拉罕。車上或許還有第三個小異能者提供額外保護。」

我趕緊伸手想解開安全帶，這才發現安全帶右半邊在我們擦撞牆壁時就扯飛了。我顫抖著迅速從梅根那邊的門爬下車。

「你們四個動作快，」教授說。我聽見他的頻道上傳來引擎加速聲。「其他直升機快飛到你們頭上了，摩托車也會繞過來。」

「我在看著他們，」蒂雅說。「你們還有大概一分鐘。」

「夜影呢？」教授問。

「大衛用手電筒把他嚇跑了。」梅根拉開廂型車的後車門。

「幹得好。」教授說。

我滿意得咧嘴笑了，一邊走到廂型車後面，正好看見柯迪和亞伯拉罕推開一個大箱子的上蓋。我沒看到他們把箱子裝上廂型車，一定是在車棚弄的。

柯迪穿著暗綠色夾克，戴著眼鏡，這是我們替綠光設計的服裝。我的目光被箱內的東西吸引：三輛閃閃發亮的綠色摩托車。

「鑽晶店裡的摩托車！」我用手指著發出驚呼。「你真的買了！」

「當然，」亞伯拉罕用手撫過一台流線摩托車上的暗綠色烤漆。「我當時就沒打算放過這麼棒的機器啊。」

「可是……你那時跟我說不行！」

亞伯拉罕大笑。「我聽說了你的開車本事，大衛。」他從廂型車後面推出一條斜板，把一台摩托車拉下來給梅根。她爬上去發動引擎，摩托車側面裝載的小型橢圓物體發出耀眼綠光，我在鑽晶的店就有注意到這些東西。

抗重力墊。我心想。也許是用來減輕車身的重量？抗重力墊沒辦法讓物體飛起來，只能用來減輕後座力或讓笨重的物體比較好搬運。亞伯拉罕搬下另一台摩托車。

「你本來有機會開車的，大衛。」柯迪迅速地把廂型車後車廂的東西收起來，包括占卜儀。「可惜有人把車撞壞囉。」

「反正廂型車跑不過直升機。」梅根說。「我們有兩個人得共乘一輛。」

「我帶大衛走。」柯迪說。「小子，去拿背包。安全帽在哪裡？」

「你們動作快！」蒂雅著急地喊。

我跳起來抓起柯迪指著的背包，沉甸甸的。「我知道怎麼駕車！」我堅持。

梅根看我一眼，套上安全帽。「你光是開過一個轉角就撞倒了兩面街牌。」

「小型的而已！」我背起背包跑到柯迪的摩托車旁邊。「而且我那時在趕時間！」

「真的？」梅根說。「像我們現在這樣嗎？」

我遲疑了一下。哇，我給自己挖了陷阱跳進去了嗎？

柯迪和亞伯拉罕發動各自的摩托車，但是只有三頂安全帽。我沒開口要，但願我的審判者夾克有足夠的保護能力。

只是我還沒靠近柯迪，就聽到頭上傳來直升機的隆隆聲。一台執法隊裝甲廂型車從小路衝出來，車頂上有個人操作機槍砲塔對我們開火。

「禍星啊！」柯迪立刻催油門衝出去，連發子彈打在他附近的地上。我躲回廂型車的殘骸後面。

「快上車，」離我最近的梅根喊。「快點！」

我蹲低奔向她的摩托車，在她催油門時跳上去抓住她的腰。我們猛然往前一衝，趁執法隊呼嘯駛出另一條小路時拐進巷弄。

我們轉眼就看不見柯迪和亞伯拉罕了。我抱緊梅根。我承認心裡暗自希望能在其他情況下抱她。柯迪的袋子在我背上彈跳。我把我的步槍留在廂型車上了！我心一沉想起。我在拿柯迪的袋子和跑到摩托車旁邊的時候把它忘在那裡。

我感覺好難過，好像遺棄了摯友。

我們衝出巷子，梅根轉回一條黑暗大街，加速到我覺得誇張的程度。強風掃在我臉上，我不得不用力抱緊靠在她背上。

「我們要去哪裡？」我大喊。

幸好我們仍帶著手機跟耳機，我雖然用正常方式聽不見，但她的聲音仍傳進我耳裡。「我們有備案！我們會走不同路線，然後再集合！」

「只是你們走錯方向了，」蒂雅惱火地說。「亞伯拉罕也是！」

「禮車在哪裡？」亞伯拉罕問。即使有耳機，在風聲中也很難聽見他的聲音。

「別管禮車了。」教授命令。

「我還是能追到匯流。」亞伯拉罕說。

「那不重要。」教授說。

「可是——」

「都結束了。」教授嗓音嚴厲說。「我們走爲上策。」

我們狂奔。

梅根撞上減速的突起物，我從車上彈起來。幸好有抓緊。我腦中突然想通教授話中的意思：一個眞正想擊敗鋼鐵心的異能者不會在執法隊面前逃跑，應該能親自打退好幾隊士兵。我們一逃亡就揭穿了自己的眞面目。鋼鐵心再也不會親自面對我們了。

「那麼我想做件事，」亞伯拉罕說。「在我們離開新芝加哥之前重創鋼鐵心。一半執法隊兵力會出來追捕我們，無人看守禮車，我身上也有幾枚手榴彈。」

「喬，就讓他試試看吧，」蒂雅說。「這場任務已經是災難了。起碼我們能讓鋼鐵心付點代價。」

街燈糊成一團，我能聽見背後的車聲，所以冒險回頭看。禍星啊！我想。他們離得好近，摩托車的車頭燈照亮了街道。

「你沒辦法靠近禮車的，」教授對亞伯拉罕說。「執法隊在追你。」

「我們去把他們引開。」我說。

「等一下，」梅根說。「你說我們要幹嘛？」

「多謝，」亞伯拉罕說。「我們在第四街和諾德爾街會合，你們試著引開我背後的追兵。」

梅根試著扭頭，越過安全帽面罩惡狠狠瞪我。

「繼續騎！」我焦急說。

「你這死愣仔！」她咒罵著在下個路口轉彎。壓根沒減速。

我尖叫著以爲我們死定了，機車幾乎貼在街上滑行，但車身側面的抗重力墊耀眼地發著光、阻止我們翻覆。我們半滑行過街角，幾乎好像依靠繩子綁在轉角甩過去一樣。然後我們的車身扶正，我的尖叫聲戛然止住。

這時，我們背後傳來爆炸撼動整條街道。我回頭看，頭髮被風吹亂。一輛執法隊摩托車在高速繞過轉角時失速，變成一團冒煙的殘骸倒在一棟鋼質建築旁邊。他們的車就算有抗重力墊，看來也沒有我們的好。

「後面有幾輛車？」梅根問。

「現在是三台。不對，又有兩台。有五台，星火的！」

「很棒，」梅根喃喃說。「你到底認爲我們要怎麼引開亞伯拉罕的追兵？」

「我不知道。臨場應變啊！」

「執法隊在附近街道放了路障，」蒂雅對我們耳邊警告。「喬，第十七街有直升機。」

「我在路上了。」教授說。

「你在做什麼？」我問教授。

「試著保住你們這些孩子的命。」教授說。

「星火啊，」柯迪詛咒。「第八街有路障。我走小巷去馬爾斯頓街。」

「不行，」蒂雅說。「他們想引誘你走那邊。繞回來，你可以逃進莫爾頓街底下。」

「了解。」柯迪說。

我和梅根衝進一條大道，一秒後亞伯拉罕的摩托車從一條小路滑進我們前方，幾乎平貼地上，全憑抗重力墊才沒有整個翻覆。效果眞驚人！摩托車像是與地面平行，輪胎打轉與車底擦出火花，然而抗重力墊緩衝了離心力效應，讓輪胎得以抓住路面和推動車身，但是這只有在摩托車滑行一段距離後才會發揮作用。

*我敢打賭我也會騎，看起來不難嘛。*我告訴自己。就像踩著香蕉皮用時速八十英哩[1]滑過轉角，小事一樁。

我回頭看，後面已經跟著至少一打黑色摩托車，雖然我們速度快到他們不敢開槍。大家都得專心騎車，這或許是一開始就衝這麼快的原因吧。

「機甲！」蒂雅大喊。「正前方！」

我們差點來不及反應。一台雙腳站立且高十五呎的龐然大物機甲搖晃著踏到街上，用雙旋轉機砲朝我們開火，子彈擊中我們背後的鋼質建築牆濺出一陣火花。梅根拉下車身的一個拉桿，使我們幾乎靠在抗重力墊上、貼地滑行來閃過子彈，我則是繼續咬牙低著頭。

風拉扯著我的夾克，火花刺眼得讓我失去視線，我只能勉強看見機甲的龐大鋼腿從我們兩邊閃過，然後我們就滑過了機甲底下。亞伯拉罕從機甲旁邊繞過去，但是他的車子在冒煙。

「我中彈了。」亞伯拉罕說。

「你還好嗎？」蒂雅緊張地問。

「夾克讓我保住一命。」亞伯拉罕悶哼著說。

「梅根，」我小聲說。「他看起來很糟。」亞伯拉罕的速度變慢，一隻手抱著側腹。

她看了亞伯拉罕一眼，然後立刻轉回去看街道。「亞伯拉罕，我要你在我們下次轉彎時立刻轉進第一條巷子，追兵離我們夠遠，可能不會發現。我會直走引開他們。」

「他們會起疑我去了哪裡，」亞伯拉罕說。「這樣——」

「快照做！」梅根厲聲說。

亞伯拉罕停止爭辯。我們繞過下個街角，但必須放慢速度才不會超過亞伯拉罕，我能看見他身後留下血跡，機車上滿是彈孔。我真訝異摩托車被打成這樣還能騎。

我們繞過轉角時，亞伯拉罕拐彎往右。梅根猛催摩托車油門，我們在重新呼嘯的風中疾駛過黑暗街道。我冒險回頭看，柯迪的背包卻差點從我肩上滑掉，我不得不暫時把一隻手放開梅

1 約相當於時速一百二十八公里。

根抓住背包，這個舉動害我失去平衡、險些滾到地上。

「小心點！」梅根咒罵著說。

「是。」我不解地回應。我剛才回頭一瞥時，總覺得背後似乎有另一台跟我們相仿的綠色摩托車緊跟在後。

我又回頭。執法隊摩托車似乎上鉤了，開始追我們而非亞伯拉罕，車頭燈如一陣光浪掃過街道，頭盔映著街燈。我剛才瞧見的幽靈摩托車不見蹤影。

「星火啊，」蒂雅說。「梅根，他們在你們四周放了路障，尤其是通往地下街道的地方。他們好像猜到我們要往哪邊逃。」

我看見遠方天上出現爆炸閃光，又一架直升機拖著煙墜落，可是仍有一架正靠近我們，在暗色天空映襯下形成一團黑色的形體。

梅根加速。

「梅根？」蒂雅的嗓音越來越焦急。「妳正在直接衝向路障。」

梅根沒回答。我感覺她的身體在我手中越來越緊繃。她往前傾身，渾身似乎散發出專注。

「梅根！」我看見前面執法隊設立的路障閃光燈大喊。那邊有車輛、廂型車跟卡車，還有一打左右的士兵跟一台機甲。

「梅根！」我尖叫。

她似乎動搖了一下，接著咒罵著帶我們轉彎，子彈掃過我們四周的街道。我們衝過一條小巷，牆面離我手肘只有咫尺，然後我們進入隔壁街道直線加速，繞過轉角時擦出火星。

「我到地下了，」亞伯拉罕低聲哼著說。「我拋棄了車輛。我能趕到其中一個地下避難處，他們沒發現我，但是我下來以後就有些士兵下車，駐守在樓梯上。」

「星火啊，」柯迪小聲說。「蒂雅，妳有在監聽執法隊無線電嗎？」

「有，」蒂雅說。「他們不知所措。他們以爲這是城內發生大規模攻擊。教授不停擊落直升機，我們也往不同方向逃，執法隊似乎認爲他們在對付數打甚至上百名叛亂者。」

「很好，」教授說。「柯迪，你擺脫追兵了嗎？」

「我還在閃避幾輛摩托車，」他說。「結果我繞了回來。」他猶豫。「蒂雅，禮車在哪裡？還在外面嗎？」

「它要折返回去鋼鐵心的宮殿。」她回答。

「我也要往那裡走，」柯迪說。「在哪一條街？」

「柯迪……」教授抗議。

背後的槍聲打斷我聽完對話的注意力。我看見有些摩托車追上來，騎士舉起衝鋒槍開火。我們現在速度更慢，因爲梅根正帶我們穿過街道比較窄的貧民窟區，她不停地左彎右拐。

「梅根，這樣太危險了，」蒂雅說。「這一帶有太多死巷。」

「反方向全都是死路一條。」梅根似乎已經從差點帶我們衝撞路障的恍惚中恢復過來。

「我在這邊很難給你們指引方向，」蒂雅說。「試試看下條路右轉。」

梅根開始拐彎，沒想到逼進的摩托車靠過來截斷我們的去路，有位士兵單手持衝鋒槍對我們灑出一陣彈雨。梅根咒罵著減速，讓士兵超越我們，然後左轉駛進小巷。我們差點撞上一個大垃圾桶，不過她成功閃過了，我猜我們的時速頂多二十哩[1]。

頂多二十哩。我心想。用二十哩時速飆過巷弄，背後還有人開槍。這仍然是瘋了，只是換種瘋狂方式而已。

我在這種速度下能用單手抓穩摩托車，柯迪的背包不停撞擊著我的背。我其實應該把它扔掉，我甚至不曉得裡面裝了什麼……

我摸著背包，這下才明白過來。我小心地把背包甩到面前，放在我跟梅根中間，然後用膝蓋夾住車身、雙手放開梅根去解開袋子。

袋子裡躺著高斯槍。這支槍的形狀像正規突擊步槍，也許稍大一點，側面掛著一個我們偷來的燃料電池。我把槍拔出來，加上電池後雖然很重，但我仍然可以挪動。

「梅根！」蒂雅說。「前方有路障。」

我們拐進另一條巷子，我單手抓緊梅根，差點失手把槍弄掉。

「不對！」蒂雅著急說。「不是右邊，那是——」

一輛摩托車追著我們衝進巷子，子彈剛好打在我頭上的牆壁上，而我們正前方的巷子是死巷，梅根試圖在牆面前剎車。

我沒有多想，雙手抓起高斯槍往後靠，把槍管架在梅根肩膀上。

然後對著牆面扣下扳機。

1 約相當於時速三十二點二公里。

第二十九章

我們面前的牆在一陣綠光能量中應聲炸開。梅根試著轉動摩托車停下來，結果我們穿過翻騰的綠煙滑進洞口，輪胎濺起小石子，一直滑到另一邊的街上才終於停住。梅根仍繃緊身子等著撞上牆，似乎嚇呆了。

執法隊騎士衝過煙霧。我把高斯槍轉過去打爆他身下的摩托車，整台車瞬間變成一團綠色的能量，車和士兵的一部分被蒸發掉，屍體打轉飛出去。

這把槍眞是太威了！毫無後座力，而且子彈不是讓目標爆炸而是蒸發，留下的殘骸很少，卻會產生很多煙跟驚人的聲光秀。

梅根轉回來看我，咧嘴笑開。「你早該在後面幫點忙了。」

「快走。」我說。小巷傳來更多車聲。

梅根把油門催到最大，以令人目眩的速度帶我們穿越貧民區的窄路。在這樣的飛車疾馳中我沒辦法開火，只好一手摟住她的腰，另一手把槍靠在她肩膀上穩住，瞄準鏡折向一邊改用固定式準星瞄準。

我們衝出巷口後滑行拐向一處路障，我炸開一個缺口，順便也對機甲的腿補一槍。士兵分散開來躲避攻擊，有些在我們高速衝過缺口時試著舉槍還擊。機甲倒地，梅根轉彎鑽進一條漆黑的巷子，我們背後傳來吼叫跟詛咒聲，有些追逐的摩托車不巧被混亂情況纏住了。

「做得好，」蒂雅對我們耳邊說，嗓音恢復成鎮靜。「我想我能引導你們到地下街道。一條防洪溝底下有條舊隧道，雖然你們路上可能仍得炸開幾道牆。」

「我想炸開牆沒什麼難處，」我說。「只要牆壁不會亂躲就好。」

「小心點，」教授說。「那把槍消耗電力的速度就像給蒂雅喝六罐可樂。那顆燃料電池足以供應一座城市的電，卻頂多只能讓你開十多槍。亞伯拉罕，你還在嗎？」

「我在。」

「你躲進地下避難處了？」

「對。我在包紮傷口，傷勢不算糟。」

「糟不糟由不得你說，我快到你那邊了。柯迪，你狀況如何？」

「我可以看到禮車，」柯迪在我耳邊說，同時梅根繞過街角。「我幾乎甩光追兵了。我有碎震器。我打算用手榴彈攻擊禮車，然後用碎震器鑽洞到地下街道。」

「不行，」教授說。「你得花很長時間才能鑽到那麼深。」

「前面有牆！」蒂雅警告我們。

「收到。」我在巷子盡頭的牆打穿一個洞，結果洞的後面是一處後院，於是我又炸開另一面牆讓我們駛進下一個庭院。梅根帶我們右轉，直接穿過兩棟屋子中間的超窄通道。

「左轉。」我們來到街上時，蒂雅說。

「教授，」柯迪說。「我真的可以看見禮車。我可以攻擊。」

「柯迪，我不——」

「我要冒這個險，教授，」柯迪堅決說。「亞伯拉罕說得對，鋼鐵心在這件事之後不會放過我們。我們得趁有能力時盡可能傷害他。」

「好吧。」

「右轉。」蒂雅對我們說。

我們轉彎。

「我要你們穿過一座大建築，」蒂雅說。「你們辦得到嗎？」

槍彈打在我們身旁的牆上，梅根咒罵著趴得更低。我抓著高斯槍的手冒出汗水，背對著敵人實在太容易中彈了，我感覺好緊張。我可以聽見背後的摩托車聲。

「他們似乎眞的很想抓你們兩個，」蒂雅小聲說。「他們投入好多資源包圍你們。而且……噢，禍星啊！」

「怎麼了？」我說。

「我的影像剛剛被切斷了，」蒂雅焦急說。「這是怎麼回事，柯迪？」

「我現在有點忙。」柯迪哼著說。

背後傳來更多槍響，有東西打中車身，害我們一陣搖晃。梅根咒罵。

「蒂雅，建築！」我喊。「我們要怎麼找到建築？我們進去再擺脫他們。」

「第二個路口右轉，」蒂雅告訴我們。「然後沿路直走。那是個小商場，防洪溝就在背後。我本來在找其他路線，可是——」

「這樣有用，」梅根簡短打岔。「大衛，準備好替我們開道。」

「知道了。」我穩住槍，儘管她加速後就變得更難瞄準。我們拐彎駛向這條路盡頭上一座大型扁平的建築。我隱約記得，在禍星出現以前，這裡是一片商業區，裡面的建築全都是室內大型商場。

梅根高速筆直衝去，我小心瞄準，在鋼質大門上打出一個洞。我們鑽過煙霧駛進伸手不見五指的廢棄建築，車頭燈點亮我們兩旁的商店。

這地方很久以前就被洗劫過，但是很多東西仍留在店裡。變成鋼的衣服價值不大。梅根輕鬆穿過商場的開放走廊，騎上凍結成鋼的手扶梯來到二樓。執法隊摩托車追著我們進來，引擎聲在建築裡迴響。

顯然蒂雅沒辦法再替我們引路了，不過梅根似乎知道該怎麼走。我從商場二樓對一樓跟在我們後面的摩托車開槍，把他們面前的地板打破一大塊，幾台車倒在地上，其他台車也紛紛走避。這些人的騎車技巧似乎都沒有梅根高明。

「前面有牆！」梅根說。

我轟開牆，瞥了一眼高斯槍側面的電力指示器。教授說得沒錯，我快把電耗光了，我們只能再打幾發而已。

我們呼嘯著衝進開放的空中，車上的抗重力墊啓提供了我們下墜一層樓的緩衝力道，然而我們仍摔得很重，機車的原始設計不是要跳這麼高的距離。我震得悶哼一聲，背跟腿因撞擊力道而隱隱作痛。摩托車一落地，梅根立刻催油門駛過商場背後的窄巷。

我能看見前頭的地勢降下去，正是那條防洪溝。我們只要——

一架流線的黑色直升機從我們面前的防洪溝竄出來，機身兩側的旋轉機砲開始轉動準備開火。

想得美。我心想，雙手捧起高斯槍瞄準。梅根又壓低身子，摩托車一躍飛出了防洪溝邊緣。直升機開火，我能透過座艙玻璃看見飛行員的頭盔。

我扣下扳機。

我這輩子一直夢想能夠做出驚人之舉，我曾幻想跟審判者合作、對抗異能者，還有真正做點大事是什麼感覺，而不是只能老是坐在那裡做白日夢。我開火的那個瞬間終於一圓夢想了。

我懸在半空中，低頭瞪著一百噸重的殺人機器，那一擊正中直升機座艙，蒸發掉座艙跟裡面的飛行員。我在那一瞬間得到的滿足感想必就像異能者，像個天神。

接著我飛出了座椅。

我早該料到的。雙手握著槍沒抓住摩托車，從高空墜入二十呎的深谷當然會出事。我如果因此摔斷腿甚至受更重的傷，我也不會覺得高興。

可是那一槍……那一槍值回票價。

我沒怎麼感覺到墜落，事情發生得太快了。我剛發現自己跟座位分家就撞上地面，聽見喀的一聲，旋即是震耳欲聾的轟然巨響，最後是緊接著襲來的一陣熱浪。

我倒在地上動彈不得，但眼前的世界卻天旋地轉。我發現面前不遠處躺著直升機的燃燒殘骸。我渾身麻木。突然間，我感覺到梅根在搖我，我咳嗽著翻過身，抬頭一看，她已經拉下頭盔，我能看到她的臉。好漂亮的臉蛋。她看起來真的很擔心我，這讓我笑了。

她在說話，可是我耳鳴得很嚴重。我瞇著眼試著讀懂她的唇，卻只能勉強聽見：「……起來，你這愣仔！快給我起來！」

「妳不應該搖從高處摔落的人，」我囁嚅地說。「這種人可能摔斷了脊椎。」

「你再不快點動，你就等著被敲破腦袋！」

「可是——」

「白癡，你的夾克吸收衝擊了，記得嗎？你穿在身上讓你不會死的東西？它們專門用來保護你做些蠢事，比如在半空中放開我。」

「我不是故意放開妳的，」我喃喃說。「永遠不會。」

她僵住。

等等，我剛剛把心裡話說出來了嗎？

我扭動腳指頭，然後抬起雙手，心想：*夾克啊，夾克的護盾裝置保護了我。而且……而且我們仍有追兵。*

禍星啊！我眞是個大愣仔。我翻身跪坐起來，讓梅根扶我起身。我咳了幾下，不過感覺意識恢復後就把她的手放開。等我們走到摩托車邊時——她稍早成功讓摩托車雙輪落地——我走起路來已經平穩許多。

「等等，」我環顧四周。「那東西在哪裡……」

我發現高斯槍撞上鋼質岩石斷成了好幾節，內心不禁一沉，雖然我早就明白槍已經對我們沒用處。執法隊看到我拿它射擊，我們再也不能拿高斯槍冒充異能者了。

只是損失這麼棒的武器實在很可惜，尤其我還把自己的步槍忘在廂型車裡。我真的開始習慣亂丟武器了。

我爬回車上坐到梅根後面，她重新戴上安全帽。這台可憐的機器變得殘破不堪，滿是刮傷和凹痕，擋風玻璃也碎了。側面其中一個手掌大的橢圓形抗重力墊沒有像其他的那樣亮起來，不過摩托車依然順利發動，引擎也在梅根催動油門時發出怒吼聲，帶我們駛過防洪溝，接近前面的一條大隧道。隧道看來像是通往下水道系統，儘管由於大轉變和挖掘地下街道之故，新芝加哥很多這種地方都會讓人走錯路。

「嘿，你們都在嗎？」柯迪小聲對我們耳邊說。出於某種奇蹟，我墜落時手機跟耳機都沒掉。「有怪事發生了。非常、非常奇怪的事。」

「柯迪，」蒂雅追問。「你在哪裡？」

「禮車解決了，」他說。「我射爆一個輪胎讓它撞牆。我殺了六名士兵才有辦法靠近。」

我和梅根進入隧道，四周被黑暗所籠罩，地面往上升。我對這附近有點熟悉，我猜隧道會帶我們通往吉本斯街吧，那邊居民不多。

「匯流呢？」教授問柯迪。

「他不在禮車裡面。」

「也許你射殺的某位執法隊警員就是匯流。」蒂雅說。

「不是，」柯迪說。「我找到他了。關在後車廂裡。」

頻道上沉默了一會兒。

「你確定是他？」教授問。

「嗯，不確定，」柯迪說。「也許他們在後車廂綁了其他哪個異能者吧，反正占卜儀說這小子的異能非常強。可是他昏過去了。」

「射死他。」教授說。

「不，」梅根說。「把他帶走。」

「我覺得她說得有理，教授，」柯迪說。「要是他被綁著，力氣一定不大。不然就是他們利用他的弱點使他無法反抗。」

「但是我們不曉得他的弱點，」教授說。「所以讓他早點解脫。」

「我可不要射昏迷的傢伙，教授，」柯迪說。「就算是異能者也不行。」

「那就丟下他。」

我內心天人交戰。異能者都應該去死，全部都是，可是他爲何沒有意識呢？他們拿他做什麼？他眞的有可能就是匯流嗎？

「喬，」蒂雅說。「我們可能需要他。如果他眞的是匯流，他可以告訴我們情報，我們說不定還能拿他來對付鋼鐵心，或者當我們逃脫的交換籌碼。」

「他理論上不會很危險。」我在頻道上開口。我的嘴唇在流血，我墜落時不小心咬傷自己，現在也漸漸注意到其他狀況。我的腿很疼，體側抽痛。夾克當然有幫助，但是效果離完美還很遠。

「好吧，」教授說。「柯迪，去七號地下避難處，別把他帶去基地。繼續綁著他，讓他戴上眼罩、塞住嘴巴，也別跟他交談，我們要一起應付他。」

「好，」柯迪說。「我過去了。」

「梅根和大衛，」教授說。「我要你們——」

四周的槍聲淹沒了剩下的話。我們的摩托車，破爛不堪的摩托車，歪掉飛了出去。往抗重力墊損壞的那一邊倒地。

第三十章

摩托車一旦失去抗重力墊，就跟普通機車一樣會在極高車速下翻覆。

而這絕非好事。

我當場就從車上被甩出去。在腿撞到地、摩擦力使我跟座位分家的瞬間，摩托車也從我身下滑開。梅根就沒那麼幸運了，整輛車把她壓在地上，然後重重撞上管狀走廊的牆壁。

隧道被撞得晃動，我的腿也疼得像著火一樣。等到我滾著停下來、世界停止搖晃以後，我才發現自己仍活著。我其實很驚訝。

在我們背後，兩名士兵從我們稍早經過的一處陰暗凹室走了過來，全身披著執法隊護甲。凹室上緣掛著一排黯淡小燈，可以藉著光線看見士兵放鬆的姿態，我發誓我聽見其中一人在頭盔裡咯咯笑著，用通訊頻道跟同伴講了些什麼，他們認定我和梅根一定已死於嚴重撞擊，不然就是傷得無法戰鬥。

我兩頰氣得發燙。禍星在上，不能戰鬥才有鬼！我沒多想就從手臂下抽出手槍——殺了我父親的那把槍——在幾乎零距離處對兩人連開四槍。我沒瞄準他們的胸膛或護甲，最美妙的弱點是頸子部位。

兩人倒下。我費力地深呼吸，拿著槍的手在面前顫抖。我眨了幾下眼睛，很訝異我居然能射中敵人，也許梅根對手槍的看法還是說對了吧。

我呻吟著勉強坐起來。我的審判者夾克殘破不堪。內側的半導體跟製造保護力場的裝置不是在冒煙就是被扯斷了。我的腿一邊嚴重擦傷，雖然疼痛不堪，但傷口不算深。我仍然能爬起來走路。算是吧。

疼痛感……太難受了。

梅根！這念頭闖進我有些恍惚的腦海，我甚至愚蠢到忘了檢查兩位士兵是不是真的斷氣。我跛著走向倒地、滑到牆邊的摩托車那裡，此處唯一光源是我的手機。我推開瓦礫，發現梅根倒在車下，夾克損壞得甚至比我的還糟糕。

她看起來很糟，倒在地上動也不動。她閉著眼睛，頭上的安全帽碎了後脫落，鮮血流下臉頰。她的嘴唇有血色，手臂卻扭成不自然的角度，整個人側面從腿到身體也沾滿血漬。我驚愕不已地跪下，無論怎麼看，手機燈都會照出駭人的傷痕。

「大衛？」蒂雅的聲音從我掛在夾克上的手機小聲傳來。手機居然還能用，真是奇蹟，雖然我的耳機掉了。「大衛？我聯絡不上梅根。發生什麼事了？」

「梅根受了重傷，」我麻木地說。「她的手機掉了，可能摔壞了。」她的手機本來掛在夾克上，但夾克本身都快扯爛了。

呼吸。我必須檢查她有沒有呼吸。我彎身把手機螢幕湊到她鼻子底下，試著察看有無氣息，然後才想到要量她的脈搏。我嚇壞了，沒辦法正確思考。你無法好好思考時還能想到這點嗎？

我把手指貼在梅根的脖子上，她的皮膚摸起來好冷。

「大衛！」蒂雅焦急喊著。「大衛，執法隊正在透過他們的頻道進行聯絡，他們知道你們在哪兒。有好幾個小隊正在靠近你，包括步兵跟機甲。快走！」

我摸到脈搏。很淺、很微弱，可是真的有。

「她還活著，」我說。「蒂雅，她沒死！」

「你必須快點離開，大衛！」

搬動梅根只會使她的傷勢惡化，可是丟下她絕對更糟。如果他們抓到她，梅根會被拷打或處死。我脫下破夾克纏在自己腿上，連帶摸到口袋裡的東西。筆形引爆器跟通用雷管。

我一時神智清醒過來，把一枚雷管裝在摩托車的燃料電池上面。我聽說你只要知道自己在做什麼，就可以破壞電池使它變得不穩定，只是我不確定我在做什麼。但這似乎是好主意，也是我僅有的點子。我拿出手機掛在腕架上，接著深吸口氣推開損壞的摩托車——如今前輪已經整個脫落——然後抱起梅根。

她的破裂安全帽掉下來喀啦撞上地面，讓她的頭髮落在我肩膀上。她比表面上來的重，人們通常會如此。她個子雖小，卻十分結實。我想她大概不會喜歡我這樣形容她。

我把她扛到肩上，然後開始搖搖晃晃走過隧道。天花板每隔一段距離就掛著小黃燈，照明不足，即使對我這種地下街道居民而言也暗得看不清楚環境。

沒多久我的肩膀跟背就痠得要命，但我仍一步接著一步前進，只是速度很慢，思緒也混沌不清。

「大衛。」教授平靜且專注的聲音傳來。

「我不要拋下她。」我咬著牙說。

「我不想讓你做這種傻事，」教授說。「我寧願叫你死守在原地，逼執法隊槍斃你們兩個。」

這念頭讓人不太舒服。

「可是事情不會變成那樣，孩子，」教授說。「幫手已經在路上。」

「我覺得我能聽到敵軍的聲音。」我終於來到隧道盡頭，進入地下街道的一個窄十字路口。這邊沒有建築，只有鋼鐵走廊，我不太熟這一帶。

天花板是實心的，不像我長大的地方有通往地面的通風口。我聽見右邊有喊叫聲傳來，背後有金屬相擊的鏗鏘聲，鋼靴踩在鋼地上的咚咚聲，還有更多吼聲。他們找到摩托車了。

我靠到牆上挪動梅根，然後按下我的筆形引爆器，我很欣慰地聽見背後電池引爆的爆炸聲。叫聲更大了，說不定剛才那陣爆炸解決了幾個人，運氣好的話，他們會以為我躲在殘骸附近朝他們扔手榴彈之類的。

我扛著梅根在十字路口左轉，她的血浸濕我的衣服。她說不定已經死了——

不，我不要想這種事。走一步算一步，援軍快來了，教授保證過會有人來救我們。教授不會說謊。審判者的創建者喬納森‧斐德烈斯是個我出於某種原因能夠了解的男人。假如這世上有我願意信任的人，那麼必定是他。

我走了足足五分鐘才被迫停下來。我面前的隧道變成一塊平坦的鋼板。是死巷。我回頭看見手電筒跟陰影在背後移動，那邊肯定過不去了。

我周圍的走廊很寬敞，大約二十步寬，天花板也很高，地上擺著一些舊工地設備，雖然多數看來都被投機份子掠奪過了。這邊也有幾堆破磚頭跟煤渣塊，不久前有人想在這裡蓋房間。好吧，這能提供一點保護。

我腳步不穩地走過去，把梅根放在兩堆最大的磚塊後面，然後把手機調到手動回應。教授和其他人只有在我觸碰螢幕開啓擴音時才聽得到我說話，這樣他們在試圖聯繫我的時候才不至於會暴露我的位置。

我蹲到磚塊堆後面，沒辦法完全躲起來，但總比沒有保護好。淪爲寡不敵眾的甕中鱉，無路可退……突然間，我靈光一閃，覺得自己剛才的舉動像個白癡，從褲子的拉鍊口袋挖出碎震器，充滿希望地套到手上。也許我能往下挖到鋼鐵陵墓，甚至單純往側面鑽條路安全逃生。

我套上手套，這才發現碎震器破了，一臉絕望地瞪著它。我摔下車時它就放在褲子口袋，口袋被扯破後使碎震器少了兩根手指，折斷的電路讓零件像老式恐怖電影裡的殭屍眼睛掉出來掛在外面。

我蹲回地上，差點放聲大笑，覺得命運實在太荒謬了。執法隊士兵正在搜索走廊，腳步聲與手電筒燈光節節逼近。

我的手機微弱閃動。我把音量調到最小，按下螢幕湊上去聽。「大衛？」蒂雅用非常小的聲音問。「大衛，你在哪裡？」

「我在一條隧道底端。」我小聲回答，把手機舉到嘴巴前面。「我在路口左轉。」

「左轉？那是死路。你得——」

「我知道，但是其他方向都有士兵。」我看著攤在地板上的梅根，摸著她的頸子。還是有脈搏。我寬慰地閉上眼。雖然這都不重要了。

「禍星啊，」蒂雅咒罵。我聽到槍聲，嚇了一跳，以爲我這邊有人開火，可是沒有。是從頻道上傳來的。

「蒂雅？」我斷聲問。

「有人在攻擊基地，」她說。「別擔心我，我守得住這地方。大衛，你得——」

「喂，你！」一個聲音從路口大喊。

我蹲下，但磚塊堆沒辦法完全遮住我，除非我整個人趴下。

「那邊有人！」嗓音吼道。執法隊配備的強力手電筒指著我的方向。多數這種手電筒都會裝在突擊步槍上。

我的手機在閃。我按下回應。「大衛，」是教授的聲音，聽起來氣喘吁吁。「用碎震器逃走。」

「壞了。」我低聲說。「撞車時弄壞了。」

對方沉默。

「還是試著用用看。」教授催促。

「教授，它壞了。」我探頭越過磚頭看去。走廊另一端聚集著一大群士兵，有幾個跪下舉槍瞄準我的方向，眼睛湊上瞄準鏡。我繼續蹲低。

「快照做！」教授命令。

我嘆口氣把手貼在地上，閉上眼睛，可是要專心眞不容易。

「雙手舉高，慢慢走出來！」一個聲音從走廊對我吼。「如果不出來，我們就會開槍！」

我盡可能忽略他們，專注在碎震器跟震動上。有一會兒我似乎感覺到隱約的震動。感覺消失了。這太愚蠢了，就像妄想拿汽水罐鑽開牆壁。

「對不起，教授，」我難過地說。「它眞的壞了。」我檢查我父親那把手槍的彈匣。還剩五發子彈，五枚有可能打傷鋼鐵心的寶貴子彈。我這輩子再也沒機會知道它們有沒有用了。

「你快沒時間了，朋友！」那個聲音對我喊。

「你應該堅持下去。」教授焦急說。手機音量調得很低，他的聲音聽來好脆弱。

「你應該去幫蒂雅。」我做好心理準備。

「她不會有事，」教授說。「亞伯拉罕正在過去幫她，藏身處也被設計成能抵抗攻擊。她可以封死入口等他們離開。大衛，你必須撐住等我趕到爲止！」

「我會確保他們無法活捉我，教授，」我保證。「審判者的安危比我個人更重要。」我在梅根身旁摸索，拿出她的手槍打開保險。是席格索爾P二二六1手槍，點四〇口徑，不錯的槍。

「我快到了，孩子，」教授低語。「撐著點。」

我探頭看。士兵們已經舉槍靠近，大概打算活捉我。好啊，也許我嚥氣之前可以多拖幾個人一起進墳墓。我舉起梅根的槍快速點放，達到了預期效果，士兵們散開來找掩護，有的人回擊，武器打中的磚頭碎片灑在我身上。

好吧，早就不該期望他們會想活捉我。

我在冒汗。「我們這趟冒險眞是了不起，妳說是不是？」我蹲低對一位靠得太近的士兵開槍，同時下意識地對梅根說話。我想子彈眞的打穿護甲了，那人跛著腳跳到幾個鏞桶後面。我又蹲下，突擊步槍的槍火就像錫罐裡的鞭炮一樣響亮。仔細想想，實際上正是如此。我的比喻能力變好了。我苦笑著，卸下梅根手槍的彈匣換個新的上去。

「我眞抱歉讓妳失望，」我對毫無動靜的梅根說，她的呼吸越來越淺。「即使我注定送命，妳也應該活下去的。」

我試著多射幾發子彈，但是還沒開半槍就被對方的火力擊退。我費勁喘息，抹掉臉上的一些鮮血，有些炸開的碎石在我臉上劃出傷口。

「妳知道嗎？」我說。「我覺得我第一天就喜歡上妳了。這樣很笨對吧？一見鍾情的陳腔濫調。」我開了三槍，然而士兵們發現對手只有我一個，武器還只是手槍，現在沒那麼怕我了。我能活到現在大概是因爲我引爆了摩托車，讓他們擔心有炸彈。

「我不曉得那能不能稱爲愛情。」我低聲說著重新裝子彈。「我戀愛了嗎？還是只是一廂情願的癡迷？我們認識彼此不到一個月，妳半數時間都把我當糞土看。可是我們對付奇運，還有在發電廠那天，我們之間感覺好像有了些連結。我們之間有了……我不知道該說是什麼。我

1 席格索爾（SIG Sauer）P二二六手槍最早於一九八四年推出，延伸型號眾多，廣爲全球軍事與執法單位採用。

們有了共通點。有我想追尋的美好事物。」

我看著她蒼白、毫無動靜的軀體。

「我想，」我說。「換作一個月前，我大概就會把妳丟在摩托車那邊吧。因爲我太想要找他復仇了。」

砰！砰！砰！

磚塊堆晃動，士兵們試圖射穿磚頭攻擊我。

「那個念頭讓我很怕我自己，」我輕聲說，沒有再看梅根。「我想謝謝妳教會我在乎鋼鐵心以外的事。我不知道我是否眞的愛上妳，但無論是什麼感覺，那都是我多年來有過最強烈的感受。謝謝。」我朝外胡亂射一通，但子彈擦過我的手臂，逼我退下。

彈匣空了。我嘆口氣丟下梅根的槍，改舉起我父親的槍。然後我把槍口指著她。

我的手指在扳機上猶豫。這麼做可以帶來解脫，寧願快點死也不要承受拷問跟處決。我試著逼自己扣下扳機。

*星火啊，她看起來好美。我心想。*她沒流血的那半邊臉對著我，金髮披散開來，皮膚白皙，閉著眼像是在沉睡。

我眞的下得了手嗎？

槍聲停歇。我冒險轉頭越過快塌掉的磚塊堆看去。兩個龐大身影踩著沉重的機械腳步穿過走廊。所以他們眞的弄了機甲來啊！我內心一部分有點竊喜，能讓他們擔心成這樣。審判者今天造成的混亂，加上我們對鋼鐵心手下的破壞，逼得他們派出二十人跟兩台重機甲對付一個拿手槍的傢伙。

「準備赴死吧，」我低聲對自己說。「我要拿著手槍自殺攻擊十五呎高的動力機甲。起碼這樣會比較悲壯。」

我深吸一口氣，要不了多久我就會被溜過黑暗走廊的執法隊包圍。我預備起身，這回更堅定地舉槍瞄準梅根。我會讓她安息，然後讓士兵們射倒我。

這時我注意到手機在閃動。

「開火！」一位士兵大喊。

天花板融化了。

我看得清清楚楚。那時我正看著隧道，因爲我不想看見自己開槍射梅根，所以清楚撞見天花板化成一柱黑色灰塵，分解的鋼屑就像超大水龍頭打開一樣如雨灑下，鋼灰撞上地時往外掀起一陣煙塵。

接著煙塵散去，我的手指抖動，但是沒扣扳機。塵埃中有個蹲著的人站起來。他是從天花板跳下來的，身穿薄薄的黑實驗袍、黑褲與黑靴，臉上戴著一副護目鏡。

教授眞的來了，而且兩手各穿著一個碎震器，發出幽靈般的綠光。

士兵們開火，對走廊盡頭放出一陣槍林彈雨。教授舉手用發光的碎震器往前一推，我幾乎能感受到裝置的震動。

子彈在空中炸開、粉碎，化成飄動的細小碎片打中教授，傷害力就跟對他扔泥土一樣。上百枚碎屑撞上他跟周圍的地面，錯過目標的則在空中被燈光照亮。我突然搞懂他爲什麼身上總是帶著護目鏡了。

我站起來，眼前的景象令我目瞪口呆，忘了手裡的槍。我還以爲自己很擅長用碎震器，可是摧毀子彈……完全超越了我能理解的境界。

教授沒讓困惑的士兵們有機會重新振作起來。我在他身上沒有看見任何武器，但教授跳出鋼灰直接衝過去。機甲開始射擊，卻只用旋轉機砲而不用能量砲，好像他們不相信面前所見的畫面，以爲換更大口徑的槍就能解決問題。

更多子彈在空中被教授的碎震器擊碎。他雙腳滑過地上的灰，撲上執法隊士兵。

他赤手空拳攻擊身穿護甲的敵人。

我目睹他一拳砸進一位士兵的臉，後者的安全帽在被拳頭打中前一刻被抹成碎屑。他攻擊時把護甲分解了。教授優雅地穿梭在兩名士兵之間，出拳揍一人的肚子，再旋轉著把手臂打進第二人的腿。這些人的護甲在教授的攻勢下被蒸發掉、灑出塵埃。

教授停止旋轉時用手拍擊鋼牆，噴濺出金屬粉末，接著一個又長又細的東西從牆上落進他的手心。是一把劍，用精確無比的碎震器震波在鋼材上雕出來的劍。

寒光一閃，教授舉劍刺向秩序大亂的士兵們，有人試圖繼續開槍，其他人則改拿警棍，但跟子彈一樣被教授輕鬆摧毀掉。他一手揮劍，另一手射出幾乎看不見的震波融掉金屬與克維拉護甲，那些太靠近他的人，身上的頭盔跟身體護甲憑空消失，灑了滿地灰燼，讓他們失去平衡而滑倒。

強光手電照亮了地上的鮮血，人們紛紛倒地。教授跳進走廊才過了幾下心跳的時間就已經擊倒十多名士兵。機甲終於拉出肩射能量砲，然而教授已經太接近它們，他衝過一攤鋼灰，以熟稔技巧跪下滑行，再扭身揮出前臂打爆機甲的一條腿。教授的手整個穿過機械腿，噴出一陣灰屑。

他單膝滑跪在地上停下，第一台機甲發出轟的一聲倒地，接著教授往前用拳頭打穿第二台機甲的腿。他抽回手，金屬腿應聲折斷，第二台機甲也往側面倒下，落地時還把一陣黃與藍色的能量打進地面，融解掉一塊地板。

一名有勇無謀的執法隊士兵試圖衝撞教授，後者正站在滿地的碎裂護甲旁邊。教授根本懶得用劍，閃到一旁用拳頭敲下去。我目睹拳頭飛近士兵的臉，就在擊中之前將頭盔面罩整個抹掉。

士兵倒地。走廊變得萬籟無聲，閃爍的鋼屑在光柱中飄動，好似午夜的雪。

「我，」教授用強硬且自信的嗓音開口。「人稱『綠光』。轉告你們的主人，我非常不悅被迫應付你們這些低等人渣。很不幸，我的手下都是笨蛋，沒能力服從最簡單的指令。

「告訴你們的主人，玩耍的時間已經過了，他如果不肯再親自面對我，我就一塊塊拆掉這座城市，直到找到他爲止。」教授大步走過剩下的士兵身邊，對他們視若無睹。

他背對那些士兵走向我，我不禁緊張起來，等著他們跳起來反擊。但是沒有。他們退縮了。凡人不跟異能者打。他們被灌輸過這個法則，在心中早已根深蒂固。

教授來到我身邊，臉藏在陰影裡，光線從他的背後照過來。

「剛才那眞是太棒了。」我輕聲讚嘆。

「扛著那女孩。」

「我眞不敢相信你——」

教授看向我，我這才終於瞧見他的五官：下顎繃緊、眼神銳利得像在燃燒。那雙眼睛裡流露著輕蔑，我一看見就嚇得踉蹌退後。

教授似乎在發抖，雙手握拳，彷彿極力想克制什麼可怕的事。「去、扛、女、孩。」他厲聲說。

我麻木點頭，把槍塞回槍套，然後抱起梅根。

「喬？」蒂雅的聲音從教授的手機傳來。我的仍然開著靜音。「喬，我這邊的士兵撤退了，怎麼回事？」

教授沒回應，揮動一隻戴著碎震器的手，我們前面的地面應聲消失，鋼灰像沙漏裡的沙子般排掉，露出下一層的臨時隧道。

我跟著教授穿過隧道，逃出生天。

第四部

第三十一章

「亞伯拉罕，我需要更多血液。」蒂雅狂亂焦急地工作。手仍掛在染紅吊帶上的亞伯拉罕趕緊去冷藏室拿血液。

梅根躺在審判者藏身處主房間的鋼製會議桌上，我已經把一疊紙跟亞伯拉罕的一些工具掃到地上，此刻我跌坐在一旁，感覺好無助、精疲力竭又恐慌。教授從藏身處後面給我們挖了條路進來。蒂雅已經用些金屬栓塞跟一種特製燃燒手榴彈把原本的入口封死了。

我不太懂蒂雅在對梅根做什麼，當中有包紮繃帶跟試圖縫合傷口。梅根顯然受了內傷，蒂雅發現梅根大量失血時更是憂心不已。

梅根的臉轉向我這邊，我看得很清楚，天使般的眼睛輕輕閉著。蒂雅已經割下梅根大部分衣物，露出大片怵目驚心的傷口。

她的臉似乎很平靜，這樣很奇怪。可是我覺得我好像能懂這種平靜。我整個人也痲痺了。走一步算一步……先前那段時間糊成一片，我扛著她回到藏身處，體驗著模糊的疼痛、驚嚇、痛苦與暈眩。

教授整段路上完全沒有幫我，有幾次差點還拋下我。

「來。」亞伯拉罕對蒂雅說，帶來另一袋血。

「吊起來。」蒂雅心煩意亂說，處理梅根沒對著我的那半邊。我看見蒂雅血跡斑斑的手套映著燈光。她沒時間換衣服，上衣和外面那件羊毛衫、牛仔褲都沾滿血汙。她極度專注工作，但嗓音流露出驚慌。

蒂雅的手機裝有醫療程式，響著微弱節奏，她把手機放在梅根胸前偵測她的心跳，偶爾拿它用超音波照梅根的腹部。我腦袋仍能思考的部分由衷佩服審判者做的準備，我甚至不曉得蒂雅受過醫療訓練，更遑論知道我們有備用血液跟手術設備。

我眨著自己甚至沒意識到的淚水，心想：她看起來不應該是這樣的，赤裸裸又脆弱地躺在桌上。梅根比這副模樣堅強多了。他們醫治她時不是應該拿條布稍微蓋住她之類的嗎？

我發現自己站起來想找東西蓋住她，稍微顧全她的顏面，然後才想到我這舉動有多笨。現在分秒必爭，我可不能干擾到蒂雅。

我坐下來，全身都是梅根的血，但我已經嗅不出來了。我猜鼻子習慣了吧。

她必須沒事。我昏沉地想。我救了她，把她帶回來，她非得脫離險境。事情就該如此。

「爲什麼會這樣？」亞伯拉罕輕聲說。「急救星……」

「急救星不見得對每個人有用，」蒂雅說。「我不知道爲什麼。我眞希望能找出原因，該死！可是急救星在梅根身上一直沒什麼效果，就像她老是不太會用碎震器。」

別再講她的缺點了！我在腦子裡對他們尖叫。

梅根的心跳越來越微弱，我可以聽到蒂雅手機增強的心跳聲——嗶、嗶、嗶——接著我還沒意識過來，就站了起來轉向教授的思考間。柯迪還沒回到藏身處，他仍待在不同地點看守被俘的異能者。可是教授在這裡，就在別的房間，他一回來就直接走進去，完全不看我或梅根。

「大衛！」蒂雅厲聲說。「你在做什麼？」

「我……我……」我結結巴巴地試著擠出字句。「我要去找教授。他會做點什麼。他會救她。他知道該怎麼辦。」

「喬無能爲力。」蒂雅說。「給我坐好。」

這道尖銳的命令打破我的恍惚，於是我坐回去注視梅根闔上的眼睛，蒂雅則繼續救治她，一邊小聲詛咒自己，幾乎對應到梅根的心跳節奏。站在一旁的亞伯拉罕顯然束手無策。

我看著她的眼睛，看著她寧靜平和的臉龐，嗶嗶聲變得越來越緩慢……然後最後就停了。手機沒有傳來心跳停止的警告聲，只有沉重的靜默。除了數據之外，只剩一無所有的虛無。

「爲……」我眨著淚水說。「我是說，我都扛著她走了這麼長的路，蒂雅……」

「我很遺憾。」蒂雅舉起一隻手按在臉上，額頭沾上血痕。然後她嘆口氣靠回牆上，看起來精疲力竭。

「快想想辦法。」我說。這不是要求，是絕望的懇求。

「我已經盡力了，」蒂雅說。「她死了，大衛。」

一片沉默。

「傷勢很嚴重，」蒂雅繼續說。「你已經盡你所能了，這不是你的錯。老實說，就算你能馬上把她帶過來，我也不確定她能否活下來。」

「我……」我腦袋一片空白。

布簾窸窣作響，我轉頭看。教授站在房間門口，已經撢掉衣服上的灰，看起來乾淨又尊貴，跟我們其餘人形成刺眼的對比。他的眼神轉向梅根。「她走了？」嗓音比之前和緩，但仍然不是我覺得應該有的情緒。

蒂雅點頭。

「盡量收拾東西，」教授背起一個背包。「我們要放棄這個據點，這邊已經曝光了。」

蒂雅和亞伯拉罕點頭，好像一直在等這條命令。亞伯拉罕倒是停下來伸手按著梅根的肩膀，低頭對她致意，然後摸他脖子上的吊飾，接著便趕緊去收拾工具。

我從梅根的鋪蓋床上拿了條毯子——床上沒有被子——帶回來蓋在她身上。教授看著我，似乎想反對這種無意義的行爲，但忍住沒開口。我把毯子塞到梅根肩膀底下，不過仍把她的頭露在外面。我不知道人們爲什麼會在別人死後蓋住他們的臉，臉是死後唯一留下的美好事物。我用手指摸那張臉，皮膚仍有餘溫。

這不可能發生。我痲痺地心想。審判者不會這樣殞落。

很不幸，我理解的事實立刻灌進腦海。我研究和鑽研過，審判者成員確實會倒下死去，這些事曾經發生過。

我只是覺得這根本不應該發生在梅根身上。

至少我能爲她做最後一件事。我心想，彎腰把她抱起來。

「別動屍體。」教授說。

我沒有理會，結果感覺有人抓住我的肩膀。我抬起頭，在淚眼模糊的視線中看見一張那嚴峻、怒眼圓睜的臉。當我再看著教授，他臉上表情變得柔和。

「事情已經發生，」教授說。「我們會燒掉這地方，這也是適合她的葬禮。不管怎樣，試著帶走屍體只會拖慢我們的速度，甚至還會害死我們。執法隊仍可能在監視前門，我們不曉得他們再過多久就會找到我挖進來的新洞口。」他遲疑。「她已經死了，孩子。」

「我應該要跑快一點的，」我小聲說，完全拒絕接受蒂雅之前說的話。「那樣就還有機會救她。」

「你覺得生氣嗎？」教授問。

「我……」

「放掉罪惡感吧，」教授說。「放掉你的否認心態。她是被鋼鐵心害死的，鋼鐵心是你的目標，這是你必須專注的事。我們沒時間哀悼，只能把時間留給復仇。」

我發現我在點頭。許多人或許會說這番話用詞錯了，然而在我身上卻起了作用。教授說得很對，假如我因此意志消沉、悲慟不已，我只會害自己送命。我需要找個更爲強烈的情緒取代這些感受。

對鋼鐵心的怒火。就是這個。他從我身邊奪走我父親，現在又帶走了梅根。我隱約意識到，只要鋼鐵心還活著，他就會抹去我摯愛的一切。

對鋼鐵心的恨，我得用這個讓我撐下去。沒錯……我做得到。我對教授點點頭。

「收好你的筆記，」教授說。「然後把顯像儀裝起來。我們十分鐘後離開，然後就會毀掉留下的所有東西。」

我回頭看教授挖著藏身處的新通道，通道盡頭閃著熾烈紅光，是梅根的火葬堆。亞伯拉罕製造的爆炸溫度足以融化鋼鐵，即使我在這麼遠的地方也感覺得到高溫。

若執法隊找到方法挖路進入藏身處，也只會找到熔渣跟灰燼。我們盡可能帶了最多東西離開，蒂雅要亞伯拉罕鑽開走廊附近的隱藏儲藏室，盡量多塞一點裝備。一個月來的第二次，我目睹我當成家的地方被大火吞噬。

而這次的家帶走了我最喜歡的一個人。我好想說聲再見，不管是小聲說出來或在心裡，可是我就是想不出字句。我想……我只是還沒準備好面對吧。

我轉身，跟著其他人穿過黑暗。

一個小時後，我仍弓身走在漆黑隧道裡，背上掛著袋子，累得幾乎無法思考。但是很奇怪，儘管仇恨的情緒燃燒了一段時間，現在卻變成一蹶不振的微溫。拿憎恨取代梅根似乎不太管用。

隊伍前面傳來動靜，原來是蒂雅後退了幾步。她已經換掉染血衣物，也逼我在離開藏身處前這麼做。我洗過手，雖然指甲縫裡仍有血漬。

「嘿，」蒂雅說。「你看起來好累。」

我聳肩表示無所謂。

「你想聊聊嗎？」

「我不想聊她。現在……就是不要。」

「好吧。那麼也許談談別的？」她的語氣表示我該聊點能讓自己分心的事。

好吧，也許這麼做不錯，只是我唯一想講的另一件事同樣令人苦惱。「教授爲什麼對我發脾氣？」我輕聲問。「他過來救我之後……他看起來……變得好憤怒。」

想到這件事就難受。教授在手機上跟我說話時似乎很鼓勵我，堅決想幫忙，然而在那之後……他就彷彿變了個人。教授現在獨自走在隊伍最前頭，身上仍殘留著怒氣。

蒂雅隨我的視線看去。「教授……跟碎震器有不愉快的經驗，大衛。他痛恨使用它。」

「可是——」

「他不是討厭你，」蒂雅說。「即使表面上看起來可能像是這樣，但他並不在意必須救你。他是在對自己生氣，他只是需要一些時間獨處。」

「可是他眞的很擅長用碎震器，蒂雅。」

「我知道，」她輕聲說。「我看過。以前發生過你不明白的麻煩，大衛，有時候我們做了從前做過的事，就會想起我們以前是什麼樣的人。那樣不見得是好事。」

這話就我聽來仍然不合邏輯，只是話說回來，我的腦袋現在也混沌一片。

我們終於抵達新的藏身處，比之前的小很多，只有兩個小房間。柯迪過來迎接我們，但刻意壓低聲音說話，顯然已經得知發生什麼事。他幫我們把設備扛進新藏身處的主房間。

執法隊的領袖匯流被關在這裡某處。我們眞的有勇無謀地以爲自己能關住他嗎？還是這其實是另一個陷阱的一部分？我只能相信教授跟蒂雅知道我們在做什麼。

審判者們工作時，亞伯拉罕活動著中彈過的手臂。急救星的微小半導體在他的二頭肌上閃爍，彈孔也已經結痂。戴著這種半導體睡一個晚上，到了早上手臂便能行動自如，再過幾天就只會剩下疤痕。

但是，我心想，一邊把我的背包交給柯迪，然後爬過通往上層房間的通道。它卻沒有幫到梅根。我們做的任何事都救不了她。

我這十年來失去過很多認識的人。在新芝加哥生活不易，對孤兒尤其如此，可是自從我父親死後，這些人的逝世從來沒有像這樣深深打擊到我。我想這是好事吧，這代表我又開始學著關心世界了。只是我現在感覺糟透了。

等我爬出新藏身處的通道入口，教授正在叫大家躺下來休息，要我們養精蓄銳後再對付異能者囚犯。攤開舖蓋時，我聽見教授跟柯迪和蒂雅講話，好像說是要給被俘的異能者施打鎭靜劑，讓他繼續昏迷。

「大衛？」蒂雅問。「你有受傷。我應該幫你掛上急救星和……」

「我不會死的。」我說。傷口可以明天再癒合，我現在不想管了。我倒在床上面向牆壁，接著終於放任淚水潰堤。

第三十二章

大約十六小時後，我坐在新藏身處的地板上吃著一碗加了葡萄乾的燕麥粥，急救星掛在我的腿跟體側上閃爍。我們撤離時被迫丟下很多好東西，只能倚賴收在避難處的食糧。

其他審判者成員刻意留給我獨處的空間，我覺得這樣很怪，畢竟他們認識梅根的時間比我久。就算她眞的開始對我好，我們之間其實也沒什麼特別的關係。

事實上回想起來，我發現我對她去世的反應太愚蠢了，我只是個陷入暗戀的傻男孩，但是就算是這樣心還是好痛。

「嘿，教授，」柯迪坐在一台筆記型電腦前面。「你應該來看看這個，夥計。」

「夥計？」教授問。

「我身上有一點澳洲血統，」柯迪說。「我曾祖父是四分之一澳洲佬，我早就打算試試看當澳洲人。」

「你眞是個奇怪的傢伙，柯迪。」教授說。教授多半時間已經恢復平時的模樣，也許和平時相比今天略顯嚴肅。其他人也差不多，就連柯迪也變得認眞起來。失去隊友的感覺很難熬，只是我猜他們之前都經歷過這種事情。

教授打量螢幕一會兒，然後挑起一邊眉毛。柯迪按下按鍵，接著又按一次。

「那是什麼？」蒂雅問。

柯迪把電腦轉過來。我們都沒有椅子坐，只能坐在舖蓋上。這個藏身處雖然比之前的小，我還是覺得空蕩蕩的，因爲我們人數變少了。

螢幕上是一片藍和幾個簡單的黑色大字：**選個時間地點，我會來**。

「這個，」柯迪說。「是所有人在鋼鐵心網路的一百個娛樂頻道上看見的東西。所有登入的手機和城內所有資訊螢幕都會顯示。我認爲這代表我們釣到他了。」

教授微笑。「這是好事。他讓我們先選戰鬥場地。」

「他通常會這樣，」我盯著我的燕麥粥。「他也讓斷層選了。他認爲這能傳達訊息說他擁有這座城市，他才不在意你有沒有挑個具有優勢的地方。他照樣能殺了你。」

「我只希望我沒有感覺像在五里霧中。」蒂雅坐在房間角落拿著數位平板，手機插在平板後面來放大手機畫面。「我真搞不懂，他們怎麼會發現我駭進他們的監視器系統？我的所有存取管道都被封死，每個後門都封起來了。我看不見城內發生的事。」

「我們會選個能架設攝影機的場所，」教授說。「這樣我們面對他時就能避免重蹈覆轍，蒂雅。那樣——」

亞伯拉罕的手機響起。他舉起手機。「動作感應器說犯人在動了，教授。」

「很好，」教授說，站起來望著關囚犯的小房間門口。「我等著揭開謎底已經等一整天了。」他轉過來時目光落到我身上，我瞧見他露出一絲罪惡感。

他快速走過我身邊下達命令。我們會質詢囚犯，拿強光直接照他，由柯迪站在後面拿槍抵著異能者的頭。所有人都得穿保護夾克，他們換了件新的給我，是黑皮革做的，尺寸大了一、兩號。

審判者們開始做準備，柯迪與蒂雅走進犯人房間，教授走在最後面。我把一匙燕麥塞進嘴裡時，注意到亞伯拉罕仍逗留在主房間裡。

大個子男人走到我身邊，單膝跪下。「你得活下去，大衛，」他溫柔地說。「好好過你的人生。」

「我在這麼做啊。」我嘟噥。

「不。你在讓鋼鐵心主宰你的人生，他控制了你走的每一步。你要做自己生命的主人。」他拍拍我的肩膀，彷彿這舉動能讓一切好轉，接著就招手要我跟他去隔壁房間。

我嘆口氣，起身跟上去。

俘虜是個身材瘦長、生著禿頭和深色皮膚的老人，大約六十多歲，他的眼睛被罩住、嘴巴也被塞了起來，但頭仍不停地轉來轉去想判斷自己在何處。他被綁在椅子上看似毫無威脅，當然，許多「沒威脅性」的異能者僅需用個念頭就能殺人。

匯流理論上沒有這種異能，但話說回來，奇運本來也不應該有超快反應。何況我們還不確定這位是否就是匯流。我發現我在思考，這樣很好，起碼能避免再去想她。

亞伯拉罕把大聚光燈對準犯人的臉。許多異能者需要直接目視才能對別人行使異能，所以讓他們迷惘是十分有用又有效的做法。教授對柯迪點頭，後者取下囚犯的眼罩跟塞口物，然後退後舉起模樣邪惡的點三五七手槍對準男人的頭。

犯人對強光眨眼，然後把眼睛撇開，整個人縮進椅子裡。

「你是誰？」教授站在燈光旁邊發問，讓囚犯看不清楚他的五官。

「艾蒙德‧桑斯，」犯人回答，頓了一下又說。「你是誰？」

「這對你不重要。」

「嗯，既然你們把我擄走，我認爲這對我可是極爲重要。」艾蒙德用愉快的嗓音說，略帶印度口音。他實際上似乎很緊張，眼睛不停左右轉動。

「你是個異能者。」教授說。

「對，」艾蒙德說。「他們叫我匯流。」

「你是鋼鐵心執法隊的頭子。」教授說。我們其餘人照吩咐保持安靜，讓男人不曉得房間裡有多少人。

艾蒙德輕聲笑了。「頭子？是啊，我想可以這麼說吧。」他往後靠闔上眼睛。「雖然更正確地說，我應該是心臟，或者只是一顆電池。」

「你爲什麼躲在車子的後車廂裡？」教授問。

「因爲我正在被護送。」

「你猜到你的禮車會被攻擊，所以才逃進後車廂？」

「年輕人，」艾蒙德愉快說。「我要是想躲起來，我還會任由自己被綁起來、塞住嘴巴跟遮住眼睛嗎？」

教授沒吭聲。

「你們希望我證明我的身分，」艾蒙德嘆口氣說。「好吧，我寧願別讓你們用刑求的方式。你們有耗光能源的機械裝置嗎？電力用罄的？」

教授看向旁邊。蒂雅從口袋掏出一個筆型手電筒遞過來，教授試著打開開關，沒有亮。他猶豫了一會兒，最後他揮手要我們離開房間，柯迪留下來用槍指著艾蒙德，但教授在內的其他人回到主房間集合。

「他或許能讓手電筒電池超載或爆炸。」教授輕聲說。

「但是我們需要他證明自己身分的證據，」蒂雅說。「如果他能藉由碰觸讓燈亮，那麼他若不是匯流，就是能力非常相似的異能者。」

「或者是被匯流賦予能力的人。」我說。

「占卜儀指出他是個強大的異能者。」亞伯拉罕說。「我們試過偵測獲得匯流能力的執法隊士兵，他們都沒被測出異能。」

「假如他是不同的異能者呢？」蒂雅問。「然後匯流賦予他一些能力，讓他能輸出能量使我們認爲他是匯流？他可以假裝完全無害，然後趁我們不備時對我們施展異能？」

教授慢慢搖頭。「我不認爲。這樣太迂迴、太危險了，他們怎麼會想到我們會綁架匯流？我們大可在找到他的地方殺了他。我覺得這個人沒有撒謊。」

「可是他爲什麼會在後車廂裡？」亞伯拉罕問。

「如果我們問他，他說不定會回答，」我說。「我是說，他到現在還沒有跟我們唱反調。」

「我就是這樣才擔心，」蒂雅說。「太容易了。」

「容易？」我問。「我們爲了抓這傢伙讓梅根賠上性命。我要聽聽他會說什麼。」

教授看我，用筆型手電筒敲著掌心。最後他點頭，亞伯拉罕拿起一根長木棍，我們把手電筒綁在上面。我們回到房間，教授舉起棍子把手電筒抵到艾蒙德臉上。

手電筒的燈泡馬上亮起來。艾蒙德打呵欠，試著在被綁住的狀態下坐舒服一點。

教授抽回手電筒，它仍在亮。

「我幫你充飽電池了，」艾蒙德說。「這樣應該能說服你賞杯水給我喝吧……」

「兩年前的七月，」我不顧教授的命令逕自上前。「你替鋼鐵心參與一項大型任務。那是什麼？」

「我的時間感實在不太好……」男人說。

「應該不難回想，」我說。「城裡的人不曉得，但是匯流遇到了某件特殊的事。」

「夏天啊？嗯……是我被帶出城外的時候嗎？」艾蒙德微笑。「對，我記得有看到陽光。他出於某種原因要我幫他驅動一些戰車。」

我提的是鋼鐵心攻擊迪亞拉斯的行動。迪亞拉斯是底特律的一名異能者，因爲截斷鋼鐵心的一些補給而惹禍上身。匯流的參與非常隱密，極少人知情。

教授瞪了我一眼，嘴抿成一條線，但我置之不理。「艾蒙德，」我說。「你是在什麼時候來到城內？」

「禍星後第四年春天。」他說。

禍星出現後的第四年。這點說服了我。多數人以爲匯流是在第五年加入鋼鐵心的，當時執法隊剛開始得到機甲部隊，前一年的供電危機也終於穩定下來。但根據我小心收集來的內部情報指出，鋼鐵心一開始並不信任匯流，所以將近一年時間沒有讓他擔任任何重要職務。

我看著這位男人，許多筆記裡關於匯流的事開始湊齊拼圖。爲什麼從來沒有人看過匯流？他爲什麼會這樣被護送？爲什麼他身邊充斥著謎團？關鍵不只在於匯流的脆弱。

「你是個囚犯。」我說。

「他當然是。」教授說。不過匯流也點點頭。

「不，」我對教授說。「他一直是個囚犯。鋼鐵心沒有把他當成副手，而是當成電池用。匯流沒有執掌執法隊，卻只是當……」

「當電池，」艾蒙德說。「當奴隸。沒關係，你們可以這樣叫我，我已經很習慣了。我是寶貴的奴隸，這其實是令人稱羨的地位呢。我猜他沒多久就會找到這裡，然後爲了抓走我一事宰光你們。」他露出苦笑。「我對這件事十分抱歉。我很討厭人們爲了我自相殘殺。」

「這麼久以來……」我說。「星火啊！」

鋼鐵心不能讓人們知道他對匯流做了什麼事。新芝加哥的異能者們什麼都不怕，能力越強權利就越多，這正是本城政府的基礎。異能者透過鬥爭建立起支配層級，因爲他們心知肚明，自己就算在底層也遠比平凡百姓重要。

可是這裡就坐著一位身爲奴隸的異能者……頂多被當成發電機，這對於新芝加哥的所有人都有巨大的嶄新意義。鋼鐵心其實是個騙子！

我不應該感到太訝異才是。我心想。我是說，跟他做過的所有事比起來，這只能算小事一

件。但是這仍然很重要。或者我只是像個溺水之人死命地抓住一片浮木，絕望地想把我的注意力從梅根身上轉開。

「把它們關掉。」教授說。

「對不起？」艾蒙德說。「關掉什麼？」

「你是個賦予者，」教授說。「把能力轉移給別人的異能者。我要你把異能從你賦予的人身上抽走，從機甲、直升機和發電廠拿掉。我要你切斷你與賦予能力的每個人之間的連結。」

「如果我這麼做，」艾蒙德猶豫地說。「鋼鐵心找到我時可會不高興。」

「你可以告訴他事實，」教授單手舉起一把手槍，在探照燈前面露出身影。「我若殺了你，這些能量一樣會消失，我不怕採取這種手段。收回你的能力，艾蒙德，不然就別想談條件。」

「好吧。」艾蒙德說。

就這樣，他關掉了整座新芝加哥城的電力。

第三十三章

「老實說我很少把自己當成異能者。」艾蒙德傾身靠在臨時桌面上，桌子是我們用箱子跟木板做的，我們得坐在地上靠著桌子吃飯。「我得到異能才一個月就被抓去提供能源。我的第一任主人叫作堡壘。告訴你們，他們一發現我沒辦法把能力轉移給他，他眞是氣壞了呢。」

「你認爲原因是什麼？」我問，嚼著幾片牛肉乾。

「我不知道。」艾蒙德把雙手舉到面前。他講話時特別喜歡比手畫腳，待在他身邊的人要格外小心，免得他過度熱情強調某道咖哩有多好吃的時候，不小心像是被隱形忍者戳到。

不過他頂多就只有這麼危險。柯迪雖然待在附近，永遠步槍不離身，艾蒙德卻一點也沒有挑釁的意思，反而滿討人喜歡——除了他提到我們會慘死在鋼鐵心手上的那些話以外。

「我一直都是這樣，」艾蒙德繼續說，用湯匙比著我。「我只能把能力賦予給平凡人類，而且我得親自觸碰他們。我一直沒辦法把異能轉移給其他異能者。我試過了。」

教授正在不遠處扛著一些補給經過，這時停了下來，轉身看向艾蒙德。「你剛才說什麼？」

「我不能把能力賦予給別的異能者，」艾蒙德聳聳肩說。「我的異能就是這樣。」

「其他賦予者也是這樣嗎？」教授問。

「我從來沒遇過這種人，」艾蒙德說。「賦予者很罕見。假如城內有其他賦予者，鋼鐵心也從來沒有讓我見過他們。他不介意我無法把能力轉給他，他非常樂意拿我當作人肉電池。」

教授一臉不安地走開。艾蒙德看著我揚起眉頭。「他是怎麼了？」

「我不知道。」我同樣一頭霧水。

「好吧，回到我的故事。堡壘不喜歡我沒辦法轉移異能給他，所以把我賣給一個叫絕緣的傢伙。我一直覺得那個異能者名字很蠢。」

「『艾爾布拉公牛老兄』才蠢呢。」我說。

「你開玩笑吧？眞的有異能者叫這種名字啊？」

我點頭。「他是洛杉磯內城的異能者，已經死了，不過你會很訝異許多異能者只能想出蠢名字。擁有驚人的超能力不等於有高智商，或者曉得取什麼名字才有合適的戲劇效果。改天提醒我跟你說『粉嫩嬌』的故事。」

「這名號聽來不壞嘛，」艾蒙德咧嘴笑說。「其實還帶點自知之明呢，讓人聯想到笑容。我眞想見見喜歡笑的異能者。」

我現在就在跟一位愛笑的異能者說話。我心想，我還是不太習慣。「好吧，」我說。「反正她沒能笑多久。她本來以爲取那名字很聰明，結果……」

「怎麼了？」

「試著快速唸幾次。」我說。

他動了動嘴巴，接著露齒而笑。「噢，原來如此，我懂了……」

我訝異地搖搖頭，繼續啃我的牛肉乾。我應該怎麼看待艾蒙德？他完全不像亞伯拉罕跟我父親在追尋的英雄，不僅聽到我們在討論對付鋼鐵心時嚇得臉色發白，此外還膽小到表達意見前通常會舉手徵詢同意。

不，他不是那種生來就要捍衛人民權利的英雄異能者，但是意義幾乎一樣重要。我從來不曾見過、讀過，甚至聽過哪位異能者會公然打破刻板印象。艾蒙德身上找不到半點自大、仇恨或不屑。

實在太令人不解了。我內心一部分想：這就是我們抓到的人？我終於找到一位不想殺死或奴役我的異能者，而且還是個輕聲細語的印度老人，喜歡在牛奶裡加糖？

「你失去了你很珍惜的人，對嗎？」艾蒙德問。

我猛地抬頭看他。「你怎麼知道？」

「你的反應就像是如此。而且你隊上每個成員似乎都像是踩在皺掉的鋁箔紙上，試著別發出聲音。」

星火啊，真棒的比喻！踩在皺掉的鋁箔紙上。我得記住這個。

「她是誰？」艾蒙德問。

「誰說是『她』？」

「從你的表情就看得很清楚了，孩子。」艾蒙德說，然後笑了。

我沒回應，雖然部分原因是我試圖驅逐湧進腦海的回憶。梅根瞪我、梅根微笑、梅根死前幾個小時放聲大笑。白癡，你才認識她幾個禮拜而已。

「我殺了我太太，」艾蒙德心不在焉地說，往後一靠盯著天花板。「那是意外。我試著打開微波爐時意外電到廚房櫃檯。眞愚蠢，你說是不是？我只是想弄個冷凍墨西哥捲餅吃，卻因此害得莎拉賠上一命。」他敲敲桌子。「希望你愛的人是死於更值得的事情。」

這取決於我們接下來要做什麼。我想。

我讓艾蒙德繼續坐在桌邊，對柯迪點頭。他站在牆邊，非常高明地假裝自己不是守衛。我晃進隔壁房間，教授、蒂雅跟亞伯拉罕正坐在蒂雅的數位平板周圍。

我差點轉頭找梅根的蹤影，下意識認定她在藏身處外面站崗，因爲其他人都待在這裡。大白癡。我加入隊友，越過蒂雅肩膀看放大手機螢幕的平板，她用我們從發電站偷來的其中一枚燃料電池供應平板的電力。艾蒙德抽回異能之後，城內就完全斷電了，連少數通過鋼鐵陵墓的電線也一樣。

她的平板顯示著一座鋼質舊公寓。「不行，」教授指著螢幕旁邊的一些數字。「隔壁建築還有住人，我不想在距離旁觀者這麼近的地方跟一位高等異能者攤牌。」

「在他的宮殿前面如何？」亞伯拉罕問。「他絕對料不到。」

「我猜他並沒有特別期望會在哪裡，」蒂雅說。「何況柯迪出去打探過，城內已經出現掠奪的行徑，所以鋼鐵心把執法隊拉回來部屬在宮殿附近。他的確只剩下步兵了，但仍然實力堅強，我們不可能穿過去做準備。我們也眞的需要做好萬全準備才能面對他。」

「軍人球場如何？」我輕聲說。

他們轉頭看我。

「你們看。」我俯身捲動蒂雅的城市地圖。跟我們之前使用的即時監視器影像比起來，這麼做感覺原始許多。

我把螢幕轉到城內一塊老舊的區域，這裡幾乎沒什麼人煙。「以前的美式足球場，」我說。「附近沒有居民，也沒有能搶的財物，所以不會有人逗留。我們能用碎震器從地下街道挖到球場附近，這樣就能讓我們暗中做準備，不必擔心被監控。」

「球場太開放了，」教授揉揉下巴。「我寧願找個舊建築面對他，這樣我們就能困住他，並且多方攻擊。」

「在球場還是可以這樣，」我說。「鋼鐵心幾乎八成會飛到球場正中央。我們能在上層座位區安排個狙擊手，然後預先挖幾條備有繩索的垂直通道穿過座椅區到球場內部。我們能弄些敵人無法預知位置的通道，混淆鋼鐵心跟他的手下，何況他的部隊不熟悉這種地形，他們更懂得怎麼應付簡單的公寓大樓。」

教授緩緩地點頭。

「我們還是沒有討論到眞正的問題，」蒂雅說。「我們既然已經在思考，不妨順便攤開來講吧。」

「鋼鐵心的弱點。」亞伯拉罕輕聲說。

「我們辦事效率太好，反而對自己不利，」蒂雅說。「現在他已經上鉤，準備迎戰綠光，我們也可以給他設下完美埋伏。可是這些眞的有幫助嗎？」

「所以我們必須抉擇。」教授說。「聽好，各位，這件事有風險。我們可以現在撤退，但這樣會釀成大災難，大家都會知道我們嘗試殺他卻失敗了。這件事帶來的傷害可能會跟殺掉他的好處一樣大：人們會相信異能者眞的天下無敵，連審判者也打不過鋼鐵心。

「何況鋼鐵心會親自把我們趕盡殺絕，他不會輕易放手，不論我們逃到哪裡都得提防和擔心他的威脅。不過我們還不確定他的弱點，也許趁還有機會時退出會更好。」

「如果我們不撤呢？」柯迪問。

「我們就繼續當前計畫，」教授說。「盡一切力量殺了他，試驗大衛記憶中的每一條線索。我們在這座球場設立包括各種可能性的陷阱，然後放手一搏。這會是我這輩子參與過成功機率最不確定的作戰，其中一種招數可能會有用，但很有可能沒半樣奏效，接著我們就得親身和這世上最強大的異能者交手。他可能會殺光我們。」

眾人沉默不語。不，事情不能在此打住，對吧？

「我想試試看，」柯迪說。「大衛說得對，他一直都是對的。偷偷摸摸殺些小異能者……這樣改變不了世界。我們有機會殺掉鋼鐵心，我們至少得嘗試。」

我不禁放下心中大石。

亞伯拉罕點頭。「寧願死在這裡，把握擊敗這怪物的機會，也不要轉身逃跑。」

蒂雅和教授交換眼神。

「你也想做對不對，喬？」蒂雅問。

「我們若不在這裡對抗他，審判者就結束了。」教授說。「我們餘生都只能逃亡。何況我們經歷過這麼多努力，我可不會甘願夾著尾巴逃一輩子。」

我點頭。「我們至少得爲了梅根試試。」

「我想她會覺得很諷刺，」亞伯拉罕評論。我們看向他，他聳聳肩。「她是最不想參加這次任務的人。她如果知道我們把最後任務拿來紀念她，不曉得她會做何感想。」

「你眞掃興，亞伯。」教授說。

「眞相不會掃興，」亞伯拉罕用略帶口音的聲音說。「你們假裝接受的謊言才掃興。」

「說這話的人仍相信會有異能者來拯救我們。」教授反駁。

「各位先生，」蒂雅插嘴。「別吵了！我想我們都同意了。無論這件事有多荒謬，我們都得嘗試。我們要在不曉得鋼鐵心眞正弱點的情況下試著殺死他。」

我們一個接一個點頭。我們非得嘗試不可。

「我想做這件事不是爲了梅根，」我最後開口。「但是有一部分原因確實是因爲她。假如我們爲了讓人們知道還有人在奮鬥而必須站出來犧牲，那麼就這樣吧。教授，你說你擔心我們的失敗會打垮人們的士氣。我不同意。他們會聽聞我們的故事，發現除了聽從異能者的統治外還有別的選擇。也許我們殺不了鋼鐵心，但就算我們失敗，我們也會把鋼鐵心推向末日，讓別人去實現這件事。總有一天絕對會。」

「別這麼肯定我們會失敗，」教授說。「我要是很確定這是自殺任務，就不會讓我們走下去。如我所說，我無意把希望寄託給一個簡單臆測，我們會嘗試所有選擇。蒂雅，依妳的直覺，哪樣東西能製造弱點？」

「銀行金庫裡的東西，」她說。「其中有一個物品與眾不同。但願我能知道是哪樣就好了。」

「我們放棄原本的藏身處時，妳有把它們帶過來嗎？」

「我把最特殊的都帶來了，」她說。「其他的我塞在藏身處外面的儲藏間，我們可以再取回來。就我所知，執法隊還沒找到它們。」

「我們把所有東西拿出來放在球場裡。」教授指著原本爲泥土的的鋼質地板。「大衛說得沒錯，鋼鐵心很可能會在正中央降落，我們不必知道究竟是哪樣東西會削弱他，我們只要全部帶過去就好。」

亞伯拉罕點頭。「這辦法不錯。」

「你認爲弱點是什麼？」教授問他。

「要我猜的話，我會說是大衛父親的槍或裡面的子彈。每把槍在小地方都是獨一無二的，也許和金屬的特定成分有關。」

「這個很容易測試。」我說。「我會帶著槍，一有機會就射他。我不認爲會管用，但我願意試試。」

「很好。」教授說。

「你認爲呢，教授？」蒂雅問。

「我認爲是因爲大衛的父親是個『忠貞者』信徒。」教授輕聲說，沒有看亞伯拉罕。「這些人儘管愚昧，卻堅信不移。亞伯拉罕這樣的人看世界的方式跟我們其他人不同，所以或許是大衛的父親對異能者的觀點使得他得以傷害鋼鐵心。」

我往後靠，思索這一點。

「好吧，要我開槍射他應該也不算太難。」亞伯拉罕說。「事實上，我們都應該嘗試自己相信的可能性，以及其他我們想得到的部分。」

眾人看向我。

「我仍然覺得是交叉火線，」我說。「我認為鋼鐵心只能被無意攻擊他的人打傷。」

「這個很難安排，」蒂雅說。「假如你是對的，那麼我們哪個人攻擊他都不會觸發弱點，畢竟我們都想要他的命。」

「我同意。」教授說。「不過這是很好的理論。我們得找個方式讓他被自己的士兵意外打中。」

「前提是他必須有帶士兵過來，」蒂雅說。「現在他相信城內有個敵對異能者，可能只會帶上夜影跟熾焰。」

「不。」我說。「他一定會帶士兵現身。綠光也有手下，鋼鐵心會想做好準備，他勢必需要自己的士兵對付這些惱人小事。而且他雖然想親自面對綠光，卻也會希望現場有證人。」

「我同意。」教授說。「他的士兵或許會接到指示，除非受到攻擊否則不得應戰。我們可以逼他們開火回擊。」

「那麼我們得設法拖延鋼鐵心，藉此製造交叉火線。」亞伯拉罕停頓一會兒又說。「其實，我們會必須在交叉火線中拖延足夠的時間。如果他認為攻擊來自綠光的手下，他就會飛走讓執法隊對付我們。」亞伯拉罕看向教授。「綠光必須露臉。」

教授點頭。「我知道。」

「喬……」蒂雅碰他的手臂。

「這是必要之舉。」他說。「我們也得想辦法對付夜影和熾焰。」

「我已經告訴過你們，」我說。「熾焰不是問題。他——」

「我知道他不是表面上那樣，孩子，」教授說。「這我接受。可是你對付過幻象異能者嗎？」

「有。」我說。「跟柯迪和梅根一起。」

「那次只是個低等的異能者，」教授說。「雖然我猜那次經驗會讓你有些心理準備，但熾焰會更強，強非常多。我幾乎希望他只是個火焰異能者。」

蒂雅點頭。「熾焰應該被列爲優先目標。我們得約好密語，免得他派團隊其他成員的幻象來混淆我們。我們也得注意比如假牆、假執法隊員這類用來搞混我們的東西。」

「你們覺得夜影眞的還會出現嗎？」亞伯拉罕問。「就我聽說，大衛的小手電筒讓他像個被老鷹追殺的兔子逃之夭夭。」

教授看我和蒂雅。

我聳聳肩。「也許不會吧。」

蒂雅點頭。「夜影的作風很難判斷。」

「我們仍應該做好迎戰的準備。」我說。「但要是他選擇避開，我也覺得再好不過。」

「亞伯拉罕，」教授說。「你覺得你能用額外的燃料電池弄一、兩座紫外線照明燈嗎？我們也應該讓每個人帶著紫外線手電筒。」

我們沉默下來。我感覺我們都在想著同一件事：審判者喜歡構思極度縝密的任務，準備幾個星期或幾個月後付諸執行。然而我們如今卻打算只用些無關緊要的雜物跟手電筒來打倒全世界最強大的異能者。

這是我們必須做的事。

「我認爲，」蒂雅說。「我們應該擬定個妥善的撤離計畫，以免上述嘗試都失敗。」

教授的表情似乎並不苟同，變得凝重起來。他很清楚，如果我們殺鋼鐵心的點子都無效，那麼我們的生存機會就十分渺茫。

「有架直升機最好，」亞伯拉罕說。「執法隊少了匯流就沒辦法升空。如果我們能用顆燃料電池，甚至要匯流替我們驅動直升機……」

「那樣很好，」蒂亞說。「但是我們還是得擺脫戰鬥。」

「唔，鑽晶還是我們的犯人，」亞伯拉罕說。「我們可以拿些他的炸彈——」

「等等，」我困惑地說。「犯人？」

「你跟夜影打過照面之後，我就要亞伯拉罕和柯迪在那天傍晚抓走他，」教授心不在焉地說。

「不能冒險讓他透露他知情的事。」

「可是……你說他不會……」

「他看到碎震器挖出的洞，」教授說。「夜影也會把你跟鑽晶聯想在一起。他們只要在我們的任何任務中看到你，就會去抓鑽晶。這不只是顧慮我們的安全，也是爲了他好。」

「所以……你們要拿他怎麼辦？」

「餵他很多東西吃，」教授說。「賄賂他躲起來。他對於那次遭遇相當不安，我感覺他其實很高興我們抓了他。」教授猶豫片刻。「我保證讓他見識碎震器的運作，藉此說服他待在我們其中一個藏身處，直到整件事結束爲止。」

我不安地往後靠在房間牆上。儘管教授沒說出口，我卻能從他的口氣聽出弦外之音：碎震器這項科技若公諸於世，將會改變審判者的運作。即使我們擊敗鋼鐵心，審判者仍會損失一項重大優勢——他們再也不能出人意料地溜進各種地方，敵人將能夠計畫、監控跟提防他們的行動。

我會使審判者的黃金時代落幕。隊友們似乎不怪我，可是我仍忍不住感到罪惡。我就像是帶了壞掉的鮮蝦雞尾酒參加派對的傢伙，害所有人吐了一整個星期。

「無論如何，」亞伯拉罕輕敲蒂雅的平板螢幕。「我們可以用碎震器挖掉球場底下一塊區域，只留一吋左右的鋼，然後塞滿炸藥。假如我們得退場就引爆它們。這麼做也許能除掉一些士兵，並且在騷動與煙霧掩護下幫助我們撤離。」

「前提是鋼鐵心不會追殺我們，把直升機從天上打下來。」教授說。

我們陷入沉默。

「我還以爲你說我很掃興呢？」亞伯拉罕問。

「抱歉。」教授回答。「你就假裝我說了什麼自以爲正直的話吧。」

亞伯拉罕不禁笑了。

「這個計畫可行，」教授說。「雖然我們可能得試著放些誘餌炸彈，或許放在他的宮殿來引開他。亞伯拉罕，我交給你去處理。蒂雅，妳能否透過這些網路發訊息給鋼鐵心，但是避免我們被追蹤到？」

「應該可以。」蒂雅說。

「好，那麼給他綠光的回應：『準備在第三天晚上上場。屆時你會得知地點。』」

她點頭。

「三天？」亞伯拉罕說。「時間太短了。」

「我們其實已經沒剩多少時間能準備，」教授說。「何況拖下去只會更可疑。他說不定期望今晚就能跟我們打。但他必須等上三天了。」

審判者們點頭，著手準備我們的最後一戰。我往後靠，內心越來越緊張。我終於有機會面對他了，雖然這個計畫成功的希望十分渺茫。

起碼我將會如願以償。

第三十四章

震波一路撼動到我的靈魂深處，好像我的靈魂也在回應震動。我吸口氣，用思緒塑造震波，手往前推發出音樂。這是只有我才聽得見、唯有我能掌握的樂聲。

我睜開眼，面前一塊牆已經塌落成細碎的灰燼。我戴著面罩，雖然教授跟我保證吸入這些碎屑不像我想的那樣對人體有害。

我把手機綁在額頭上射出亮光。穿過鋼層的隧道很窄，但這裡只有我一個人，行動還算自如。使用碎震器一如以往地讓我想起梅根，還有我們滲透發電廠的那天。我想到我們在電梯井裡獨處，她在那裡跟我分享了她似乎從沒跟別人提過的事。我問亞伯拉罕他知不知道梅根是從波特蘭來的，他聽了似乎很訝異。他說她一直沒有提起自己的過去。

我鏟起鋼屑倒進桶子裡，再提到隧道入口倒掉。我運了幾次鋼灰，然後回去繼續用碎震器挖路。其他人在靠近入口的地方把灰運出去。

我又在隧道裡鑽了幾呎，然後從手機中觀看進度。亞伯拉罕預先在地面上放了另外三支手機，當成某種三角測量系統，讓我得以精確挖掘。我得再往右挖一點，然後就得往上走。

*下次在挑地點襲擊高等異能者時，我得選個比較靠近既有地下街道的地方。*我心想。

隊上其餘人同意亞伯拉罕在球場底下埋炸藥的點子，但同時也希望挖幾條隱藏隧道通往球場周邊。我知道我們面對鋼鐵心時會很高興能有這些隧道當作退路，但建造這麼多條實在是極度累人。

我幾乎很後悔自己這麼擅長使用碎震器。幾乎而已。能憑雙手挖穿實心鋼仍然很酷。我不能像蒂雅那樣駭進電腦系統，沒有柯迪的偵查本領，也不會像亞伯拉罕那樣修機具。至少我能靠碎震器在隊上擁有一席之地。

當然。我分解掉另一塊牆面時想著。我使用碎震器的能力跟教授比起來就像生米和熟飯。我之所以能擔當這角色，基本上是因爲教授拒絕用它。想到這裡就降低了我的成就感。

我突然靈光一閃，舉起手喚出碎震器的震波。教授是怎麼離出劍的？他把手敲在牆上對吧？我試圖模仿這個動作，用拳頭搥打隧道側面，憑心智控制碎震器射出一陣能量。

我沒有離出劍，只讓牆上掉下幾堆灰，外加一條形狀像是胡蘿蔔的鋼條。

好吧，我猜總歸是個開始。

我伸手撿起鋼蘿蔔，卻看見隧道中有光線靠近。我趕緊把它踢進灰燼裡，然後繼續工作。

沒多久後教授走到我背後。「進展如何？」

「得再挖幾呎，」我說。「然後我就能鑽出放炸藥的空間了。」

「很好。」教授說。「試著挖得又長又窄。我們想引導爆炸威力往上走，不是讓它噴回隧道。」

我點頭。計畫是挖薄擺放炸藥空間的「屋頂」——這空間剛好在軍人球場地面的中央下方——然後柯迪會小心焊死底部，把炸藥封在裡面，這樣爆炸威力就會朝我們要的方向前進。

「繼續挖吧，」教授說。「我幫你把灰運走。」

我點頭，很感激有機會能再跟碎震器相處一會兒。這個手套是柯迪的。他把自己手套借給我，我扯裂的碎震器還沒修好，破爛得像眼睛掉出來的殭屍。我沒有跟教授要他身上的那兩隻，這麼做感覺不太明智。

我們沉默工作了一會兒，我分解鋼、教授運走鋼屑。他找到我的蘿蔔劍時賞了我一個奇怪眼神。我希望他沒看見我在微弱燈光中紅了臉。

最後我的手機響了，提醒我快到正確位置。我小心在肩膀高度挖出個長長的洞，接著伸手進去造個小「房間」來放炸藥。

教授提著桶子走回來檢視我的成果，他察看手機又抬頭看看天花板，用根小鎚子輕敲金屬，最後自顧自點頭，雖然我聽不出聲音有何差別。

「你知道，」我說。「我相當確定碎震器違反了物理法則。」

「什麼？你是指用手指摧毀實心金屬不算正常？」

「不只這樣，」我說。「我覺得製造的灰比實際應該有的還少。灰似乎總是會積在地上，體積沒有原本的鋼多。當灰的密度大於鋼時才會這樣，可是這又不可能。」

教授哼了一聲，裝滿另一桶鋼灰。

「異能者都沒辦法用科學解釋。」我用手臂從我挖的洞掃出一堆鋼屑。「連他們的能力也是。」我遲疑了一下又說。「尤其是他們的能力。」

「沒錯。」教授繼續把灰塵裝進桶子。「我欠你一次道歉，孩子。我之前對待你的態度不好。」

「蒂雅解釋過了。」我趕緊說。「她說你以前發生過壞事，跟碎震器有不愉快的經驗。我能了解，沒關係。」

「不，有關係。但我用碎震器的時候的確會變成這樣。我……好吧，真的就像蒂雅說的，我以前發生過壞事。很抱歉我表現成那樣，我沒理由辯解，特別是考慮到你剛經歷過的事。」

「其實沒那麼壞啦，」我急著說。「我是說你做的事。」其他事情就糟透了。我試著別回想自己抱著一個垂死的女孩走過漫漫長路，最後還救不回她。我硬著頭皮講下去。「你真的很厲害，教授。你不應該只有在面對鋼鐵心時才用碎震器，你應該一直用。想想看那會——」

「住口。」

我愣住。他的口氣宛如一道閃電劈過我的脊椎。

教授顫抖著深呼吸，手埋在鋼屑裡，閉著雙眼。「不准這樣對我說話，孩子。這只會讓我更難受。拜託。」

「好。」我小心翼翼地說。

「就……就接受我的道歉就好，假如你還願意的話。」

「當然。」

教授點頭，轉回去工作。

「我能不能問你一件事？」我說。「我不會提起……你知道的。至少不是直接有關。」

「那就問吧。」

「呃，你發明了這些驚人的東西，急救星和保護夾克。根據亞伯拉罕跟我說的，你在創立審判者時就擁有這些科技。」

「沒錯。」

「所以……爲什麼不再發明其他東西呢？從異能者超能力研發的其他類型武器？我是說，你會賣這類知識給鑽晶這種人，他會轉賣給科學家，讓他們創造這種技術。我想你應該跟那些科學家一樣高竿吧。爲什麼寧可把知識賣掉，也不拿來自己用？」

教授沉默地工作了幾分鐘，然後走過來幫我把我挖的洞裡的灰掃掉。「這是個好問題。你有問過亞伯拉罕或柯迪嗎？」

我做了個鬼臉。「柯迪只會講惡魔跟小仙子，他宣稱那都是愛爾蘭佬從他祖先那邊偷走的。我也搞不清楚他到底是不是認眞的。」

「他在開玩笑，」教授說。「他只是喜歡看別人對他說的話有何反應。」

「亞伯拉罕認爲是因爲你沒有以前那種實驗室，沒有適當設備，你無法設計新科技。」

「亞伯拉罕是個很有思想的人。你又怎麼想？」

「我覺得要是你能弄到資源購買或偷來需要的炸彈、摩托車甚至直升機，你想弄個實驗室絕對不成問題。一定有其它原因。」

教授掃掉手上的灰，轉頭看我。「好吧，我搞懂這段對話的目的了。我就准許你問我的過去。」他說得好像這是恩賜，像某種……補償。他因昔日發生過的事而冷漠待我，所以決定拿過往的一段故事來彌補我。

我完全措手不及。我想知道什麼？問他如何發明碎震器的嗎？問他是哪件事使他不肯碰碎震器？教授聽起來好像下定決心要面對往事。

但是我不想把他拖進壞記憶裡。畢竟那會深深刺傷他。我心想。我再也不想這麼做了，就像我不希望有人把我拖回與梅根的死有關的回憶。於是我決定挑個更接近起點的問題。

「你以前是做什麼的？」我問。「在禍星出現之前。你的職業是什麼？」

教授似乎很驚訝。「這就是你的問題？」

「對。」

「你確定你想要知道？」

我點頭。

「好吧。我是小學五年級的自然老師。」教授說。

我以為這是笑話，張嘴想大笑，可是他的口氣使我猶豫了。

「眞的？」我最後問。

「眞的。有位異能者毀了那間學校。當時……當時還在上課。」他瞪著牆，情緒自臉上褪去。他正在極力掩飾內心的感受。

我還以為這問題比較無害。「可是碎震器，」我說。「還有急救星。你一定某個時候在實驗室工作過，對嗎？」

「不，」他說。「碎震器跟急救星都不是我做的。其他人認為是我發明的，但是我沒有。」

這個眞相令我大為震驚。

教授轉過去拿起桶子。「學校裡的孩子也喊我教授，大家叫習慣了，雖然我不是眞的博士，我甚至沒上過研究所。我只是出於意外才會去當自然老師。我熱愛的是教學本身。起碼我當時以爲能藉此改變世界的時候覺得很喜歡。」

他沿著隧道走了，留下我一個人思索這些話。

「好啦，你可以轉過來了。」

我轉身調整背上的背包，柯迪站在我頭頂的梯子上掀開臉前的焊接面罩，用沒拿焊槍的那隻手抹額頭。這時距離我挖出球場底下的空間已經過了幾小時，我和柯迪利用這段時間在球場四周挖掘出更小的隧道跟洞，柯迪則在需要的地方點焊接支撐架。

我們目前的工作是挖出狙擊手的洞穴，這是戰鬥開始時我會待命的地方，位在球場西側座位靠近五十碼中線處的第二層座位前面。我們不希望這裡能從空中被看見，所以我用碎震器挖掉靠近座位的地板，上方只隔著一吋左右的鋼，但前面挖開兩呎的洞，這樣我就能把頭和肩膀伸出矮牆的洞口，用步槍往外瞄準。

柯迪從梯子上伸手搖晃焊接在下方的金屬結構，點了點頭，顯然很滿意這樣能讓我趴在狙擊手洞穴裡，不至於會掉下來。這塊座位區的地板太薄，挖不出能藏住整個人的洞，因此解決之道就是在下方安裝一個架子。

「接下來，」我在柯迪爬下梯子時提議。「我們把第三層座位的逃生洞挖遠一點如何？」

柯迪把焊接工具掛到肩上，伸展背脊。「亞伯拉罕說他現在要裝紫外線照明燈了，他不久前已經在球場底下裝好炸藥，所以我得過去焊接那裡。你可以自己去鑽下一個洞，不過我會幫你搬梯子過去。目前這些洞都弄得不賴啊，小子。」

「你又喊我小子啦？」我問。「夥計怎麼了？」

「我想通了一件事，」柯迪折起梯子，把梯頂放平。「你知道我的澳洲祖先吧？」

「他們怎麼了？」我抬起梯子底端，跟著他從球場第一層座位走向球場中心。

「他們原本就是蘇格蘭過去的，所以要是我真的想講究真實性，我就得學會用蘇格蘭腔講澳洲方言。」

我們繼續穿過座位區底下伸手不見五指的漆黑走道，這裡就像是個彎曲的大走廊，我想正確的名稱是匯口走廊，而下一個預計挖掘的逃生洞的下半部就在走廊上其中一間廁所裡。「澳洲蘇格蘭田納西州腔，是吧？」我說。「你有在練習嗎？」

「才不呢，」柯迪說。「我又沒瘋，小子，只是有點古怪罷了。」

我笑了，然後轉頭看球場的方向。「我們真的要試這件事，對吧？」

「最好有。我跟亞伯拉罕打賭二十塊會贏。」

「我只是……這太難讓人相信了。我花了十年，用掉人生一半時間在替這一天做準備，柯迪。現在這一天終於來臨，雖然一點也不像我想像的樣子，但總歸是實現了。」

「你應該要感到驕傲，」柯迪說。「審判者走舊有路線已經超過五年了，一直沒有改變、沒有眞正的驚人之舉、從來不冒太大的風險。」他舉手搔自己的左耳。「我經常在想我們是不是停滯不前了，只是也一直想不出論點來提議改變。我們需要一個外來者才能稍微動搖我們的視野。」

「讓你們去攻擊鋼鐵心就只叫作『稍微動搖』？」

「噢，你又沒有叫我們做眞正瘋狂的事嘛，比如說嘗試偷走蒂雅的可樂。」

我們在廁所外面架起梯子，柯迪走開去檢查裝在對面牆上的炸彈。我們會拿這些炸彈分散追兵注意，亞伯拉罕一有需要就會引爆它們。我停下來，然後掏出一個橡皮擦形狀的雷管。

「也許我應該放一個雷管炸彈，」我說。「以免我們需要另一個人負責引爆它。」

柯迪看著雷管揉揉下巴。他懂我的意思。假如亞伯拉罕被擊倒，我們就需要第二個人來引爆。我不喜歡想這種可能性，可是經歷梅根的事……好吧，我感覺我們都變得比過去脆弱了。

「你知道，」柯迪說，拿走我手上的雷管。「我眞正想擺備用炸彈的地方是球場底下。那裡是最重要的炸藥，可以掩護我們逃走。」

「我想也是。」我說。

「你不介意我拿走這個，在我焊死球場下方炸藥區之前把它貼上去吧？」柯迪問。

「如果教授同意，我就不介意。」

「他喜歡多一層保障，」柯迪把雷管放進口袋。「只要記得準備好你的筆形引爆器。還有不要意外壓到它就好。」

柯迪沿著球場底下的隧道漫步走開，我也爬上廁所的梯子開始幹活。

我劃過空氣揮拳，然後蹲下來躲過灑在身邊的鋼灰。原來他是這樣做到的啊，我邊想邊伸展手指。我還沒學會怎麼雕出劍，不過我越來越擅長揮拳和分解掉拳頭前面的東西了。訣竅在於調整碎震器的震波，使它們隨我的手移動，然後在手周圍構成……某種震波層。

我只要做對，震波層就會順著我的拳頭滑行，有點像你對煙霧揮拳時煙會跟著你的手飄動。我甩甩手笑了。我終於搞懂了。這是好事，因爲我的關節已經痠疼無比。

我從梯頂伸手用平凡的手法把洞挖完，透過洞口可以看見漆黑的天空，我心想：我總有一天要重新看到太陽。新芝加哥的天上永遠是黑夜，除此以外只有遙遠的禍星在正上方熾熱燃燒，像顆可怕的紅色眼睛。

我從梯子攀上去到第二層座位區，腦中突然閃過不自然的回憶。我來過一次軍人球場，差不多就坐在這個位置附近。我父親省吃儉用帶我來看球，我不記得當時是哪兩隊的比賽了，但仍記得我父親買給我的熱狗滋味，還有他的喝采跟興高采烈的模樣。

我在座位之間蹲低，以免有人在看。鋼鐵心的監視機器人很可能在城內斷電後就停擺了，但他或許會派人在城內偵查尋找綠光的下落，盡可能避免直接露臉才是上策。

我從背包掏出一條繩子綁在一個鋼質椅腳上，然後溜回洞口爬上梯子，返回第二層座位下方的廁所。我讓繩子垂在哪裡，這樣逃生時會比爬梯子更快，接著把梯子跟空背包塞在一個廁所隔間裡走向座位區。

亞伯拉罕在那裡等我，他倚著通往下層座位區的門，若有所思地交叉肌肉發達的雙臂。

「所以，我猜紫外線照明燈已經架好囉？」我問。

亞伯拉罕點頭。「假如能用球場自己的照明燈，那樣就太好了。」

我大笑。「眞的能就好了，我也很想看看你怎麼把一堆變成鋼的燈泡，還有黏在插座上的燈修好。」

我們兩個站在那兒一陣子，眺望我們的戰場。我察看手機，現在是凌晨，我們計畫在早上五點召喚鋼鐵心，但願他的士兵在缺乏車輛或機甲支援下花了整晚阻止掠奪行爲，因而疲憊不堪。何況審判者總是在夜間活動。

「預計再十五分鐘行動，」我說。「柯迪焊接好了嗎？教授跟蒂雅回來了嗎？」

「柯迪焊接完畢，正在準備就位。」亞伯拉罕說。「教授很快就會回來。他們已經弄到一架直升機，艾蒙德也賦予蒂雅驅動直升機的能力。她已經把它開到城外降落，這樣就不會暴露我們的位置。」

假如事情出了差錯，蒂雅也還來得及飛過來接我們，同時我們會引爆炸藥，並且從看台釋放煙幕來掩護我們脫逃。不過我同意教授的話。你不可能開著直升機甩掉或打敗鋼鐵心。這是最終攤牌，我們得在這裡進行殊死戰，不是我們死就是他亡。

我的手機在閃動，耳邊也響起一個聲音。「我回來了，」教授說。「蒂雅也就緒了。」他猶豫了片刻。「我們動手吧。」

第三十五章

我的崗位剛好靠著第三層座位前方，如果站起來就能看到最低的座位區，但我若躲在臨時洞穴只探出上半身時則看不到那裡，卻能清楚一覽整面球場。

所以我的位置高得足以觀察球場四周的動態，不過如果我得拿我父親的槍攻擊鋼鐵心，我也有路可以繞過去。狙擊手洞穴後面的隧道和繩索能讓我快速下去。

等到有需要時，我會跳下去試著溜到鋼鐵心身邊，感覺就像拿小水槍靠近一頭猛獅。我躲在洞裡等待，左手穿著碎震器，右手握著手槍握柄。柯迪給我了一把新步槍，不過我暫時把它擱在一旁。

我上方竄出煙火，球場周圍的四根柱子射出大量火花，我不知道亞伯拉罕是從哪邊弄來純綠色煙火的，但這個信號絕對會被看到，也錯認不了。

關鍵時刻來了。鋼鐵心眞的會現身嗎？

煙火火花消散。「我看到動靜了。」亞伯拉罕在我們耳邊說。他不算明顯的法語口音反倒讓他的咬字錯誤更爲明顯。他躲在最高的狙擊點內，柯迪則躲在低處；柯迪的槍法雖然比較好，但亞伯拉罕得待在更遠的地方才能避開戰鬥，他的任務是遙控啓動紫外線照明燈或引爆炸彈。「對，他們眞的來了，有一隊執法隊卡車正在接近中，但還沒看到鋼鐵心。」

我收起我父親的槍，伸手拿起身邊的步槍。這把步槍感覺太新了。一把步槍應該要用到舊、飽受呵護，這樣用起來才熟悉又可靠。你會很了解它的射擊性能、什麼時候可能會卡彈、準星有多準確。槍支就像鞋子，越新反而越難用。

只是我不能仰賴手槍，我拿手槍只打得中載貨火車這麼大的東西，我如果想嘗試這把槍就得摸到鋼鐵心身邊。我們的決議是先讓亞伯拉罕和柯迪測試他們的理論，然後才讓我貼近他。

「他們停在球場前面，」亞伯拉罕在我耳邊說。「我看不見他們了。」

「我可以看到，亞伯拉罕，」蒂雅說。「在六號攝影機。」她雖然跟直升機待在城外，身上有艾蒙德賦予她驅動直升機的能力，但仍監看著我們事先設置的攝影機，我們要用它們監控並且錄下這場戰鬥。

「收到，」亞伯拉罕說。「對，他們正在散開。我還以爲他們會長驅直入，結果沒有。」

「很好，」柯迪說。「這樣測試交叉火線就更簡單了。」

前提是鋼鐵心眞的有來。我心想。這點同時是我的希望與恐懼。假如他沒來，就表示他不相信綠光眞的是威脅，那麼審判者逃出城就會比較容易。任務會付諸流水，但起碼不是因爲我們半途而廢。我幾乎希望事情是這種結果。

如果鋼鐵心出現殺光我們，那麼等於是我親手害死了審判者，因爲是我帶他們走上了這條路。從前這件事不會困擾我，此刻卻令我滿心煎熬。我往下看美式足球場，卻什麼也看不見。我轉頭往後看向上一層座位區。

我在漆黑中瞧見一絲動靜，像是一絲金光閃爍。

「各位？」我小聲說。「我覺得我看到上層座位有人。」

「不可能，」蒂雅說。「我正在監看所有入口，沒有人進來。」

「我告訴你們，我眞的有看到東西。」

「十四號攝影機……十五號……大衛，上面沒人啊。」

「保持鎭靜，孩子。」教授說。他躲在我們挖在球場底下的隧道，只會等到鋼鐵心現身時才出來。我們決定先試過其他辦法殺死鋼鐵心，沒效的話再引爆炸藥。

教授也戴著碎震器，我知道他很希望不必使用它們。

我們沉默等待。蒂雅和亞伯拉罕小聲地轉達執法隊的行動：地面部隊團團包圍球場，堵死他們知道的所有出入口，然後開始慢慢滲透。他們在看台上幾個地方設了射擊據點，不過還沒找到我們任何人。球場太大了，我們又躲得很隱密，我們在別人不認爲能挖穿的地點挖掘出很多有意思的隱藏隧道。

「接上擴音器。」教授輕聲說。

「好了。」亞伯拉罕回答。

「我不想對付你們這些低等人渣！」教授如雷大吼，聲音從我們裝設的擴音器響徹球場。「難道這就是偉大的鋼鐵心的勇氣嗎？派些拿玩具槍的小不點煩我？你又在哪裡，新芝加哥的皇帝？你眞的有這麼怕我嗎？」

球場變得鴉雀無聲。

「你們有看到士兵們守在看台上的模式嗎？」亞伯拉罕在頻道上問。「他們非常小心，想確保不會誤擊自己人。我們會很難引誘鋼鐵心陷進交叉火線了。」

我繼續回頭看。我背後的椅子沒有其他動靜。

「啊，」亞伯拉罕小聲說。「有用了，他來了。我看到他在天上。」

蒂雅輕輕吹口哨。「這就是了，孩子們。準備正式開派對吧。」

我一邊等待一邊舉起步槍，用瞄準鏡掃視天際。最後我看見黑暗中有個亮點靠近，逐漸變成三個人影飛向球場正中央。夜影毫無固定形體地飄下來，熾焰則落在他身邊，燃燒的人形耀眼得在我眼前留下殘影。

鋼鐵心在他們中間降落。我不禁屏息，完全靜止不動。

自從摧毀銀行那天後，他的外表幾乎沒什麼改變，臉上掛著同樣自負的表情，頭髮一樣梳得完美有型，黑銀斗篷底下是壯碩得超乎凡人的身軀，拳頭散發著淡淡黃光，飄出一縷煙霧，頭上稍微多了點白髮。異能者老化的速度比普通人慢，但是確實會變老。

風在鋼鐵心身邊打轉，掃起灰塵聚集在銀色地面上。我發現自己無法移開視線。這就是殺死我父親的凶手，他終於來了。他似乎沒注意到地上我們從銀行金庫搬出來的那些東西。我們把東西丟在球場中央，跟我們帶來的垃圾混在一起作爲掩飾。

這些物品現在跟他的距離相當於那天在銀行的狀況。我的手指在步槍扳機上抖動，我甚至沒發現自己已經下意識地把手伸到扳機前面。

我小心抽回手指。我想看到鋼鐵心死去，但他不見得非得死在我手上不可。我得躲好，我的責任是拿手槍射他，而他此刻的位置太遠。假如我現在就開槍，不但會射偏，也會暴露出自己的位置。

「看來得由我宣布派對開始啦。」柯迪低聲說。他準備第一個測試銀行物品，畢竟他的位置最容易撤退。

「收到，」教授說。「開槍吧，柯迪。」

「好啦，你這愣仔，」柯迪小聲對鋼鐵心說。「我們就來看看搬這些垃圾過來究竟值不值得……」

空中響起槍聲。

第三十六章

我正在用步槍的瞄準鏡放大鋼鐵心的臉。我發誓，我非常清楚看見子彈擊中他腦袋側面，打亂了頭髮。柯迪正中目標，然而子彈連皮膚都沒打穿。

鋼鐵心更是一動也不動。

執法隊立刻反應，大吼著判斷槍聲來源。我不理他們，繼續專心看鋼鐵心。他才是重點。更多槍聲響起，柯迪想確定有打中目標。「星火的！」柯迪說。「我看不見子彈落點。但是至少命中了一發。」

「有人能確認嗎？」教授急著問。

「確認擊中，」我透過瞄準鏡看。「攻擊無效。」

我聽見蒂雅低聲咒罵。

「柯迪，快走，」亞伯拉罕說。「他們找到你的位置了。」

「進入第二階段。」教授嗓音堅定地說。儘管焦慮，但仍維持冷靜。

鋼鐵心一派輕鬆地轉身打量球場，手仍發著光，姿態像是個在巡視自己領地的國王。第二階段是由亞伯拉罕負責引爆誘餌炸彈，試著引發交叉火線，而我的角色是拿手槍偷溜過去就位。我們想盡可能隱藏亞伯拉罕的位置，讓他能用爆炸試著操控執法隊士兵的動向。

「亞伯拉罕，」教授說。「把那些——」

「夜影在移動！」蒂雅打岔。「熾焰也是！」

我強迫自己把眼睛從瞄準鏡前面拉開。熾焰化爲一團火光衝向看台底下的匯口走廊入口，夜影則飛到天上。

往我的方向直飛過來。

不可能。我震驚地心想。他不會——

執法隊開始從據點開火，可是不是在射柯迪，而是看台上其他區域。我困惑了一下，直到第一盞紫外線照明燈被打爆。

「他們盯上我們了！」我大喊著退後。「他們在攻擊照明燈！」

「星火的！」蒂雅咒罵，同時其他照明燈被不同的執法隊成員打爛。「他們不可能同時發現所有的燈！」

「事情不對勁，」亞伯拉罕說。「我要引爆誘餌炸彈了。」球場應聲撼動，我則把步槍掛到肩上、爬出洞穴衝上看台樓梯。

槍聲跟我幾天前在隧道裡體驗過的相比微弱許多。

「夜影在接近你，大衛！」蒂雅說。「他早就知道你躲在那裡。他們一定監視了這個地方。」

「這講不通，」教授說。「那樣他們就會早點阻止我們，不是嗎？」

「鋼鐵心在做什麼？」柯迪邊跑邊喘氣問道。

我幾乎沒有在聽，也沒回頭看就衝向前頭地上的逃生洞。我周圍座椅的影子開始變長，觸手像拉長的手指般伸出來，然後有東西在我面前的階梯上濺出火星。

「執法隊狙擊手！」蒂雅喊。「他在瞄準你，大衛。」

「找到了。」亞伯拉罕說。我在槍戰中聽不見亞伯拉罕的狙擊槍聲，但是沒有人繼續射我了。雖然這樣可能讓他暴露了位置。

*星火啊！*我心想，整件事這麼快就墜進禍星了。我抓到繩子翻出手電筒，這些活生生的影子就快撲上我了。我打開手電筒摧毀洞口周圍的黑影，然後單手抓住繩索滑下去。幸好紫外線對夜影本人跟其黑影都有效果。

「他還在追你，」蒂雅說。「他……」

「怎麼了？」我急著追問，用碎震器手套抓住繩子，腳勾在繩索來減緩下降速度，穿過二、三層座位中間的空隙。摩擦力使手掌發燙，但是教授宣稱碎震器經得起這種撕扯。

我垂降過第二層座位和廁所的屋頂，跑進完全漆黑的匯口走廊，以前這裡有小吃店之類的地方，而過去球場外面是草地，但現在全都變成鋼了，整個球場像是倉庫一樣密不通風。

我仍能聽見隱約的槍聲，在空曠的球場裡微弱迴盪。我的手電筒濾片射出的主要是紫外線，但也發出少許藍光。

「夜影鑽過看台，」蒂雅對我小聲說。「我看不到他了。我猜他是要擺脫攝影機追蹤。」

*所以我們不是唯一會躲開監視的人。*我心想，感覺心臟在胸膛狂跳。夜影要來找我，他跟我有帳要算，他曉得是我找到了他的弱點。

我焦急地拿手電筒往四周探照。夜影馬上就會撲上我，但他知道我有紫外線手電筒，希望這能讓他對我多幾分提防。我掏出我父親的手槍，一手舉在面前、另一手拿手電筒，新步槍則掛在肩上。

*我得移動，我如果先出發就能甩掉他。*我們在廁所、辦公室、置物櫃室跟小吃店面挖了很多進出的隧道。

紫外線手電筒發出的照明極爲有限，但對身爲地下街道居民的我來說已經足夠。不過手電筒有種奇怪效果，會讓白色的東西發出幽魂似的光線，我擔心這會暴露我的行蹤。我應該關掉手電筒憑手探路嗎？

不行，手電筒是我唯一能對付夜影的武器，我可不想瞎著眼面對一位能用黑影勒死我的異能者。我蹲低悄聲穿過墓穴般的走廊。我得——

我僵住。前面的陰影裡是什麼東西？我把手電筒轉過去看，光線照到一些在大轉變時黏在地上的垃圾，還有一些帶子原本可以調整的鋼質排隊柱跟幾張凍結在牆上的海報，某些近期的垃圾發著如鬼魅的白光。我剛才看見的是……

我的光線照到一位靜靜站在我面前的女人，她生著一頭在正常光線下會是金色的美麗秀髮，而那張被紫外線染藍的完美臉龐則宛如冰雕大師的傑作。我望著那身體的曲線、豐滿的唇與大大的眼眸，正是我再熟悉不過的眼睛。

梅根。

第三十七章

我還來不及瞠目結舌，身邊的陰影就開始旋轉。我急忙撲向一旁，下一秒幾條黑影便刺穿我剛才站立的位置。夜影乍看像能讓黑影活起來，但他實際是散發出一種黑霧讓它們積在陰影裡，這才是他能控制的東西。

他可以非常精確控制幾條觸手，不過通常喜歡操控一大群，大概因爲這樣更嚇人吧。控制數量龐大的觸手會變得困難許多，他基本上只能抓人、綁人或刺人。我周圍的每一塊黑暗都開始變成有索命危險的長矛。

我躲過它們，最後不得不滾到地上避開攻擊。在鋼質地板上翻滾可不太舒服，我爬起來時臂部很痛。我跳過幾根變成鋼的排隊柱，汗如雨下地拿手電筒探照可疑的影子，只是我沒辦法同時顧及所有方向，還得不停轉身來閃避背後的黑矛。我稍微留意其他審判者們在我耳中的對話，但是顧著保命時根本無暇消化。事情好像陷入一團混亂：教授現身吸引住鋼鐵心的注意，而亞伯拉罕因爲開槍救我一命被發現，現在他跟柯迪都在抵抗執法隊士兵。

一聲爆炸撼動球場，震動竄過走廊掃過我，好似壞掉的可樂穿過吸管那樣。我躍過最後一道排隊柱，拚命拿紫外線照向四周來逼退黑暗之矛。

梅根已經沒站在剛才的位置了，我差點相信她是我腦中的幻覺。幾乎而已。

一道黑矛刺中我的夾克被護盾擋下時，我心想：我動作太慢，快撐不住了。我袖子底下的手能感覺到攻擊，夾克上的半導體也在閃爍。這件夾克比我之前那件弱好多，也許是一開始的原型產品吧。

下根矛一定會刺穿夾克劃開我的皮膚。我咒罵著把手電筒照向另一團如墨汁濃郁的黑暗。我若不快點更改戰術，夜影很快就會殺了我。我得智取他。*夜影必須得看見我才能用矛刺我。*我心想。所以他一定在附近。儘管走廊似乎空蕩一片。

我踉蹌了一步，結果剛好躲過一根準備砍掉我腦袋的矛。*你這白癡。*我在心裡咒罵自己，夜影能穿過牆壁，不會呆站在空曠處，他只要稍微探頭看就行了。他只需要……

*找到了！*我心想，瞧見對面牆上有個額頭跟一雙眼睛探出來。他這副模樣其實滿蠢的，像個蹲在游泳池最深處的小孩，以為整個人幾乎泡在水底下就等於隱形。

我拿紫外線照他同時試著開槍，可惜我稍早交換了雙手的東西，好用右手持手電筒，因此我是用左手持槍發射。我有提過我對手槍和其命中率的看法吧？

子彈打偏了，而且是*超級*偏，我打中夜影的機率還不如射下球場外飛行鳥兒的機率。但是手電筒發揮了效果。我不確定他穿過物體時失去異能會怎樣，只是看起來不會害死他，他的臉一變回實體時就往後彈出牆面。

我不想知道牆壁另一邊是什麼，那邊跟球場是反方向。所以他在球場外面囉？我不能停下來用手機查地圖，於是轉而跑向附近的一個小吃店，我們在這邊挖了條隧道穿過地板，希望我能趁夜影還在外面時繼續移動，這樣他再探頭看就很難找到我了。

我進入小吃店，往下爬進隧道。「各位，」我前進時對手機小聲說。「我看到梅根了。」

「你看到什麼?」蒂雅問。

「我看到梅根。她還活著。」

「大衛,」亞伯拉罕說。「我們都知道她已經死了。」

「我跟你說,我眞的親眼看到她!」

「是熾焰搞的鬼,」蒂雅說。「他想設計你。」

我一邊爬行一邊感覺整顆心沉到谷底。當然了,只是幻象。可是……可是感覺不太對勁。

「我不知道,」我說。「她的眼睛一模一樣。我不認爲幻象可以這麼眞實。」

「幻象異能者如果做不出以假亂眞的人影,就沒什麼價值了,」蒂雅說。「他們得——亞伯拉罕,不是往左!走另一邊。其實你可以的話就往左方扔顆手榴彈。」

「多謝。」亞伯拉罕稍微喘氣。我能聽見同一個爆炸傳來兩次,一次是透過亞伯拉罕的麥克風。球場遠處一陣搖晃。「順帶一提,第三階段失敗了。我暴露位置後馬上對鋼鐵心開槍,但沒有效果。」

第三階段是教授的理論,只有忠貞者信徒才能傷害鋼鐵心。假如連亞伯拉罕的子彈也發揮不了作用,那麼這個理論就不成立。我們只剩兩個方法了:首先是我認定的交叉火線理論,接著就是我父親的槍或子彈有某種特殊之處。

「教授狀況如何?」亞伯拉罕問。

「他還撐著。」蒂雅說。

「他在跟鋼鐵心纏鬥。」柯迪說。「我只能看到一點點,可是——噢,星火啊!我要斷線一會兒，他們快包圍我了。」

我蹲在狹窄的隧道裡，試著釐清現在發生的事，我依舊能聽到很多槍聲跟少數爆炸。

「教授在拉住鋼鐵心的注意，」蒂雅說。「我們還是無法確認有沒有交叉火線命中。」

「我們在努力。」亞伯拉罕說。「我正在讓下一群士兵追著我繞過走廊，然後要柯迪引誘他們越過球場對他開槍，也許這樣有用。大衛，你在哪裡？我也許得引爆一、兩個誘餌炸彈，把藏匿在你那邊的士兵趕出去。」

「我在第二條撤退隧道，」我說。「我會到大熊附近的一樓，然後我會往西走。」大熊指的是球季開打時宣傳用的大型塡充熊，現在跟其他東西一樣凍結在原地。

「收到。」亞伯拉罕說。

「大衛，」蒂雅說。「如果你看到幻象，那表示熾焰和夜影同時在對付你。這一方面是好事，我們一直很納悶熾焰到哪邊去了。不過對你就是壞消息，你得面對兩名強大異能者。」

「我跟你們說了那不是幻象，」我咒罵著嘗試同時拿好槍跟手電筒。我從工作褲口袋掏出工業膠帶，我父親告訴過我身上永遠要帶著工業膠帶，我長大後很訝異地發現這條建議眞是金玉良言。「她是眞的，蒂雅。」

「大衛，請你仔細想想。梅根怎麼會跑來這裡？」

「我不知道，」我承認。「也許他們……做了什麼事把她復活……」

「我們用爆炸威力極強的燃料燒毀了藏身處中的一切。她已經火化了。」

「也許他們找到了ＤＮＡ，」我說。「也許有異能者能讓人復活之類的。」

「這是杜康矛盾，大衛。你太努力想要找到解釋了。」

我把手電筒綁在步槍槍管上，不是綁在上面，這樣我就還能用瞄準鏡。儘管這麼做會讓武器重心歪掉或變得笨重，但我的步槍槍法比手槍好多了。我把手槍塞進手臂下的槍套。

「杜康矛盾」的名稱來自早年一位研究和思索異能者特性的科學家，他指出既然異能者打破了物理定律，那麼這世上幾乎什麼事情都有可能成眞，但他也警告不該把所有不尋常的現象歸咎於異能者的能力，這種思維只是在鑽牛角尖，無法帶來眞正的答案。

「你眞的聽過有哪位異能者能讓別人起死回生嗎？」蒂雅問。

「沒有。」我坦承。有些人能治療，可是沒有人能使人復活。

「而且不就是你聲稱我們可能會面對一位幻象異能者嗎？」

「對啊。可是他們怎麼會曉得梅根長得什麼樣子？他們既然知道柯迪或亞伯拉罕在這裡，爲何沒有用他們的形象來騙我？」

「他們想必在我們攻擊匯流時拍下她的錄影，」蒂雅說。「他們想用她擾亂你，使你動搖。」

我瞪著長相神似梅根的幽靈時，夜影的確差點殺了我。

「你說對了熾焰的事，」蒂雅繼續說。「火焰異能者一離開執法隊士兵的視線，就從我的攝影機影像上消失不見。那只是個用來分散注意力的幻象，眞正的熾焰另有其人。大衛，他們想要玩弄你，目的是讓夜影把你除掉。你得接受事實。你在讓期望遮蔽你的判斷力。」

她說得對。星火啊，我眞不甘心，可是蒂雅說得沒錯。我停在隧道裡深呼吸，逼自己接受眞相。梅根死了，現在鋼鐵心的手下在玩弄我。這讓我很生氣。不對，讓我氣得牙癢癢。

但這也帶來另一個問題：他們幹嘛冒著讓熾焰露出破綻的風險做這種事？讓他在一個很可能遭到我們監控的場地裡一離開視線就消失，然後換上梅根的幻象？這些事反而揭穿了熾焰的身分。

這不禁令我打哆嗦。他們早就知道了。他們曉得我們會攻擊他們，所以根本不必假裝。他們也知道我們在哪裡放了紫外線照明燈，以及我們有多少人。我心想。

事有蹊蹺。「蒂雅，我覺得——」

「你們這些蠢蛋少廢話，」教授嗓音厲聲吼道。「我得專心！」

「沒關係，喬，」蒂雅安撫地說。「你表現得很好。」

「呸！你們都是白癡。」

他又在用碎震器了，他像被碎震器變成另一個人。我心想。

沒時間多想了，我只希望我們能活到讓教授有時間道歉。我爬出隧道來到一些高大鋼櫃後面，然後用裝著手電筒的步槍小心指進走廊。

我純粹是出於僥倖才躲過攻擊。我以爲看見遠處有東西，於是跑過去試著用手電筒照亮，這時三根黑暗之矛突然刺向我，其中一根戳穿我的夾克背後、劃傷我的皮膚。它只差一點點就會斬斷我的脊椎。

我呻吟著轉過身去，夜影站在如洞穴般的大房間裡，我朝他開槍，結果毫無作用。我咒罵著靠近，把步槍托在肩膀上，紫外線灑在我面前。

夜影露出惡魔般的詭異笑容，我對他的臉賞顆子彈，沒反應。紫外線沒奏效。我驚慌失措地僵在原地。我搞錯他的弱點了嗎？可是之前就有用，這是爲什麼——

我猛地轉身，險些被一群矛刺死，紫外線一碰到黑影就將其驅散。所以手電筒還是能用。那麼剛才是怎麼回事？

*是幻象。*我心想。我感覺自己好蠢。*到底要上當多少次？*我掃視牆面，發現夜影從一面牆上探頭看我，他在我開槍之前就退出去，四周的黑影也歸於靜止。

我冒著汗等待，盯住夜影剛才出現的那個位置，也許他又會探頭看。假夜影就站在我右邊，一臉無動於衷。熾焰已經隱形躲在房間某處，大可一槍射倒我，他爲何沒動手呢？

夜影又冒出來，我立刻開火，但他一眨眼就躲掉，使子彈在牆上彈開。我想他可能會換個方向靠近我，所以拔腿就跑。我跑的時候用槍托揮向假夜影，槍身不出所料穿了過去，幽靈像投影一樣微微波動。

遠處傳來爆炸聲，亞伯拉罕對著我耳邊咒罵。

「怎麼了？」蒂雅問。

「交叉火線沒用，」柯迪說。「我們讓一大群士兵越過煙幕相互開槍，他們不曉得鋼鐵心就夾在中間。」

「他至少被打中十幾次，」亞伯拉罕說。「理論無效。我重複，誤擊無法傷害他。」

*禍星啊！*我驚訝心想，我本來還很篤定這理論是對的。我咬牙繼續跑。*我們會沒辦法殺死他，這一切都只是白費力氣。*

「恐怕我也能證實，」柯迪說。「我也有看到子彈命中，但他好像根本沒感覺。」他停頓。「教授，我只是想說一聲，你眞像台人形機器，太強了。」

教授的唯一反應是冷哼一聲，繼續戰鬥。

「大衛，你應付夜影的狀況如何？」蒂雅問。「我們需要你啓動第四階段，用你父親的槍射鋼鐵心。我們只剩這個選項了。」

「我應付夜影的狀況？」我問。「很糟。我會盡快趕過去。」我繼續沿著座位區底下開闊的匯口走廊奔跑，也許我到了外頭就有比較多時間，這裡面能躲藏的地方實在太多了。

夜影會在我離開隧道的地方等我。他們在監聽我們的通訊，所以他們才曉得我們一開始的計畫。

可是這點說不通，他們無法駭進我們的手機信號，騎士鷹鑄造廠的技術確保了這點，何況審判者用的還是私人網路。

只不過……

只不過還有梅根的手機，它仍然接在我們的網路上。我有跟教授和其他人提過她的手機在撞車時失蹤了嗎？我當時以爲摔壞了，可是要是沒有……

他們在偷聽我們的前置作業。我心想。我們有在頻道上提過綠光是假的嗎？我拚命回想過去三天來的對話，但腦袋裡一片空白。或許我們有提過，或許沒有。審判者習慣在頻道上愼重交談，當作額外保障。

我還沒能猜測下去就被打斷，因爲我發現前頭走廊有個人影。我慢下來，步槍舉到肩上瞄準。熾焰這回會用哪種招數？

又是梅根的影像，站在原地不動，身穿牛仔褲和緊身鈕釦紅襯衫，但是沒有審判者夾克，一頭金髮在後面綁成及肩馬尾。我提防著被夜影從背後攻擊，經過幻象身邊，它面無表情看著我，不過什麼也沒做。

我要怎麼找到熾焰呢？他很可能隱形起來了，我不確定他有沒有那種能力，但真是這樣的話也很合理。

我腦海竄過各種揭發隱形異能者行蹤的辦法。我要不是得聽他發出的聲音，不然就得用某樣物品使空氣變得混濁，像是麵粉、泥土、灰塵……也許我能用碎震器來造出灰塵？汗水滴下我的額頭。我真痛恨被看不見的人盯著瞧。

我該怎麼辦？我最初應付熾焰的計畫是透露我曉得他的祕密，藉此嚇走他，就像我在攻擊匯流時驅走夜影那樣。這招現在沒用了，他早就知道我們想對付他。他得確保審判者們帶著祕密進墳墓。*禍星啊，該死的禍星！*

梅根的幻象轉頭，看著我觀察房間每個角落跟聆聽動靜。

幻象皺眉。「我認識你。」她說。

是她的聲音。我不禁顫抖。*強大的幻象異能者能創造聲音來搭配影像。*我告訴自己。*我知道這是真的。沒必要覺得訝異。*

可是那真的是她的嗓音。熾焰怎麼會知道呢？

「對……」她走向我。「我的確認識你。似乎跟……跟膝蓋有關。」她瞇眼注視我。「我應該現在要殺了你才對。」

膝蓋。熾焰應該不知道這件事？梅根有在手機頻道上喊過我阿膝嗎？他們不可能那麼早就在監聽我們對吧？

我動搖了，槍的準星指著她。這是幻象，還是眞的梅根？夜影會來找我，我不能站在這裡不動，但是我也猶豫得動不了。

她走向我，目中無人的表情使她看起來好像世界的主宰。梅根之前曾表現出這種態度，但此刻不僅如此，她現在的架勢更胸有成竹，儘管她茫然地咬著嘴唇。

我得確定。我必須知道。

我放下槍往前一撲。她後退，只是太慢了，被我抓住她的手。

是眞的。

一秒鐘後，走廊爆炸了。

第三十八章

我咳嗽翻過身，發現自己倒在地上耳鳴不已。附近有些瓦礫著了火，我眨掉眼裡的殘影，試著甩掉暈眩。

「怎麼回事？」我啞聲問。

「大衛？你還好嗎？」亞伯拉罕在我耳裡追問。

「我遇到爆炸。」我呻吟著起身，環顧走廊。梅根在哪裡？我到處找不到她。她是眞的，我摸到了，這代表那不是幻象對吧？我難道發瘋了嗎？

「禍星啊！」亞伯拉罕叫道。「你說要往西走，我還以為你人在滙口走廊另一邊！」

「我在逃離夜影，」我解釋。「我走錯路了，我是個大愣仔。對不起，亞伯拉罕。」

我的步槍。我看見槍托插在一堆瓦礫中，於是走過去把它拔出來。槍的其餘部分不見了。星火的！我咒罵。*我最近老是保不住手上的步槍。*

我在不遠處找到剩下的槍身，也許還能用吧，但是少了槍托就只能舉在腰際發射，沒辦法瞄準。手電筒仍綁在上頭，而且還在亮。我把整個裝置拿走。

「你狀況如何？」蒂雅嗓音緊張地問。

「有點暈，」我說。「但是還好。爆炸沒有近到造成腦震盪以外的傷害。」

「震波會被走廊放大，」亞伯拉罕說。「禍星啊，蒂雅！我們快掌控不住情況了。」

「你們都該去死。」教授凶殘地說。「我要大衛現在給我出來。把槍帶過來！」

「我要過去幫你了，小子。」柯迪說。「待在原地。」

我突然靈機一動。假如鋼鐵心跟手下已經在監聽我們的私人頻道，我可以來個反間計。

我的內心天人交戰，究竟要執行這點子還是去找梅根。如果她受傷了呢？她一定在附近，而且走廊裡的瓦礫似乎更多了，我得去看看……

不行。我不能上當。也許熾焰換上了梅根的外表想使我分心。

「好吧，」我對柯迪說。「你知道靠近四號炸彈的廁所嗎？我會躲在裡面等你。」

「了解。」柯迪說。

我拔腿跑去，希望夜影不管在哪裡都已經被爆炸震得頭暈目眩。我靠近我跟柯迪提過的廁所，但是沒有照我說的進去，而是在附近找個地方用碎震器在地上挖個洞。我在這兒可以隱密地躲起來，又能一覽整條走廊——包括廁所在內。

我把洞挖得很深，照教授教我的那樣躲進去，用鋼灰蓋住身子。沒多久我就像個在傘兵坑裡的士兵一樣不露痕跡地藏好，手機調到靜音，步槍則埋在鋼屑上層好遮住手電筒的光線。

然後我盯著廁所門口，走廊陷入寂靜，只有燃燒的碎塊發出亮光。

「有人在嗎？」有個嗓音對走廊喊。「我……我受傷了。」

我緊張起來。是梅根。

是詭計。一定是。

我環顧陰暗的走廊。在那裡！我瞧見走廊另一邊有隻手臂被壓在爆炸製造的瓦礫堆底下，包括鋼塊跟上頭掉落的梁柱。那隻手臂變形、手腕流血，再仔細一看就能在陰影中看見她的臉和上半身。她好像現在才開始動，彷彿剛才被爆炸震昏過去。

她被壓住受傷了。我得爬出去幫她！我忍不住扭動，但是逼自己蹲好。

「拜託，」她哀求。「拜託誰來救我。」

我沒動。

「噢，禍星啊，這是我的血嗎？」她邊呻吟邊掙扎。「我的腿不能動了。」

我用力閉上眼。他們是怎麼做到的？我不曉得該相信什麼了。

*熾焰在用某種辦法操控幻象。她不是眞的。*我告訴自己。

我把眼睛睜開。夜影一臉困惑地從廁所門走出來，好像方才在裡面找我卻遍尋不著。他搖搖頭，穿過走廊四處搜尋。

那眞的是他，還是只是幻象？這一切還有什麼是眞的嗎？球場又在另一陣爆炸中搖晃，不過外面的槍聲減少了。我得快點做些什麼，不然柯迪就會撞見夜影。

夜影停在走廊中央交叉雙臂，似乎不見平時的鎮靜，臉上表情頗爲不悅。最後他開口說：

「你躲在這裡的某個地方，對吧？」

我敢不敢開槍？萬一他是幻象呢？那我有可能在暴露位置時就會被眞正的夜影殺死。我小心地轉身察看牆面跟地板，但是除了附近陰影潛藏的一些黑暗，以及像在搜尋獵物跟試探空氣的猶豫觸手之外別無他物。

假如熾焰眞的扮成梅根，那麼射她就能阻止幻象，如此一來我只需應付正牌夜影，不論他在何處。但是倒地的梅根很有可能只是純粹的假象。星火啊，那些梁柱也可能是虛構的。遠方的爆炸眞的能震掉這些建材嗎？

不過要是那是披著梅根外表的熾焰，讓我摸她時能有實際感覺呢？我舉起父親的手槍瞄準她染血的臉，但卻遲疑了。激烈的心跳聲衝擊著我的耳膜，夜影絕對聽得到我的心跳。我現在能聽到的只有越來越急促的心跳聲。我要怎麼做才能靠近鋼鐵心？開槍射梅根？

她不是眞的。不可能是。

萬一她是呢？

心臟的跳動有如雷鳴，震撼著我的胸膛。

汗水滴下我的眉頭。

我做出決定，跳出坑洞用左手抬起步槍、讓紫外線照過去，右手則舉起手槍。我雙槍齊發。

瞄準夜影，不是梅根。

被光線照到時的夜影猛地轉身、眼睛瞪大，子彈撕開他的身體。他驚恐地張嘴，血從他背後湧出來。他實體的背後。他倒下時脫離手電筒的直接照射，變回非實體撞上地面。

但他陷進地面一半就停住，張大嘴，胸膛滲血，卡在鋼質地板裡慢慢變回實體，幾乎就像是攝影機在緩緩對焦。

我聽見喀擦一聲，轉過身去看。梅根站在那裡舉著槍，正是她喜歡帶的P二二六手槍。另一個版本的她——被瓦礫困住的她——已經連同梁柱一眨眼消失。

「我一直都不喜歡他，」梅根冷淡地說，看一眼夜影的屍體。「你剛剛幫了我個大忙，這樣我就有否認的理由了。」

我望著那雙眼，是我再熟悉不過的眼睛。我搞不懂這是怎麼回事，但這的確是她。

一直都不喜歡他……

「禍星啊，」我小聲說。「妳就是熾焰，對不對？妳一直都是。」

她沒吭聲，雖然她的雙眼瞥向我的武器，我仍把步槍握在腰際，另一手持手槍。她的眼神閃爍。

「熾焰不是男性，」我說。「他……她是女的。」我忍不住睜大眼。「那天在電梯井裡，警衛差點看見我們……他們沒看到電梯井的任何東西，是因爲妳製造了幻象。」

她仍瞪著我的槍。

「然後我們騎車那天，」我說。「妳製造出亞伯拉罕跟著我們的幻象好吸引追兵跟上，以免他們看見眞正的他逃往安全地點。他脫隊時我就在我們背後看到妳做的幻象。」

她爲什麼一直看我的槍？

「可是占卜儀，」我說。「它測試過妳，卻說妳不是異能者。不對……等等。幻象。妳只要讓螢幕顯示妳想要的結果就好了。鋼鐵心一定曉得審判者要進城，所以派妳臥底。妳是在我之前最新加入的審判者成員，妳從來就不想攻擊鋼鐵心。妳說過妳認爲他應該繼續統治。」

她舔舔嘴唇，然後低聲講了句話，似乎完全沒有聽我在說什麼。「星火啊，」她喃喃說。「我眞不敢相信奏效了……」

什麼？

「你『將死』了他……」她小聲說。「太神奇了……」

「將死」他？夜影？她在說什麼？她抬頭看我，然後我想起來了。她在回憶我跟她攻擊奇運時的其中一段對話，她當時就是在腰際拿步槍、另一手舉高手槍，正如我方才射倒夜影的辦法。這景象勾起她的記憶。

「大衛，」她說。「這是你的名字。我認為你很煩人。」她似乎剛剛才想起我是誰。她失憶了嗎？

「呃……謝謝？」我遲疑說。

一陣爆炸撼動球場，她轉頭看，手槍仍瞄準我。

「妳是站在哪一邊的，梅根？」我問。

「我自己這邊。」她立刻說，但又把另一隻手舉到頭旁邊，感覺猶豫不決。

「有人出賣我們的祕密給鋼鐵心，」我說。「有人警告他我們要對匯流下手，而且跟他說我們駭進了城內的監視器。今天有人偷聽我們對話，把我們在做的事回報給他。這個人就是妳。」

她回頭看我，沒有出聲否認。

「可是妳也用幻象救了亞伯拉罕，」我說。「妳還殺了奇運。我相信鋼鐵心為了讓我們信任妳，所以允許妳殺掉他的一個異能者手下，反正奇運已經不得他寵愛。可是妳為何背叛了我們，然後又幫助亞伯拉罕逃走？」

「我不知道，」她低語。「我……」

「妳要開槍射我嗎？」我問，平靜地盯著她的槍管。

她猶豫。「白癡，你眞的不懂怎麼跟女人搭訕是吧，阿膝？」她歪頭，似乎很訝異自己會吐出這個綽號。

她放下槍，轉身跑掉了。

我得去追她。我心想，往前踏出一步。外頭又響起一聲爆炸。

不行。我把目光從她逃遠的身影上轉開。我得出去幫忙。

我衝過夜影仍半埋在鋼裡不動、胸膛流血的屍體旁邊，衝向最近的出口踏上球場。

或者應該說，踏入戰場。

第三十九章

「……快把那蠢小子給我抓來，柯迪，然後替我一槍打死他！」我解除手機靜音時，教授對著我耳邊尖叫。

「我們要撤退了，喬，」蒂雅壓過教授的話。「我正把直升機開過來，三分鐘後抵達。亞伯拉罕會引爆掩護用的炸藥。」

「叫亞伯拉罕去死，」教授怒罵。「我要結束這件事。」

「你打不過高等異能者的，喬。」蒂雅懇求。

「我想要怎樣是我的事！我——」他的聲音中斷。

「我把教授的頻道關掉了，」蒂雅對我們剩下的人說。「這樣太糟了，我從來沒聽過他陷得這麼深。我們得找辦法把他帶出來，不然我們就會永遠挽不回他。」

「挽不回他？什麼意思？」柯迪不解地問。我能從柯迪的頻道聽見他附近有槍響，然後聽見前面的寬走廊傳來同樣的回音。我繼續跑。

「我晚點再解釋。」但蒂雅的口氣其實在說：我晚點再找個更好的方式迴避問題。

找到了。我看見前面的光線心想。戶外很暗，不過沒有球場內部封閉的隧道世界那麼漆黑。槍聲更響亮了。

「我要把我們撤出去，」蒂雅繼續說。「亞伯拉罕，我要你聽我的指示引爆球場底下的炸藥。柯迪……你找到大衛了嗎？小心夜影可能會從你背後靠近。」

她以為我死了，因為我沒回應呼叫。「我在這裡。」我說。

「大衛！」蒂雅明顯鬆了口氣。「你那邊狀況如何？」

「夜影解決了。」我來到通往球場的走道，就是以前球隊上場比賽時會經過的地方。「紫外線奏效了。我想熾焰也跑掉了，我把……把他趕跑了。」

「什麼？怎麼趕跑的？」

「呃……我晚點再解釋。」

「好吧。」蒂雅說。「距離我過來撤離你們還有兩分鐘。你去幫柯迪。」

我沒回應。我正在注視球場，眼前景象令我大為震驚。眞的是如假包換的戰場。執法隊士兵屍橫遍野，宛如被隨意丟棄的垃圾，幾處地方著火後令煙霧竄進黑暗的天際，士兵們在球場上扔了熾烈燃燒的紅色信號彈來提供照明，地面跟座位區被炸出大塊殘骸，原本銀色的鋼板被劃出焦黑傷疤。

「你們眞的打了一場硬仗。」我低聲自言自語。接著我看見了鋼鐵心。

鋼鐵心大步跨過球場、咧嘴咬牙露出冷笑，發光的手往前伸，一發接著一發攻擊面前的某樣東西。那樣東西是教授。他躲到美式足球隊的長凳後面狂奔，一發發爆炸幾乎擊中他，可是他用驚人的敏捷身段蹲下、閃開，再用碎震器在球場側邊的牆面鑽洞衝進去。

鋼鐵心震怒大吼，朝著洞口發射能量，一會兒後教授鑽出另一面牆現身，鋼屑在四周如雨灑下，他似乎從鋼牆上切了幾把粗糙的匕首，伸手將它們擲向鋼鐵心，但匕首卻只從高等異能者的身上無害彈開。

教授一臉挫折，好像很懊惱自己傷害不了他。但是我卻訝異極了。「他這段時間都這樣戰鬥著？」我問其他人。

「對，」柯迪說。「就像我說的，他簡直是台人形機器。」

我看向球場右手邊，發現柯迪躲在一些瓦礫後面，傾身用步槍瞄準第一層座位上的一群執法隊士兵。那些士兵在幾面防爆盾後面架起一台龐大機槍，柯迪顯然被重火力釘死了，這解釋了他爲何沒辦法找到我。我把手槍塞回槍套，解開步槍上的手電筒。

「我快到了，先生們，」蒂雅說。「別再嘗試殺鋼鐵心，放棄所有階段。我們得把握機會離開。」

「我覺得教授不想走。」亞伯拉罕說。

「教授交給我處理。」蒂雅說。

「好吧，」亞伯拉罕回答。「妳準備在哪裡降落——」

「各位，」我插嘴。「小心你們在通用頻道上講的話。我覺得我們的頻道可能被駭了。」

「不可能！」蒂雅訝異說。「手機網路駭不了的。」

「除非你有經過授權的手機，」我回應。「鋼鐵心有可能取回了梅根的手機。」

頻道上陷入沉默。「星火啊，」蒂雅說。「我真笨！」

「啊，終於有事情說得通了，」柯迪對著士兵回擊。「手機——」

柯迪背後的洞口突然出現動靜。我咒罵著舉起步槍，可是少了槍托變得超級難瞄準。我對著一名跳出來的執法隊武裝士兵開槍。沒中。對方的武器不連貫地射擊數次。

柯迪沒發出聲音，但是我看見鮮血四濺。不，不，不要！我在心中大聲地吶喊著，拔腿狂奔。我再次開槍，這回命中士兵肩膀，沒打穿護甲，不過倒是讓他把注意力從柯迪身上轉開，舉槍瞄準我。

士兵開火。我幾乎是下意識地舉起穿著碎震器的左手，在這種時候想要啓動震波幾乎不可能，我也不曉得我爲什麼做得到。

但我做到了。我釋放出了震動的樂音。

我感覺某物用力撞上手掌，接著一陣鋼灰從手上爆開、引來一陣劇痛，碎震器也開始噴出火花。一會兒後我前面響起一陣槍聲，士兵倒地，亞伯拉罕從男人背後冒出來。

頭上槍聲大作，我立刻往前衝，滑行躲進柯迪的遮蔽點。柯迪睜大眼躺在那兒喘息，他身中數槍，腿上三處、肚子上一處。

「掩護我們，大衛。」亞伯拉罕冷靜地說，掏出一條繃帶綁在柯迪腿上。「蒂雅，柯迪受了重傷。」

「我到了。」蒂雅說。我在槍戰中壓根沒注意到直升機的聲音。「我建立了新的手機頻道，會跟你們個別通訊。梅根丟掉手機時就該這麼做的。亞伯拉罕，我們現在就得撤離！」

我探頭越過瓦礫堆看去，士兵們正爬下看台想包圍我們。

亞伯拉罕動作自然地從腰帶取下一枚手榴彈，扔進我們背後的走廊，以防有人又嘗試溜過來。它爆炸，我聽見有人慘叫。

我換上柯迪的步槍射擊靠近的士兵們，有些人趕緊找掩護，不過其他放膽繼續逼近。他們很清楚我們已經窮途末路。我繼續扣扳機，結果只聽見一些空洞喀聲。柯迪的槍沒子彈了。

「給你。」亞伯拉罕把他的大型突擊步槍扔給我。「蒂雅，妳在哪裡？」

「靠近你們的位置，」她說。「就在球場外面。直接出來就是了。」

「我要背柯迪。」亞伯拉罕說。

柯迪仍然意識清醒，雖然因爲疼痛閉上眼睛，嘴裡也不停咒罵著。我對亞伯拉罕點頭，準備負責掩護他們撤退。我拾起亞伯拉罕的突擊步槍，老實說，我一直很想親手發射這玩意兒。這把武器用起來很過癮，後座力很小，也比表面上輕。我把它架在小三角架上調成全自動射擊，十幾枚子彈撕開打算撲上我們的士兵們。亞伯拉罕扛著柯迪退出球場。

教授和鋼鐵心仍在纏鬥。我射倒另一名士兵，亞伯拉罕的大口徑子彈能輕鬆打穿士兵的護甲，我開槍時感覺我父親的手槍貼在身側。

我們還沒試過那把手槍，這是我們認定能擊敗鋼鐵心的最後可能性，但我不可能在這種距離用手槍打中鋼鐵心，蒂雅也決定趁我們嘗試之前放棄任務，把我們全數撤出去。

我擊倒另一位士兵，球場則被鋼鐵心對教授發射的一連串爆炸震得晃動。*我不能聽蒂雅的話逃走。*我心想。*我必須試試那把手槍。*

「我們進直升機了。」亞伯拉罕對我耳裡說。「大衛，快出來。」

「我還沒試過第四階段，」我爬起來跪著對士兵們開槍。其中一人對我扔手榴彈，不過我早一步躲回走廊裡。「而且教授也還在那邊。」

「我們要中止任務。」蒂雅說。「快撤。教授會用碎震器逃走。」

「他永遠甩不掉鋼鐵心的。」我說。「而且妳真的想試都不試就逃走嗎？」我用手摸著槍套裡的手槍。

蒂雅沒吭聲。

「我要去射他。」我說。「如果你們被攻擊就起飛，別管我。」我跑出球場，回到小吃店的走廊，握著亞伯拉罕的突擊步槍，耳中聽見士兵們在我背後的喊叫聲。鋼鐵心和教授正在往這方向移動，我想著。我只要繞過去靠到夠近的地方對他開火。我可以溜到他背後。

這樣有機會成功。我必須成功。

士兵們在追我。亞伯拉罕的步槍底部裝有榴彈發射器，但是還有彈藥嗎？那些榴彈必須發射出去才會爆炸，不過我可以用筆形引爆器跟橡皮擦雷管來引爆。

可惜槍上沒有榴彈了。我咒罵，不過這時我注意到槍身的遙控射擊開關，不禁咧嘴而笑，於是我停下來把槍靠在地面跟一個鋼塊上，按下開關轉身就跑。

槍開始瘋狂開火，對我身後的走廊灑出大片彈雨。這樣可能打不到什麼人，但我只需要爭取一點喘息空間就好。我聽見士兵們吼叫著尋找掩護。

這就成了。我來到走廊開口衝進球場。

球場的地面四處冒煙，鋼鐵心的能量似乎會融化目標，使原本無法燃燒的東西照樣著火。我舉起手槍，短暫地想著亞伯拉罕若知道我二度弄丟他的槍時會做何感想。

然後我看見鋼鐵心，他正被教授吸引背對著我。我卯足全力衝過去，鑽過陣陣煙霧跳過瓦礫堆。

我靠近時鋼鐵心時，他也剛好開始轉身，我能看見他傲慢狂妄的雙眼，他的雙手似乎熊熊燃燒著能量。我停在飄揚的煙霧前面，顫抖舉起那把殺了我父親的手槍——這世上唯一傷害過我面前這位怪物的武器。

我連開三槍。

第四十章

三發子彈全數命中……接著子彈也都從鋼鐵心身上彈開，就像對戰車扔小石頭。

我放下槍。鋼鐵心舉起一隻手指著我，掌心亮起能量光。只是我不在意了。

結束了，我們走投無路了。我心想，我仍然不曉得他的弱點，我一直都沒找出來。

我失敗了。

他釋放出一陣能量，我內心某部分想著應該趕快躲開，所以撲向一邊，接著我身旁的地面猛然炸開，濺起一片融化的金屬。地面的震動和劇烈的氣浪將我狠狠地翻倒在地。

我倒在地上不動，感覺天旋地轉。鋼鐵心走向我，他的披風已經被教授的攻擊扯破，但好像只覺得有些不高興。他的身影籠罩著我，把手往前伸。

他看起來威風凜凜，即使做好準備死在他手上的我也看得出來這點。那件黑銀披風隨風擺動，裂痕不知如何使它更眞實了，他有張純正的方正臉型、連美式足球後衛隊員也會嫉妒的下巴線條、健美又肌肉發達的身軀，可是又跟普通健美者不同。這身材並非誇張，而是完美。

他打量我，手掌發光。「啊，沒錯，」他說。「你是銀行裡的那個孩子。」

我驚訝地眨眼。

「沒什麼好訝異的，」他對我說。「我記得那一天的所有人事物。我可是天神，孩子，我不會遺忘。我以為你早就死了。結果你卻是未了的憾事。我痛恨沒有收拾的殘局。」

「你殺了我父親。」我小聲說。這句話好蠢，可是就這麼脫口而出。

「我殺了很多人的父親，」鋼鐵心說。「還有母親跟兒女。這是我的權利。」他手上的光線更刺眼了。我鐵了心做好準備面對逃不過的命運。

這時教授從背後一把抓住鋼鐵心。

我直覺地趁兩人撞上附近地面時往一旁滾開。教授壓在鋼鐵心身上，燒焦破爛的衣服上布滿斑斑血跡，他手持著鋼劍對準鋼鐵心的臉劈下來。

武器撞上鋼鐵心時，這位怪物卻放聲大笑，事實上他的臉還敲凹了劍。

我昏沉地慢慢恢復意識：他對我說話的用意是要誘出教授。他……

鋼鐵心伸手把教授往後撢開，如此不費力的動作就讓教授飛了十呎遠。教授撞上地面悶哼一聲。

風加速吹襲，鋼鐵心飛了起來，接著往空中一躍、單膝落地，使出驚天動地的一拳砸進教授的臉。

鮮血在教授四周噴出來。

我尖叫、連忙爬起來想跑去教授身邊，然而膝蓋傷得不聽使喚，害我重重撞上地面。透過痛苦的淚水，我看到鋼鐵心再次揮拳。

血又噴濺出來。太多鮮血了。

高等異能者起身，揮著血腥的手。「你很了不起，小異能者，」他對倒在地上的教授說。「我相信你是有史以來讓我最生氣的一位。」

我往前爬，爬到教授身邊。他的頭顱左邊被砸扁，毫無反應的眼睛從前面突起。他死了。

「大衛！」蒂雅對我耳邊喊。她的頻道上有槍聲，執法隊正在對直升機開火。

「你們走吧。」我低語。

「可是——」

「教授死了，」我說。「我也死定了。快走。」

對方一陣沉默。

我從口袋掏出筆形引爆器。我們身在球場正中央，柯迪之前把我的通用雷管裝在一堆炸藥上，就在我們下方。好吧，我會把鋼鐵心炸翻天，不管那究竟有何好處。

幾名執法隊士兵匆匆趕來鋼鐵心身邊，報告說他們守住周邊陣地了。我聽見頭上有直升機降落的隆隆聲，也聽見蒂雅在手機頻道上痛哭。我費力爬起來，跪在教授的屍體旁邊。

我父親死在我面前，我跪在他身邊。他對我說：走……快逃吧……

起碼這回我不會當懦夫了。我拿起筆，摸著上頭的蓋子。爆炸會殺死我，但是不會傷到鋼鐵心，他之前也在爆炸中存活下來。但我或許能拖幾個士兵跟我陪葬，這才重要。

「不，」鋼鐵心對他的部隊說。「我來處理他。這小子……很特別。」

我在暈眩中眨著眼睛，向他望去，他正向他的執法隊抬起手，示意他們退後。

鋼鐵心背後的天邊有個奇特的東西，就在球場上緣跟豪華公寓區上方。我不解皺眉。是光線？可是……方向不對，城市不是在我面前，何況城內一直沒有這麼亮的照明。紅、橘、黃，整片天空似乎在燃燒。

我越過煙霧眨眼。是陽光！夜影死了，太陽昇起來了。

鋼鐵心猛地轉身。他先是驚訝地張大嘴，然後闔上，氣得咬牙切齒。

他轉回來，兩眼憤怒地瞪著我。「我這下要上哪找人取代夜影？」他咆哮著說。

我跪坐在球場中央望著日光。美麗的亮光，源自天外某樣強大的事物。

世上眞的有比異能者更偉大的東西，我心想。生命、愛以及自然。

鋼鐵心走向我。

惡人肆虐，英雄必起，我聽見我父親的嗓音說。等著瞧吧，英雄會現身的。

鋼鐵心舉起一隻發光的手。

兒子，你有時候就是挺身幫忙英雄……

突然間，我想通了。

我腦中打開了一塊知覺之窗，一如太陽的熾烈金光射進來。我知道了，我懂了。

我沒有低頭就拿起父親的槍，撥弄了一會兒後舉起來指著鋼鐵心。

鋼鐵心嗅嗅鼻子，低頭瞪著槍管。「你要不要開槍？」

我的手顫抖晃動，手臂抖個不停。陽光從鋼鐵心身後照過來。

「白癡。」鋼鐵心伸手抓住我的手，捏斷裡面的骨頭，我幾乎感覺不到痛楚。槍鏗鏘一聲掉在地上。鋼鐵心伸出一隻手，空氣開始在地上打轉，在槍底下形成小型渦流，把武器抬進他掌中，然後他把槍轉過來對準我。

我抬頭看他。一位被強光籠罩的殺人凶手，此刻在我面前像個漆黑的暗影，除了通天威能以外毫無他物。

這世上的所有人，即使是異能者，都只是時光的過客。我在他眼裡或許渺小，但鋼鐵心自己在整個宇宙的大格局裡也不過是滄海一粟。

他的臉頰有條小小銀疤，是他身上唯一的不完美之處，也是一位相信他能拯救世界的男人留給他的禮物。鋼鐵心永遠都無法成為這種男人，甚至無從理解。

「我那天應該更小心的。」鋼鐵心說。

「我父親不怕你。」我低聲說。

鋼鐵心抽抽鼻子，用槍指著我的頭，我則任由染血的身子跪在他面前。他一向喜愛用敵人自己的武器對付他們。這是他的行事風格。我們周圍冒出的煙被風擾動。

「這就是祕密，」我說。「你一直把我們都蒙在鼓裡。你炫耀你的可怕異能，濫殺無辜，放縱你手下的異能者大開殺戒，還拿人們自己的武器殺死他們。你甚至散布假謠言說你有多麼殘酷，好像你根本不在乎自己有多邪惡。你希望我們怕你……」

鋼鐵心訝異得睜大眼睛。

「……因為唯一能傷害你的人就是不怕你的人，」我說。「可是這種人根本不存在，對吧？你確保大家都畏懼你。連審判者、教授與我也是，我們都避之唯恐不及。幸好我曉得有個人不怕你，將來也不會。」

「你胡扯！」他怒吼。

「不，我全都懂。」我低語，接著我笑了。

鋼鐵心扣下扳機。

手槍裡的撞針敲上彈殼，點燃了火藥，子彈往前衝準備奪走我的性命。

然而子彈先撞上了我塞在槍管內的東西：一支細長、筆蓋可以按下去的筆。它細得可以裝進槍管。它是支引爆器，連到我們腳底下炸藥上的雷管。

子彈撞上引爆器開關觸發了它。

我對天發誓，我真的目睹了爆炸的慢動作過程，我的每一下心跳都彷彿延伸成永恆。火焰往上竄、鋼板如紙被扯開、恐怖紅光對應著寧靜優美的橘紅色晨光。

火焰吞沒了鋼鐵心與他四周每一處地方，爆炸在他張嘴時撕開他的身體，使皮膚破裂、肌肉點燃、內臟被炸得粉碎。他眼睛抬起來望著天際，被腳下噴發的火山烈焰吞噬。一眨眼的光景，鋼鐵心——有史以來最強大的異能者——就此命喪黃泉。

他只能被不怕他的人殺死。

他親自扣下了扳機。

是他自己引爆了炸藥。

正如他那張狂妄、自滿冷笑的暗示，鋼鐵心並不怕自己。他或許是這世上最後一位不怕他的活人。

爆炸的烈焰朝我噴來，我實在來不及微笑，但是在時光凍結的瞬間，我內心的確笑了。

第四十一章

我看著那堵火牆襲來，堆出流竄的紅、橘與黑毀滅圖案，它消失後在我面前的地上留下焦痕，中央是個五步寬的洞。爆炸留下的坑洞。

我目睹這一切，卻發現我仍好端端活著。坦白說，這是我人生裡最教人困惑的時刻。

我背後有人呻吟。我立刻轉身，很驚訝發現教授坐了起來，衣服上全是血、皮膚有幾條割痕，但是頭顱恢復完整了。難道我看錯他的傷勢了嗎？

教授的手舉在前面指著爆炸方向，手上的碎震器已經破碎不堪。「星火啊，」他說。「再靠近一吋我就擋不住了。」他對著拳頭猛咳。「你這幸運的小愣仔。」

就在他說話時，他皮膚上的傷痕收攏治癒。我驚訝地想：教授是個異能者。他不但是異能者，剛才還用能量護盾擋下了爆炸！

教授蹣跚站起來環顧球場，幾位執法隊士兵一看見教授爬起來就匆忙閃人，似乎不想捲入球場中間發生的事。

「你……」我說。「什麼時候就是……」

「自從禍星出現，」教授伸展頸關節。「你以為平凡人能像我今晚這樣抵抗鋼鐵心嗎？」

當然不行。「發明都是假的，對不對？」我恍然大悟說。「你是個賦予者！你給了我們你的異能。你用夾克偽裝護盾，用急救星掩飾治療能力，然後用碎震器的形式呈現毀滅力量。」

「天知道我幹嘛要這樣，」教授怒聲說。「你這可悲的小……」他呻吟著把手舉到頭上，咬牙怒吼。

我嚇得趕緊爬開。

「戰鬥對我傷害太大，」他緊咬牙根說。「使用越多異能就……呃啊啊啊！」他抱著頭跪下尖叫。他安靜了幾分鐘，我也沒打擾他，不曉得能說什麼。等到教授終於抬起頭來，他似乎變得比較能掌控自己了。「我把異能分給別人，」他小聲說。「是因爲若我用了……就會害我變成這樣。」

「你可以抗拒，教授！」我覺得自己講過這句話。「我看過你成功過。你是好人，別讓異能影響你。」

他點頭，深深呼吸。「握住我的手。」他伸出手。

我猶豫地用我完好的那隻手握住他的手，另一隻手已經被捏爛。我應該要覺得疼痛，但我驚嚇過度，反而沒有感覺。

我不知道教授到底有什麼改變，但他彷彿更能自制了。我受傷的手重組、骨頭拉回原位，幾秒後我就又能活動手掌，完好如初。

「我必須把能力分散在你們身上，」教授說。「那樣似乎……不會像用在我身上這麼容易腐化心智。可是若我同時把異能賦予給同一個人，他們就會被改變。」

「難怪梅根沒辦法用碎震器，」我說。「或是急救星。」

「什麼？」

「噢，抱歉，你不曉得。梅根也是異能者。」

「什麼？」教授非常訝異。

「她就是熾焰，」我不禁稍微畏縮。「她用幻象異能偽造占卜儀的結果。等等，那占卜儀——」

「我和蒂雅把它設定成排除我，」教授說。「讀到我時就會顯示假讀數。」

「噢。好吧，我想鋼鐵心一定是派了梅根來滲透審判者，但是艾蒙德說他沒辦法把超能力賦予給其他異能者……因此梅根才不會用碎震器。」

教授搖頭。「他在藏身處那麼說的時候，我就心生懷疑了。我從來沒有把我的能力轉給其他異能者。我早該發現到的……梅根……」

「你不可能會知道的。」我說。

教授深呼吸，然後點點頭。「沒關係，孩子，不必害怕了。這次效果褪得很快。」他遲疑。「我想應該是吧。」

「我可以接受。」我爬起來。

空氣中瀰漫著炸藥、槍彈火藥、煙霧與人肉燒焦的氣味，越來越明亮的陽光在我們周圍的鋼鐵表面上反射，我發現這樣好刺眼。太陽甚至還沒有完全出來。

教授望著陽光，好像剛才根本沒有注意到，甚至還笑了，也變得更像原本的他。他穿過球場往埋在瓦礫堆裡的某物走去。

梅根使用她的異能時也會改變人格。我心想。她在電梯井還有在摩托車上……都變了。變得更性急自大，甚至憎恨感更強。這兩次轉變都褪得很快，但是她極少使用異能，所以或許在她身上的效果就比較弱吧。

假如這點是眞的，那麼梅根跟審判者相處時爲了小心別使用異能而暴露身分，反而讓她脫離了異能的汙染。她打算滲透的對象反過來使她變得更像人類。

教授走回來，手裡拿著一樣東西——一顆焦黑的頭顱，金屬在灰煙底下閃閃發亮。是顆鋼頭顱。他把正面轉過來給我看。右頰骨有條淺溝，就像被子彈劃過。

「唔，」我接過頭顱。「如果子彈能弄傷骨骼，爲什麼爆炸沒有？」

「如果他的死觸發了他的轉變異能，我也不意外，」教授說。「把他死時剩下的遺骸——一部分的骨頭——都變成鋼。」

這理論聽起來似乎太誇張了。但話說回來，異能者身上總有不合理的怪事。他們很怪異，特別是死去的時候。

我打量頭顱時，教授用手機呼叫蒂雅，我心煩意亂地聽見一些歡喜的哭喊，對話尾聲則是蒂雅把直升機開回來接我們。我抬頭，這才發現我自顧自地朝通往球場內部的走廊入口走去。

「大衛，你要去哪裡？」教授喊。

「我馬上回來！」我說。「我要去拿個東西。」

「直升機幾分鐘就到了，我建議我們趁執法隊大舉出動來調查怎麼回事之前離開。」

我開始跑，幸好教授不再抗議。我踏進黑暗走廊時把手機燈開到最大，照亮有如洞穴般的寬敞走廊。我跑過夜影卡在鋼地板裡的屍體，還有亞伯拉罕引爆炸彈的地方。

我慢下來，把頭伸進小吃店和廁所裡察看。時間不多了，我覺得自己像個笨蛋。我到底期待找到什麼呢？她已經離開了，她想必……

有人聲。

我停住，然後在陰暗走廊裡轉身。就在那個方向。我往前走，最後找到一扇顯然通往工友室的門，如今敞開凍結著。我幾乎能認出裡面傳來的聲音，聽來很耳熟，不是梅根的，而是……

「……即使我注定送命，妳也應該活下去的。」那個聲音說，然後是聽來很遙遠的槍聲。「妳知道嗎？我覺得我第一天就喜歡上妳了。這樣很笨對吧？一見鍾情的陳腔濫調。」

對，我認得這聲音。是我自己。我停在門口聽自己講話，感覺好像在作夢，這是我想保住垂死的梅根時對她說的話。我繼續聆聽整段情境重播，一路聽到結束。「我不知道我是否真的愛上妳，」我的嗓音說。「但無論是什麼感覺，那都是我多年來有過最強烈的感受。謝謝。」

錄音停了。然後又從頭播放。

我走進小房間。梅根坐在角落的地板上，盯著手中的手機，她在我進來時調小音量，但沒把眼睛從螢幕轉開。

「我用手機暗中錄下影音，」她小聲說。「攝影機嵌在我眼睛上面的皮膚裡。我如果閉眼太久，或者心跳變得太快或太慢就會啓動它，然後它會把資料傳送到我放在城內的一個資料庫。我最初死了幾次以後就開始這麼做，轉世總是讓人變得迷惘。我如果能看看我是怎麼死的，就能想起之前的事。」

「梅根，我……」我能對她說什麼？

「梅根是我的眞名，」她說。「這不是很可笑嗎？我以爲我能告訴審判者這個名字，因爲擁有這名字的人已經死了。梅根·塔拉斯，她一直都跟熾焰無關。她只是另一個平凡人。」

她抬頭看我，我能在她手機螢幕的光線中看見她在流淚。「你扛著我走了那麼遠的路，」她低聲說。「我這次剛重生時就看過了。我不懂你爲何要這樣做，我還以爲你有求於我，想交換好處。現在我曉得了，你其實有別的動機。」

「我們得走了，梅根，」我上前一步。「教授比我更會解釋原因，可是拜託快跟我走。」

「我的心智會改變，」她低語。「我若死亡，一天後會從光線中重生。我會出現在附近的隨機地點，不是我的屍體所在處或死去的位置，每次都不一樣。我……我復活時感覺會不像自己，不是我想要當的那個人。這根本說不通。你究竟信任什麼，大衛？要是你自己的思緒跟情感似乎都恨你，你還能相信什麼？」

「教授能——」

「站住，」她舉起手說。「別……別再過來。讓我獨處。我得一個人想一想。」

我往前走。

「站住！」她警告。房間牆壁消失了，周圍似乎竄出烈焰，地板在我身下變形，使我頭暈得反胃。我的腳步踉蹌。

「妳必須跟我走，梅根。」我哀求。

「再靠近一步，我就射死自己，」她從身旁的地上拿起一把槍。「我說到做到，大衛。死亡對我無所謂，我再也不在乎了。」

我舉起雙手退開。

「我需要時間想想。」她囁嚅地說，又低頭看手機。

「大衛？」有聲音在我耳邊喊。是教授。「大衛，我們得走了。」

「別使用妳的能力，梅根，」我對她說。「拜託，妳必須聽我的建議。妳的改變來自異能。忍著幾天別用，找地方躲起來，妳的心智就會恢復正常。」

她繼續盯著螢幕，開始重播錄影。

「梅根……」

她舉槍指著我，但是沒撇開視線。她臉上流下汩汩淚水。

「大衛！」教授吼道。

我轉身衝向直升機。我想不出還能做什麼了。

尾聲

我見過鋼鐵心流血。

我見過他尖叫，我看著他燃燒，我目睹他跌進地獄、死在我的手裡。其實是他的手扣下了引爆器，但我不在乎究竟是誰的手奪走他的性命，我從來就不在意。我實現了復仇，我有他的頭顱能證明。

我坐在直升機的座椅裡綁著安全帶，越過敞開的機艙門往外看，我們起飛時強風掃亂我的頭髮。亞伯拉罕非常訝異地發現柯迪在後座迅速康復，我曉得其實是教授給了柯迪一大部分治療能力。根據我聽過的異能者再生本領，柯迪不管受了哪種傷都幾乎能康復，只要轉移異能時他還活著即可。

我們在熾烈的金色太陽前方衝上天際，拋下那座被燒焦、燒毀和炸爛的美式足球場，但我們的離去帶著勝利氣息。我父親曾告訴過我，軍人球場的名稱是爲了紀念在戰爭中捐軀的英勇男女，而現在它成了禍星降臨後最重要的戰場。就我感覺，這座球場的名字實在再合適不過。

我們翱翔過城市上空，頭一次看見旭日的紅光，街上有好多人抬頭仰望。

蒂雅一邊駕駛直升機，一邊伸手撫摸教授的手臂，好像不敢置信他眞的就在我們身邊。教授看著窗外，我很好奇他對眼前的景象是否跟我有著相同的感觸。我們還沒拯救這座城市。還早。我們殺了鋼鐵心，但是其他異能者終究會取而代之。

我們被迫拋棄這些人民，我覺得很不甘心。我們剷除了新芝加哥的統治根源，我們應該要負起責任才對。即使是爲了審判者的使命，我此刻也不想放任我的家園陷入動亂。挺身反抗不僅是要殺掉更多異能者，而是爲了某些更崇高的目標，而其中也許會關係到教授和梅根。

異能者是能被擊敗的，有些甚至能變成好人。我不是很確定該怎麼做到，但我想繼續嘗試，就算我們找不到解答，我也要奮鬥到最後一刻。

我們飛離城市時，我不禁笑了。英雄是會現身的……我們只是要挺身幫忙他們罷了。

我一直以爲我父親的死是這輩子改變我最深遠的事。然而直到此時，我手中捧著鋼鐵心的頭顱，我才理解到自己並不是爲了復仇而戰，也不是爲了贖罪。我的奮鬥從一開始就與我父親的死無關。

我奮戰是爲了捍衛他的美好理想——讓英雄再起。

（《審判者傳奇：鋼鐵心》全文完）

致謝

這本書花了漫長的時間醞釀，我最初得到構想時是在……噢，二〇〇七年的巡迴簽書會吧？寫完一本書是段很漫長的旅程，我得感謝很多人他們多年來的意見回饋。真希望我沒有漏掉哪一位！

首先，感謝我令人愉快的編輯克莉絲塔‧瑪莉諾，她以高度的專業指導了本書寫作方向，提供了很棒的資料來源，編輯功夫也是一流，讓這本書從大膽的妄想搖身變成精煉的成品。同時，我們也得感謝那位無賴詹姆士‧達許納替我打電話給她，居中牽線。

其他值得喝采的人士包括：麥可‧杜魯多提供了出色的審稿，以及藍燈書屋出版集團的人士，保羅‧薩繆爾森、瑞秋‧威尼克、比佛利‧霍洛維茲、朱蒂斯‧赫特、多明尼克‧奇米納，以及芭芭拉‧馬庫斯。此外感謝克里斯多夫‧鮑里尼對於本書的回饋與協助。

一如以往，我想大力感激我的經紀人約書亞‧畢姆斯，當我告訴他我想寫這本書，而不是把時間花在我已經火燒屁股的另外二十個案子時，很感謝他沒有當場大笑。感謝艾迪‧施耐德，他的職責之一是打扮得比我們其他人都好看，而且讓我有個名字能擺進致謝。對於《鋼鐵心》電影進度（我們正努力推動），我要感謝喬爾‧葛特勒、布萊恩‧李普森、奈維德‧麥克伊哈吉以及超級人類唐納‧謬斯塔。

我想對我閃亮的編輯助理彼得‧阿斯拓姆舉大拇指說讚，他一開始就貢獻了本書的精彩段落，就編輯而言他是第一位碰這案子的人，本書多數的成功都得歸功於他。我也不想忘掉我的愛爾蘭與澳洲出版團隊，包括Zeno Agency的約翰・伯林與約翰・帕克，還有賽門・史班頓，以及我的公關兼英國代理母親，Gollancz出版社的喬納森・韋爾。

其他擁有閱讀以及回饋意見異能的人士（或者只是提供大量支持的作家們）：多明尼克・羅蘭（Dragonsteel娛樂公司的官方槍械知識狂）、布萊恩・麥金利、大衛・威斯、彼得（再提一次）與妻子凱倫・阿斯拓姆、班傑明・羅利葛斯、丹尼爾・歐爾森、亞倫・萊頓、凱琳・佐貝爾、丹・威爾斯（我比你早寫過浩劫後小說！）、凱西・多西、布萊恩・西爾、布萊恩・德朗布爾（你現在得效忠我了，布蘭登）、強生・丹佐、卡麗安妮・珀魯瑞、凱爾・米爾斯、亞當・赫賽、奧斯汀・赫賽、保羅・克里斯多夫、蜜雪兒・沃克與喬許・沃克。你們都太酷了。

最後按照慣例，我想感謝我美麗的妻子愛蜜麗，跟我三位毀滅威力十足的小兒子，他們不斷激發我的靈感，構思異能者可能會怎麼炸掉一座城市，或者是家中客廳。

布蘭登・山德森

獨家收錄美國邦諾書店訪談

對於布蘭登·山德森而言，二〇一三年是一個輝煌的一年。他有兩部作品獲得了雨果獎，而他的首部青少年小說《陣學師：亞米帝斯學院》一上市就獲得了高度美譽，但令人感到欽佩的是他並未在這裡止步。

閱讀山德森的最新作品《審判者傳奇：鋼鐵心》給人一種震撼心靈的體驗，是我今年讀到過的最令人滿意的小說之一。這個故事被設定於不久的將來，一顆明亮的紅色禍星出現在天際，它給了部分普通人非凡的力量。無論從任何方面來說，它都是一部大師級的作品。

這是一個了不起的故事，其中充滿了明快激昂的節奏，動感十足的內容，微妙精巧的伏筆和極具諷刺意味的描寫。整部小說的章節篇幅較短，但每一章的結尾卻都埋藏著一個扣人心弦的懸念。隨著故事的逐漸展開，山德森向我們展現出一系列如此令人瞠目結舌，卻又如此峰迴路轉，引人入勝的情節。當所有情節最終將故事推向最高潮的時候，讀者們不僅會從觀眾席站立熱烈地鼓掌，更會感到苦惱不已——因爲我們將不得不再等一年，等待這個系列的下一集《熾焰》（暫名）的誕生。

以下摘錄美國邦諾書店評論家保羅·艾倫及山德森針對《鋼鐵心》的獨家專訪。

艾倫：布蘭登，首先恭喜你贏得了雨果獎！現在有沒有大獎得主的感覺了？你覺得得到雨果獎將會對你未來來的寫作造成什麼樣的影響？

山德森：非常感謝！我還不知道自己算不算是有大獎得主的感覺。能寫出一些可以獲得雨果獎的東西是我一生的目標。我也不知道這個獎會給我什麼樣的影響。現在能確定就是，今後的雨果獎頒獎儀式將不會讓我感到太大壓力了。如果說這有什麼樣的意義，那就是這樣的事能夠做成一次，就已經是對我的肯定。我現在眞的很心滿意足。

艾倫：很難相信，自從你的第一部作品《諸神之城：伊嵐翠》問世至今只有八年時間，而在這八年時間裡，你完成的作品有：「迷霧之子」系列、你爲少年讀者寫的「邪惡圖書館」系列，接續喬丹大師完成了「時光之輪」系列，開啓「颶光典籍」系列，還有在播客上的《寫作的理由》。現在你又得了兩項雨果獎……在如此精彩的寫作生涯中，你到目前爲止最感到驕傲的時刻是什麼時候？

山德森：保羅，你問的實在是一個很難回答的問題！不過，我要在先感謝你在許多年以前爲《諸神之城：伊嵐翠》寫的書評和宣傳。我一直記得你爲此所做的一切，並且心存感激。

我該如何從我到現在爲止的寫作生涯中尋找出一個最閃亮的時刻？我想說的是，能夠進行「時光之輪」的寫作，這就像是一個活過許多次人生才會有一次的機會。通常當我被問到類似的問題，我都會說是這個時刻。不過，畢竟我在二〇一三年贏得了雨果獎，這大概應該可以與之匹敵了。

十年以前，我正在瘋狂地寫書，拚命想要讓它們出版，並執意要將我的一生奉獻給寫作。

如果你那時問我，何時會是我的人生中最精彩的時刻，我會說，那肯定是第一次有一位編輯打電話給我，對我說：「我想要買你的書。」從那時起，一切都變得精彩萬分又無比奇妙。但在工作了超過十年，正在同時寫著十三本未完成小說的現在，我覺得什麼也比不上我終於能對別人說：「不賴啊，小子，你應該把握機會，把這件事當做一生的事業來做。」這種超專業的感覺實在是太棒了。

艾倫：眞是很精彩的回答。不過，我必須說實話，布蘭登，我不是超級英雄故事的粉絲。但《審判者傳奇：鋼鐵心》實在令我感到震撼。我將這種閱讀體驗稱爲「震撼心靈」。你還能回憶起這部小說和這個系列最原始的靈感來源嗎？

山德森：能聽到你這樣說實在是太棒了！對我來說，寫成這本書的確是有些困難。爲此，我讀了許多超級英雄的故事，但這些並沒有帶來什麼作用。有時，我也會懷疑地問自己：你眞的想要嘗試這個嗎？許多超級英雄的超能力在漫畫中非常成功，但被轉換到文字裡卻不盡完美。爲了塑造人物，我深入探索近期上映的一些超級英雄影片，像《蝙蝠俠・黑暗騎士》和《復仇者聯盟》等動作鉅片中就包含著一些具有很強烈的超能力描寫。相對於能夠與漫畫媒介完美配合的傳統超級英雄故事而言，這些超能力描寫過於豐滿，就像是把金剛狼塞進了黃色彈力纖維的緊身衣裡。我眞的很喜歡這種表現形式，但它們卻無法妥善地被轉化到另一種媒介之中。我想，超級英雄小說的部分問題應該是它們過於追求表現超級英雄的原始設定。這些小說不斷從超級英雄的能力描寫中挖掘趣味點，試圖把它們變成文字，但最終只能使文字變得一團糟，而超級英雄的影片則通過優秀的改良，把超級英雄故事融入到影片之中。所以，當我開始構思《鋼鐵心》的時候，我其實並沒有對自己說：我要寫一本關於超級英雄的書。實際上，我的思路和這個相差甚遠。我對自己說的是：我要寫一本關於動作、冒險、懸疑和驚悚的書。我使用了一些從我喜愛的故事裡找到的靈感，但眞正的《鋼鐵心》是一本動作驚悚小說。我寫這個故事的時候所循的也是這樣一條主線，而不是超級英雄的主線。我感覺這個做法要比我曾經進行的嘗試效果更好。漫畫中的故事的確都非常棒，但我覺得，這樣才是撰寫這本書正確的方式。

至於說讓我想要寫這個故事的最原始的靈感，我那時正在進行一本新書推廣，我開著一輛租來的汽車沿著東海岸行駛，突然有一個人很凶悍地把車插到前面。我對這個傢伙非常生氣。我很少這麼憤慨，平時我是一個很隨和的人。但這次我心想：好吧，不管你是誰，你眞的是很走運，因爲我沒有超能力，否則我就把你的車徹底轟出路面。然後我又想：我竟然會想到對一個素昧平生的人做這種事，這實在是太恐怖了。而每一次我覺得一件事很恐怖的時候，我都會發覺那其中蘊藏著一個故事。所以，剩下的路程中，我一直都在思考，如果我有了超能力，又會做出什麼事。我會成爲一個英雄嗎？或者我只是會隨心所欲，爲所欲爲？那會是一件好事，還是一件壞事？

艾倫：當我閱讀《鋼鐵心》的時候，就忍不住開始想像這個故事會成爲一部神奇的影片。那一定會創造出許多令人震驚的畫面效果和主題概念。鋼鐵心與奪命手指的衝突，審判者刺殺匯流，夜影的死亡，士兵的戰鬥等。這將成爲有史以來最酷的超級英雄影片。《鋼鐵心》可能會變成電影嗎？

山德森：我認爲《鋼鐵心》改編成電影一定會超級好看。自從我寫下序幕的那刻起，我就將它看作是一部電影了。我非常努力地想要實現這個目標，但我在好萊塢沒有影響力，所以，如果你的叔叔是喬西．威登（一位美國作家、影劇導演及影劇監製），一定要請他主動聯繫我。

我覺得最好的原著改編影片都是那些願意大幅度更動原著的影片。我喜歡影片製造商對原著保持敬意。但是，當他們過分貼近原著的時候，我就會覺得這部影片的表現差強人意。我很願意參與將原著改編成影片的過程，但對於編寫影片劇本，我並不像寫小說一樣有那麼多實踐經驗和技巧。我直覺認爲，我應該找到自己所信任，能夠製作出好影片的合作伙伴，讓他們使用他們的天賦來改編這部小說。

艾倫：如果布蘭登．山德森是一個異能者，那麼他會有什麼樣的能力和名字？

山德森：我會選擇什麼樣的能力，大概要看那一天我的大腦裡有多少理智。我覺得金剛狼的再生能力很吸引人。不過，我應該不會從懸崖上跳下去或參與戰鬥，所以我可能無法使用這種能力做太多事。但在我的腦海深處，有一個聲音對我說：「小子，我眞的非常想要飛翔！」正因爲如此，我的書中有很多魔法系統能夠讓人們在空中翱翔。我會有一個什麼樣的名字？或者就叫「大鹹怪」（Great Salty One）吧！當我還在韓國的摩門教教堂當牧師的時候，我就非常喜歡很鹹的食物。韓國人並不會把食物料理得很鹹，所以我總是會在公事包裡準備一瓶鹽，而我這種行爲總是會讓他們哈哈大笑！在吃東西的時候，他們會說：「好啊，我們的食物上桌了。」

而我則會說：「好啊，我的鹽上桌了！」我會在我的所有食物上撒鹽。他們經常取笑我，叫我作Jjan Dori，意思有些像是「大鹹怪」。所以，這就是我的超級英雄綽號。

艾倫：這個系列將會是三部曲？還是一個就此結束的開放式結局？

山德森：三部曲，但是保羅，我不能告訴你它會不會是開放式結局！我不能透露第三本書的結局，一點蛛絲馬跡都不能說。畢竟它的第一部剛剛才推出呢！所以，你就等著瞧吧。

艾倫：這個回答實在是太邪惡了，大鹹怪。真的是太邪惡了……

中英名詞對照表

A

Abraham　亞伯拉罕

Absence　虛無

Advavced Stealth Explostves
　超級詭雷

Annexation　大併吞

Ardra Riot　阿陀羅暴動

Armsman　武裝人

B

Bastion　堡壘

Beagle　小獵犬街

Bilko　畢爾科

Burnley Street　伯恩利街

Burrow　地下居住區

C

Calamity　禍星

Caliph　哈里發區

Calling War　呼戰者

Capitulation Act　投降法案

Cody　柯迪

Conflux　匯流

Core　基礎小隊

Crossmark　十字

D

David Charleston
　大衛・查爾斯頓

Daystorm　晝風暴

Deathpoint　奪命手指

Denver　丹佛

Dialas　迪亞拉斯

Diamond　鑽晶

Diggers　挖掘工

Digzone　掘場

Ditko Place　迪特可公寓

Donny "Curveball" Harrison
　「曲球」唐尼・哈里森

Dorry Jones LLC
　多利瓊斯有限公司

Dowser　占卜儀

Durkon's Paradox　杜康矛盾

Duskwatch　暮醒

E

Earless　無耳

Eddie Macano　艾迪・馬加諾

Edmund Sense　艾蒙德・桑斯

El Brass Bullish Dude
　艾爾布拉公牛老兄

Enforcement　執法隊

Epics　異能者

F

Faithful　忠貞者

Faultline　斷層

Finger Street　小指街

Firefight　熾焰

Fortuity　奇運

Fractured States　破碎合眾國

Frewanton　佛里汪頓街

G

Gibbons　吉本斯街

Gifter　賦予者

Gravatonics　抗重力墊

Great Transfersion　大轉變

Gyro　迴旋

H

Hardman　哈德曼

Harmsway　急救星

Havendark Factory
避難夜工廠

High Epic　高等異能者

I

Ides Hatred　仇恨女神

Idolin　伊德林

Illusionist Epic　幻象異能者

Imager　顯像儀

Impervious Skin　鋼鐵皮膚

Insulation　絕緣

J

Jennings　詹寧斯

Johnson Liberty Agency
強森自由保險經紀

Jon　喬恩

Jonathan Phaedrus
喬納森・斐德烈斯

K

Kinetic Energy Epic
動能能量異能者

Knighthawk Foundry
騎士鷹鑄造廠

L

Lightning　雷電

Limelight　綠光

Loch Ness　尼斯湖

M

Marston　馬爾斯頓街

Martha　瑪莎

Megan Tarash　梅根・塔拉斯

Mental Illusionist　心靈幻術者

Middle Grasslands　中草原區

Moulton　莫爾頓街

N

Newcago　新芝加哥

Night's Sorrow　夜愴

Nightwielder　夜影

Nodell　諾德爾街

O

Obliteration　滅除

Omaha　奧馬哈市

Oregon　奧勒岡州

P

Photon-Manipulators
光子操縱者

Pink Pinkness　粉嫩嬌

Power Duality　異能雙重性

Precognition　預知

Prime Invincibility
基礎無敵能力

R

Reckoners　審判者

Redleaf　赤葉

Refractionary　折射光

Regeneration　再生

Rick O'Shea　瑞克・奧謝

Roy　羅伊

S

Sacramento　沙加緬度市

Schuster Street　舒斯特街

Secondary Power　次要能力

Self-reincarnation　自我轉世

Shadowbligh　枯影

Siegel Street　西格爾街

Slontze　愣仔

Snowfall　雪崩

Spitfire　噴火式

Spritzer　史賓澤

Spynet　監控網

Steelheart　鋼鐵心

Strongtower　強塔

Super Reflexes　超快反應

T

Tensor　碎震器

The Coven　巫師會

The Reeve Playhouse
李維劇場

Tia　蒂雅

Tier System　分層系統

Transference Epic
能力轉移異能者

U

Underwriter　貸款審核員

B
E
S 嚴
T 選 053

審判者傳奇：鋼鐵心

原 著 書 名／Steelheart
作　　　者／布蘭登・山德森（Brandon Sanderson）
譯　　　者／王寶翔
企劃選書人／王雪莉
責 任 編 輯／李幼婷
行 銷 企 劃／周丹蘋
業 務 企 劃／虞子嫺
行銷業務經理／李振東
總　編　輯／楊秀真
發　行　人／何飛鵬
法 律 顧 問／台英國際商務法律事務所　羅明通律師
出版／奇幻基地出版
城邦文化事業股份有限公司
台北市 104 民生東路二段 141 號 8 樓
電話：(02)25007008　　傳真：(02)25027676
網址：www.ffoundation.com.tw
e-mail：ffoundation@cite.com.tw
發行／英屬蓋曼群島商家庭傳媒股份有限公司城邦分公司
台北市 104 民生東路二段 141 號 11 樓
書虫客服服務專線：(02)25007718・(02)25007719
24 小時傳真服務：(02)25170999・(02)25001991
服務時間：週一至週五09:30-12:00・13:30-17:00
郵撥帳號：19863813　　戶名：書虫股份有限公司
讀者服務信箱 e-mail：service@readingclub.com.tw
歡迎光臨城邦讀書花園　網址：www.cite.com.tw
香港發行所／城邦（香港）出版集團有限公司
香港灣仔駱克道 193 號東超商業中心 1 樓
電話／(852) 2508-6231　傳真／(852) 2578-9337
e-mail：hkcite@biznetvigator.com
馬新發行所／城邦（馬新）出版集團　Cité (M) Sdn Bhd
41, Jalan Radin Anum, Bandar Baru Sri Petaling, Lumpur,
57000 Kuala Lumpur, Malaysia.
Tel: (603) 90578822　　Fax:(603) 90576622
e-mail：cite@cite.com.my

封 面 設 計／莊謹銘
排　　　版／浩瀚電腦排版股份有限公司
印　　　刷／高典印刷有限公司
■2014 年（民 103）4 月 29 日初版
■2023 年（民 112）5 月 19 日初版13.5刷
售價／320元

國家圖書館出版品預行編目資料

審判者傳奇：鋼鐵心 ／布蘭登・山德森（Brandon Sanderson）著; 王寶翔譯 - 初版 - 臺北市：奇幻基地：家庭傳媒城邦分公司發行；民103. 04 面：公分. -（BEST嚴選：053）
譯自：Steelheart
ISBN 978-986-5880-66-8
874.57　　103004840

ISBN 978-986-5880-66-8
Printed in Taiwan.

廣　告　回　函
北區郵政管理登記證
台北廣字第000791號
郵資已付，免貼郵票

104台北市民生東路二段141號11樓

英屬蓋曼群島商家庭傳媒股份有限公司城邦分公司 收

請沿虛線對摺，謝謝

每個人都有一本奇幻文學的啟蒙書

奇幻基地官網：http://www.ffoundation.com.tw

奇幻基地粉絲團：http://www.facebook.com/ffoundation

書號：1HB053　　書名：審判者傳奇：鋼鐵心

活動期間，購買奇幻基地作品，剪下封底折口的點數券，集到一定數量，寄回本公司，即可依點數多寡兌換獎品。

點數兌換獎品說明：

- 5點 奇幻戰隊好書袋一個
- 10點 2012年布蘭登·山德森來台紀念T恤一件
  有S&M兩種尺寸，偏大，由奇幻基地自行判斷出貨
- 15點 【蕭青陽獨家設計】典藏限量精繡帆布書袋
  紅線或銀灰線繡於書袋上，顏色隨機出貨

兌換辦法：

2014年2月～2015年1月奇幻基地出版之作品中，剪下回函卡頁上之點數，集滿規定之點數，貼在右邊集點處，即可寄回兌換贈品。

【活動日期】：即日起至2015年1月31日

【兌換日期】：即日起至2015年3月31日（郵戳為憑）

其他說明：

＊請以正楷寫明收件人真實姓名、地址、電話與email，以便聯繫。若因字跡潦草，導致無法聯繫，視同棄權

＊兌換之贈品數量有限，若贈送完畢，將不另行通知，直接以其他等值商品代之

＊本活動限臺澎金馬地區讀者

【集點處】

1	6	11
2	7	12
3	8	13
4	9	14
5	10	15

（點數與回函卡皆影印無效）

為提供訂購、行銷、客戶管理或其他合於營業登記項目或章程所定業務之目的，英屬蓋曼群島商家庭傳媒(股)公司城邦分公司，於本集團之營運期間及地區內，將以電郵、傳真、電話、簡訊、郵寄或其他公告方式利用您提供之資料（資料類別：C001、C002、C003、C011等）。利用對象除本集團外，亦可能包括相關服務的協力機構。如您有依個資法第三條或其他需服務之處，得致電本公司客服中心電話(02)25007718請求協助。相關資料如為非必要項目，不提供亦不影響您的權益。

個人資料：

姓名：＿＿＿＿＿＿＿＿＿＿＿＿ 性別：□男 □女

地址：＿＿＿＿＿＿＿＿＿＿＿＿＿＿＿＿＿＿＿＿

電話：＿＿＿＿＿＿＿＿＿＿ email：＿＿＿＿＿＿＿＿＿＿

想對奇幻基地說的話：＿＿＿＿＿＿＿＿＿＿＿＿＿＿＿＿

＿＿＿＿＿＿＿＿＿＿＿＿＿＿＿＿＿＿＿＿＿＿＿＿

請剪下右側點數，貼於背面的集點處，集滿5點以上，即可寄回兌換抽獎

Brandon Sanderson

布蘭登・山德森

Brandon Sanderson

布蘭登・山德森